KB238359

백석 시를 읽는다는 것

백석 시를 읽는다는 것

백석 시를 읽는다는 것

고형진 지음

문학동네

　백석에 대해 쓴 글들을 추려서 책으로 낸다. 7편은 학술지에, 3편은 문예지에 쓴 글이다. 모두가 세밀한 눈금으로 백석 시를 자세히 읽어본 글들이다. 학술적인 내용을 담은 글이지만, 최대한 일반 독자들이 읽기 쉽도록 쓰려고 했다. 이 글 중 가장 오래된 것은 2002년에 쓴 것이고, 가장 최근 것은 2012년에 쓴 것이다. 2012년은 백석 탄생 100주년이 되는 해인지라 청탁도 있고 해서 그에 대해 세 편의 글을 쓰게 되었다. 여기 실린 글들 사이에는 10년의 시차가 있지만, 시간차로 글의 경중이 있는 것 같지는 않다. 모든 글들이 백석 시에 대한 내 나름의 오랜 연구와 생각 속에서 나온 것이기에 그럴 것이라고 자부해 본다. 다만, 발표 당시 시간에 쫓긴 글들이 많아 서툴고 부정확하게 쓴 것들이 더러 있어 이번에 책으로 만들며 부분적으로 보완하여 완성도를 높이고자 했다. 여기 실린 글의 출처와 발표 연도는 부록 '백석 연구 목록'의 3항에 제시되어 있다. 이 책에 실린 글의 제목은 발표 당시의 제목과 거의 같으나, 한 편만 제목을 바꿨다. 책에 실린 「백석의 '국수'와 목월의 '적막寂寞한 식욕食慾'」은 「백석의 '국수'」라는 제목으로 발표된 글이다. 이 글은 책에 실으면서 내용도 다소 축약했다.

　백석에 대한 10편의 글을 묶으며 3부로 나누었다. 1부는 백석 시의 판본과 내용에 초점을 맞춘 글들이다. 1부 처음에 백석 시의 판본에 대한 글을 실었는데, 그것은 백석 시를 읽고 감상하기에 앞서 정확한 텍스트가 무엇인지를 확인하는 것이 필요하다고 생각했기 때문이다. 다음으로 백석 시의 내용에 대한 글은 그가 자주 쓴 형용사와 자주 쓴 제재인 음식에 주목해 그의 시세계를 살펴본 것들이다. 백석이 추구하고 탐색한 정신의 높이와 문화의 깊이를 밝히고 있는 이 글은 그의 시에 나타난 의미의 핵심을 종합적으로 짚어본 것들이다. 2부에 실린 네 편의 글은 백석 시의 언어와 표현의 특징을 분석한 것들이다. 백석 시의 본질은 무엇보다 매력적인 언어구사에 있다. 많은 이들이 그가 골라 매만진 언어들에 매혹되고, 그가 부린 독특한 문장들에 매료되면서 그의 시에 빠져들고 있다. 시인과 연구자와 대중 들의 마음을 사로잡고 있는 백석의 특별한 언어구사가 지닌 비밀을 밝히기 위해 여러 분석 방법들을 써서 세밀하게 천착해보았다. 3부는 백석 시를 공시적, 통시적 관점에서 조명한 글들이다. 백석 시의 뿌리가 어디에 있는지를 살펴보고, 그와 동시대를 살았던 큰 시인인 지용의 시와 비교해보며, 백석이 후대에 미친 영향의 일단을 살펴본 글들이다. 백석 시의 당대와 그 전후의 시적 맥락을 살펴봄으로써 백석 시를 입체적으로 조망해보고자 했다.

　부록으로 '백석 연구 목록'을 실었다. 그동안 진행된 백석의 연구 성과들을 확인하고 앞으로 이루어질 연구에 도움을 주기 위해서이다. 연구 목록은 2013년 4월까지 발표된 연구물 중 확인 가능한 자료들을 모두 모은 것이다. 누락과 오류를 줄이기 위해 최대한 애를 쓰고 또 썼는데 그래도 완벽하지는 않을 것이다. 자료 수집과 확인에 나정연 선생이 많은 도움을 줬다. 이 자리를 빌려 고마운 마음을 전한다. '백석 연구 목록'을 정리해보니 저서와 학위논문과 학술지, 문예지에 발표한 논문, 에세이를 합쳐 그에 대한 연구물이 800개가 넘는다. 백석에 대한 세간의 관심이 얼마나 큰지 다시 한번 확인하게 된다.

돌이켜보니 백석 시를 읽고 그에 대한 글을 써온 지가 30년이 되었다. 앞으로도 그의 시를 계속 읽을 것이고, 또 새로운 글을 쓰게 될 것이다. 세월을 견디며 고전으로 남는 시의 위의와 위력을 새삼 느낀다. 그의 시를 읽으며 나와 세상을 많이 돌아보게 되었고, 모국어의 아름다움에 전율하곤 하였다. 시 연구자로서 백석에게 감사할 따름이다. 내가 읽은 백석 시가 독자에게도 전해져 백석이 보고 소망했던 세상을 다 같이 즐기고 꿈꿨으면 좋겠다.

백석 시의 정본에 이어 그에 대한 나의 글까지 멋지게 책으로 묶어준 문학동네 편집부에 각별한 고마움을 전한다.

2013년 12월

고형진

차례

책머리에 5

일러두기

1. 이 책에 실린 백석의 시들은『정본 백석 시집』(문학동네, 2007)을 따랐으며, 오류가 있는 부분은 수정하여 실었다.
2. 인용한 백석의 시 중에서 글의 성격에 따라 발표 당시의 표기를 살린 원본을 따르기도 했으며, 그 경우 『정본 백석 시집』의 원본을 따랐고, 원본의 일부 오자는 수정하여 실었다.
3. 인용한 시들이 원본에 내어쓰기로 되어 있거나 내어쓰기, 들여쓰기 모두 안 되어 있는 경우를 포함하여 모두 들여쓰기로 통일하였다.

1부

최초 인쇄본, 원본, 영인본, 그리고 정본

1. 백석 시 발굴의 경험과 최초의 인쇄본

이 글은 『정본 백석 시집』(문학동네, 2007)을 만든 체험을 바탕으로 현재 간행된 시집과 전집류의 실태와 문제점을 지적해달라는 문예지 편집자의 요청으로 시작된 것이다. 이 요청에 맞춰 내가 펴낸 백석 시집의 경험을 그대로 드러내면 자칫 내 작업에 대한 공치사가 될 수 있고, 또 어쩔 수 없이 다른 연구자들이 공들여 만든 선행 저작물들의 허물을 언급하지 않을 수 없다. 그래서 한동안 망설였고, 다른 방식으로 글을 쓸까 생각했지만, 앞으로 반드시 이루어져야 할 다른 시인, 작가 들의 정확한 전집 발간에 다소나마 도움을 줄 수 있을 것으로 보여 편집자의 요청대로 나의 백석 시집 간행 경험을 토대로 문학전집류의 올바른 모습에 대해 생각해보고자 한다.

전집 발간의 필요성에 대해서는 새삼스럽게 언급할 필요도 없을 것이다. 전집은 연구자는 말할 것도 없고, 일반적인 문학 독자, 나아가 대중에게까지도 커다란 편리를 제공한다. 어떤 신문이나 책에서 지난 시대의 작품을 거론할 경우, 심지어 시비를 세우는 일 같은 문학 외적인 일에서 조차도 전집이 존재하지 않는다면 굉장히 번거로울 것이다. 그러나 전집은 서지적인 착오가 없고 정본일 때 진정한 효용성을 갖는다. 잘못 정리된 전집은 경우에 따라 큰 문제를 일으키고 치명적인 결과를 낳기도 한다.

정본 전집을 간행하기 위해 가장 먼저 해야 할 일은 처음 발표된 원본을 찾는 일이다. 물론 인쇄된 최초의 발표본 외에 육필원고까지 찾으면 금상첨화일 것이다. 하지만, 이것은 쉬운 일이 아니고 존재하지 않는 경우도 많을 것이다. 최초의 발표본을 찾는 일은 시간이 오래된 고전문학 작품의 경우엔 쉽지 않은 작업이다. 그래서 고전문학의 원본 연구에선 이본 연구가 매우 중요하다. 여러 이본을 놓고 서로 대조해가며 어느 것이 가장 정본에 가까운지를 추적해들어간다. 이본 연구의 진척에 따라 최초로 발표된 원본이 뒤바뀌기도 한다.

1910년대에서 1940년대에 발표된 근대문학 작품의 경우 대부분 공적인 발표 매체가 뚜렷하고, 그것이 모두 알려져 있기 때문에 최초로 발표된 원본을 찾는 일은 그리 어렵지 않다. 다만, 그 인쇄본들은 지금 여기저기 흩어져 있어서 연구자가 직접 소재지를 찾아 돌아다니며 발품을 팔아야 하는 수고와 시간이 필요하다. 나는 지난 1980년대 초반 백석 시에 대한 석사학위 논문을 쓰기 위해 고려대 도서관에 틀어박혀 1930년대에서 1940년대에 간행된 모든 잡지와 신문 들을 한 장씩 넘겨가면서 마치 보물 찾듯 백석이라는 이름으로 발표된 작품들을 찾아나섰다. 그래서 백석 시의 여러 작품들을 찾아냈고, 그때 발굴해 복사한 원본들은 지금도 내 서랍 안에 소중히 보관되어 있다.

그후 다른 연구자들이 백석 시에 대한 시집과 전집을 발간하여 지금은 여러 종류의 백석 시집들이 출간되어 있다. 그런데 그 시집들은 표기가 모두 제각각이다. 송준과 김학동이 엮은 시집은 원본을 그대로 살렸다 하고, 이동순과 김재용, 그리고 문학사상사와 미래사에서 엮은 시집은 일부 표기를 현대 맞춤법에 맞게 고쳤으나 가급적 원문을 살렸다고 한다. 기존의 시집들은 저마다 맞춤법에 따른 변개의 차이는 있으나 원문을 훼손하지 않으려는 데에는 공통점을 갖고 있다. 그런데 그 원본이 내가 가지고 있는 원본과 다른 경우가 적지 않았다. 왜 그럴까? 왜 다 같은 원본인데 차이가 날까? 진짜 원본의 표기는 무엇이고, 변개한 글자들은 어떤 것들인가?『정본 백석 시집』을 만들겠다고 마음먹은 것은 이런 의문에서 시작된 것이다.

2. 원본과 영인본의 차이

백석에 대한 최초의 전집이며 백석 연구의 기폭제 역할을 했던 이동순 교수의 역저『백석시전집』(창작과비평사, 1987)에는 눈에 띄는 이상한 오자가 하나 있다. 시「목구木具」의 4연 첫 구절인 "내 손자의 손자와 손자와 **니**[1]와 할아버지와 할아버지의 할아버지와"라는 구절에서 '나'가 '니'로 오식된 것이다.[2] 꼼꼼하게 편집된 이 전집에서 왜 이런 어이없는 오자가 발생했을까? 원본엔 분명히 '나'로 표기되어 있다. 그런데 영인본엔 놀랍게도 '니'로 표기되어 있다. 이동순 교수가 어떤 판본을 본 것인지 알 수는 없으나, 이 사례는 우리에게 영인본의 문제점을 심각하게 되돌아보게 한다.

영인본은 말 그대로 원본을 그대로 찍은 것이다. 그래서 영인본을 그대로 원본으로 간주한다. 뿐만 아니라 일일이 원본을 찾아다녀야 하는 시간과 수

---

1) 굵은 글씨와 밑줄은 설명의 편의를 위해 필자가 표시한 것이다. 이하 작품 인용에 표시된 굵은 글씨와 밑줄도 모두 마찬가지이다.

2) 이동순 교수가 뒤에 증보판의 형식으로 간행한 백석 전집『모닥불』(솔, 1998)에는 '니'를 '나'로 바로잡아놓았다.

고를 덜어주는 고마운 존재로 생각한다. 하지만 위의 사례에서 보듯 영인본은 실제 원본과 완전히 같지 않은 것이다. 백석 시의 경우 영인본에서 원본이 왜곡된 사례는 이밖에도 무수히 발견된다. 시「오리」의 4연에 나오는 "닭이짖 올코"라는 구절은 영인본엔 "닭이젖 올코"로 잘못 표기되어 있다. 시「함주시초咸州詩抄」라는 표제 아래 실려 있는「노루」라는 시에서의 "노루새끼"(1연 4행, 2연 2·3·6행)는 영인본엔 "노두새끼"로 잘못 표기되어 있고, 시「적막강산」의 "배채"(1연 1행), "벌로 오면"(4연 2행)이란 구절은 영인본엔 "배채" "벌르 오면" 등으로 잘못 표기되어 있다. 심지어 영인본엔 원본에 멀쩡히 놓여 있는 글자가 누락된 경우도 있다. 시「선우사膳友辭」의 3연 첫 행의 끝에 나오는 서술어인 "탓이다"에서 "다"라는 글자가 영인본엔 누락되어 있다.[3] 왜 영인본에 이런 오류가 발생했을까? '짖'이 '젖'으로 '배'가 '배'로 영인된 것은 종이에 잡티가 묻은 것을 그대로 찍었기 때문일 것이다. '짖'의 초성 옆에 조그만 잡티가 묻고 그 상태 그대로 찍으면 영인본에선 '젖'으로 표기되어 나타날 수밖에 없다. 해방 전에 간행된 잡지들은 인쇄 상태가 좋지 않기 때문에 여기저기 잡티가 묻어 있는 경우가 많으며 따라서 이런 오류의 예는 광범위하게 나타날 수 있다. "노두새끼"의 경우 실제 원본엔 희미하게 보이는데 영인본엔 희미한 인쇄 상태가 완전히 누락되어 나타난 것이다. 나머지 오식이나 글자 누락의 경우 영인 상태의 불량일 것이다.

영인본의 착오는 우리 글자의 특수한 모양에서 기인하는 경우도 있다. 가령

---

3) 백석 시에 대한 최초의 원본비평 연구서인 이지나의 『백석 시의 원전비평』(깊은 샘, 2006)에는 이런 글자들이 원본의 오류라고 지적되어 있는데(73~100쪽), 실제 원본을 검토해보면 모두 올바로 표기되어 있다. 학위 논문인 이 저서는 백석 시의 원본을 꼼꼼히 검토하고 후대 판본을 비교, 연구하여 학계에 많은 기여를 한 역작인데 실제 원본에 대한 면밀한 검토가 뒤따르지 않아서 부분적으로 이런 착오를 일으키고 있다.

「넘언집 범같은 노큰마니」에 나오는 "청능"이란 시어의 경우 거의 모든 백석 시집에 "청눙"으로 되어 있다. 원본이 비교적 잘 표기되어 있는 송준의 시집에도 '청능'이 아닌 '청눙'으로 표기되어 있다. 영인본을 보면 '청능'이 거의 '청눙'으로 인식되는데, 그 이유는 'ㅇ'이란 자음자의 글자 모양 때문이다. 훈민정음 창제 당시 종성에 위치한 '소리 나는 ㅇ'은 위에 꼭지를 붙였다. 반면에 소리가 없는 초성과 종성의 빈자리에는 꼭지 없는 'ㅇ'으로 표기하여, 꼭지 이응과 구별하였다. 17세기 이후에 이런 구별은 사라졌는데, 백석이 활동하던 당시의 잡지 활자들을 보면 종성의 꼭지 이응의 모양이 뚜렷하고 이응 위의 꼭지 길이도 눈에 띄게 길다. 그래서 인쇄 상태가 좋지 않은 영인본을 보면 '능'을 '눙'으로 인식하기 십상이다. 하지만 원본을 보면 '눙'이 아니라 '능'임을 어렵지 않게 확인할 수 있다. 단, 이 경우 'ㅇ' 자의 모양이 꼭지 이응이었다는 사실은 알고 있어야 할 것이다. 이 점에서 원본 확정 작업은 국어사적 지식이 요청되는 것이기도 하다.

이와 비슷한 예로 "봉가집"이란 시어를 들 수 있다. 송준과 김학동의 원본 시집에는 "봉가집"으로 표기되어 있는데[4], 이동순의 창작과비평사본과 솔본, 김재용의 실천문학사본, 문학사상사본 등 거의 모든 시집에는 "붕가집"으로 표기되어 있다.[5] 이숭원은 이 글자가 '봉가집'인지 '붕가집'인지 구분이 안 된다고 했다.[6] 영인본을 보면 구별이 쉽지 않지 않고, 구별하더라도 '붕가집'으

---

4) 송준은 작품 표기는 "봉갓집"으로 했는데, 시어 풀이에선 "분가집"으로 표기하고 있다. 또 그 뜻을 '친척집'으로 기술하고 있어 '본가집'과는 다소 동떨어진 풀이를 하고 있다.

5) 이 글에서 주로 대상으로 삼은 시집은 송준편 『백석시전집』(학영사, 2004), 김학동편 『백석전집』(새문사, 1990), 이동순편 『백석시전집』(창작과비평사, 1987)과 이 전집의 증보판 형식인 『모닥불』(솔, 1998), 김재용의 『백석전집』(실천문학사, 2005), 그리고 문학사상사에서 간행한 『백석』(2005)이며, 백석의 원본비평서인 이지나의 연구서 등이다. 이 시집들이 그동안 백석 시 연구에 많은 도움을 준 공들인 저서라는 점에서 논의의 대상으로 삼았다.

6) 이숭원(주해), 이지나(편), 『원본 백석 시집』, 깊은샘, 2006, 209쪽.

로 인식하기 십상이다. 하지만 꼭지 이응의 자음자에 대한 기본 지식을 갖고 영인본이 아닌 실제 원본을 들여다보면 '붕가집'이 아니고 '봉가집'임을 분명히 알게 된다. 이 시어는 그동안 '붕가집'에서 유추하여 '친구집'으로 풀이했는데[7], 실제 원본을 확인해보면 이 풀이가 잘못된 것임을 바로 알게 된다. 원본에 표기된 '봉가집'이란 말은 '본가집', 즉 '친정집'을 의미하는 것이다. 이 구절의 자세한 의미에 대해서는 『정본 백석 시집』에서 풀이한 바 있으므로 여기선 생략하기로 한다.

원본 확인이 정확한 뜻풀이로 이어지는 예는 "마가을"이라는 시어에서도 볼 수 있다. 시 「월림月林 장」에 나오는 이 어휘는 이동순의 창작과비평사본과 솔본, 김재용의 실천문학사본은 물론이고, 원문을 그대로 옮겼다는 송준과 김학동의 시집에도 '마가슬'로 표기되어 있다. 하지만 실제 원본을 보면 '마가슬'이 아니라 "마가을"로 표기되어 있다. '마가을'은 평북 방언사전에 '늦가을'의 방언으로 등재되어 있는 말이고, 국어사전에도 북한 지역에서 쓰는 단어로 등재되어 있다. '마가슬'이란 단어는 두 사전 모두에 등재되어 있지 않다. 물론 '가슬'은 '가을'의 고어이고 방언이긴 하다. 하지만 '마가슬'이 '늦가을'의 뜻으로 쓰였는지는 분명하지 않다. 설사 그렇더라도 사전에 분명히 등재되어 있고, 또 백석이 원래 표기한 단어인 '마가을'로 표기해야 한다는 것은 자명한 일이다.

지금까지 영인본이 아닌 실제 원본을 봐야 한다는 점을 강조하였는데, 원본을 보더라도 여러 인쇄본들을 대조해보아야 한다. 가령 시 「국수」의 7행에 나오는 "마을을 구수한 즐거움에 싸서"라는 구절은 고려대 도서관 소장본을 보면 "마을을 구수한 즐거움에 사서"로 인쇄된 것처럼 보인다. '사'의 'ㅅ'자 왼

---

7) 한 연구자는 이 시어가 쓰인 백석 시의 「칠월백중」을 해석하며, '봉가집'을 '친구집'으로 풀이하여 이 작품을 엉뚱하게 해석하고 있다. 「칠월백중」(최동호·유성호·방민호·김수이 외, 『백석 시 읽기의 즐거움』, 서정시학, 2006) 참조.

편에 아주 희미하게 그어진 사선이 있는데 무시해도 좋을 정도여서 그냥 '사
서'로 읽기 십상이다. 그래서 나도 지금껏 이 구절을 '사서'로 읽었다. 하지만
이번에 연세대 도서관에 소장되어 있는 잡지의 원본을 보니까 그 사선이 보다
분명하게 보였다.[8] 이 작품이 실린 잡지는 1941년 4월에 간행된 『문장』 폐간
호이다. 두 도서관에 소장된 잡지는 모두 초간본인데 연대 소장본의 상태가 보
다 양호했던 것이다. 문맥상으로 보아도 '마을을 즐거움에 사서'라는 말은 어
색한데, '마을을 즐거움에 싸서'라는 말은 자연스럽다. 이 사례에서 보듯 비록
같은 초간본이더라도 인쇄 당시의 상태나 그후의 보관 상태에 따라 문서의 품
질이 다를 수 있다. 특히 어떤 문서의 글자 인식이 모호한 경우 다른 초간본과
의 비교, 대조는 필수적이라고 할 수 있다. 고전문학의 전유물이었던 이본 대
조는 이제 근대문학의 원본 연구에서도 필요한 일이 된 것이다.

지금으로부터 30년 전인 지난 1980년대 초반 대학 도서관에서 해방 전의 잡
지를 열람했을 때는 별다른 불편이 없었다. 그 잡지들은 일반 서고에 소장되
어 있어서 자유롭게 열람하고 복사할 수 있었다. 하지만 그로부터 30년이 지난
지금 그 잡지들은 모두 귀중본이 되어 고서와 함께 귀중본 서고 깊숙이 들어가
있다. 그 잡지들 중 일부는 어느덧 종이가 많이 삭아서 책을 펼치면 바로 부스
러질 위험을 안고 있기도 하다. 그리하여 사서들은 영인본이나 컴퓨터로 스캔
한 파일을 보도록 권하고 있으며, 특별한 연구 목적으로 열람을 하더라도 복사
하는 데 여러 제한을 두고 있다.

들기로 종이 수명은 50년 정도라고 한다. 보관 상태에 따라 더 연장될 수는
있겠지만, 언젠간 해방 전의 잡지들을 최초의 인쇄본 그대로 볼 수 없게 될 것

---

8) 송준의 시집에는 '싸서'로, 김학동의 시집에는 '차서'로 표기되어 있다. 이동순의 창작과비평사
본에는 '사서'로 표기되어 있는데, 뒤의 솔본에는 '싸서'로 바로잡았다. 김재용의 시집과 문학사상
사본에는 모두 '싸서'로 바로 표기되어 있고, 이지나 역시 '싸서'로 바로 인식하고 있다.

이다. 그러니 지금부터라도 중요한 시인, 작가 들의 최초 인쇄본들을 육안으로 검토하여 정확한 원본 확정 작업을 해나가는 일이 매우 필요하리라 생각된다.

3. 원본의 변개

영인본이 아닌 최초로 발표된 판본 가운데 인쇄 상태가 가장 양호한 양질의 인쇄본을 원본으로 확정한 이후에는 본격적으로 정본을 위한 수정 작업에 들어가야 한다. 정본을 위한 원본의 변개에서 가장 먼저 해야 할 일은 오탈자를 잡아내는 일이다. 인쇄도 사람이 하는 일이라 오탈자는 어느 시대, 어느 책에나 있기 마련이다. 더욱이 컴퓨터로 쓴 원고를 컴퓨터로 조판하는 요즘과 달리 육필원고를 인쇄공이 육안으로 판독하여 일일이 집자를 해야 했던 당시의 인쇄 제작 시스템을 고려한다면 오탈자의 발생 확률은 지금보다 훨씬 높을 수밖에 없다. 백석 시의 경우 길고 방언과 고어가 많기 때문에 상대적으로 그 발생 확률이 더 높다고 보아야 할 것이다.

그런데 오탈자를 잡는 일은 결코 쉬운 일이 아니며, 함부로 해서도 안 되는 일이다. 우선 글자 모양의 유사성으로 혼란의 가능성이 있는지를 가늠한 다음, 그의 전 작품을 대상으로 다른 사례들을 참조해서 오탈자를 잡아내야 할 것이다. 이 경우는 그래도 세심한 주의와 꼼꼼한 검토가 뒷받침되면 어렵지 않게 해결할 수 있는 일이다. 하지만 적지 않은 경우, 오탈자의 지적은 우리말에 대한 기본적인 문법 지식에다 문장에 대한 정확한 독해력과 시적 정황에 대한 세심한 통찰이 뒷받침되어야만 한다.

솔포기에 숨엇다

토끼나 꿩을 놀래주고십흔 山허리의길은

업데서 따스하니 손녹히고십흔 길이다

개덜이고 호이호이 희파람불며
시름노코 가고십흔 길이다

궤나리봇짐벗고 따ㅅ불노코안저
담배한대 피우고십흔길이다

승냥이 줄레줄레 달고가며
덕신덕신 이야기하고십흔 길이다

덕거머리총각은 정든님업고오고십흘길이다

—「昌原道」 전문

　인용 시는 「창원도^{昌原道}」의 원문이다. 1936년 3월 5일 조선일보에 발표된 인쇄본을 그대로 옮겨온 것이다. 인용 시의 1~5연까지는 모두 "십흔"으로 표기되어 있는데 마지막 연에서는 "십흘"로 표기되어 있다. 송준의 책에는 이 원문이 그대로 실려 있지만, 김학동의 원본 시집과 이동순의 창작과비평사본과 솔본, 김재용의 실천문학사본, 그리고 문학사상사본에는 마지막 연의 '십흘'을 '싶은'으로 바꾸어놓았다. '십'을 '싶'으로 바꾼 것은 맞춤법의 교정이지만 '을'을 '은'으로 바꾼 것은 오식으로 간주해 수정한 것이다.

　하지만 이 표기는 오식이 아니다. '싶다'는 말은 일인칭 주어의 일을 서술하는, 주어 제약을 갖고 있는 보조형용사이다. '나는 밥이 먹고 싶다'라는 문장은 말이 되지만, '그는 밥이 먹고 싶다'라는 문장은 말이 되지 않는다. '싶다'의 관형형인 '싶은'이란 말도 마찬가지이다. 이 시의 1~5연까지에서 주어는 시인 자신을 함축하는 일인칭 화자이다. 1~5연까지는 시인 화자의 소망을 피력하고 있는 것이다. 하지만 마지막 연의 주어는 "덕거머리총각"이다. 즉, 일인칭이 아니라 삼인칭인 것이다. 따라서 '싶은'이란 말의 주어가 될 수 없다. 그런데 여기에 '을'이라는 관형형 어미가 붙을 경우엔 일인칭 주어 제약을 완화시킬 수 있다. '싶을'이라고 할 땐 "덕거머리 총각"이 그런 희망을 갖고 싶을 것이라는 화자의 '추측'을 나타내는 말의 기능을 하게 되는 것이다. '싶을'의 의미를 달리 보면 '싶어할'의 축약으로 볼 수도 있다. '싶어하다'는 말은 특별히 주어 제약을 갖지 않는 말이다. 일인칭이나 삼인칭 모두에 쓸 수 있는 말이다. '싶어할'이 '싶을'로 축약되는 것은 문법적으로 어색하지만 그 앞에서 연속적으로 표출되고 있는 '십은'과 운율을 맞추기 위해 그렇게 표현한 것으로 볼 수도 있다. 이렇게 볼 때 이 시의 원문에 쓰인 '십흘'을 '싶은'으로 변개해선 안 되며 원문 그대로 표기해야만 한다. 그랬을 때 백석의 정확한 우리말 감각까지도 고스란히 전해 받을 수 있는 것이다.

三里박 江쟁변엔 자갯돌에서

비멀이한 옷을 부숭부숭 말려입고 오는 길인데

山모룽고지 하나 도는 동안에 옷은 또 함북저젓다

한二十里 가면 거리라든데

한겻 남아 걸어도 거리는 뫼이지 안는다

나는 어니 외진 山길에서 맛난 새악시가 곱기도 하든것과

어니메 江물속에 들여다 뵈이든 쏘가리가 한자나 되게 크든것을 생각하며
山비에 저젓다는 말럿다 하며 오는길이다

이젠 배도 출출히 곱핫는데
어서 그 옹기장사가 온다는 거리로 들어가면 무엇보다도 몬저 『酒類販賣業』
이라고
써부친 집으로 들어가자

—「球場路」 부분

인용 시도 원문이다. 인용 시에서 문제가 되는 곳은 2연 5행의 "말럿다"라
는 말이다. 송준과 김학동의 시집엔 원문대로 표기되어 있는데, 이동순의 창작
과비평사본과 솔본, 김재용의 시집과 문학사상사본에는 '말럿다'가 '말렷다'로
변개되어 있다. '말럿다'는 자동사이지만, '말렷다'는 타동사이다. '말럿다' 앞
에 놓인 '저젓다'라는 말은 자동사이므로 연속해서 이어지는 그다음 서술어도
'말럿다'라는 자동사가 와야지 '말렷다'라는 타동사가 오면 문법적으로 맞지
않고 아주 어색한 문장이 된다.
　시적 정황이나 문맥상으로도 '저젓다는 말럿다'로 보는 것이 자연스럽다. 화
자는 1연에서 3리 밖의 강변에서 비에 젖은 옷을 말려 입고 오는 중이라고 말한
다. 젖은 옷을 자갯돌(자갈)에서 말려 입었다는 것으로 보아 아마도 옷을 벗어
자갈 위에 말린 것으로 보인다. 그런데 화자는 산모퉁이를 돌다가 또 비에 옷이
젖는다. 이제 화자는 빨리 산길을 벗어나 큰 거리가 나오기를 고대한다. 산길을
즐기면서도 내심으론 발길을 재촉하며 걷고 있는 것이다. "山비에 저젓다는 말
럿다 하며 오는 길이다"라는 문장은 바로 이런 정황 속에서 표출된 것이다. 만약
'말렷다'라고 본다면 이는 젖은 옷을 말리기 위한 화자의 행위로 인해 시간이 지

체되는 상황이 되는 것이다. 이것은 빨리 산길을 벗어나려는 화자의 정황과는 맞지 않는다. 따라서 화자가 계속해서 산길을 걷고 있는 중에 산비에 옷이 젖었다가 말랐다 하는 변화를 표현한 것으로 보는 것이 훨씬 자연스럽다.

> 어쩐지 香山부처님이 가까웁다는 거린데
> 국수집에서는 농짝가튼 도야지를 잡어걸고 국수에 치는 도야지고기는 돗바늘
> 가튼 털이 드문드문 백엿다
> 나는 이 털도 안뽑은 도야지 고기를 물구럼이 바라보며
> 또 털도 안뽑는 고기를 시껌언 맨모밀국수에 언저서 한입에 끌걱 삼키는 사람
> 들을 바라보며
> 나는 문득 가슴에 뜨끈한것을 느끼며
> 小獸林王을 생각한다 廣開土大王을 생각한다
>
> —「北新」 부분

위의 작품은 앞의 두 사례와는 다른 것으로서 변개 과정에서 염두에 두어야 할 중요한 점 하나를 보여준다. 위의 작품에선 우선 원본을 수정해도 말이 되고, 수정하지 않아도 말이 된다. 위 시에서 문제가 되는 곳은 4행의 "털도 안뽑는" 구절에서의 '는'이라는 글자이다. 그 앞 행에선 "털도 안뽑은"으로 표기되었는데 그다음 행에선 같은 구절이 "털도 안뽑는"으로 표기되어 '은'이 '는'으로 바뀌고 있다. 송준과 김학동의 원본 시집에선 위의 원본 그대로 표기되어 있고, 이동순은 창작과비평사본에선 '은'으로 변개시켰는데, 솔본에선 다시 원문 그대로 '는'으로 표기하고 있다. 김재용의 실천문학사본과 문학사상사에서 펴낸 시집에는 '는'을 '은'으로 변개시켜놓았고, 이지나 역시 '는'을 '은'의 오식으로 보고 문맥상 그렇게 보는 것이 자연스럽다는 설명을 붙이고 있다.

‘털도 안뽑은’이라는 말에서의 ‘안뽑은’은 ‘안뽑다’는 말에서 과거시제의 관형형 어미인 ‘은’이 결합된 형태의 말이다. 3행과 4행의 구절을 모두 털도 ‘안뽑은 고기’로 보면, 화자는 털도 안 뽑고 걸어놓은 돼지를 바라보고, 이어서 그렇게 털도 안 뽑은 돼지고기가 얹힌 메밀국수를 먹는 사람들의 표정을 진술한 시가 된다. 즉, 국숫집 안의 현재 풍경을 그대로 진술한 시가 된다.

반면에 ‘털도 안뽑는’이라고 보면 시의 의미는 적지 않게 달라진다. ‘안뽑는’이란 말에서의 ‘는’은 현재시제의 관형어 어미이다. 현재시제는 때로 일상적 습관이나 반복 행위를 나타내는 절대시제로 쓰인다. 이 구절에서의 용법이 바로 그러하다. 털도 안 뽑고 그런 고기를 먹는 행위가 북관 사람들에겐 일회적인 것이 아니라 늘 반복되는, 오랫동안 전해오던 관습적 행위라는 것을 보여준다. 이런 표현은 북관 사람들의 일상적 삶과 그 내면에 배어 있는 호방함과 기개를 한층 실감나게 환기시켜준다. 이렇게 볼 때 위의 시에서는 ‘안뽑은’과 ‘안뽑는’ 둘 다 말이 되지만 후자로 해석할 때 시의 의미가 훨씬 깊어지고 생기를 띠게 된다. 따라서 위의 구절은 일부러 변개시킬 필요가 없는 것이며, 원문 그대로 두는 것이 훨씬 좋은 것이다.

시를 잘못 변개해서 문제가 되는 사례는 수없이 많을 것이다. 위의 사례들에서 우리는 시의 원본을 변개시키는 데 얼마가 신중을 기해야 하는지를 새삼 확인하게 된다. 또 원본에 대한 세심한 판독이 얼마나 중요한 것인지도 거듭 확인하게 된다.

4. 서지사항의 정리

정본 전집은 서지적 사항의 정확한 정리가 이루어질 때 비로소 완성되는 것이다. 정본으로 확정한 그 작품의 발표 연대와 발표 지면 등이 명확한 고증에 의해 정확히 기록되어야 한다. 작품 연보뿐만 아니라 작가의 생애에 대한 연보까지 정확하고 구체적으로 기록된다면 더 충실한 전집이 될 것이다. 하지만 이 점도 여전히 부실하다. 백석 시의 경우, 거의 모든 전집에 데뷔작의 날짜가 잘못 기록되어 있다. 시인으로서 공적으로 발표한 최초의 작품으로 알려진 「정주성」은 조선일보 1935년 8월 30일자에 실려 있는데, 거의 모든 책의 작품 연보에는 1935년 8월 31일로 기록되어 있다. 사실 지난 1983년에 쓴 나의 석사 논문에도 「정주성」의 발표 날짜를 8월 31일로 썼으니 최초의 잘못은 나부터 시작된 셈이며 그에 대해 책임감을 느끼고 있다. 올해 출간한 『정본 백석 시집』의 연보에 바로잡아놓았으며, 이보다 훨씬 전인 지난 1995년 학위 논문을 묶은 저서에서 「정주성」의 정확한 발표 날짜가 8월 31일이 아니고 8월 30일이라는 점을 책의 본문에서 밝힌 바 있다(하지만 뒤의 연보는 수정하지 않아 여전히 꼼꼼하지 못했다).

전집에 기록된 데뷔 작품과 날짜의 부정확함은 다른 시인들의 전집에서도 자주 발견되는 일이다. 신석정 시인의 데뷔작으로 꼽히는 「기우는 해」는 조선일보 1924년 11월 24일자에 실려 있는데 몇몇 전집에선 4월 19일로 적혀 있다. 조선일보 11월 24일자에 실려 있는 작품의 말미엔 4월 19일이란 날짜가 적혀 있는데, 이것은 창작 시점을 표시한 것이다. 그러니까 창작 시점과 발표 시점을 혼동해서 데뷔 작품의 날짜를 잘못 기록한 것이다.

김수영의 경우에도 전집마다 데뷔 날짜가 제각각이다. 어떤 책에는 1945년 『예술부락』에 처음 시를 발표하였다고 기술되어 있고, 다른 책에는 1946년 1월 『예술부락』 창간호에 시 「묘정의 노래」를 발표하였다고 기술되어 있고, 또다른 책에는 1947년 『예술부락』에 시를 발표하였다고 기술되어 있다. 데뷔 연도가 책마다 1945년, 1946년, 1947년으로 전부 다른 것이다. 나는 이 중에서 어느 것이 맞는지 확인하기 위해 고려대 도서관에 가서『예술부락』원본을 직접 찾아보았다. 하지만 1946년 1월과 1947년도에 간행된『예술부락』에서 김수영의 작품을 발견할 수 없었다. 전부 잘못 기록된 것이다.『예술부락』은 조연현이 창간한 것이고, 그의 자전적 저서인『남기고 싶은 이야기들』안에 김수영이『예술부락』과 인연을 맺었다는 술회가 적혀 있다.[9] 또 최하림의『김수영 평전』에 김수영이 시 스무 편 정도를 조연현에게 보냈는데 그중에서 가장 모던하지 않으며 저수준인「묘정의 모래」가 뽑힌 것에 불만을 갖고 있다는 술회가 기술되어 있다.[10] 이 점으로 미루어서 김수영의「묘정의 모래」가『예술부락』에 실린 것은 사실인 것 같다. 고려대 도서관에 소장되어 있는『예술부락』엔 1946년에 간행된 2집이 누락되어 있어 혹시 여기에 김수영의 공적인 최초 작품인「묘정의 노래」가 실려 있는 것이 아닌가 생각되는데 이것도 어디까지나 추정일 뿐이다. 김수명이 소장하고 있는 김수영의 육필원고인「묘정의 노래」에는 작품 밑에 1945년이라는 연도 표시가 있다.[11] 창작 시점을 표시한 것이다. 김수영의 데뷔 날짜가 1945년이라고 기술한 책은 앞서 신석정의 사례와 마찬가지로 창작 시점과 발표 시점을 혼동해서 일으킨 잘못이라고 할 수 있다.[12]

　김수영을 비롯해 해방 직후에 등단한 시인들의 경우 사회적 혼란기이고 문단 질서가 잡히기 전이어서 정확한 데뷔작과 데뷔 시점이 다소 불투명하다고 할 수 있으며, 최초의 작품 하나를 꼭 짚어내는 것이 그의 작품 이해에 결정적인 역할을 하는 것은 아닐 수 있다. 하지만 부정확한 서지 작업은 전집의 신뢰

---

9) 조연현,『남기고 싶은 이야기들』, 부름, 1981, 18~24쪽.

10) 최하림,『김수영 평전』, 실천문학사, 2001, 96쪽.

11) 이것은 김수영 연구로 학위를 받은 여태천 시인이 소장하고 있던 자료를 통해 확인한 것이다.

12) 김수영의 데뷔 작품에 대한 이러한 의문점은 졸고,「해방기의 시」, 오세영 외,『한국현대시사』(민음사, 2007), 217쪽에서 기술한 바 있다.

성을 낮추고 후대의 연구자들에게 많은 수고와 시간적 낭비를 끼치게 된다는 점에서 결코 소홀히 할 수 없는 일인 것이다.

5. 정본 작업과 문학 연구와 논문 제도

근대문학의 중요한 시인이나 작가 들의 전집들은 이미 다 간행된 바 있고, 그것도 하나가 아니라 여러 종들이 출간되어 있다. 하지만 그 전집들이 모두 정본이라고 자신 있게 말할 수는 없을 것이다. 전집은 많으나 진정한 정본 전집은 극히 희박하다고 해도 틀린 말은 아니다. 사실 우리 모두는 부정확한 텍스트를 읽고, 그 텍스트로 연구라는 것을 하고 있다고 해도 과언이 아니다. 우리 근대문학의 역사가 길지 않고 중요한 시인, 작가 들도 많지 않기 때문에 연구 대상이 고갈되었고, 따라서 점점 근대문학의 연구 대상이 해방 후를 넘어 1960년대와 1970년대의 시인, 작가 들에게까지 넓혀지고 있다. 그러나 해방 전의 작품들에 대한 정본 작업이 확실하게 이루어지지 않은 점을 생각해본다면 이 시기에 좀더 머물면서 원본을 연구하고 정본을 확정해나가는 일이 매우 필요하리라 생각된다. 이것은 문학 연구의 기본으로 돌아가 기초를 다시 다져나가는 일에 해당한다. 이런 작업은 그동안 방만하게 진행되어온 잡다한 문학 해석을 올바르게 정리하는 데도 상당히 기여하게 될 것이다.

그런데 이 일은 결국 현실적인 문제와 직결된다. 이 일은 어차피 전문 연구자들의 몫일 수밖에 없는데, 현실적으로 그들은 논문을 생산해야 되고, 일종의 학자 자격증 비슷한 학위 논문을 써내야만 한다. 그래서 그들은 이런 작업에 소홀하기 마련이다. 듣기로 일본에서는 서지 연구만으로도 학위 논문을 준다고 한다. 우리도 이런 제도를 수용하여 서지 연구를 활성화하고, 문학 연구의 기초를 튼튼히 다져나가는 일에 힘써야 할 것이다. 과잉해석으로 포장된 작품, 작가 연구보다 꼼꼼하고 정확한 서지 연구가 훨씬 값지고 학계에 실질적인 기여를 하는 일이라는 것에는 누구나 동감할 것이다.

전집 발간은 재단이나 문화 관련 공공기관에서 프로젝트로 수행하는 경우가 많다. 그런데 대부분 부여되는 연구 기간이 짧다. 앞서 살펴보았듯이 제대로 된 정본 전집의 발간은 아주 오랜 시간과 공력을 필요로 한다. 정본 전집 하나 만드는 것은 제대로 된 사전 하나 만드는 것 못지않게 지루하고 고단하며 많은 인내를 필요로 하는 일이다. 전집 발간 사업을 할 것이라면 이러한 정본 전집 과정의 실체와 중요성을 명확히 인식하여 아주 오랜 기간을 설정하고, 그 노고에 걸맞은 대우를 해줘야 할 것이다. 정본 전집은 문자예술 영역에서 가장 기본적이고 중요한 문화사업의 하나이다. 우리 근대문학의 기라성 같은 시인, 작가 들에 대한 전집이 지금보다 더 정확한 정본으로 하나하나 발간되기를 기대한다.

부기) 1. 이 글이 발표된(2007.12.) 이후에 출간된 저서 중 이숭원의 『백석을 만나다』(태학사, 2008)엔 '붕가집'을 '봉가집'으로 바로잡아놓았다. '노두새끼'는 여전히 오자로, '닭이젖올코'는 여전히 글자가 번져 이렇게 보인다고 설명하면서 오자의 가능성을 제기하고 있는데, 영인본이 아닌 원본엔 '노루새끼'와 '닭이짓올코'로 정확히 표기되어 있다. 김재용의 『백석전집』(개정증보판, 실천문학사, 2011)에는 '붕가집' '마가슬' '청눙' 등이 모두 수정되지 않고 그대로 표기되어 있다. 이동순, 김문주, 최동호의 『백석문학전집 1』(서정시학, 2012)엔 '붕가집'은 '봉가집'으로, '마가슬'은 '마가을'로, '즐거움에 사서'는 '즐거움에 싸서'로, '싶은'은 '싶을'로 바로잡았는데, '청눙'은 '청능'으로 수정하지 않고, 여전히 '청눙'으로 표기되어 있다. 송준의 『백석 시 전집』(흰당나귀, 2012)엔 '봉가집'의 어석을 '본가집', 또는 '종갓집'으로 풀이하여 그 의미를 실제 이상으로 과장해놓았다. '마가슬'은 '마가을'로 바로잡았으며, '청눙'은 '청능'으로 수정하지 않고 '청눙'으로 표기되어 있다.

2. 이 글이 발표된(2007. 12) 이후 이영준의 책임편집으로 『김수영 육필시고 전집』(민음사, 2009)이 간행되었다. 이영준은 이 책의 준비 과정에서 서지연구가 오영식 선생이 『예술부락』을 모두 소장하고 있는 것을 알게 되었다고 하면서, 그의 도움으로 김수영의 데뷔작 「묘정의 노래」가 『예술부락』 2집(1946년 3월)에 실린 것임을 확인하였다고 전하고 있다.

'가난한 나'의 무섭고
쓸쓸하고 서러운, 그리고 좋은

1. 백석 시와 고빈도 감정형용사

이 글은 백석의 시에 구사된 고빈도 형용사 어휘에 주목하여, 그 시어들이 백석 시에 어떻게 쓰이고, 백석 시의 의미 형성에 어떻게 관여하는지를 알아보기 위해 쓰였다.

그동안 백석 시의 시어에 대해서는 명사를 중심으로 한 체언의 연구에 관심이 집중되어왔다. 이는 백석 시에 많이 구사된 평북 방언들의 상당수가 사물이나 사람을 지칭하는 어휘들이고, 또 백석 시에 독특한 이미지가 많이 구사되어 그 비유어에 각별하게 주목하게 되었기 때문이다.

그런데 백석의 시에는 체언뿐만 아니라 형용사도 중요한 역할을 한다. 형용사는 '사람이나 사물의 성질이나 상태, 존재의 어떠함을 나타내는 말'로서 본질적으로 시적 표현의 기본을 이룬다. 시적 대상의 성질과 그에 대한 느낌의 표현은 간단한 형용사 하나로부터 시작된다. 형용사는 더 나아가 고도의 기교로 시적인 함축이나 운율을 조성하는 '에피세트(Epithet)'라는 시적 수사[1]를 담당하기도 한다. 이처럼 시적 표현의 근간을 형성하는 형용사는 백석 시에도 빈번하게 등장하고, 또 시의 의미 형성에 중요한 역할을 한다. 백석 시에서 형용사는 에피세트 수사의 전형적인 표현처럼 두 개 이상의 복합단어로 사물의 인상을 그려내는 방식[2]을 취하진 않는다. 그보다는 단일한 형용사를 통해 대상의 느낌을 나타내는 비교적 단순한 방식으로 쓰이는 경우가 대부분이다. 이로 인해 그동안 백석 시 연구에서 형용사 어휘의 쓰임이 간과되거나, 소홀하게 다뤄진 경향이 있었다. 하지만 백석의 시에서 단순하게 쓰인 형용사는 시적 표현의 중요한 일부를 형성하며, 그의 시세계에 상당한 역할을 한다. 단순하게 쓰인 것 같지만 시의 문맥 속에서 말뜻 너머의 미묘한 의미를 함축하며 다채로운 의미로 확장되고, 매우 개성적인 시적 표현을 형성하며, 독특한 '에피세트'의 역할을 하고 있는 것이다.

　백석의 시에는 어떠한 형용사 어휘들이 많이 구사되고 있을까? 백석 시에 나타난 의미 있는 고빈도 형용사는 '무섭다' '외롭다' '쓸쓸하다' '서럽다' '슬프다' '좋다' '가난하다' 등이다. '무섭다'는 17회, '외롭다'는 5회, '쓸쓸하다'는 22회, '서럽다'는 11회, '슬프다'는 5회, '좋다'는 25회, '가난하다'는 14회 등장한다(이 빈도수는 형용사에 국한된 것이고, 같은 뜻으로 동사화된 것까지 포함하면 그 수는 훨씬 늘어난다).[3] 이 중에서 '외롭다'와 '쓸쓸하다'는 거의 비슷

---

1) Alex Preminger and T.V.F. Brogan(eds), *The New Princeton Encyclopedia of Poetry and Poetics*, New York, NY: MJF Books, 1993, p. 378.

2) 같은 책, 379쪽.

3) 백석 시의 형용사 어휘 빈도수는 졸저, 『정본 백석 시집』을 바탕으로 박순원이 조사한 바 있고 (박순원, 『백석 시의 시어 연구―시어 목록의 고빈도 어휘를 중심으로』, 고려대 박사 논문, 2007 참조), 이번에 연구자가 다시 정리했다. '무섭다' 17회는 '무섭다'와 '무서웁다'를, '서럽다' 11회는 '서럽다' '서러웁다' '섧다' '설다'를 합한 수치이다. 형용사 어휘 빈도수는 문법적 적용에 따라 다소 차이가 있을 수 있어서, 구체적인 숫자보다는 그 빈도수의 경향을 눈여겨보아야 할 것이다.

한 뜻이며, '슬프다'와 '서럽다'도 비슷한 뜻이다. 전자가 추상성을 지닌 말이라면, 후자는 보다 구체성을 지닌 말이다. 그래서 백석은 '외롭다'보다는 '쓸쓸하다'를, '슬프다'보다는 '서럽다'는 말을 더 많이 쓰고 있다. 이렇게 볼 때 백석 시에서 가장 많이 구사된 형용사는 '무섭다' '쓸쓸하다' '서럽다' '좋다' '가난하다'라고 할 수 있다. 이 중에서 '가난하다'를 제외한 어휘들은 모두 '감정'을 나타내는 형용사이다. '가난하다'는 말도 사전적 정의는 경제 형편을 나타내는 말이지만, 백석 시에선 어떤 정신이나 마음 상태를 나타내는 말로 쓰인 경우가 많다. 이렇게 보면 백석의 시에 나타나는 고빈도 형용사는 거의 '감정 형용사'에 집중되고 있는 셈이다. 백석의 시를 이미지 표현과 감각의 묘사에만 열중하여 연구한 사람이라면 그의 시에 이렇게 감정 표현의 형용사들이 많다는 사실에 놀랄 것이다. 한 시인의 전 작품을 통해 지속적으로 등장하는 시어들은 그 시인의 선호 어휘와 표현법을 드러내는 것이고, 그의 시세계 형성에 중요한 영향을 미치는 시적 요소이다. 우리는 백석의 시에 쓰인 고빈도 형용사의 자세한 쓰임새를 살펴봄으로써 백석 시의 아름다움을 다시 한번 느끼고, 그의 시세계의 아득한 깊이와 높은 정신세계를 확인하게 될 것이다.

2. 무섭다

먼저, '무섭다'는 말은 백석 시 전반에 걸쳐 등장하는데 그 시작은 어린 시절 고향에서의 체험을 추억하는 시에서부터 비롯된다. 백석 시의 유년화자가 고

백석의 시에서 형용사 어휘는 몇몇을 제외하면, 대체로 한두 차례씩만 구사된다. 따라서 이 정도의 빈도수는 백석의 시에서 상대적으로 매우 높은 수치이다.

향 체험에서 느끼는 감정 가운데 지배적인 것이 바로 '무서움'이다. '무서움'은
백석의 유년 체험 곳곳에서 발생한다.

> 아배는 타관 가서 오지 않고 산山비탈 외따른 집에 엄매와 나와 단둘이서 누
> 가 죽이는 듯이 <u>무서운</u> 밤 집 뒤로는 어늬 산山골짜기에서 소를 잡어먹는 노나
> 리꾼들이 도적놈들같이 쿵쿵거리며 다닌다
>
> ——「고야古夜」[4] 부분
>
> (이 글의 작품 인용에서 밑줄은 모두 필자가 그은 것임)

> 가즈랑집은 고개 밑의/산山 너머 마을서 도야지를 잃는 밤 즘생을 쫓는 깽제
> 미 소리가 <u>무서웁게</u> 들려오는 집
>
> ——「가즈랑집」 부분

> 내가 언제나 <u>무서운</u> 외갓집은/초저녁이면 안팎마당이 그득하니 하이얀 나비
> 수염을 물은 보득지근한 복쪽재비들이 씨굴씨굴 모여서는 쨩쨩 쨩쨩 쇳스럽게
> 울어대고
>
> ——「외갓집」 부분

어린 시절 백석이 살던 집, 그가 자주 놀러가곤 했던 무당 할머니 집, 또 자
주 놀러갔을 법한 외갓집의 기억 등이 모두 무서운 감정으로부터 시작되거나
그러한 감정에 휩싸여 있다. 시인의 어린 시절을 지배했을 이 친근한 공간들은

---

4) 이 책에 인용된 백석의 시는 졸저, 『정본 백석 시집』의 정본으로 하며, 특별히 원문이 필요한 경
우 이 책에 수록된 원본으로 한다.

하나같이 저녁이나 밤의 시간대에 묶여 무서운 감정으로 시인의 추억 속에 각인되어 있다. 이슥한 공간과 밤은 원초적으로 무서움을 유발하는 물리적 시공간이지만, 그 속에서 유년화자의 무서움을 더욱 무섭게 만드는 것은 그곳에서 들리는 어떤 '소리'들이다. 「고야」의 무서움은 "노나리꾼들"의 발소리, 「가즈랑집」의 무서움은 "깽제미 소리", 「외갓집」의 무서움은 "쨍쨍 쨍쨍" 하는 복족제비들의 소리에서 비롯되거나, 그 소리 때문에 더욱 커진다. 유년화자의 '무서움'은 다채로운 소리로 미적인 감각을 강렬히 드러내며 시적인 정서를 심화시킨다. 심리학자들은 무서움이 태어나서 얼마 안 돼 갖게 되는 원초적인 감정이고, 일반적으로 어둠, 높은 곳, 큰소리, 낯선 사람 등에서 무서움을 느낀다고 한다.[5] 백석 시에 그려진 유년화자의 무서움과 무서움의 대상들은 인간이 본능적으로 갖고 있는 원초적인 감정에 호소하고 있는 셈이다. 우리 모두는 유난히 무서움을 많이 탔던 어린 시절의 추억을 갖고 있고, 백석은 그 원초적 감정을 밤의 시간대와 소리 감각을 통해 극적으로 드러내는 것이다. 백석 시에서 조성되는 '무서움'은 순진하고 무구했던 동심의 세계로 우리 모두를 끌어들인다.

'무서움'은 한편으로 연약한 심성의 발로이다. 무서움은 어떤 대상과의 마주침에서 발생하는데, 대상과 비교해 자신이 상대적으로 약하다고 생각할 때 일어난다. 한 심리학자는 어떤 사람이 특별히 잘못한 것도 없는데 자기를 기분 나쁘게 했을 때, 내가 상대방보다 강하다고 생각하면 분노를 표출하고, 약하다고 생각하면 무서움을 느낀다고 말한다.[6] 무서움은 근본적으로 약자가 느끼는 감정이다. 어린아이들이 어른들보다 상대적으로 무서움을 많이 타는 것은 스스

---

5) 최현석, 『인간의 모든 감정』, 서해문집, 2011, 86쪽.

6) 같은 책, 89~90쪽.

로 여리고 약한 존재라고 여겨서인 경우가 많다. 같은 이유로 어른들이 무서움을 많이 탄다면 그는 어린아이와 같은 여리고 약한 심성을 많이 소유한 자라고 볼 수 있다. 어른의 무서움은 어린아이의 무서움이 연장된 감정이다. 어른의 무서움은 그의 내면에 남아 있는 여리고 순진한 마음의 무의식적 표출인 것이다.

내 손에 오르기라도 하라고 나는 손을 내어미나 분명히 울고불고할 이 작은 것은 나를 무서우이 달아나버리며 나를 서럽게 한다

—「수라修羅」 부분

어데서 송아지 매— 하고 운다 골갯논드렁에서 미나리 밟고 서서 운다 복사나무 아래 가 흙장난하며 놀지 왜 우노 자개밭둑에 엄지 어데 안 가고 누웠다 아릇동리선가 말 웃는 소리 무서운가 아릇동리 망아지 네 소리 무서울라

—「황일黃日」 부분

비애고지 비애고지는/제비야 네 말이다/눈빨갱이 갈매기 발빨갱이 갈매기 가란 말이지/승냥이처럼 우는 갈매기/무서워 가란 말이지

—「대산동大山洞」 부분

백석은 어미를 찾아 헤매는 새끼 거미가 그를 보호하려고 내미는 자신의 손을 뿌리치고 달아나는 모습을 보고 '무서워' 그러는 것이라고 느끼고, 어느 한가한 시골의 논두렁에서 어린 마소가 우는 것을 보고 서로에게 '무서워' 그러는 것이라고 느끼며, 바닷가에서 제비가 지저귀는 소리를 듣고 승냥이 같은 갈매기가 '무서워' 그러는 것이라고 느낀다. 백석의 시선은 모두 동물들을 향하고 있는데, 그중에서도 어리고 약한 자의 마음속에 들어가 있다. 사람보다 연

약한 거미, 그중에서도 새끼 거미의 마음을 헤아리고 있고, 말보다 어린 송아지와 망아지의 마음을 헤아리고 있으며, 갈매기보다 작고 여린 제비의 마음을 헤아리고 있다. 인용 시들에서 무서움을 타는 이들은 모두 상대적 약자들이고, 또 낯선 이들 앞에 무방비로 놓여 있는 존재들이다. 그 위태롭고 불안하며 연약하기 그지없는 미물들의 마음을 애틋하게 헤아리는 심정이 바로 '무섭다'이다. 연약한 미물들 편에 서서 그들의 마음속을 헤아리는 인용 시의 성년화자는 어린아이와 같은 여리고 순수한 마음을 그대로 간직하고 있는 자이다. 연약한 동물들을 향해 성년화자가 토로하는 동심 같은 '무서움'이 평명한 위의 진술들에 시적인 긴장과 탄력을 준다. '무서움'은 백석 시를 순정한 서정의 세계로 물들이고 있으며, 한편으로 그의 시적 표현을 팽팽하게 만드는 데 일조한다.

나는 이 마을에 태어나기가 잘못이다/마을은 맨천 구신이 돼서/나는 <u>무서워</u> 오력을 펼 수 없다/자 방안에는 성주님/나는 성주님이 <u>무서워</u> 토방으로 나오면 토방에는 디운구신/나는 <u>무서워</u> 부엌으로 들어가면 부엌에는 부뜨막에 조앙님
—「마을은 맨천 구신이 돼서」 부분

화라지송침이 단채로 들어간다는 아궁지/이 험상궂은 아궁지도 조앙님은 <u>무서운가보다</u>//(……)//하펌도 남즉하니 불기와 유종들이/묵묵히 팔장 끼고 쭈구리고 앉었다//재 안 드는 밤은 불도 없이 캄캄한 까막나라에서/조앙님은 <u>무서운</u> 이야기나 하면/모두들 죽은 듯이 엎데였다 잠이 들 것이다
—「고사古寺」 부분

첫째 인용 시에서 보듯 어린 시절 마을 곳곳에 속신으로 장치해놓은 귀신을 무서워했던 유년화자는 두번째 인용 시의 성년화자에 이르러서도 여전히 그

러한 환경을 무서워한다. 유년화자에서 시작해 성년화자에 도달해서도 계속해 부엌의 조앙신이 무섭다고 진술하는 것은 우리 민속에 대한 시인의 남다른 애착의 소산이겠지만, 성년화자가 단순히 조앙신에 대한 공포뿐만 아니라 고사古寺 부엌 풍경의 무서움을 환기해내는 것은 여리고 섬세한 소년 감수성의 발로라고 하지 않을 수 없다. 큰 절의 식구들을 먹여 살려야 하는 만큼 매우 큰 아궁이가 설치되어 있는 부엌을 보며 그 커다란 아궁이의 구멍에서 무서움을 느끼고, 또 선반에 엎어져 진열되어 있는 '불기'(식기)들을 보고 부엌의 조앙귀신이 무서워 엎드리고 있는 것이라는 상상은 모두가 유년의 해맑은 심성에 맞닿아 있는 것이다. 무서움을 모르는 사람이 가장 무서운 사람일 것이다. 유년화자에서부터 성년화자에 이르기까지 도처에서 무서움을 토로하는 백석의 심성은 여리고 순수하며, 그러한 투명한 정서로 백석의 시는 남다른 시적 표현을 얻는다. 백석 시를 순정한 세계로 물들이는 이 '무서움'은 이제 다른 감정과 결합되면서 보다 높은 정신세계로 나아간다.

3. 외롭다/쓸쓸하다

'무섭다'는 감정이 백석 시의 유년화자에서 출발해 성인화자의 의식으로까지 이어진 것이라면, '외롭다'와 '쓸쓸하다'는 처음부터 백석 시의 성년화자가 드러낸 감정 표현이다. 백석 시의 유년화자에게서 '외롭다'나 '쓸쓸하다'는 감정 표현은 찾아볼 수 없다. 이것은 이러한 감정이 원초적인 인간 심리를 넘어 세상살이를 많이 경험한 성인에게서 촉발되는 은밀하고 미묘한 정서임을 시사한다. 백석은 「흰 바람벽이 있어」라는 시에서 "하눌이 귀해하고 사랑하는 것들은 모두 가난하고 외롭고 높고 쓸쓸하니 살도록 만들었다"라고 말하고 있다.

백석은 이 세상에서 가장 귀한 존재들의 삶의 운명을 네 가지의 형용사로 규정하고 있는데, 그 가운데 절반이 '외롭다'와 '쓸쓸하다'이다. 그만큼 '외롭다/쓸쓸하다'는 백석 시에서 의미 있는 가치를 지닌 소중한 감정이다.

백석 시에서 '쓸쓸하다'는 말이 제일 먼저 사용된 작품은 시집 『사슴』에 실려 있는 「쓸쓸한 길」이다. 이 시는 백석 시 전반에 걸쳐 나타나는 '외로움/쓸쓸함'의 정서를 압도할 만큼 묵직한 울림을 주는 작품이다.

> 거적장사 하나 산山 뒷녘 비탈을 오른다
> 아─ 따르는 사람도 없이 쓸쓸한 쓸쓸한 길이다
> 산山가마귀만 울며 날고
> 도적갠가 개 하나 어정어정 따러간다
> 이스라치전이 드나 머루전이 드나
> 수리취 땅버들의 하이얀 복이 서러웁다
> 뚜물같이 흐린 날 동풍東風이 설렌다
>
> ─「쓸쓸한 길」 전문

"거적장사"는 시신을 거적으로 대충 말아서 지내는 장사를 말한다. 죽은 이는 널조차 쓸 수 없을 정도로 매우 가난하고, 또 연고도 없어 거적으로 둘러싸인 채 홀로 북망산을 향한다. 슬퍼하는 사람이 하나도 없는 죽음은 더없이 쓸쓸하다. '쓸쓸한 길'은 가난하고 연고 없는 자의 '쓸쓸한 저승길'을 가리키지만, 동시에 이승에 있는 자의 쓸쓸한 삶의 길을 가리키기도 한다. 죽은 이가 가는 그 '쓸쓸한 길'을 따라가며 유일하게 망자를 배웅하고 있는 '도적개'도 주인을 잃고 홀로 배회하는 처지이다. 도적개 역시 '쓸쓸한 길'을 가고 있는 것이다. 인용 시에서 움직이는 것들은 모두 '하나'다. 북망 길을 가는 자도 '하

나'고, 그 길을 인도하는 자도 '하나'이며, 그 길을 따라가는 도적개도 '하나'
다. 저승길이거나 이승길이거나 모두 혼자서 걸어가고 있는 것이다. 인용 시에
서 '쓸쓸한'이라는 감정형용사는 두 번 반복되어 숙명적인 고독으로 점철되어
있는 긴 인생길을 떠올리게 한다. 그런가 하면 '쓸쓸한'이라는 수식어는 4행
의 '어정어정'이라는 의태어와 운율적인 호흡을 맞추며 그 정서를 심화시킨다.
'쓸쓸한'이 고독한 삶의 길에서 촉발되는 감정과 분위기를 드러내는 말이라면,
'어정어정'은 그러한 처지에 놓인 자가 드러내는 어설프고 외로운 몸짓이다.

　인용 시에서 함축적 풍경으로 그려진 '존재의 쓸쓸함'은 그후에 이어지는 백
석의 시편들에서 낱낱의 구체적인 삶의 사례로 나타난다. 시「여승女僧」에선 가
족들을 모두 잃고 여승으로 혼자 살아가는 어느 여인의 '쓸쓸한' 낯을 보여준
다. 기구한 운명의 그 여인은 여승이 되어 "가지취" 냄새 풍기는 정결한 탈속
인이 되었지만, 그렇다고 그녀의 얼굴에서 '쓸쓸한' 자취까지 지워진 건 아니
다.「함남도안咸南道安」이란 시에선 종점에 세워진 기차의 '쓸쓸함'을 전한다. 거
대하고 단단한 몸체를 지닌 기차는 멈출 줄 모르고 달린다. '마주 달리는 기관
차'라는 관용어가 있듯이 달리는 기차는 앞을 향해 전력질주한다. 누구도 막
을 수 없는 기세로 우쭐대고 "달가불시며" 내달리는 기차도 종점에선 결국 멈
춘다. 승객들은 모두 제 갈 길을 향해 떠나고 기차는 이 세상에 저 혼자 남겨진
다. "우두머니"란 부사는 예상치 못하게 찾아온 쓸쓸함에 막막해하는 존재의
표정을 여실히 보여준다. 이 시에서 '기차'의 모습은 인간의 보편적 삶의 운명
에 대한 알레고리로 읽을 수 있다.

　'외로움/쓸쓸함'은 이른바 '북방시편'에서 더 심오한 정서로 나아간다. 가족
들과 멀리 떨어진 변방의 객지 생활이 세월의 흐름에 따라 인생의 쓸쓸함을 더
욱 깊은 성찰로 나아가게 만든 것으로 보인다. 함경도 함흥 체험에서 쓰여진
시「북관北關」은 '북방시편'의 '쓸쓸함'을 여는 작품이다. 시인은 창난젓에 무를

비벼 익힌 함경도 토속음식을 "한없이 끼밀고 있노라면/쓸쓸하니 무릎은 끓어진다"고 말한다. 여기서 시인이 느끼는 '쓸쓸함'은 혼자 음식을 먹고 있을 때의 적적함을 가리키기도 하고, 함경도 토속음식의 치장하지 않은 지극한 투박함을 가리키기도 한다. 음식을 혼자 먹는 것도 쓸쓸한 일인데, 그 음식의 모양새나 맛조차 투박하여 쓸쓸한 느낌을 가중시킨다고 볼 수 있다. 그런데 시인은 이 쓸쓸함에 왜 무릎이 끓어질까? 무릎을 끓는 것은 몰입 내지는 경배의 순간을 함축한다. 쓸쓸함이 시인으로 하여금 하나의 대상에 집중하게 만들고, 시인은 그 음식을 매개로 시공간을 넘어서는 아득한 세계로 들어간다. 시인은 그 안에서 현재의 자신처럼 그 음식을 쓸쓸한 마음으로, 또 쓸쓸한 맛으로 먹었을 그 옛날 그곳의 여진족들과 신라인들을 상상한다. 백석이 지금 함흥이라는 변방에 거처하고 있는 것처럼 여진족과 신라인 들 모두 변방인이거나 변방으로 나와 있는 처지들이다. 시 「북관北關」은 토속음식을 통해 우리의 오랜 역사를 전하고 있지만, 동시에 이 시의 바탕엔 이처럼 변방으로, 또는 변방에 나와 외롭고 쓸쓸하게 살아가는 이의 처지와 심정이 깔려 있다.

이 시를 떠받치는 시적 상상은 「두보杜甫나 이백李白같이」라는 시로 고스란히 이어진다. 북관에서 더 북방으로 올라간 곳에서 쓴 이 시에서 시인은 대보름 명절날 쓸쓸함을 느낀다. 중국 지방 고유의 화려한 불꽃 축제는 객지에 사는 시인의 쓸쓸함을 가중시킨다. 이 시엔 '쓸쓸하다'는 말이 무려 아홉 번이나 나온다. 시인은 만주 객지에서 겪는 쓸쓸한 마음에 '두보나 이백' 같은 옛 시인들의 마음을 떠올린다. 그들도 자신처럼 타관에 나와 살면서 그렇게 쓸쓸함을 느꼈으리라는 것이다. 시인은 함흥 객지에서 아득한 그 옛날의 여진족이나 신라인의 '향수'를 느꼈듯이, 이번엔 만주 객지에서 그 옛날 두보나 이백이 겪었을 쓸쓸함을 생각하는 것이다. 시인은 결국 자신의 쓸쓸함이 "넷투의 쓸쓸한 마음"이라고 말하면서 시를 끝맺는다. 쓸쓸함이란 아득한 옛날부터 지금까지 이어져내려오고 있는 존재의 숙명이라는 것을 위의 구절은 함축한다.

그런데 시인이 이 시에서 자신의 쓸쓸함을 이백이나 두보의 그것에 빗댄 것은 각별한 의미를 갖는다. 이러한 비교는 단순히 두보나 이백이 자신과 같은 시인이어서, 다시 말해 동업자 의식의 발로여서만은 아닐 것이다. 백석이 자신을 이백이나 두보의 반열에 올려놓으려는 것은 더더욱 아닐 것이다. 시인은 이백이나 두보를 두고 "마음이 맑은 넷 시인들"이라고 말하고 있다. '쓸쓸함'이 마음이 맑은 시인들이 느끼는 감정이 되면서, 그것은 단순한 삶의 고독 이상의 의미를 띠게 된다. 두보나 이백은 널리 알려진 대로 고향을 떠나 세상과 거리를 두고 방랑과 은거 속에서 숱한 명작들을 남겨놓았다. 두보나 이백은 쓸쓸하게 살면서 비로소 '마음이 맑은 시인'이 된 것이다. 이렇듯 쓸쓸함은 정신의 자유를 얻고, 마음의 명정明淨을 얻는 소중한 감정이다. 쓸쓸하지 않은데 좋은 시를 쓸 수는 없을 것이다. 삶의 정신과 격조를 드높이는 데 관여하는 이 예사롭지 않은 감정은 「허준許俊」이란 시에서 더 구체적으로 그려진다.

눈물의 또 볕살의 나라에서 당신은/이 세상에 나들이를 온 것이다/쓸쓸한 나들이를 단기려 온 것이다//눈물의 또 볕살의 나라 사람이여/당신이 그 긴 허리를 굽히고 뒤짐을 지고 지치운 다리로/싸움과 흥정으로 와자지껄하는 거리를 지날 때든가

—「허준許俊」 부분

천상병 시인이 이 세상의 삶을 잠시 소풍 온 것처럼 생각하다 자신의 원래 거처로 돌아가겠다고 말한 것처럼, 인용 시에서 '허준'도 저 세상에서 이 세상으로 "쓸쓸한 나들이"를 온 것으로 생각한다. 그의 이 세상 삶이 왜 '나들이'이고, 그의 나들이가 왜 '쓸쓸한' 것일까? 백석은 이 시에서 이 세상을 "싸움과

흥정으로 왁자지껄하는" 곳으로 규정한다. 백석의 또다른 명시「나와 나타샤와 흰 당나귀」에선 그런 이 세상을 '더러운' 곳이라고 직설적으로 말한다. 그런가 하면「노루」라는 시에선 자기가 기른 노루를 팔기 위해 '흥정'하는 소리를 듣고 눈물이 그렁그렁해지는 노루의 마음을 애잔하게 그리고 있다. '싸움과 흥정 소리'로 가득한 이 '더러운' 세상에 몸을 섞지 않는 것이기에 그의 길이 '나들이 길'인 것이고, 그런 '나들이 길'을 세속인의 감정으로 바라본 것이 바로 '쓸쓸한 길'인 것이다. 싸움과 흥정으로 가득한 더러운 세상에 몸을 섞지 않고 나들이하듯 쓸쓸하게 살아가는 허준은 자기 가족의 궁핍에도 불구하고 이웃에 대해선 하염없는 인정과 사랑을 베푼다. 시인은 그런 '허준'의 삶을 칭송해 마지않지만, '허준'은 괜한 소리로 떠든다고 다시 '쓸쓸히' 바둑판을 당길 뿐이다. '허준'의 '쓸쓸한 삶의 길'은 더없이 고결한 것이고, 그러한 삶은 이 세상에서 좀처럼 보기 어려우므로 시인은 그를 저 세상에서 이곳으로 잠시 나들이 온 것으로 규정하는 것이다.

이 시에서 다분히 이상적인 삶의 길로 그려진 '쓸쓸한 길'은 진정한 의미에서 백석의 마지막 작품으로 간주되는 시「남신의주 유동 박시봉방南新義州柳洞朴時逢方」에선 보다 현실적인 삶의 모습에 밀착되어, 외로운 삶 속에서 피어나는 높은 정신의 경지를 보여준다. 시인은 이 시에서 세속의 한복판에서 벗어나 외롭게 지내지만, 결코 굴하지 않고 굳건히 서서 온갖 풍상을 감내하며 맑고 꼿꼿하게 살아가는 높은 정신적 삶의 태도를 어둠 속에서 하얀 눈을 그대로 맞이하는 저 건너 외로운 갈매나무의 모습을 통해 아름답고도 장엄하게 보여준다.

4. 슬프다/서럽다

'슬프다'와 '서럽다'는 원통하고 불쌍한 일을 보거나 겪고 마음이 아프거나 괴롭게 되는 상태를 말한다. 그런데 '원통하고 불쌍한 일'이란 것은 추상적인 말이다. 어떤 일들이 원통하고 불쌍한 것일까? 세상에는 그러한 일들이 굉장히 많고 다양하다. 사람들은 세상사의 여러 일들에서 그러한 것들을 숱하게 보거나 겪는다. 우리는 소중한 물건을 잃어버리거나 억울한 일을 당할 때 원통해서 마음이 아프고, 굶주리거나 병든 사람을 볼 때 더 나아가 안타까운 죽음을 대할 때 불쌍한 생각이 들어 마음이 아프다. 가장 슬픈 일은 부모를 위시한 가족의 죽음일 것이다. 그런가 하면 이보다 훨씬 더 사소하고, 심지어는 다른 사람이 보기에 하찮은 일에도 원통하고 불쌍한 느낌을 가질 수 있다. 안톤 슈낙의 『우리를 슬프게 하는 것들』이란 수필엔 '자동차에 앉아 있는 출세한 부녀자의 좁은 어깨'도 슬픔의 목록에 나온다. 슬픔의 스펙트럼은 한없이 넓고도 넓다. 삶을 '희로애락'으로 규정하듯이 삶이란 기쁨과 슬픔으로 얼룩져 있는 것이다.

백석의 시에서도 '슬픔/서러움'은 다양한 삶의 체험 속에서 촉발되는데, 그렇다고 그 '슬픔'이 삶의 일상에서 느끼는 이런저런 마음의 상처를 표출하는 것에만 머물지는 않는다. 백석 시에서 '슬픔'은 그러한 일상의 마음 아픔을 넘어 높은 정신적 가치를 지닌 범상치 않은 감정으로 나아간다. 백석 시에서 슬픔이 그러한 특별한 가치를 지닌 감정을 띠게 되는 것은, 그 감정이 '무섭다'와 '외롭다/쓸쓸하다'는 감정과 짝을 이루면서 나타나기 때문이다.

내 손에 오르기라도 하라고 나는 손을 내어미나 분명히 울고불고할 이 작은 것은 나를 무서우이 달어나버리며 나를 <u>서럽게</u> 한다

—「수라^{修羅}」 부분

이스라치전이 드나 머루전이 드나/수리취 땅버들의 하이얀 복이 서러웁다

—「쓸쓸한 길」 부분

산山꿩도 설게 울은 슬픈 날이 있었다

—「여승女僧」 부분

그러면서 이 마음이 맑은 녯 시인詩人들은/먼 훗날 그들의 먼 훗자손들도/그들의 본을 따서 이날에는 원소元宵를 먹을 것을/외로이 타관에 나서도 이 원소元宵를 먹을 것을 생각하며/그들이 아득하니 슬펐을 듯이/나도 떡국을 놓고 아득하니 슬플 것이로다

—「두보杜甫나 이백李白같이」 부분

상대적 약자인 새끼 거미의 편에 서서 연약한 미물의 마음을 헤아리는 것이 '무섭다'는 감정이라면, 그렇게 무서움을 타는 미물들에 대한 안쓰러움의 표출이 '서럽다'이다. '무섭다'와 '서럽다'는 동전의 앞뒤처럼 짝을 이루고 있다. 또 인생길에 드리워져 있는 숙명적인 고독이 '쓸쓸함'이라면, 그 쓸쓸한 길을 바라보며 터뜨리는 안쓰러운 마음이 '서럽다/슬프다'이다. '서럽다/슬프다'는 '무섭다'와 짝을 이루고, 또 '외롭다/쓸쓸하다'와 짝을 이룬다. 「두보杜甫나 이백李白같이」에서는 아예 '슬프다'와 '쓸쓸하다'가 거의 같은 감정으로 교차된다. 시인은 이 시의 전반부에서 객지에서의 '쓸쓸함'을 토로하다, 중반부에 이르면 '슬프다'고 하고, 후반부에 이르면 다시 '쓸쓸하다'고 하면서 끝을 맺는다. 요컨대 백석의 시에서 '서러움/슬픔'은 '무서움' '외로움' '쓸쓸함'에서 발생하는 것이고, 더 나아가 이들과 동궤의 감정을 이루는 것이다.

백석 시에서 '무서움'은 동심의 소산으로 약자에 대한 연민의 발로이며, '외

로움/쓸쓸함'은 삶의 고독으로부터 시작해 궁극적으론 고결한 정신을 낳는, 또는 그러한 정신에 맞닿아 있는 감정이었다. 따라서 이러한 감정과 짝을 이루고 있는 '서러움/슬픔'도 약자에 대한 연민의 발로이자 고결한 정신에 맞닿아 있는 감정이라고 할 수 있다. 그리하여 백석은 「흰 바람벽이 있어」라는 시에서 "하눌이 이 세상을 내일 적에 그가 가장 귀해하는 것들은 모두 가난하고 외롭고 높고 쓸쓸하니 살아가도록 만들었다"고 말한 다음, 바로 이어서 그러한 사람들을 또 "언제나 넘치는 사랑과 슬픔 속에 살도록 만드신 것이다"라고 말하고 있는 것이다. 백석 시에서 '슬픔'은 이렇듯 값싼 감상을 넘어 특별한 가치를 지닌 감정으로 승화되어 나타난다. 그의 시 「목구木具」에서 우리 민족의 삶을 규정하는 말로 쓰인 '슬픔'의 의미 역시 이러한 맥락 위에서 비로소 이해될 수 있는 것이다.

구신과 사람과 넋과 목숨과 있는 것과 없는 것과 한 줌 흙과 한 점 살과 먼 녯조상과 먼 훗자손의 거룩한 아득한 슬픔을 담는 것//내 손자의 손자와 손자와 나와 할아버지와 할아버지의 할아버지와 할아버지의 할아버지의 할아버지와…… 수원백씨水原白氏 정주백촌定州白村의 힘세고 꿋꿋하나 어질고 정 많은 호랑이 같은 곰 같은 소 같은 피의 비 같은 밤 같은 달 같은 슬픔을 담는 것 아 슬픔을 담는 것

— 「목구木具」 부분

인용 시의 1, 2연에선 제기의 시선을 통해 제사상 차림과 제사의 과정을 구체적으로 묘사한 다음, 이어 인용한 3, 4연에선 아득히 오래전부터 이어져온 우리의 제사 풍속을 통해 우리의 먼 조상과 먼 후손들이 계속 교감해나갈 것임을 말하고 있다. 인용한 대목의 전언은 한마디로 면면히 이어져오고, 또 면면

히 이어져나갈 우리 민족의 역사와 혈통인데, 시인은 바로 우리 민족의 삶과 혈통을 '슬픔'으로 규정하고 있다. 여기서 슬픔을 단순히 상실감을 가리키는 감정으로 보아서는 안 된다. 그렇다면 이 시는 나라 잃은 슬픔이나 한탄을 드러내는 정도에 머물 것이다. 시인은 3연에서 그 슬픔을 "거룩한"[7] 것이라고 말하고 있다. 여기서 '거룩함'이란 바로 '고결한 정신'을 다르게 표현한 것이라고 할 수 있다. 이 시에서 우리 민족의 역사를 규정하는 '슬픔'이란 거룩한 것, 다시 말해 고결한 정신에 맞닿아 있는 숭고한 감정을 가리킨다. 4연에선 그러한 '슬픔'이 '비' '밤' '달'에 비유되어 있다. '비' '밤' '달'은 각각 '화창함' '낮' '해'와 반대편에 놓여 있는 것들로서 가녀리고 소외되어 있는 자연물이다. 이 자연물은 바로 외롭고 쓸쓸한 존재들이다. 밝고 화창한 곳으로부터 떨어져 있는 그것들은 눈에 띄지 않고 환영받지 못하기에 외롭고 쓸쓸한 처지이지만, 음지에서 타자를 도와주고 어둠을 밝혀준다. 그것들은 외롭고 쓸쓸히 지내면서 고결한 정신을 간직하고 있는 것이다.[8] '비' '밤' '달'은 숭고한 가치를 지닌 감정인 '슬픔'에 대한 뛰어난 시적 이미지이다. 면면히 이어질 우리 민족의 오랜 역사와 혈통을 전하고 있는 인용 시는 궁극적으로 '슬픔'이란 감정어를 통해 우리 민족의 숭고함을 환기시키고 있다. 백석의 시에서 '슬프다'는 이처럼 숭고한 가치를 지닌 감정으로 격상되어 나타난다. '슬프다'는 감정은 결국 '무섭다'

---

7) 시 텍스트에 '거룩한'으로 표기되어 있는데, 이 말은 '거룩한'의 고어로 평안 방언이다. 이에 대한 어석은 졸저, 『정본 백석 시집』 참조.

8) 백석은 「야우소회夜雨小懷」라는 시에서 자신이 가장 좋아하는 것들(나의 정다운 것들)이 그리워지는 때가 밤에 비 오고, 달이 뜨고, 흰꽃이 피고, 개가 짖고, 물외 냄새가 날 때라고 말한 바 있다. 여기서 밤의 흰꽃은 박꽃을 가리킨다. 이러한 진술에서도 백석이 비와 밤과 달을 소중하게 생각하고 있음을 확인할 수 있다. 또 위에 열거한 자연물들은 모두 외롭고 쓸쓸한 가운데서 은은한 아름다움을 발산하고 타자를 돕는 것들이어서 외롭고 쓸쓸한 존재가 지닌 높은 가치를 다시 한번 확인할 수 있다.

‘외롭다’는 감정과 긴밀히 연결되어 있는 것이다.

5. 좋다

‘좋다’는 백석 시의 다른 감정형용사와 차별되는 것이어서 눈길을 끈다. ‘무섭다’ ‘쓸쓸하다’ ‘서럽다’가 정적이며 수동적인 감정이라면, ‘좋다’는 경쾌하고 역동적인 감정이다. 전자의 감정이 얼마간 어두운 색조를 띤다면, 후자의 감정은 한결 밝고 화사한 색조를 띤다. 백석의 시는 ‘좋다’는 감정형용사의 구사로 생기를 띤다. 백석의 시에서 ‘좋다’는 말은 무려 25회 나온다. ‘좋다’에서 파생된 ‘형용성동사’인 ‘좋아하다’까지 포함하면 37회 나오고, 여기에 날씨를 지칭할 때의 ‘좋다’는 말까지 포함하면 39회가 나온다. ‘좋다’는 백석 시의 전체 형용사 어휘 가운데 가장 많이 등장하는 말이다. 백석의 시에서 ‘좋다’는 말이 이렇게 많이 구사되고 있는 데 반해, ‘싫다’는 말은 딱 한 번밖에 구사되지 않는다. 백석은 그의 시에서 ‘싫다’는 말을 거의 하지 않는 셈이다. 백석은 ‘싫다’는 말뿐만 아니라, 이 말과 인접해 있는 ‘밉다’ ‘역겹다’ ‘나쁘다’ 등의 말도 전혀 사용하지 않는다. 타자에 대한 거부감을 드러내는 말을 하지 않는 것이다. ‘좋다’는 말의 빈번한 구사로 그의 시는 활력이 넘친다. 게다가 백석은 ‘좋다’는 말을 구사할 때 반복적 표현을 자주 써서 그 느낌을 한껏 고조시킨다.

기장쌀은 기장차떡이 <u>좋고</u> 기장차랍이 <u>좋고</u> 기장감주가 <u>좋고</u> 그리고 기장쌀로 쑨 호박죽은 맛도 있는 것을 생각하며 나는 기쁘다

—「월림月林장」부분

비애고지 비애고지는/제비야 네 말이다/푸른 바다 흰 한울이 <u>좋기도</u> 좋단
말이지/해밝은 모래장변에 돌비 하나 섰단 말이지

—「대산동大山洞」 부분

오리야 나는 네가 <u>좋구나</u> 네가 <u>좋아서</u>/벌논의 눞 옆에 쭈구렁벼알 달린 짚검
불을 널어놓고/닭이짗 올코에 새끼달은치를 묻어놓고

—「오리」 부분

'좋다'는 말의 반복적 구사는 좋다는 감정을 극대화하고, 좋아서 즐기는 상
태를 한층 생기 있게 나타낸다. 여기서 우리는 자기가 좋아하는 대상들에 흠뻑
빠져 그것을 한껏 즐기고 있는 백석의 마음 상태를 여실히 느낄 수 있다. '좋
다'는 말의 지속적인 표출은 백석의 시를 밝고 경쾌하게 만든다.

백석은 무엇이 그렇게 좋은가? 백석 시에서 백석이 좋아하는 것들은 과연
무엇일까? 백석이 좋아하는 품목의 으뜸은 '음식'이고, 그다음은 '동식물'과
'밤' '하늘' '해' '바다' '바람' '잠풍날씨'와 같은 자연물과 자연현상 들이다. 시
의 주체가 사람이건 동물이건, 백석의 시에서 그들이 좋아하는 것들은 하나같
이 '자연'이다. 음식도 자연물이므로 백석의 시에서 시의 주체가 좋아하는 대
상은 자연물에 집중된다. 유정물과 무정물을 모두 포함해 자연을 구성하는 개
별 주체들이 '좋다'는 감정을 교감하는 속에서 맑고 투명한 백석의 시가 탄생
한다.

아무리 밤이 <u>좋은들</u> 오리야/해변벌에선 얼마나 너이들이 욱자지껄하며 멕이
기에/해변땅에 나들이 갔든 할머니는/오리새끼들은 장뽑이나 하듯이 떠들썩
하니 시끄럽기도 하드란 숭인가//그래도 오리야 호젓한 밤길을 가다/가까운

논배미들에서/까알까알 하는 너이들의 즐거운 말소리가 나면/나는 내 마을 그 아는 사람들의 지껄지껄하는 말소리같이 반가웁고나/오리야 너이들의 이야기판에 나도 들어/밤을 같이 밝히고 싶고나//오리야 나는 네가 <u>좋구나</u> 네가 <u>좋아서</u>

―「오리」 부분

눈은 푹푹 나리고/아름다운 나타샤는 나를 사랑하고/어데서 흰 당나귀도 오늘밤이 <u>좋아서</u> 응앙응앙 울을 것이다

―「나와 나타샤와 흰 당나귀」 부분

인용 시에서 '오리'는 청명 부근의 날씨 좋은 밤이 좋아 까알까알거리며 해변을 신나게 돌아다니고, 나는 그 오리가 좋아 잡으려 한다. 이 시에서 오리는 마을의 "노장에 령감"도 좋아하고, 마을의 무당과 시인의 어린 누이도 좋아한다. 오리가 봄밤을 즐기고, 마을 사람들이 온통 그 오리의 생태와 움직임에 관심을 가지며, 그의 일거수일투족에 감정변화를 일으키는 해맑은 마음이 이 시를 아름답게 만든다. 두번째 인용 시에서 '나'는 "아름다운 나타샤"를 사랑하며 그녀를 그리워한다. 이러한 시인의 간절한 마음은 '눈'이 푹푹 내려쌓이는 '밤'에 솟구친다. 백석이 있는 지금의 시공간은 자연의 주재로 낭만이 가득하다. 시인의 구애에 나타샤도 응하고 연인들은 사랑에 빠진다. 그 순간을 흰 당나귀도 좋아하며 축복해주는데, 흰 당나귀는 연인들을 향해 축복의 말을 건네는 대신에 '오늘밤'이 좋다고 말한다. '오늘밤'엔 사랑과 밤눈이 넘치고 있고, 흰 당나귀는 바로 그런 '자연'이 '좋은' 것이다. 이 연시는 연인과 동물의 교감으로 맑고 투명한 아름다움을 드러내고, 그 동물이 '사랑이 가득한 눈 내리는 밤'이라는 자연을 좋아함으로써 그 아름다움을 다시 한번 더 드러낸다.「선우

사^{膳友辭}」라는 시에선 '나'와 '가재미'와 '흰밥'이 서로 좋아한다. 자연의 유정물과 무정물이 서로 좋아하는 것이다. 밥과 반찬이 인간의 욕망, 즉 식욕의 대상이 아니라 자연물로서 서로 좋은 친구 사이가 된다는 해맑은 상상이 이 시를 아름답게 만든다. 시인은 이 시에서 이들이 서로 좋은 친구가 될 수 있는 것은 서로가 욕심이 없는 존재이기 때문이라고 말한다. 욕심이 없다는 것은 "싸움과 흥정으로 왁자지껄한 세상"으로부터 떨어져 지내는 삶의 태도이다. 그런 세상은 자연에 있는 것이고, 그래서 자연물인 '흰밥'과 '가재미'가 '나'와 서로 친구가 되어 좋은 것이다. 이렇게 보면 백석의 시에서 '좋다'는 것, 구체적으로 말해 자연에 대한 '좋다'는 감정은 '외롭다/쓸쓸하다'는 감정이 궁극적으로 지향하는, 싸움과 흥정으로 왁자지껄한 세상에서 떨어져 얻게 되는 고결한 정신과 상통하는 마음이다.

6. 가난하다

'무섭다'에서 시작해 외롭고 쓸쓸하며 슬프고 좋은 감정으로 연쇄된 백석 시의 정신세계는 이제 '가난하다'는 말로 모두 수렴된다. 다시 「흰 바람벽이 있어」라는 시를 떠올리면, 백석은 하늘이 가장 귀해하고 사랑하는 것들은 모두 가난하고 외롭고 높고 쓸쓸하니 살아가도록 만들었다고 말한다. 백석이 가장 귀하게 생각하는 존재의 운명 제일 첫머리에 '가난한' 삶이 놓여 있는 것이다. 백석의 시에서 '가난하다'는 말은 사람을 수식하는 관형어로 자주 쓰이면서 그 사람의 특성 내지는 삶을 규정하는 의미를 띤다.

　가난한 내가/아름다운 나타샤를 사랑해서/오늘밤은 푹푹 눈이 나린다

—「나와 나타샤와 흰 당나귀」 부분

　한가한 애동들은 어둡도록 꿩사냥을 하고/가난한 엄매는 밤중에 김치가재미
로 가고

—「국수」 부분

　그렇것만 나는 하이얀 자리 우에서 마른 팔뚝의/새파란 핏대를 바라보며 나
는 가난한 아버지를/가진 것과 내가 오래 그려오든 처녀가 시집을 간 것과

—「내가 생각하는 것은」 부분

　가난한 동무가 새 구두를 신고 지나간 탓이고 언제나 꼭같은 넥타이를 매고
고운 사람을 사랑하는 탓이다//(……) 어늬 가난한 집 부엌으로 달재 생선을
진장에 꼿꼿이 지진 것은 맛도 있다는 말이 자꼬 들려오는 탓이다

—「내가 이렇게 외면하고」 부분

　‘가난한 나’ ‘가난한 엄마’ ‘가난한 아버지’ ‘가난한 동무’ 등 사람을 수식할
때마다 ‘가난한’이라는 형용사가 따라나온다. 여기서 거론된 사람들은 백석자
신을 포함한 가족과 동무들이다. 백석은 자기와 가장 가까운 사람들을 가리
킬 때 ‘가난하다’는 말을 쓰고 있다. 백석 시에서 ‘가난하다’는 것은 시인이 자
신의 정체성을 드러내고 그가 사랑하는 사람을 규정하는 매우 의미 있는 말
이다.
　여기서 ‘가난하다’는 것은 당연히 물질적인 궁핍을 포함하는 말이다. 하지
만 백석의 시는 가난과 결부된 생활의 빈곤을 묘사하는 데 초점이 맞춰져 있지
않다. 백석 시엔 ‘가난하다’는 말이 여러 차례 언급되고 있지만, 가난한 살림의

구체적인 모습이 상세히 나타나진 않는다. 그의 시에서 '가난하다'는 말은 주로 사람을 수식하는 말에 한정되어 있을 뿐이며, '가난'의 실체에 대한 더이상의 구체적인 진술은 절제되어 있다.[9] 사실 구두를 새로 사 신고, 달재생선을 진장에 꼿꼿이 지진 맛있는 음식을 만들어 먹으며, 꿩고기로 야참국수를 만들어 먹는 생활 풍경에서 빈곤의 찌든 모습을 감지하기는 어렵다. 오히려 음식과 치장이 주는 정겹고 따뜻한 생활 풍경이 도드라지고 있으며, 그 정도의 멋과 맛을 즐기는 일은 일상사임을 인용 시의 문맥은 뚜렷이 보여준다. 백석은 위에 인용한 시 「내가 생각하는 것은」에서 가난한 아버지를 둔 나 역시 가난해서 "신간서"와 "〈아서라 세상사〉"라는 당시 유행하는 판소리 단가를 들을 유성기를 살 돈이 없음을 푸념하고 있다. '가난하다'는 것이 문화생활을 누릴 여유가 없다는 것인데 당시의 경제사정으로 미루어볼 때, 또 당시의 다른 문학작품에서 다뤄진 가난의 문제를 염두에 둘 때, 이 정도의 형편과 사정으로 가난을 거론하진 않는다. 백석 시에서 '가난'은 그런 물질적 궁핍 너머의 의미를 갖는다.

백석 시에서 '가난하다'란 말의 시적 함축은 무엇일까? 위에 인용한 시편들에서 사람을 수식하는 말로만 한정되어 있는 '가난하다'는 말은 「허준許俊」이라는 시에서 좀더 구체적인 수사로 진술된다. 이 시에서 우리는 백석이 생각하는 '가난'의 의미를 가늠해볼 수 있다

사랑하는 어린것에게 엿 한 가락을 아끼고 위하는 안해에겐 해진 옷을 입히면서도/마음이 <u>가난한</u> 낯설은 사람에게 수백냥 돈을 거저 주는 그 인정을 그리

---

9) 이경수는 백석 시의 가난과 이용악 시의 가난을 비교한 논문에서 이용악 시의 '가난'이 생활의 궁핍을 구체적으로 드러내는 데 반해, 백석 시의 가난은 그렇지 않다고 말하면서 백석 시의 '가난'을 '자발적 가난'으로 본 바 있다. 이경수, 「1930년대 후반기 시에 나타난 '가난'의 의미—백석과 이용악의 시를 중심으로」, 『현대문학의 연구』 32권, 한국문학연구학회, 2007.

고 또 그 말을/사람은 모든 것을 다 잃어버리고 넋 하나를 얻는다는 크나큰 그
말을

— 「허준^{許俊}」 부분

　　인용한 구절의 둘째 행은, 백석 시 중에서 가난한 사람의 형편이 가장 구체
적으로 제시되어 있는 대목이다. 위의 시에서 가난한 사람은 "수백냥"이란 거
금이 필요할 만큼의 경제적 빈자이다. 그런데 백석은 그 빈자를 두고서도 더
이상의 구체적인 생활 궁핍에 대해서는 말하지 않고, 대신에 "마음이 가난한
사람"이라고만 말하고 있다. "마음이 가난한 사람"이란 어떤 사람일까? 다분
히 성경 구절에 밀착되어 있는 이 구절은 신학적으론 여러 해석이 가능하겠으
나, 그것이 함축하는 보편적 의미는 욕심 없고, 겸손하며, 인정 많은 마음을 지
닌 사람을 가리킬 것이다. 백석 시에서 가난하다는 것은 재산이 없는 것을 말
하는 것이긴 한데, 그것은 궁핍한 살림을 가리키기보다는 탐욕하지 않았음을
가리키는 말이다. 그러므로 위의 시에서 '가난한 사람'은 "싸움과 흥정으로 왁
자지껄한 세상"과 거리를 두며 쓸쓸한 나들이를 하는 고결한 정신의 소유자와
동일한 배를 타고 있는 사람이다. 수백 냥을 거저 주는 '허준'이나, 그 돈을 받
아들이는 '마음이 가난한 사람'이나 같은 품성의 소유자란 것이다.
　　'가난하다'는 말이 지닌 이러한 시적 함축을 통해 「나와 나타샤와 흰 당나
귀」의 사랑 이야기는 더욱 아름답게 빛난다. 백석은 "가난한 내가/아름다운
나타샤를 사랑해서/눈이 푹푹 나린다"고 말한다. 어떻게 사랑 하나로 갑자기
하늘에서 눈이 내릴 수 있을까? 하지만 백석 시의 우주 속에서 그 사랑하는 사
람이 욕심 없고, 겸손하며, 인정 많은 사람이라면, 그런 사람이 아름다운 여인
을 사랑한다면 하늘이 눈의 축복을 내릴 수 있다. 백석 시의 세상에서 '가난한'
사람은, 하늘이 이 세상을 내일 때에 가장 귀해하고 사랑하는 사람이기 때문이

다. 이 시의 첫 연에 나오는 '가난한 나'는 3연에 나오는 "세상 같은 건 더러워 버리는 것이다"라는 말과 밀접히 연관된다. 이 말은 말할 것도 없이 세상은 탐욕으로 얼룩진 곳이라는 것이다. 시인은 그에 앞서 "산골로 가는 것은 세상한테 지는 것이 아니다"라고 말하기도 한다. 백석에게 세상은 이기고 지는 대결의 대상이 아니다. "싸움과 흥정으로 왁자지껄한 더러운 세상"과 대결하는 순간 그도 똑같은 사람이 되고 말 것이다. 그러한 더러운 세상을 버릴 때 삶은 더없이 쓸쓸해지겠으나, 그 쓸쓸한 삶을 통해 무엇으로도 얻을 수 없는 고결한 정신을 얻을 수 있는 것이다. '허준'의 말을 빌려 말하면 "사람은 모든 것을 다 잃어버리고 넋 하나를 얻는" 것이다. 「나와 나타샤와 흰 당나귀」에서 "산골로 가는 것은 세상한테 지는 것이 아니다/세상 같은 건 더러워 버리는 것이다"라는 시적 대사는 '가난한 내'가 '사랑하는 나타샤'에게 보내는 구애의 말이기도 하고, '아름다운 나타샤'가 '가난한 나'의 구애를 받아들이는 말이기도 하다. 그렇다면 '아름다운 나타샤'는 외모뿐만 아니라 마음까지도 '아름다운' 여인임이 틀림없다. 욕심 없고 인정 많은 그 가난하고 아름다운 두 연인이 흰 당나귀와 하늘의 축복을 받으며 어둠 속에서 하얗게 빛나는 길을 걸어가는 모습은 눈부시다. 그 광채 앞에서 '더러운 세상'은 더없이 초라한 몰골을 할 뿐이다. 이 시는 백석 시의 정신세계가 가장 높고 아름다운 경지로 승화되어 나타난 연시라고 할 수 있다. 이 시는 연시가 단순한 사랑 노래를 넘어 고결한 정신세계를 담아내는 양식일 수 있음을 뚜렷이 보여준 명편이라고 할 수 있다.

7. 결론

지금까지 백석 시에 구사된 고빈도 형용사들이 그의 시에 어떻게 쓰이고, 그의 시세계 형성에 어떻게 관여하는지를 알아보았다. 먼저 백석 시에서 '무섭다'는 말은 고향 체험을 추억하는 유년화자로부터 성년화자에 이르기까지 지속적으로 나타나는데, 이러한 감정의 표출은 인간의 원초적 감정을 자극하며 동심의 세계로 독자들을 이끈다. 무서움은 순수한 동심의 표출이고 약자에 대한 연민의 발로로서 백석 시를 맑고 투명한 서정의 세계로 물들인다. '외롭다/쓸쓸하다'는 성년화자가 드러내는 감정으로 삶의 길 위에 드리워져 있는 숙명적인 고독을 표상하고, 궁극적으론 "싸움과 흥정으로 왁자지껄한 더러운 세상"과 거리를 두면서 고결한 정신을 얻는 감정으로 격상된다. 백석 시에서 '외로움'과 '쓸쓸함'은 특히 세속에 물들지 않는 매우 높은 정신적 가치를 지닌 감정으로 나타난다. '슬프다/서럽다'는 일상의 체험에서 다양하게 촉발되는 넓은 스펙트럼의 감정인데, 백석 시에서 이러한 감정은 '무섭다'와 '외롭다/쓸쓸하다'는 감정과 짝을 이루면서 나타나, 그러한 일상의 아픔을 넘어 높은 정신적 가치를 지닌 범상치 않은 감정으로 승화된다. 백석 시에서 '무섭다'가 약자에 대한 연민의 발로이고, '외롭다/쓸쓸하다'가 궁극적으로 고결한 정신에 접맥되어 있는 감정이므로, 이러한 감정에 대한 반응인 '슬픔' 역시 백석 시에선 매우 숭고한 가치를 지닌 감정으로 승화된다. '좋다'는 백석 시에서 가장 많이 구사되는 감정형용사이다. 백석이 그의 시에서 좋아하는 품목들은 주로 자연물들이다. 자연을 구성하는 개별 주체들이 좋다는 감정을 교감하는 속에서 백석의 맑고 투명한 시가 탄생한다. 자연이 좋은 것은, 그것들이 욕심이 없기 때문이라고 백석은 말한다. 욕심이 없다는 것은 싸움과 흥정으로 왁자지껄한 더러운 세상과 떨어져 지내는 삶의 태도이므로, '좋다'는 감정도 그 기저에선 순수하고 고결한 정신에 맞닿아 있는 '무섭다' '외롭다/쓸쓸하다' '서럽다/슬프다'는 감정과 상통한다. 지금까지 구사된 감정형용사들은 모두 '가난하다'는 말로 수렴된다. 백석 시에서 '가난하다'는 말은 물질적인 궁핍을 넘어 욕심 없고, 겸손하며, 인정 많은 사람을 가리키는 말로 쓰인다. 백석은 이 말을 주로 나, 엄마, 아버지, 동무 등에 대한 수식어로 쓰면서 백석이 사랑하는 사람을 규정하는 말로 나타내고, 또 이 말의 함축을 통해 높은 정신적 가치를 지닌 빛나는 연시를 빚어내기도 한다.

백석의 시에 자주 구사된 이러한 형용사들은 모두 일상에서 자주 쓰는 흔한 감정어들이고, 이러한 말들의 빈번한 구사는 자칫 그의 시를 값싼 감상에 물들이게 할 수 있는데, 백석은 오히려 이러한 형용사 안에 깃들어 있는 인간 삶의 아름답고 소중한 가치들을 전해준다. 그리하여 무섭고, 외롭고, 쓸쓸하고, 슬프고, 서럽고, 가난하게 살아가는 많은 이들의 마음을 위무하고, 진정으로 좋은 것이 무엇인지를 일깨워준다. 매우 익숙한 감정형용사로 가장 의미 있는 삶의 모습을 전해줌으로써 많은 사람들에게 깊은 감동을 선사하는 백석의 시는 일찍이 우리 서정시의 가치를 드높여놓은 것임에 틀림없다.

<h1 style="text-align:center">백석의 음식 기행,
우리 문화와 역사의 탐미</h1>

1. 백석 시와 음식

백석 시는 여러모로 개성적이지만, 그중에서도 눈에 띄는 점은 음식에 대한 시어의 빈번한 출현이다. 그의 시에는 음식이 아주 많이 등장한다. 음식은 종전까지의 시에서는 흔히 보게 되는 시의 제재가 아니었다. 인간의 원초적 욕구 대상인 음식은 정신활동의 극점에 놓여 있는 시의 주된 관심사는 아닌 것으로 간주되었다. 시는 그러한 물질적 욕망 너머의 특별한 정신 영역을 다루는 것으로 여겼다. 어쩌다 음식이 시에 나오더라도 그것은 소박한 일상에 대한 전언의 한 부분일 뿐 시의 핵심을 차지하는 것은 아니었다. 그런데 백석 시에는 음식이 지속적으로 등장하고, 그 음식이 시적 의미 생성의 중요한 요소를 차지한다. 백석 시에는 「국수」나 「수박씨, 호박씨」처럼 음식을 제목으로 삼고 전적으로 그 음식에 대해 쓴 시도 있고, 「선우사膳友辭—함주시초咸州詩抄」처럼 음식을 친구로 삼으며 동료의식을 드러내는 내용의 독특한 시도 있다. 그의 음식 선호가 특정 음식에 국한된 것도 아니다. 작품이 진행되면서 새로운 음식들이 그의 시 식탁에 지속적으로 올라오며, 따라서 그의 시에 등장하는 음식들을 모두 합하면 그 종류도 엄청나다.

백석 시의 유별난 음식 지향은 동시대의 시인들 사이에서도 이채로운 일이다. 백석이 활동하던 1930년대는 여러모로 새롭고 현대적인 시의 집들이 세워졌지만, 그 세련된 시인들의 집안에서 음식은 선뜻 눈에 띄는 품목이 아니었다. 음식이 시의 핵심 제재로 부각된 것은 백석 이후부터라고 해야 할 것이다. 목월이 해방 후에 쓴 「적막寂寞한 식욕食慾」이란 작품에서 시의 중심 제재로 메밀묵이 다뤄지는 것을 보게 되는데, 아마도 이 작품이 백석 이후에 등장한 눈에 띄는 음식 시편이 아닐까 싶다. 이 작품은 여러모로 '메밀국수'를 소재로 삼은 백석의 시 「국수」를 연상시키고 있어 이 작품의 탄생에 백석의 시가 영향을 미쳤을 것으로 짐작된다.[1] 시에 음식이 오르는 것은 그후로 점점 빈번해지다가 최근에 오면 현저하게 많아진다. 이제 음식은 많은 시인들이 자주 다루는 아주 친근한 시의 소재가 되었다. 오늘의 우리 시에 이처럼 음식 제재가 빈번히 다뤄지는 것의 뿌리가 백석 시에 있다고 보아도 크게 무리는 아닐 것이다. 백석의 시가 오늘의 시인과 시 애호가들에게 큰 사랑을 받는 이유 중의 하나도 오늘날 우리의 시와 문화에 널리 스며든 음식을 일찍부터 시의 소재로 삼고 이를 기발한 상상으로 펼쳐나간 그 진기하고 친근한 시적 발상에 있다고 볼 수 있다. 그리하여 그의 시에 음식이 어떻게 어떤 의미로 쓰이고 있는지를 파악하는 것은 그의 시 전모를 자세히 살피는 것이면서, 오늘날 많은 사랑을 받고 있는 백석 시의 매력 포인트가 무엇인지를 짚어보는 일도 될 것이다.

---

1) 백석의 「국수」와 목월의 「적막한 식욕」과의 상관성에 대해서는 졸고, 「백석의 「국수」」(『시안』, 1999년 3월호, 172~190쪽)에서 상세히 논한 바 있다. 이 글은 이 책에 「백석의 「국수」와 목월의 「적막寂寞한 식욕食慾」」이란 제목으로 실려 있으며, 책에 수록하면서 내용을 다소 축약하였다.

2. 놀이

　백석 시에는 유년화자가 많이 등장한다. 초기 시부터 후기 시까지 지속적으로 나타나는 유년화자는 시집 『사슴』 안의 시편에서 특히 많이 등장한다. 그것은 이 시집이 근본적으로 유년 시절의 고향 체험을 반추한 것이기 때문이다. 어린 시절의 고향 체험은 누구나 놀이로 가득 채워져 있기 마련이며 그것은 성년이 된 이후에도 지워지지 않는 즐거운 추억으로 남아 있다. 백석의 고향 반추에도 유년의 놀이가 크게 자리잡고 있는데, 그 놀이의 상당수는 바로 먹는 것이다.

　　짝새가 발뿌리에서 닐은 논드렁에서 아이들은 개구리의 뒷다리를 구워먹었다

　　게구멍을 쑤시다 물쿤하고 배암을 잡은 늪의 피 같은 물이끼에 햇볕이 따그웠다

　　돌다리에 앉어 날버들치를 먹고 몸을 말리는 아이들은 물총새가 되었다
— 「하답^{夏畓}」 부분

　한여름의 논가에서 노는 아이들이 하는 일이란 이처럼 먹는 것이다. 아이들은 논두렁에서 개구리의 뒷다리를 구워 먹고 돌다리에 앉아 날버들치를 먹는다. 논가에서 그곳에 서식하는 생물들을 먹는 행위가 그대로 아이들의 놀이이다. 오늘의 시점에선 다소 징그러울 수 있는, 지난날의 시골에서나 볼 수 있는 아이들의 이 먹기 놀이는, 이 시에서 매우 싱그러운 풍경화로 그려지고 있다는 점에 주목해야 한다. 아이들은 자신들이 먹고 있는 개구리와 날버들치를 이 논

가에서 잡았을 것이다. 특히 개구리는 한여름의 논가에서 크게 서식하는 생물이며, 그래서 '하답'은 아이들이 선호하는 여름의 놀이터이다.[2] 그런데 이 시에선 잡는 과정은 생략되고 먹는 모습만 그려진다. 또 음식의 맛에 대한 묘사 대신에 '먹었다' '먹고'와 같이 먹는 행위에 대한 담담한 서술만 나타난다. 시인은 여기서 음식물의 미각 표출 대신에 아이들의 먹는 모습을 자연의 싱그러운 풍경화로 그려낸다. 아이들은 짝새[3]가 발끝에서 일어나는 아름다운 자연의 움직임 아래서 개구리의 뒷다리를 구워 먹는다. 새와 아이와 아이의 먹기가 하나의 움직임 속에서 일어나며, 이 풍경에서 아이의 먹기는 그대로 아름답고 순수한 자연 속 생물의 움직임으로 비쳐진다. 새와 아이와 개구리는 여기서 서로의 경계를 지우고 자연 속에서 공존하고 동화되는 세계를 형성한다. 이러한 풍경은 3연에서 더욱 싱그러운 그림으로 스케치된다. 날버들치를 먹고 따가운 햇볕에 몸을 말리는 아이들은 물총새로 그려진다. 물총새는 물속의 고기를 잘 낚아채는 조그마한 새로서 날버들치를 잡아먹는 아이를 연상시키기에 충분하다. 아이와 새가 한몸이 되는 이 풍경화는 아이들의 먹기가 자연 속의 놀이이며, 자연 속에 묻혀 지내는 더없이 순수하고 무구한 세계임을 여실히 보여준다. 1, 3연에서 '아이'를 주어로 삼으며 아이의 먹기 놀이를 관찰자 시점으로

---

2) 여름의 논가에는 개구리가 많았으므로, 뱀도 많이 살았다. 2연엔 이러한 하답에서 노니는 유년의 천진한 모습이 싱그럽게 그려져 있다. 이 시에서 아이들의 놀이 장소는 벼가 심어져 있는 논엔 들어간 수 없으므로 논 옆의 개울가라는 견해가 있는데 그건 어른의 시각이고 노는 것이 좋은 아이들은 무논 안에 들어가 놀기도 한다. 물론 논의 한복판은 아니고 논두렁과 가까운 논의 가장자리일 것이다. 그런가 하면 논 옆엔 물을 대기 위한 수로나 개울가가 있을 수도 있겠다. 그런데 이 시의 제목이 '하답'이란 점을 염두에 두면, 이 시에서 유년화자의 놀이 장소는 논 옆의 수로나 개울가로 한정하기보다는 '무논'과 그 일대를 포함한 '논가'로 보는 것이 가장 적절하다.

3) '짝새'는 '뱁새'이다. 조그만 새의 비상과 조그만 아이들의 대비는 이 시를 더욱 아름답고 순수한 풍경으로 만든다.

진술하고 있는 것은 아이의 먹기 놀이가 자연과의 공존 속에서 이루어지는 투명한 풍경임을 효과적으로 드러내기 위한 시적 화법이라고 할 수 있다.

유년의 놀이로서의 먹기는 자연과의 유대 속에서 벌어지는 투명한 행위일 뿐만 아니라 사람과의 유대 속에서 이웃과 친족의 사랑을 느끼고, 그들과 연대감과 공동체 의식을 느끼는 일로 나타나기도 한다.

또 이러한 밤 같은 때 시집갈 처녀 막내고무가 고개 너머 큰집으로 치장감을 가지고 와서 엄매와 둘이 소기름에 쌍심지의 불을 밝히고 밤이 들도록 바느질을 하는 밤 같은 때 나는 아릇목의 삿귀를 들고 쇠든밤을 내여 다람쥐처럼 밝어 먹고 은행을 인두불에 구워도 먹고 그러다는 이불 우에서 광대넘이를 뒤이고 또 누워 굴면서 엄매에게 웃목에 두른 평풍의 새빨간 천두의 이야기를 듣기도 하고 고무더러는 밝는 날 멀리는 못 난다는 뫼추라기를 잡어달라고 조르기도 하고

—「고야古夜」 부분

인용 시에서 유년의 화자가 밤을 발라먹고[4] 은행을 인두불에 구워 먹는 것은 시집갈 처녀 막내고모가 와서 엄마와 함께 불을 밝히며 치장감을 준비할 때이다. 인용한 연의 첫 대목에 나오는 '또 이러한 밤'은 아빠 부재의 무서운 밤을 가리킨다. 전기불이 들어오지 않던 시절 산골의 밤은 칠흑같이 어둡고 암흑

---

4) "밝어먹고"는 '발라먹고'의 뜻이다. 『표준국어대사전』엔 '발라먹다'가 "남을 꾀거나 속여서 물건을 빼앗아 가지다"의 뜻으로 기술되어 있는데, 『고려대한국어대사전』엔 "(사람이나 짐승이 음식을) 알맹이를 빼어 먹다"는 풀이가 첫째 뜻으로 나와 있다. '발라먹다'는 합성동사로서 일상에서 흔히 쓰는 말이다. 『표준국어대사전』의 표제어 선정과 뜻풀이에 합성동사의 규정에 대한 기준이 불분명하고 일정하지 않다는 것은 여러 국어학자들이 지적하는 문제이다.

의 세상은 경험 미숙의 유년에겐 큰 공포를 불러일으킨다. 이 어두운 밤의 공포를 깨는 것이 바로 인척의 방문이다. 그것이 경사를 동반한 방문일 때 공포는 환희로 바뀐다. 혼수 준비차 방문한 막내고모와 어머니가 함께 벌이는 치장감의 바느질은 캄캄했던 집안을 밤새도록 환히 밝히고 따뜻하게 만든다. 시누이와 올케 사이에서 조성되는 이 예사롭지 않은 정겨움과 훈훈함 속에서 아이의 놀이가 시작되며, 그 놀이의 시작이 바로 먹는 것이다. 집안의 따뜻함이 아이를 먹기 놀이로 이끈 것이고, 아이는 먹으면서 고모와 엄마, 그리고 고모와 엄마 사이의 사랑을 느낄 것이다. 아이는 은행을 인두불에 구워 먹기도 하는데, 그 인두불은 엄마와 고모가 치장감을 다리기 위한 인두를 달구는 불일 것이다. 아이는 그 인두불에 은행을 구우면서 집안의 훈훈한 분위기와 혈육애를 느끼게 될 것이다.

아이의 먹기 놀이는 이처럼 친족들 사이의 유대 속에서 이루어지고, 아이들은 먹으면서 그들의 사랑을 느낀다. 이 시에 나오는 고모와 엄마가 시 「가즈랑집」에서는 동네의 무당 할머니로 바뀌고 여기서도 아이는 할머니와 함께 먹고 놀면서 이웃 할머니의 사랑을 확인한다. 이 시에 나오는 할머니는 어린 시절 '나'와 누이가 날 때 그들을 대감님께 바쳐 무병장수하게 해준 이로서, '나'의 가족과 동네 사람들의 길흉화복을 돌봐주는 특별한 이웃이다. '나'는 동네의 그 특별한 이웃 할머니 집에 놀러가곤 하는데, 그곳서 노는 것의 절정은 음식을 먹으며 노는 것이다. 여기서도 먹기 놀이는, 음식에 대한 미각보다는 광살구를 찾다가 살구벼락을 맞는다든가, 달콤한 찰복숭아를 정신없이 먹다가 유난히 큰 복숭아씨를 삼켜서 죽을 것 같았던 일 등 티 없이 맑은 동심의 행위를 드러내는 데 초점이 맞춰져 있다. 그리고 그러한 순진무구한 아이의 먹기 놀이는 무당 할머니의 정겨운 사랑 속에서 이루어진다. 그 무당 할머니가 제상에 올릴 산나물을 캐는 뒤를 유년화자가 졸졸 따라다니고, 또 그 무당 할머니와 함께 땅에 떨어진 과실을 찾고 먹으며 울고 웃는 과정에서 놀이의 흥겨움이 발생하고, 그 놀이 과정에서 할머니의 사랑을 느끼는 것이다.

　유년의 놀이가 음식 먹기로 나타나는 것은 본질적으론 궁핍의 반영이고 동심의 반영일 것이다. 또 백석의 시에서 유년의 음식 먹기가 모두 흥겨운 놀이로만 그려지는 것은 아니다. 일부이긴 하나 유년의 음식 먹기 풍경이 다소 처연한 분위기로 나타나는 작품도 있다. 그런데 이 경우에도 유년화자의 음식 먹기에 미각의 구체적 표출은 극히 자제되어 있다. 백석의 시에서 유년화자의 음식 먹기는 대부분의 경우 자연과 사람들 사이의 유대 속에서 벌어지는 맑고 흥겨운 놀이로 나타나며, 이 놀이 공간에서 천진한 세계를 형성하고, 이웃과 혈족 사이의 사랑을 느끼는 유년화자의 무구한 모습으로 그려진다.

3. 여행

　백석의 시에서 유년 시절의 음식 지향은 성년으로 넘어와서도 고스란히 이어진다. 고향 마을에서의 음식 먹기와 만들기는 이제 타관에서의 음식 지향으로 전환된다. 널리 알려진 바와 같이 백석의 삶은 유랑으로 점철되어 있다. 그는 삶의 거처도 자주 옮겼고 여행도 많이 다녔다. 그의 시에는 「서행시초西行詩抄」「남행시초南行詩抄」「함주시초咸州詩抄」처럼 기행시임을 명시하는 연작시들이 많이 있고, 개별 시편 가운데서도 기행시 성격의 작품들이 아주 많다. 그의 시에는 지명을 제목으로 삼은 작품들이 많은데 이들 대부분은 넓은 의미에서 기행시의 성격을 갖는다고 할 수 있다. 그의 시 중에는 일본 체험을 다룬 시가 「시기柿崎의 바다」「이두국주가도伊豆國湊街道」 두 편 있는데, 이 시의 배경이 되는 이즈반도는 동경 근처의 유명한 여행지이다. 그는 동경 유학 시절에 이곳을 여행했을 것이고, 그것이 바탕이 되어 이 시들이 쓰였을 것이다. 시에 나타난 것으로만 보면 그는 여행을 아주 좋아했던 시인이었다. 그의 생활 체험이 그대로 반영되고 그의 시 갈래에서 커다란 비중을 차지하는 이 기행시의 중요한 모티프 가운데 하나가 바로 음식이다.

백석 시의 기행시편에서 음식은 일차적으로 여행지의 흥취를 돋우는 물질로 작용한다. 어린 시절 고향서 먹으며 노는 생활이 성년으로 이어진 것이 여행하면서 먹는 것이다. 여행이란 타관에서 먹으며 노는 것이다. 여행지에서의 음식은 타관 풍경을 보는 즐거움에 먹는 즐거움을 더해준다. 백석의 본격적인 기행시 연작인 「남행시초南行詩抄」는 이처럼 먹고 보고 즐기는 낭만적인 여행으로 시작된다.

　　통영統營장 낫대들었다

　　갓 한 닢 쓰고 건시 한 접 사고 홍공단 단기 한 감 끊고 술 한 병 받어들고

　　화륜선 만져보려 선창 갔다

　　오다 가수내 들어가는 주막 앞에
　　문둥이 품바타령 듣다가

　　열니레 달이 올라서
　　나룻배 타고 판데목 지나간다 간다

(徐丙織氏에게)
―「통영統營―남행시초南行詩抄 2」 전문

시인은 '통영장'에서 여러 물품들을 사는데 여기에 '건시'와 '술'이 포함되어 있다. 갓 쓰고 술 한 병 사서 바닷가의 선창으로 나가는 화자의 모습은 낭만적인 나그네의 전형적인 행색이다. '갓'은 통영의 특산품이다. 여행지 통영과 시인의 보헤미안 기질이 시인을 낭만적인 나그네의 길로 이끌고 있다. 통영은 조선시대에 삼도수군통제사의 지휘부가 있었던 곳으로 아주 큰 항구도시이다. 그래서 현대식 기선이 정박해 있고, 그 배는 여행자에게 낯선 여행지의 진기한 명물로 다가온다. 나그네 화자는 눈의 호사를 누리고 돌아오는 길에 주막 앞에서 또 한번의 흥미로운 풍경과 마주친다. 각설이들의 품바타령은 흔히 장터처럼 사람들이 많이 모이는 곳에서 부르는데, '주막'은 그와 비슷한 성격의 장소라고 할 수 있다. "문둥이 품바타령"은 문맥 그대로 문둥이가 직접 부른 품바타령으로 봐야 할 것이다.[5] 그것은 여행지에서 경험한 또 한번의 인상적인 풍경으로서 시인을 여행지의 정취에 흠뻑 젖게 한다. 그 정취 안에는 우리 고유의 숨결이 고스란히 간직되어 있다. 나그네의 낭만적 여행은 시의 마지막 대목에서 절정을 이룬다. 밤이 되자 나그네 화자는 달빛 아래서 나룻배에 몸을 싣고 통영의 뱃길을 지나간다. 달빛 아래에서 나룻배 타기는 조선시대부터 근대에 이르기까지 우리 문학작품에서 흔히 마주치는 전형적인 선비의 풍류이자 낭만이다. "판데목"은 폭이 백 미터 남짓 되는 그리 크지 않은 통영의 뱃길로서 달빛 아래에서 그윽한 운치를 자아낼 만하다. '갓-술-

---

5) 여기서 "문둥이 품바타령"을 각설이가 문둥이 형색을 하고 각설이 타령(장타령)을 부른 것으로 볼 수도 있겠다. 하지만 당시 통영 근처의 고성과 삼천포에 문둥이 마을이 있었다는 점, 실제로 각설이 타령은 거지와 함께 문둥이들도 많이 불렀다는 점(고정옥은 남선지역南鮮地域에 나병 환자의 각설이 타령이 전해진다는 점을 학술적으로 언급한 바도 있다. 고정옥, 『조선민요연구』, 수선사, 1947, 163쪽 참조), 그리고 이 시가 여행지의 풍물을 다룬 것이라는 점을 생각해보면, 여기서 "문둥이 품바타령"은 문맥 그대로 문둥이가 부른 품바타령이며, 그 흥미로운 풍경이 시인의 눈과 귀를 사로잡은 것으로 보는 것이 더 적절할 것이다.

기선구경-문둥이 품바타령 구경-달빛 아래의 배타기'로 이어지는 시인의 여
로에는 새로운 문물에 대한 호기심이 한껏 들어 있는데, 그 기저에는 우리 고
유의 옛날식 풍류와 낭만이 깔려 있고, 여기에 '건시'와 '술'이란 음식이 한몫
을 하고 있다.

전복에 해삼에 도미 가재미의 생선이 좋고
파래에 아개미에 호루기의 젓갈이 좋고

(……)

집집이 아이만한 피도 안 간 대구를 말리는 곳
황화장사 령감이 일본말을 잘도 하는 곳

—「통영統營」 부분

같은 통영의 여행 체험을 다룬 이 시에서는 이제 음식들이 줄줄이 열거된다.
바닷가의 각종 해산물이 눈앞에 펼쳐지고, 그 풍성한 해산물들을 하나하나 맛
보는 것이 통영 여행의 큰 즐거움이다. 길게 나열된 음식들은 식도락의 현장을
생생히 보여준다. 통영 여행을 한껏 들뜨게 만드는 이 음식들은 통영의 바다
에서 나온 것들이다. 이 중에서 '아개미'는 어류에 발달한 호흡기관인 아가미
를 말하는 것인데, 이 시에선 뒤에 나오는 젓갈과 결합하여 '아개미젓갈'을 가
리킨다. 보통 대구나 명태의 아가미로 젓갈을 만드는데 그중에서 '대구 아가미
젓'이 일반적이다. 통영은 특히 대구의 명산지이기 때문에 이 아개미젓은 바로
'대구 아가미젓갈'을 가리킬 것이다. '대구'는 그다음 연에서 통영의 인상적인
풍물로 묘사된다. 아이만한, 생선치고는 작은 사람 정도의 커다란 크기에 피도

안 빠진 상태의 생물을 집집마다 말리는 풍광을 제시하면서 통영은 바로 그런 곳이라고 시인은 말한다. 고향 정주의 서해 바닷가와 일본의 바닷가에서는 보지 못했을 이 커다란 생대구의 건조 풍경이 시인에게 낯선 여행지의 진기한 풍물로 각인된 것이다. 음식은 이처럼 나그네의 흥을 돋우고 여행지의 특성을 규정하는 물질로 그의 시에 구사된다.

남쪽의 기행시에서 북쪽의 기행시로 넘어오면서 백석 시의 음식은 새로운 종류의 음식으로 대치된다.[6] 북쪽 기행시편들이 함경도와 평안도 일대의 여행 체험에서 나온 것인 만큼 이 지역의 특산물들이 등장한다. 그리고 여기에선 음식의 나열과 풍광 제시에서 나아가 음식을 만들고 먹고 맛보는 등 음식과 결부된 사람들의 여러 삶의 행위들이 구체적으로 나타난다. 음식이 사람들의 구체적인 생활과 밀착되어 나타나면서 음식으로 규정되는 여행지의 특성은 좀더 깊은 의미를 띠게 된다.

함경도 일대의 산골 체험을 다룬 시 「향악饗樂」에선 한밤중 깊은 산골의 어느 집에서 떡을 치며 감자떡을 만드는 생활이 나온다. 시 「야반夜半」에선 역시 한밤중에 닭을 잡고 메밀국수를 누르는 생활이 나온다. 메밀국수는 백석이 특히 좋아하는 음식이고, 백석 시의 음식 제재로 빈번히 등장하는 것인데, 시마다 조리 방식이 다르게 나온다. 「국수」라는 시에선 꿩고기 육수와 동치미국을 섞은 물에 말아먹고, 「개」에서는 꿩고기 육수에 말아먹으며, '북신'에서는 돼지고기에 맨모밀국수를 섞어 먹는다. '맨모밀국수'란 국수를 육수에 말지 않고 삶은 국수 그대로 먹는 것을 말한다. 이렇게 메밀국수 하나도 지역에 따라, 상황에 따라 다르게 먹는 것이다. 시 「향악饗樂」에 나오는 감자떡은 그 산골의 진

---

6) 백석의 기행시를 연구한 논문으론 곽효환의 「백석의 기행시편 연구」(『한국근대문학연구』 18집, 2008)가 주목된다. 연구자는 이 논문에서 백석의 기행시를 남해안 바닷가와 북관, 관서로 나누어 각각의 차이점을 설명하고 있다.

미일 것이다. 그들은 오랜 세월 각자 자신들이 사는 곳에서 그런 음식을 그런 방식으로 먹으며 살아왔을 것이다. 그들은 제각기 각자의 지역에서 그 지역의 특성에 맞는 조리 방식을 강구하며 오랫동안 생활해왔고, 그리하여 다양한 문화와 오랜 생활 전통을 지니고 있는 것이다. 평안도 일대를 다룬 기행시 「월림月林장」에서, 시인은 산악지대에서 재배하는 햇기장쌀이 장터에 나와 있는 것을 보고 기장차떡, 기장차랍, 기장감주를 떠올리고, 또 기장감주로 만든 호박죽은 맛까지 있다며 좋아한다. 산악지대의 변두리 벼 곡식인 기장은 여러 종류의 별미로 빚어져서 미각을 돋우며 우리의 음식 문화를 풍요롭게 만든다. 음식이 이렇게 그 지역의 풍물을 넘어서 그 지역의 오래고 풍성한 생활문화를 반영하는 이미지로 나아가면서, 그 음식은 마침내 역사적 상상으로 변주되기 시작한다.

명태明太창난젓에 고추무거리에 막칼질한 무이를 뷔벼 익힌 것을
이 투박한 북관北關을 한없이 끼밀고 있노라면
쓸쓸하니 무릎은 꿇어진다

시큼한 배척한 퀴퀴한 이 내음새 속에
나는 가느슥히 여진女眞의 살내음새를 맡는다

얼근한 비릿한 구릿한 이 맛 속에선
까마득히 신라新羅백성의 향수鄕愁도 맛본다

― 「북관北關―함주시초咸州詩抄」 전문

명태는 동해안의 특산물이고, 그 명태로 만든 창난젓은 함경도의 특산물이

다. 그 함경도 음식은 이 시에서 그대로 '북관'으로 규정된다. 음식을 통해 지역의 특성을 환기해왔던 백석은 이 시에서 그 음식을 지시하는 지명을 명시함으로써 확실하게 자신의 시적 태도를 전한다. 그런데 이 '북관'이란 지명 앞엔 '투박한'이란 형용사가 붙어 있다. 백석에게 함경도는 투박한 곳으로 인지된다. 북관의 장터 풍경을 다룬 시 「석양夕陽」에서 북관의 영감들은 사나운 짐승 같은 얼굴을 하고 있고, '투박한 북관말'로 떠들어대고 있다. 함경도와 평안도는 같은 북쪽 지역이지만, 이 두 지역은 묘향산맥과 낭림산맥이란 두 개의 커다란 산맥을 두고 갈라져 원래부터 풍토의 차이가 적지 않았다. 특히 평안도 정주의 해변지대에서 자란 백석은 '북관'의 말투와 인상에서 매우 투박한 느낌을 받은 듯하다. 바로 그 투박한 지역 북관을 시인은 "명태창난젓"이란 지역 음식에서 다시 한번 느낀다. 시인은 이제 그 투박한 곳의 투박한 음식을 먹어본다. 지금까지의 기행시에서 음식은 보여지고 만들어지는 것이었지만, 이제 음식은 아주 구체적인 미각의 대상으로 다뤄진다. '끼밀다'는 '깨물다'의 평북 방언인 '깨밀다'가 변형된 말로 짐작된다. 창자 살은 아주 질겨서 치아로 쉽게 잘리지 않는다. 그러니까 '한없이 끼밀고 있노라면'은 그 질긴 창자 살을 입안에 넣어 오래 물거나 씹고 있는 상태를 나타내는 것으로 보면 자연스럽게 이해된다. 음식이 입안에 오래 머물면서 이 음식에 대한 생각이 깊어지기 시작한다. 게다가 이 삭힌 음식은 오랜 시간에 걸쳐 숙성된 음식이고 아주 독특한 냄새와 맛을 지닌다. 여섯 번에 걸쳐 구사된 미각형용사는 이 삭힌 음식의 다양하고 깊은 맛을 전하기 위한 수사이다. 이 아득한 맛의 삭힌 음식은 시간의식을 불러일으키고, 시인의 의식과 감각은 이 지역에서 오랜 기간 이 음식을 먹었던 사람들의 자취를 따라 거슬러올라간다. 그리하여 시인은 이 음식 냄새와 맛에서 아주 오래전에 이 지역에 살았던 여진의 살냄새와 신라 백성의 향수를 느끼게 된다. 명태 창자의 미끌미끌한 육질이 사람 살의 감각을 불러온 것이라고 상상해볼 수도 있다. 갖가지의 감각이 나타나는 이 시는 아주 예민한 감각이 동원되고 있는 작품이라는 것을 염두에 둘 필요가 있다. 이 지역에 살았던 옛 사람들을 떠올리는 것은 그 지역의 문화와 사람에 대한 큰 애착의 소산이다. 시인이 명태창난젓을 맛보며 쓸쓸하니 무릎이 꿇어진다는 것은, 그 투박한 음식과 그런 음식을 만들고 먹었던 사람들에 대한 연민의 표출이고, 그 연민은 강한 애정에서 나오는 감정이다. 그것은 결국 우리의 문화와 인간에 대한 애정의 소산이다. 이 시에서 "신라 백성의 향수"는 함경도로 강제 이주된 신라인이 가졌던 고향의 그리움이겠지만, 시인이 이 음식의 맛에서 정말 "까마득히" 오래된, 그리고 맛과의 상관성이 감각적으로 쉽게 조성되지 않는 신라인의 향수를 느낀다고 하는 것은 신라에 대한 시인의 향수가 상상으로 투영된 것으로 봐야 할 것이다. 시인은 함경도의 토속음식에서 우리의 역사를 반추하고 있는 것이다. 이러한 음식의 역사적 상상력은 기행시 「북신北新」에서 더 분명하게 나타난다.

어쩐지 향산香山 부처님이 가깝웁다는 거린데

국숫집에서는 농짝 같은 도야지를 잡어걸고 국수에 치는 도야지고기는 돗바늘 같은 털이 드문드문 백였다

나는 이 털도 안 뽑은 도야지고기를 물꾸러미 바라보며

또 털도 안 뽑는 고기를 시꺼면 맨모밀국수에 얹어서 한입에 꿀꺽 삼키는 사람들을 바라보며

나는 문득 가슴에 뜨끈한 것을 느끼며

소수림왕小獸林王을 생각한다 광개토대왕廣開土大王을 생각한다

—「북신北新—서행시초西行詩抄 2」부분

북관의 함경도 음식에서 투박한 생김새와 미각을 음미하였다면, 이 평안도 음식에선 고향과는 다른 조리 방식으로 만든 음식을 먹는 모습을 음미한다. 뜨끈한 구들에 앉아 꿩고기 육수와 동치밋국을 섞은 육수에 희스무레한 메밀국수를 말아먹었던 정감 어린 고향의 국수 풍속과는 달리 시인은 ‘북신’의 여행 길에서 국수의 새로운 조리 풍속을 본다. 국수는 국물에 만 것이 아니라 삶아 건진 상태 그대로의 맨모밀국수이며 색도 시꺼멓다. 맨모밀국수의 시꺼먼 색은 도정을 덜한 메밀일 것이다. 여기에다 털이 그대로 박힌 돼지고기를 얹은 음식의 생김새는 거칠고 야성적인 느낌을 불러일으킨다. 시인은 이 음식을 한 입에 삼키는 사람들을 바라보며 고구려의 대표적인 명군들을 떠올린다. 음식을 먹는 모습은 인간 행동의 원초적 모습이 드러나는 순간이다. 시인은 식사 순간이 일으키는 그 원초적 모습에서 고구려의 역사를 상상한다. 그의 음식 기행은 그 음식을 배태시킨 우리의 강토와 그 강토에 뿌리박고 있는 우리 민족과 우리 역사에 대한 애착이고 성찰인 것이다.

고원선高原線 종점終點인 이 적은 정거장停車場엔
그렇게도 우쭐대며 달가불시며 뛰어오던 뽕뽕차車가
가이없이 쓸쓸하니도 우두머니 서 있다

해빛이 초롱불같이 희맑은데
해정한 모래부리 플랫폼에선
모두들 쩔쩔 끓는 구수한 귀이리차茶를 마신다

칠성七星고기라는 고기의 쩜벙쩜벙 뛰노는 소리가
쨋쨋하니 들려오는 호수湖水까지는

들쭉이 한불 새까마니 익어가는 망연한 벌판을 지나가야 한다

—「함남도안^{咸南道安}」 전문

이 시는 백석이 기행시에서 음식을 통해 드러내고자 한 의도가 무엇인지를 다시 한번 확인시켜준다. 제목의 '도안'은 그가 머물렀던 함흥에서 그리 멀지 않은, 함경남도의 신흥군에 소재한 곳이다. 이곳 근처에는 댐 건설을 위해 부전강을 막아 발생한 인공호수인 '부전호'가 있다. 3연에 나오는 호수는 바로 이 부전호를 가리키는 것이다. 이 부전호를 발생시킨 댐 건설은 흥남 질소비료 공장에 전기를 대기 위해 일제가 실시한 것이다. 이 시에 나오는 철도는 댐에 도달하기 위한 철도로서 역시 일제가 부설한 것이다.[7] 이렇게 해서 근대식 수력발전소가 건설되었고, 그 결과물로 수려한 호수가 생겼다. 철도의 부설로 여행도 그만큼 용이하게 되었다. 이곳은 당시에 유명한 관광지였다고 한다. 백석의 이 기행시는 이 관광지를 여행한 경험을 기록한 것인데, 시인은 정차된 기차의 모습을 그리고 나선, 이 지역의 풍광과 풍물을 자세히 그리고 있다. 시인이 도안 여행에서 앞세워 말하고 있는 것은 맑은 모래부리로 되어 있는 이곳의 지형과 '귀리차' 마시는 풍속과 이 지역의 특산물인 '들쭉'이 널리 펼쳐져 있는 풍광이다.[8] 들쭉은 우리나라 최고의 식품전문서인 허균의 『도문대작』에 함경도의 특산물로서 포도보다 맛이 더 좋다고 기록되어 있다. 이 시는 그 음식의 미각 표출에 초점이 맞춰져 있는 것은 아니지만, 시인이 이 근대적 건축 시설의 현장 주변을 여행하면서 집중적으로 바라본 것은 우리의 음식과 풍속과 그 음식을 낳은 우리의 강토라는 것을 이 시는 보여준다. 여행지에서의 그의 음식

---

7) 당시 일제에 의한 조선 전기 사업 추진과 이유에 대해서는 조선전기사업사편찬위원회, 『조선전기사업사』(동경: 중앙일한협회, 1981) 참조.

8) '도안'의 지리에 대한 상세한 설명은 졸저, 『정본 백석 시집』 참조.

사랑은 우리의 강토 사랑에 닿아 있는 것이다.

4. 제사

　백석 시에서 음식은 제사 풍속의 형상화를 통해서도 나타난다. '제사'란 "신령이나 죽은 사람의 넋에게 음식을 바치어 정성을 나타내거나, 그런 의식"을 가리킨다. 제사는 우리나라에서 원시시대부터 실시되어온 뿌리 깊은 의식이었고, 고려와 조선시대로 넘어오면서 일정한 격식을 갖춘 의례로 발전하였다. 우리의 제례는 중국에서 건너온 것이 많지만, 그 교섭 과정에서 토착화되어 민간생활 속에 깊이 뿌리내리게 되었다. 제사란 본질적으로 신령과 넋의 존재에 대한 믿음과 그들에 대한 정성을 음식으로 표시하는 태도 위에서 성립되는 의식인데, 바로 그러한 의식이 우리의 전통 생활 속에 깊이 박혀 있는 것이고, 백석은 바로 그러한 생활 풍속을 시의 화폭에 그려낸다.

　어스름저녁 국수당 돌각담의 수무나무 가지에 녀귀의 탱을 걸고 나물매 갖추
어놓고 비난수를 하는 젊은 새악시들
　　— 잘 먹고 가라 서리서리 물러가라 네 소원 풀었으니 다시 침노 말아라
—「오금덩이라는 곳」 부분

　성황당(서낭당)을 가리키는 '국수당'은 당으로 되어 있는 것도 있고, 돌각담, 즉 돌무덤으로 되어 있는 것도 있고, 신목으로 되어 있는 것도 있으며, 이 중의 일부, 혹은 이 모두로 이루어져 있기도 하다. 이 시의 국수당은 이 중에서 무엇을 가리키는 것인지 정확히 판별하기 어려우나, 시의 문맥에서 뒤의 돌각담과

수무나무를 가리키는 것으로 보는 것이 자연스러운 읽기가 아닌가 싶다. 즉, 이 시에서 국수당은 돌무덤과 신목(수무나무)을 지칭한다는 것이다. '녀귀'는 '여귀勵鬼'로서 그냥 귀신이 아니라 제사를 받지 못하는 귀신을 가리킨다. 더 구체적으로 말해 미혼 남녀의 귀신이나 자손이 없는 귀신 등 여러 가지 사정으로 인해 제사를 받을 수 없는 무사귀신無祀鬼神을 말한다. '탱'이란 이 녀귀가 그려져 있는 걸개그림을 말한다.9) 이 마을의 젊은 새악시들은 국수당의 신목에 이 녀귀의 그림을 걸고 음식물을 갖춰놓고 빌고 있는데, 그들의 비난수가 잘 먹고 물러가라, 먹는 소원 풀었으니 다시 화내지 말라는 것이다. 자신에게 제사 지내줄 자식이 없는 무사귀신인 이 녀귀가 사람들에게 해를 끼친다고 믿었고, 그래서 이들에게 음식을 차려 바침으로써 재난을 벗어나려는 전통 제례를 이 시는 그대로 보여준다. 녀귀에게 제사를 지내는 것을 '여제'라고 하는데, 이는 중국에서 전해져 국가에서 정례적으로 치르던 것이 점차로 민간신앙화했다고 한다.10) 이 시가 그리고 있는 것은 개인 신앙화된 여제인 듯하다. 젊은 새악시가 여귀에게 음식을 바치며 빌기를 다시 침노 말아라, 라고 하는 것을 보면 지금 이 집에는 어떤 우환이 있어 이 여제를 거행하는 듯하다. 이 시는 3연으로 짜여 있는데 2연에선 누군가 부종이 나고 팔다리가 쑤시고, 3연에선 어느 집에 흉사가 있다. 이렇게 볼 때 이 시는 전체적으로 마을의 흉사를 다루고 있다. 그 흉사에서 2연은 거머리로 부종을 치료하고, 3연은 오줌과 팥으로 벽사를 하는데, 첫 연에선 음식으로 제상을 받지 못하는 귀신을 달래는 의식을 보여준다.

---

9) '탱'에 대해『표준국어대사전』은 "부처, 보살, 성현 들을 그려서 벽에 거는 그림"으로 풀이하고 있는데,『조선말대사전』엔 "신령이나 사람의 초상을 그린 족자"로 풀이되어 있다. 실제로 '탱' 중에는 부처나 보살 외에도 죽은 귀신(죽은 사람)이 그려져 있는 경우가 많아『표준국어대사전』의 뜻풀이를 그대로 따르기는 어렵다.

10) '여귀'와 '여제'에 대해서는 전경욱,『함경도의 민속』(고려대출판부, 1999, 99~100쪽) 참조.

시인은 이 시에서 민간의 여러 속신을 보여주는데, 그중에서 제일 처음 제시한 것이 음식과 음식 관련 귀신이고, 그와 결부된 제례이다. 음식에 결부된 제례 풍속이 우리 생활에 깊이 박혀 있음을 보여주는 것이다. 이 시는 풍속의 재현을 통해 음식에 결부된 제례를 객관적으로 보여주지만, 시 「목구木具」에선 그 제례에 대한 시인의 성찰이 시도되고, 여기서 음식은 보다 깊은 시적 의미를 드러낸다.

한 해에 몇 번 매연 지난 먼 조상들의 최방등 제사에는 컴컴한 고방 구석을 나와서 대멀머리에 외얏맹건을 지르터맨 늙은 제관의 손에 정갈히 몸을 씻고 교우우에 모신 신주 앞에 환한 촛불 밑에 피나무 소담한 제상 위에 떡 보탕 식혜 산적 나물지짐 반봉 과일 들을 공손하니 받들고 먼 후손들의 공경스러운 절과 잔을 굽어보고 또 애끓는 통곡과 축을 귀에 하고 그리고 합문 뒤에는 흠향 오는 구신들과 호호히 접하는 것

구신과 사람과 넋과 목숨과 있는 것과 없는 것과 한 줌 흙과 한 점 살과 먼 넷 조상과 먼 홋자손의 거룩한 아득한 슬픔을 담는 것

내 손자의 손자와 손자와 나와 할아버지와 할아버지의 할아버지와 할아버지의 할아버지의 할아버지와…… 수원백씨水原白氏 정주백촌定州白村의 힘세고 꿋꿋하나 어질고 정 많은 호랑이 같은 곰 같은 소 같은 피의 비 같은 밤 같은 달 같은 슬픔을 담는 것 아 슬픔을 담는 것

— 「목구木具」 부분

이 시는 시점의 선택이 돋보이는 작품이다. 집안의 조상 제사의 전 과정을

절차에 따라 하나하나 세밀하게 보여주는 이 시에서 시인은 제례에 참여하는 제관의 관점이 아닌 제물을 놓은 그릇인 목구의 관점으로 진술함으로써 제례 의식을 매우 감각적으로 형상화시킨다. 이 제례의식에서 제상에 진설되어 있는 제물들은 제기에 의해 공손히 받들어진다. 일반 음식과는 다른 제물로서의 특별한 가치가 제기의 시점 선택으로 잘 전해진다. 마침내 귀신이 제물을 받아먹는데, 그 흠향의 순간에 제관들은 합문, 즉 문밖으로 나가 있으므로 그 귀신들과 접촉하는 것은 오로지 음식과 제기뿐이다. 그 순간의 감각을 시인은 "호호히" 접한다고 말한다. 이 시에서 귀신이 접하는 대상으로 지목된 것은 제기이나, 귀신이 제기를 접하는 것은 제물 때문이므로 여기서 귀신과 제물과의 접촉을 떠올리는 것은 자연스러운 상상이다. 음식과 귀신과의 접촉을 이렇게 시적인 언어, 특히 감각적인 언어로 표현하는 것은 이채로운 일이다. 이 감각적인 표현은 조상의 혼령에게 바치는 제물로써의 의미를 생생히 전하면서 집안 제사의 의미와 조상의 존재를 감각적으로 일깨운다. 음식을 통해 산 자와 죽은 자는 호호히 교감한다. 음식은 조상과 후손을 잇는 아주 구체적인 매개체인 것이다. 음식을 매개로 이루어지는 양자의 교감은 이 집안에서만 무려 5대째 이루어져왔고, 이를 통해 수원 백씨, 정주 백촌의 혈통은 면면히 이어져왔다. 앞으로도 이 제물을 바치는 제례가 지속되는 한 이 혈통은 계속 이어질 것이다. 여기서 정 많은 호랑이 같고, 곰 같고 소 같은 '피'를 지닌 이 혈족은 정주 백촌의 혈통이면서 고스란히 우리 민족의 혈통이다. 제사의 과정을 자세히 보여주고사 하는 이 시의 의도에 이미 그 의미가 고스란히 담겨 있는 것이지만, 이 시는 음식과 제기라는 소재를 시적으로 육화시켜 우리 민족의 정체성 확인과 우리 역사의 지속성에 대한 염원을 감각적으로 전해준다.

5. 감각

　음식은 사람들의 일상생활에 밀착되어 있는 아주 친근한 물질이다. 나날의 일상 앞에 놓여 있는 그 생생한 물질은 그 자체로 감각적인 이미지의 속성을 지닌다. 음식의 감각은 그 감각을 전하는 언어, 즉 음식 감각의 형용사를 낳고, 그것은 모국어의 풍요를 낳는다. 백석 시에는 '구수하다' '달다' '다디달다' '달큼하다' '독하다' '들쿠레하다' '비릿하다' '습습하다' '시다' '시큼털털하다' '얼근하다' '짭짤하다' 등의 음식 맛을 나타내는 형용사가 등장하고, '구릿하다' '배척하다' '시큼하다' '퀴퀴하다' 등의 음식 냄새를 나타내는 형용사가 구사된다. '달다' '다디달다' '달큼하다' '시다' '시큼하다' '시큼털털하다' 등 일정한 맛에 대한 세분화된 감각형용사를 구사하기도 하며, 또 '맛있다' '맛나다' '맛스럽다' 등 맛의 느낌에 대해서도 섬세하게 구분해 표현한다. 이러한 감각형용사는 음식에 대한 맛의 기억을 생생하게 불러내 음식의 감각을 강화시킨다. 백석은 이러한 음식의 감각적 속성을 예리한 언어로 구사하며 시적으로 잘 활용하여 의미 있는 시적 전언을 만들어낸다. 앞서 미각 이미지가 구사된 작품의 예를 살펴보았는데, 백석의 시에서 음식의 감각 이미지가 보다 의미 있게 구사된 영역은 색채 이미지이다.

　　개 하나 얼린하지 않는 마을은
　　해바른 마당귀에 맷방석 하나
　　빨갛고 노랗고
　　눈이 시울은 곱기도 한 건반밥
　　아 진달래 개나리 한창 퓌였구나

(……)

어쩐지 당홍치마 노란저고리 입은 새악시들이

웃고 살을 것만 같은 마을이다

—「고성가도固城街道—남행시초南行詩抄 3」 부분

시인은 남도의 '고성가도'를 지나며 근처 마을의 마당귀에 놓인 맷방석 위에서 음식을 말리는 풍경을 본다. 햇볕이 잘 비치는 마당의 한구석에 널려 있는 '건반밥'[11]은 빨갛고 노란 색감으로 시인의 눈에 들어온다. 햇볕은 그 색감을 더욱 곱게 단장시켜 눈이 부시도록 아름다운 모습을 연출한다. 햇볕을 받아 더욱 고운 자태를 드러내는 이 잔치 음식은 마치 햇볕 속에 피어나는 진달래와 개나리를 연상시킨다. 잔치 음식은 다시 흥겹고 밝은 사람을 연상시키고, 꽃의 이미지를 지닌 밝고 흥겨운 사람은 같은 빛깔의 옷을 입은 색시들을 연상시킨다. 잔치 음식이 꽃을 낳고, 그 둘의 결합이 다시 한복 입은 색시를 낳는다. 음식과 자연과 사람이 어울려 발산하는 이 시의 원색은 더없이 화사하다. 그 화사한 원색은 다름아닌 우리 고유의 빛깔이다. 진달래와 개나리는 우리의 자연에서 흔히 마주치는 친근한 꽃이고, 다홍치마와 노란 저고리는 전통적으로 처녀들이 입는 한복이다. 백석은 음식의 색채 이미지의 변주를 통해 평화롭고 화사한 우리의 생활과 자연과 마음의 무늬를 전한다.

---

11) 윤서석 외 3인의 「조선왕조후기의 궁중연회음식의 분석적 고찰」(『민속학술자료총서 먹거리 전통음식 5』, 도서출판 우리마당 터, 2002)이란 논문에 여러 강정의 종류가 나오는데, 그중에 '홍세건반강정' '황세건반강정' 등이 있다. 이 시에 등장하는 빨갛고 노란 건반밥은 이것을 가리키는 것으로 짐작된다. 오늘날 '세반강정(세반)'이라고 하는 것을 지난날 '세건반강정(세건반)'이라 불렀고, 백석은 이를 '건반밥'이라 부른 것 같다. 이 음식과 세반과의 관련성은 이숭원이 언급한 바도 있다.

'자시동북팔십천희천自是東北八〇粁熙川'의 푯標말이 선 곳
돌능와집에 소달구지에 싸리신에 옛날이 사는 장거리에
어니 근방 산천山川에서 덜거기 꺽꺽 검방지게 운다

(……)

나는 주먹다시 같은 떡당이에 꿀보다도 달다는 강낭엿을 산다
그리고 물이라도 들 듯이 샛노랗디샛노란 산山골 마가을 볕에 눈이 시울도록
샛노랗디샛노란 햇기장 쌀을 주무르며
기장쌀은 기장차떡이 좋고 기장차랍이 좋고 기장감주가 좋고 그리고 기장쌀
로 쑨 호박죽은 맛도 있는 깃을 생각하며 나는 기뿌다
— 「월림月林장—서행시초西行詩抄 4」 부분

북쪽 산간벽지의 길거리 장터 풍경을 다룬 이 기행시에선 산지에서 주로 재배하는 햇기장 쌀의 노란색이 주조색이다. 기장쌀의 노란색은 늦가을의 노랗게 물든 산색과 어울리면서 이 장터 풍경을 노랗게 물들인다. 여기에 늦가을의 짙은 햇볕이 비치면서 햇기장 쌀의 노란빛은 눈부시게 빛난다. 이 산속의 노란색은 또다시 수꿩의 울음소리와 어울리며 그 색감이 특별하게 강화된다. 수꿩의 울림 소리는 거칠고 둔탁하며 통명스러운 느낌을 주는데, 시인은 그 느낌을 "꺽꺽 검방지게 운다"고 표현한다. 기막힌 의성어의 구사이고, 소리에 대한 절묘한 묘사이다. 이 수꿩의 울음소리가 단박에 산간 지역의 순박하며 야성적인 분위기를 전한다. 그리고 그 원시적 공간감 안에서 노란색은 훨씬 순박하고 야성적인 느낌을 전해준다. 앞서 살펴본 「고성가도固城街道」와 같이 이 시에서도 "눈이 시울도록" 환한 음식의 빛깔이 빛나지만, 앞의 시가 화사한 느낌을 주는

반면 여기선 보다 순박하고 원시적인 느낌을 주는 것은 이러한 감각의 조화에서 비롯된 것이다. 시인은 이제 이 노란 원색의 햇기장 쌀을 주무른다. 그냥 바라보는 것이 아니라 손으로 계속 만져보는 것이다. 음식 재료에 대한 이 감촉은 이 재료로 만든 음식의 기억들을 이끌어내며, 그 감각의 흥겨운 기억 속에서 우리의 토속음식들이 폭죽처럼 터져나온다. 그 음식들은 이 산간의 노란 원색처럼 수수하고 소박하면서 맛있고, 또 다양하다. 다양한 음식으로 풍성한 느낌을 주긴 하지만, 그렇다고 화려하거나 호사스럽지 않다. 그런 음식의 속성은 순박한 산지의 원시적 노란색과 잘 어울린다.

백석 시의 음식에 나타난 색채 이미지는 북쪽의 음식으로 넘어오면서 소박하고 순박한 색조나 그 이미지로 넘어오는 경향이 있다. 앞서 같은 노란색이라도 그 빛깔의 상대적인 소박함을 확인한 바 있지만, 이러한 색감은 흰색과 검정색의 구사에서 한층 구체화된다. 그의 음식 시 가운데 대표작으로 꼽히는 「선우사膳友辭—함주시초咸州詩抄」나 「국수」 등의 시는 흰색 계열의 이미지가 주를 이룬다.

    흰밥과 가재미와 나는
    우리들은 그 무슨 이야기라도 다 할 것 같다
    우리들은 서로 미덥고 정답고 그리고 서로 좋구나

    우리들은 맑은 물밑 해정한 모래톱에서 하구 긴 날을 모래알만 헤이며 잔뼈가
    굵은 탓이다
    바람 좋은 한벌판에서 물닭이 소리를 들으며 단이슬 먹고 나이 들은 탓이다
    외따른 산골에서 소리개 소리 배우며 다람쥐 동무하고 자라난 탓이다

우리들은 모두 욕심이 없어 희여졌다

착하디착해서 세괄은 가시 하나 손아귀 하나 없다

너무나 정갈해서 이렇게 파리했다

—「선우사膳友辭—함주시초咸州詩抄」 부분

이 시에서 화자가 "흰밥"과 "가재미"를 친구로 생각하고 그들에게 동료의식을 느끼는 것은 시의 문맥을 순차적으로 따르면 첫째, 이들이 모두 자연 속에서 자랐다는 것이고, 그다음이 그런 만큼 욕심이 없어 하얀빛을 띠고 억세지도 않다는 점 때문이다. 시의 진술은 그러한데, 이 시의 착상은 흰밥에 가재미 하나 곁들여 먹는 소박한 밥상 앞에서 가자미와 흰밥의 흰색으로부터 받은 영감에서 시작되었을 것이다. 특히 가자미의 유난히 흰빛깔이 시인의 마음을 움직였을 것이다. '밥' 대신 굳이 '흰밥'이라는 말을 쓴 것도 음식의 흰빛을 강조하기 위함일 것이다. 시인은 이 음식에 자신의 처지와 마음을 투영시켜 욕심 없고 친자연적이며 비세속적이고 순수한 마음을 나타내고 있는 것이다. 음식에 자신을 투영시키는 시적 태도는 시「멧새 소리」에서도 나타난다. 이 시에서 시인은 처마 끝에 매달아 얼리고 있는 명태를 보고, 그 풍경에 자신의 처지를 투영시킨다. 명태를 얼리고 말리는 것과 가자미는 모두 함경도의 풍물이다. 그는 이 지역 음식에서 자신의 처지를 본다. 그것은 시「북관北關」에서 '명태창난젓'을 먹으며 우리의 조상과 역사를 상상하는 것과 근본적으로는 동일한 상상력의 원리를 갖는 것이다. 시「선우사膳友辭」에선 그것이 흰색의 이미지를 통해 구사된 것이고, '나'에 대한 성찰에 보다 집중한 것이다. 시「국수」에선 시인의 고향 음식인 메밀냉면이 희스무레한 색으로 표현되고, 그 색감은 고담하고 소박한 맛과 연결되며, 그 맛은 시인의 고향 마을의 심성과도 긴밀히 연결된다. 이 음식의 흰색은 검정색과 색채 대비를 이루면서 그 의미가 더욱 확장되고, 검정색의 의미를 특별하게 나타내는 데 일조한다.

> 그리고 다 달인 약을 하이얀 약사발에 받어놓은 것은
> 아득하니 깜하야 만년萬年 넷적이 들은 듯한데
> 나는 두 손으로 고이 약그릇을 들고 이 약을 내인 넷사람들을 생각하노라면
> 내 마음은 끝없이 고요하고 또 맑어진다

—「탕약湯藥」 부분

전략한 1연에선 눈 내리는 날 집 앞마당에서 육미탕을 달이는 풍경이 그려진다. 이어서 인용한 2연에선 하얀 약사발에 다 달인 약을 받아놓고 그 탕약을 보며 떠올린 시인의 상념이 진술된다. 시인의 상념은 탕약의 까만색에서 촉발된다. 탕약의 까만색은 그 약이 담긴 약사발의 흰색과의 대비 속에 그 색상의 느낌이 도드라진다. 1연에선 눈이 내리므로 이 시는 뚜렷하게 흰색과 검정색의 색채 대비가 이루어져 있다. 화사한 색채의 「고성가도固城街道」가 수채화라면 무채색의 이 시는 수묵화에 가깝다. 오랜 시간에 거쳐 달인 탕약의 까만색을 보고 시인은 "만년 넷적"이 들은 것 같다며 옛사람을 생각한다. 흰색과의 대비 속에서 더 새까맣게 비치는 탕약의 색상은 아득한 옛 시간을 떠오르게 하고, 이런 약재를 만든 옛사람의 지혜를 생각하게 한다. 시인에게 찾아오는 마음의 평온과 정화는 그 선인들의 지혜에 대한 숙연함이며 그들과의 정서적 일체감 속에서 나타나는 마음의 평화일 것이다. 백석의 시에서 음식은 이렇게 전통 한약으로까지 이어지고, 시인은 아득히 까만 색상의 약에서 그윽하고 지혜로운 우리의 오랜 문화와 역사를 길어올린다.[12]

---

12) 이 시에 대한 자세한 논의는 졸저, 『백석 시 바로 읽기』(현대문학, 2006, 223~226쪽) 참조.

6. 백석 시의 맛과 멋

지금까지 백석 시를 지배하는 시적 제재인 음식이 그의 시에 어떻게 쓰이고 어떤 의미로 나타나는지 살펴보았다. 음식은 백석에게 유년 시절의 즐거운 놀이로 기억된다. 어린 시절의 음식 먹기는 누구에게나 흥겨운 시간이지만, 백석의 시에서 그것은 자연과의 친화적 관계 속에서 이루어진다. 이것은 당시의 생활 환경이 반영된 측면도 있겠지만, 백석은 특별한 시적 기법으로 유년의 먹기 놀이가 자연과의 공존 속에서 이루어지는 투명한 세계임을 전한다. 그런가 하면 유년의 먹기 놀이는 이웃과 친족들 사이의 유대 속에서 이루어진다. 아이들은 그들과 함께 먹고 놀면서 그들의 속 깊고 인정 많은 사랑을 느끼며 행복하고 즐거운 시간을 보낸다. 유년 시절의 음식이 주는 즐거움은 성년화자의 기행시로 이어진다. 고향서 먹으며 놀던 것은 이제 여행지의 식도락으로 이어진다. 음식은 여행자의 흥취를 돋우며, 여행지에서의 집중적인 음식 기행은 그 지역의 풍물을 전하고 오랜 전통을 간직한 유구한 우리의 생활문화를 일깨워준다. 그의 음식 기행은 북쪽 지역의 여행을 통해 그 종류가 훨씬 다양해지며 의미도 깊어진다. 백석은 지역에서 맛본 음식에서 지역의 풍물과 풍요로운 생활문화를 전하는 것은 물론, 우리의 오랜 역사와 영광스러웠던 과거를 반추하며, 오늘의 '나'를 성찰한다. 그런가 하면 백석은 음식이 제물로 쓰이는 제사 풍속을 그리면서 음식에 밀착된 우리의 속신 세계를 보여주고, 우리의 정체성을 확인하며 그 지속을 염원한다. 백석은 음식의 색채 이미지를 잘 활용한다. 음식의 색상에 대한 변주를 통해 남도의 생활과 자연을 화사하게 그리고, 북쪽 기행에선 원시적이고 야성적인 색감을 활용하여 소박한 음식과 그 풍속을 그린다. 특

이글에서 논의한 작품 해석 중 일부는 이 책에서 상세히 밝힌 바 있다.

히 북쪽 기행에선 흰색과 검정색의 음식 이미지 사용이 눈에 띈다. 음식의 흰색 이미지를 통해 순수하고 투명한 삶을 기리고, 고담하고 소박한 우리 민족의 심성을 전한다. 그런가 하면 흰색과 검정색과의 색채 대비를 활용하여 아득한 우리의 역사를 돌이켜보고 선조의 지혜를 느끼며 마음의 평온을 얻는다.

백석은 음식을 감칠맛 나게 표현하기도 하고, 한편으론 풍경 대하듯 그냥 보고 관찰하거나 성찰하기도 하면서 유난히 음식에 밀착된 우리의 생활문화 곳곳을 탐미한다. 음식의 맛과 멋으로 전해주는 백석의 시들은 사람의 감각을 아주 예민하게 자극하여 그의 시적 전언들을 맛있게 음미하고, 또 멋있게 읽게 한다. 음식은 반복되고, 또 참을 수 없는 인간의 욕망이기에 우리들은 백석의 시들을 되풀이해 읽고, 그때마다 그 맛을 음미하고 되새기게 된다.

■ 첨부

〈백석 시에 등장한 음식들〉

1. 총칭

고기 5, 과일 1, 김장감 1, 나물 1, 나물매 1, 나물지짐 1, 당세 1, 떡 6, 떡당이 1, 마른물고기 2, 물고기 1, 반봉 1, 반죽 1, 밤참 1, 밥 8, 보탕 1, 산국 1, 산▥나물 3, 산▥나물판 1, 산적 1, 생선 3, 수육 1, 술 4, 술국 2, 씨 3, 약 5, 약자 1, 양염 1, 육수국 1, 자반 1, 장고기 1, 저녁 5, 저녁상 1, 좁쌀알 1, 질게 1, 한잔 2, 회 1, 흰밥 4

2. 음식의 종류

가무락조개 1, 가무래기 5, 가얌 1, 가재미 4, 가지 1, 가지냉국 1, 가지취 3, 감 1, 감자 4, 감자떡 1, 감주 1, 강낭엿 1, 강냉이 1, 개구리의 뒷다리 1, 건반밥 2, 건시 1, 검가무래기 1, 게루기 1, 게사니알 1, 고비 1, 고사리 3, 고추무거리 1, 곰국 1, 광살구 1, 국수 4, 귀이리 1, 귀이리차※ 1, 금귤 2, 기장감주 2, 기장쌀 2, 기장차떡 2, 기장차랍 1, 깨죽 1, 꼴두기 4, 꿀 2, 날버들치 1, 노루고기 1, 니차떡 1, 다래 1, 달송편 1, 달재 1, 담배 2, 당콩 1, 당콩밥 1, 대구 1, 대구국 1, 댕추가루 1, 도미 1, 도야지고기 2, 도야지비계 1, 도토리묵 2, 도토리범벅 2, 돌나물김치 1, 돌배 1, 동치미 1, 동티미국 1, 두릅순 1, 두부 3, 두부산적 1, 둥굴네우림 1, 들쭉 1, 떡국 2, 떨배 1, 마눌 2, 마타리 1, 막써레기 1, 매감탕 1, 맨모밀국수 1, 명태明太 5, 명태明太창난젓 1, 모밀국수 3, 목단 1, 무감자 1, 무이 2, 무이징게국 1, 문주 1, 물구지우림 1, 물외 2, 미역국 1, 미역오리 1, 반디젓 1, 밤소 1, 배추 1, 백봉령 1, 백설기 1, 벌배 1, 벌배채 1, 붕어곰 1, 뻐꾹채 1, 뽑은 잔디 1, 산꿩의 고기 1, 산약山藥 2, 살구 1, 삼 1, 생강 1, 석박디 1, 설탕 2, 섭가락 1, 섶누에 번디 1, 소주燒酒 3, 소피 1, 송구떡 3, 송이버슷 1, 쇠든밤 1, 쇠조지 1, 수박 3, 수박씨 5, 숙변 1, 시라리타래 1, 시래기 1, 시래깃국 1, 식혜 1, 아개미 1, 연소탕燕巢湯 1, 엿 1, 오가리 1, 오이 1, 옥수수 1, 육미탕 1, 왕밤 1, 원소元宵 3, 은행여름 1, 인절미 1, 잔콩 1, 전북 1, 전북회 1, 제물배 1, 제비꼬리 1, 제비의 춤 1, 조개송편 1, 쥔두기송편 1, 진장 1, 찰복숭아 1, 참치회 1, 찹쌀탁주 1, 천두 1, 청각 1, 청밀 1, 청배 1, 청시靑枾 1, 취향리梨 돌배 1, 칠성七星고기 1, 콩가루소 2, 콩가루차떡 1, 콩곡석 1, 콩기름 1, 콩나물 1, 콩알 1, 탕약 1, 택사 1, 튀각 1, 파 2, 파래 1, 팥소 1, 해삼 1, 햇기장 쌀 1, 햇콩두부 1, 호루기의 젓갈 1, 호박닢 1, 호박떡 1, 호박씨 5, 호박죽 1, 회순 1, 흰가무래기 1

　백석 시에 등장한 음식의 종류를 정리하면 위와 같다. 숫자는 그 음식이 등장한 횟수이다. 한 번씩만 등장하는 음식들이 많아 백석이 매 시편마다 새로운 음식을 등장시키며 음식의 종류와 시세계를 넓혀가고 있음을 알 수 있다. 많이 나오는 음식으론 밥을 제외하면 떡이다. 떡은 '인절미' '송구떡' '콩가루차떡' '호박떡' '감자떡' '문주' '백설기' '조개송편' '달송편' '쥔두기송편' '니차떡' 등 여러 종류가 나오고, '밤소' '팥소' '콩가루소' 등 그 안에 넣는 재료도 구체적으로 나온다. 그만큼 떡이 백석의 선호 식품임을 알 수 있다. 백석은 「고야古夜」에서 땅 아래 살고 있는 상상 속의 부자를 묘사하며 '니차떡'과 '청밀'이 많다고 말하고, 또 「북신北新」의 장터에서 제일 먼저 떨당이(떡덩이)에 꿀보다 달다는 강낭엿을 산다고 말하고 있어, 떡과 꿀에 대한 시인의 선호를 알게 해준다. 이와 함께 많이 언급되는 음식은 국수며, 여기서 국수란 메밀국수를 말한다. 백석 시의 음식에 소고기가 눈에 잘 안 띄는 것도 특징이다. '수육'과 '육수국'은 시 「국수」에 등장하는 음식인데 꿩고기를 가리키는 것으로 봐야 할 것 같다. '고기'를 지칭하는 음식 5회 중 3회는 육고기가 아니라 물고기이다. 그의 음식 종류 가운데에는 '곰국' 하나 정도가 쇠고깃국을 가리킬 가능성이 높다.

2부

백석 시의 언어와 미적 원리
— 백석 시의 박물학적 특성과 감각의 깊이

1. 백석 시의 매혹

오늘날 백석의 시는 폭넓은 독자층을 확보하고 있다. 시인과 시 연구자 들은 물론 일반 시 애호가들도 백석의 시를 매우 좋아한다. 특이한 것은 백석 시의 경험세계와 동떨어져 있는 젊은 독자들 중에도 백석의 시를 좋아하는 이들이 많다는 점이다. 최근 중고등학교 교과서에 학년 구별 없이 널리 실려 있는 백석의 시를 학생들은 다른 어떤 시인들의 시보다 선호한다. 시인에서부터 시를 연구하는 학자와 일반 독자들까지, 그리고 백석 시에 담겨 있는 '옛날'을 잘 이해하는 구세대부터 새로운 경험 속에서 성장한 신세대에 이르기까지 광범위한 독자들에게 큰 호소력을 발휘하는 백석 시의 매력은 어디서 오는 것일까?

사실 백석의 시는 '정통 서정시'의 범주에 속한다고 보기 어렵다. 그의 시는 소월, 영랑, 미당, 목월로 이어지는 운율시의 계보에서 벗어나 있다. 백석의 시는 이 시인들이 시도한 우리 현대시의 운율장치를 그대로 따르지 않는다. 또 지용이나 미당 시에서 볼 수 있는 날카롭고 돌발적인 은유의 구사가 눈에 많이 띄는 것도 아니다. 운율과 은유를 유기적으로 결합시키는 언어 형식을 현대 시의 표준 모델이라고 한다면, 백석의 시는 여기에 딱 들어맞는 것이라고 보기 어렵다. 백석의 시는 규범적인 시의 모형에서 살짝 벗어나 있으면서도 전문 독자와 일반 독자 모두에게 시적 매력을 한껏 뽐내고 시적 에스프리를 강하게 전해준다. 백석은 아주 독특한 개성으로 시다운 시를 만들고 있는 것이다.

백석의 시는 다 합해서 100편이 좀 안 된다.[1] 1935년부터 6, 7년 동안 집중해서 발표된 것임을 감안하면 왕성한 생산량이라고 할 수 있겠지만, 작품의 총량으로만 본다면 결코 많은 수는 아니다. 작품의 수는 많지 않지만 체감되는 작품 수는 이보다 더 많다. 백석의 시들은 실제 발표된 작품의 수보다 훨씬 많은 양으로 독자들을 압도하며 다종다양한 시의 스타일과 넓디넓은 시의 세상을 독자들에게 전해준다. 그런가 하면 백석의 시들은 되풀이해 읽어도 그 느낌과 의미가 퇴색하지 않고 언제나 신선한 느낌을 전해주면서 오랫동안 독자의 품에 머문다. 그의 시들은 상대적으로 시적 느낌의 부피가 크고 비중이 큰 것이다. 백석 시의 이 묵직하고 끈적끈적한 정감의 형성은 어디서 오는 것일까?

그것은 백석 시의 미적 성취에 기여하는 여러 시적인 요소들의 결합과 상승 작용의 결과일 것이다. 하지만 그중에서도 핵심은 시의 기본 바탕을 이루는 언어와 언어의 미적 활용에 있다고 보아야 할 것이다. 그의 언어구사는 남다르며, 그 언어를 미적으로 활용하는 방식도 색다르다. 백석 시의 놀라운 정서적 부피감과 아득한 정서는 상당 부분 그 언어의 미적인 질감에서 온다. 백석 시

---

1) 이것은 백석의 첫 시 작품이 발표된 1935년부터 분단 이전까지의 기간 동안 발표된 작품의 양을 말하는 것이다. 분단 이후의 백석 시에 대해서는 여러 가지 특수한 상황에 개입되어 있어서 별도의 시각이 필요하고, 또 엄밀한 고증이 뒤따라야 할 것이다. 또, 수필로 발표된 백석의 작품을 그대로 시로 편입시키거나, 사실관계가 충분히 입증되지 않은 작품을 백석 시로 간주하는 것도 경계해야 할 것이다.

의 언어는 명증하고 두텁다. 그의 시적 언어는 사물들을 정확히 가리키는데, 그 언어의 감촉은 마치 그림에서 여러 겹의 덧칠로 생성된 색채의 그윽하고 당당한 질감과도 같다. 백석 시를 읽은 많은 독자들은 그의 시가 자연스러우면서 깊고 그윽한 느낌을 준다고 말한다. 백석 시의 매력은 일차적으로 가공되지 않은 자연어가 발산하는 친근한 정감과 숙성한 맛에서 나온다. 날것의 언어를 사용한 듯하면서도 깊은 맛을 전해주는 백석 시의 미적 원리는 과연 무엇인지, 깊은 매력을 발산하는 백석 시의 신비한 메커니즘을 밝히고자 하는 것이 이 글의 의도이다.

2. 명명의 만화경

(1) 말의 성찬, 호명의 즐거움

백석 시의 언어적 특징으로 흔히 방언의 완강한 구사를 들지만, 이보다 더 근본적인 특징은 '명명의 구체성'이다. 주로 우리의 생활 풍경을 시의 소재로 삼고 있는 백석의 시에는 생활에 밀접한 일상의 사물들이 많이 등장하는데, 시인은 낱낱의 사물에 붙은 이름들을 언제나 구체적으로 적시한다. 백석의 시에는 관념적이고 추상적인 시어들은 최대한 배제되어 있고, 구체적인 대상을 지시하는 언어들로 가득 차 있는데, 그 구상어들은 해당 사물을 총칭하는 포괄적인 명칭이 아니라 그 사물에 붙은 세부적 명칭을 가리킨다. 그의 시에는 수많은 사물이 등장하고, 그만큼의 사물명이 등장한다. 낱낱의 사물에 부여된 세부적 사물명은 그 사물의 느낌과 형상을 구체적으로 연상시키고, 각각의 사물명에 내재된 고유의 음성자질은 특유의 음감을 뿜어낸다. 백석은 세부적 사물의 고유명이 환기하는 형상과 소리 연상의 구체성을 십분 활용하고, 이 사물명을 또다른 사물명과 연관시켜 풍경 묘사를 세밀화하고 정서와 분위기를 풍부하게 조성한다. 다음 세 편의 시를 보자.

① 노란 싸릿닢이 한불 깔린 토방에 <u>햇츩방석</u>을 깔고

　나는 호박떡을 맛있게도 먹었다

—「여우난골」 부분(밑줄은 필자. 이하 동일.)

② 개 하나 얼린하지 않는 마을은

　해바른 마당귀에 <u>맷방석</u> 하나

　빨갛고 노랗고

　눈이 시울은 곱기도 한 건반밥

　아 진달래 개나리 한창 퓌였구나

—「고성가도固城街道——남행시초南行詩抄」 부분

③ 아카시아들이 언제 흰 <u>두레방석</u>을 깔었나

　어데서 물큰 개비린내가 온다

—「비」 전문

　인용한 시들엔 모두 '방석'이 등장하는데, 시마다 그 명칭이 모두 다르다. ①에선 "햇츩방석", ②에선 "맷방석", ③에선 "두레방석"으로 구사된다. '방석'이란 총칭 대신 개별 사물에 부여된 구체적인 사물명을 작품의 정황에 맞춰 사용한 것이다. "햇츩방석"은 '햇츩', 즉 그해에 난 츩으로 짠 방석을 말한다. 이 사물명은 츩이란 식물을 구체적으로 연상시키고, 그 방석이 투박하고 거칠면서 또 한편으론 새 츩인 만큼 얼마간 깔끔할 것이라는 느낌을 준다. 이러</p>

한 사물의 느낌은 이 사물명의 음감에도 고스란히 반영되어 있다. 햇츩방석이란 사물명은 인접한 또다른 세부적 사물명과 조화를 이룬다. 햇츩방석 옆에는 "싸릿닢" "토방" "호박떡"이라는 또다른 세부적 사물명이 배치되어 있다. 하나같이 구체적인 사물을 적시하는 시어들이다. 이 네 개의 사물명은 모두 자연물을 가리키는데, 그중에 셋은 식물에 바탕을 둔 것이다. 이 식물성 이름의 시어들은 자연 속에 묻혀 있는 깊숙한 시골의 정취를 잘 살려낸다. 그런가 하면 이 네 시어가 지닌 음성자질은 투박하고 둔탁한데, 그러한 화음 역시 시골의 투박한 정경을 고스란히 전해준다.

시 ②에선 "맷방석"이란 사물명이 구사된다. 맷방석은 짚으로 만든 방석으로 전이 있는 것이 특징이다. ②는 그 맷방석 위에 건반밥을 널어 말리는 모습을 묘사한 것인데, 실제의 사물명을 정확히 적시해 그 형상을 구체화시킨다. 구체적인 형상은 감촉의 연상으로 이어진다. 짚의 가볍고 부드러운 감촉은 그 위에서 말라가는 건반밥의 감촉과 잘 어울린다. 짚으로 만든 맷방석은 음식을 말리기에 안성맞춤의 자리인 것이다. 이 경연硬軟한 촉감은 "맷방석" "마당" "마을"의 세 시어에 연속적으로 쓰인 유성자음 'ㅁ'의 부드러운 음성자질로 또다시 환기된다. 맷방석 위에 널어 말리고 있는 빨간색과 노란색의 건반밥은 이어서 개나리와 진달래에 비유되는데, 이 비유는 맷방석이라는 사물의 구체적 형상에서 비로소 촉발될 수 있는 것이다. 짚의 누렇고 부드러운 색상과 질감은 흙의 색과 촉감을 연상시키며, 세로로 벽이 있고 위에 전이 있는 모양의 방석은 화분 내지는 화단의 모습을 불러온다. 그 맷방석이 놓여 있는 위치도 마당 한구석이므로 화단의 위치와 흡사하다. 이렇듯 "맷방석"이란 구체적인 사물명은 "햇츩방석"으론 대체할 수 없는 고유의 미적 기능을 발휘하고 있는 것이다.

시 ③에선 "두레방석"이란 또다른 방석의 사물명이 등장한다. 두레방석은 부들로 만든 방석이다.[2] '부들'은 식물의 잎으로 짚보다 더 부드러울 뿐만 아니라 신선한 생명력까지 느껴진다. 그러한 두레방석의 구체적인 형상과 감촉은 식물인 아카시아꽃잎의 속성과 감촉을 드러내기에 안성맞춤이다. 아카시아꽃잎이 두레방석에 빗대어지려면 꽃잎이 촘촘하고 겹겹이 내려앉은 모양이었을 것이다. 여기서 느껴지는 꽃잎의 생명감과 야들야들한 촉감이 바로 두레방석의 '두레'라는 식물 잎에서 잘 연상된다.

사물의 총칭보다는 종류별로 세분된 개별 사물에 붙은 이름을 시어로 사용하고 이를 미적으로 활용하므로, 그의 시에는 수많은 세부적 명명어들이 등장한다. 특히 생활의 기본 바탕을 이루는 의식주와 세간에 대한 명명어들은 그야말로 모국어의 만화경을 이룬다. 이에 대한 어휘를 정리해 제시하면 다음과 같다.

1. 의류	1) 옷의 종류	검정치마, 남치마, 넥타이, 노란저고리, 당홍치마, 대림질감, 두룽이, 막베등거리, 막베잠방등에, 무명샤쯔, 물팩치기, 상나들이옷, 새옷, 생모시치마, 쇠주푀적삼, 옷, 웃동, 저고리, 적삼, 창꽈쯔, 천진푀치마, 치마, 치맛자락, 토시, 항라적삼, 흰옷
	2) 옷의 부분	길동, 남길동, 대님오리, 버선목, 버선짝, 자지고름
	3) 옷감과 재료	날, 남갑사, 네날백이, 뜯개조박, 명주필, 무명필, 베, 뵈짜배기, 색동헝겊, 씨, 치장감, 헝겊조각, 홍공단
	4) 장신구	꼬둘채댕기, 넒차개, 노리개, 다리, 단기, 대모체돋보기, 돋보기, 돌체돋보기, 로이도돋보기, 바눌집, 바둑, 원앙, 은장두, 주머니, 학실
	5) 갓, 신발, 모자, 침구	갓, 갓신창, 갓진창, 구두, 딥세기, 따배기신, 만두饅頭고깔, 삿갓, 신, 신짝, 싸리신, 외얏맹건, 자개짚세기, 자리, 짚신, 헌신짝

---

2) 두레방석은 짚이나 부들 따위로 둥글게 엮은 방석인데, 여기선 부들로 엮은 방석을 상상하며 쓴 것으로 볼 수 있다.

	1) 총칭	고기, 과일, 김장감, 나물, 나물매, 나물지짐, 당세, 떡, 떡당이, 마른물고기, 물고기, 반봉, 반죽, 밤참, 밥, 보탕, 산국, 산山나물, 산山나물판, 산적, 생선, 수육, 술, 술국, 씨, 양염, 육수국, 자반, 장고기, 저녁, 저녁상, 좁쌀알, 질게, 한잔, 회, 흰밥
2. 음식	2) 약과 약재	목단, 백봉령, 산약, 삼, 숙변, 약, 약자, 육미탕, 탕약, 택사
	3) 음식의 종류	가무락조개, 가무래기, 검가무래기, 가얌, 가재미, 가지, 가지냉국, 가지취, 감, 감자, 감자떡, 감주, 강낭엿, 강냉이, 개구리의 뒷다리, 건반밥, 건시, 게루기, 게사니알, 고비, 고사리, 고추무거리, 곰국, 광살구, 국수, 귀이리, 귀이리차茶, 금귤, 기장감주, 기장쌀, 기장차떡, 기장차랍, 깨죽, 꼴두기, 꿀, 날버들치, 노루고기, 니차떡, 다래, 달송편, 달재, 담배, 당콩, 당콩밥, 대구, 대구국, 댕추가루, 도미, 도야지고기, 도야지비계, 도토리묵, 도토리범벅, 돌나물김치, 돌배, 동치미, 동티미국, 두릅순, 두부, 두부산적, 둥굴네우림, 들쭉, 떡국, 띨배, 마눌, 마타리, 막써레기, 매감탕, 맨모밀국수, 명태, 명태明太창난젓, 모밀국수, 무감자, 무이, 무이징게국, 문주, 물구지우림, 물외, 미역국, 미역오리, 반디젓, 밤소, 배추, 백설기, 벌배, 벌배채, 뻐꾹채, 붕어곰, 뽂은 잔디, 산꿩의 고기, 살구, 생강, 석박디, 설탕, 섭가락, 섶누에 번디, 소주, 소피, 송구떡, 송이버슷, 쇠든밤, 쇠조지, 수박, 수박씨, 시라리타래, 시래기, 시래깃국, 식혜, 아개미, 연소탕燕巢湯, 엿, 오가리, 오이, 옥수수, 왕밤, 원소元宵, 은행여름, 인절미, 잔콩, 전북, 전북회, 제물배, 제비꼬리, 제비의 춤, 조개송편, 쥔두기송편, 진장, 찰복숭아, 참치회, 찹쌀탁주, 천두, 청각, 청밀, 청배, 청시靑枾, 취향리梨 돌배, 칠성七星고기, 콩가루소, 콩가루차떡, 콩곡석, 콩기름, 콩나물, 콩알, 튀각, 파, 파래, 팥소, 해삼, 햇기장 쌀, 햇콩두부, 호루기의 젓갈, 호박닢, 호박떡, 호박씨, 호박죽, 회순, 흰가무래기

3. 집	1) 집의 종류와 성격	가즈랑집, 구신집, 기와집, 넘언집, 농삿집, 돌능와집, 마가리, 봉가집, 산골집, 외갓집, 우리집, 원두막, 인가人家, 일가집, 집, 큰집
	2) 집의 구조	고방, 구들, 굴통, 기둥, 기왓골, 기왓장, 김치가재미, 넝, 넝동, 농마루, 대들보, 덧문, 들지고방, 마루방, 문門, 문기슭, 문살, 문창, 문門턱, 바람벽, 방, 방구석, 방바닥, 방안, 볏곡간, 복도, 부뚜막, 부엌, 샷방, 샛문틈, 섬돌, 시렁, 신뚝, 아궁지, 아르간, 아르굽, 아릇목, 안간, 안방, 앙궁, 외양간, 웃간, 웃목, 유리창, 장지문, 재통, 잿다리, 지붕, 집안, 처마, 초가지붕, 큰방, 턴정, 텅납새, 토방, 토방돌, 툇마루, 회담벽, 흙담벽
	3) 집 안팎과 둘레	곱새넝, 곱새담, 녯성城, 담, 담모도리, 담벽, 대문, 대문간, 돌각담, 돌담, 돌층계, 뒤울안, 뜨락, 마당, 마당귀, 밭마당, 성문城門, 성외城外, 안팎마당, 울바주, 울밖, 울파주, 울파주가, 웃방성, 집오래, 집터, 터앞, 텃밭가
4. 세간	1) 세간의 종류	갈부던, 거적뙈기, 걸레, 곰방대, 곱돌탕관, 광지보, 괴나리봇짐, 국수분틀, 그릇, 깽제미, 끼애리, 나무그릇, 나무뒝치, 나무말쿠지, 나조반, 날기멍석, 농짝, 닌함박, 담뱃대, 당등, 당즈깨, 대냥푼, 독, 돗바늘, 동이, 두레방석, 딜옹배기, 떡돌, 류성기, 막대침, 말쿠지, 멍석자리, 맷방석, 모밀가루포대, 모랭이, 목구木具, 목침木枕, 목판, 바가지, 바눌, 바리깨, 백재일, 버치, 베틀, 분틀, 불기, 빗텁, 사기방등, 사닥다리, 삿, 삿귀, 상, 새끼달은치, 새끼사발, 새끼오강, 세침, 소라방등, 소뿔등잔, 손방아, 솥, 솥뚜껑, 쇠베, 슷놀, 시루, 실, 심지, 쌀복, 쌍심지, 약그릇, 약사발, 약탕관, 양철통, 엿궤, 오쟁이, 오지항아리, 왕구새자리, 왕사발, 유종, 이불, 잔盞, 장반시계, 저녁술, 적은솥, 전등, 접시, 접시귀, 제주병, 종이등燈, 줄등, 진상항아리, 질동이, 질화로, 짚등색이, 참대창, 청삿자리, 채일, 초롱, 큰솥, 토리개, 팔八모알상, 평풍, 한물통, 함지, 햇츔방석, 헝겊심지, 화디, 화로, 횃대

위에서 보듯 의류는 그 종류는 말할 것도 없고, 옷의 각 부위와 옷감의 종류까지 세세하게 제시된다. 장신구도 종류별로 아주 구체적인 명명어가 사용되고 있음을 알 수 있다. 안경의 경우, 학실과 돋보기란 총칭 외에 '돌체돋보기' '대모체돋보기' '로이도돋보기' 등 안경테의 모양과 성분에 따른 안경의 세세한 종류까지 동원된다. 집의 경우도 종류뿐만 아니라, 내부 구조와 집 안팎의 세부 구조, 각종 시설물들이 구체적으로 적시된다. 세간은 그야말로 우리네 살림살이의 구석구석을 모두 비춰준다. 소박하고 빈한한 살림살이이지만 사물의 총칭이 아닌 이렇듯 세부적 사물명으로 적시하고 보니, 빈궁해 보이던 우리의 살림살이가 소박하지만 멋과 운치가 넘치는 풍부한 문화로 가득 차 있음을 새삼 확인하게 된다. 백석 시의 음식에 대해선 흔히 미각적 이미지의 활용에 초점을 맞추곤 하지만, 그에 앞서 그 음식명의 세부적 명칭의 풍성함에 주목해야 한다. 170여 종에 달하는 음식명이 등장한다는 것은 그만큼의 어휘가 등장한다는 것이다. 170여 종의 음식명들의 등장 횟수를 보면 1회만 등장하는 것이 압도적이다. 작품이 발표될 때마다 새로운 음식이 하나씩 등장하는 것인데, 그만큼 음식명의 채집에 집중하고 있다는 것이다. 백석 시의 음식명들은 식물과 열매 및 어류 등의 자연물들이 압도적으로 많다. 가공식품보다는 자연 상태의 음식이 많고, 요리한 식품의 경우에도 자연 상태가 보존되고, 원재료의 고유명이나 조리 방식이 토착어로 살아 있는 것들이다. 음식명의 나열은 결국 우리 토속 자연물의 진열이고, 토착어의 전시인 것이다.

백석 시 읽기의 즐거움은 이러한 각양각색의 고유명 읽기에 있다. 백석은 세부적 사물의 이름을 정황에 따라 적재적소에 사용하고 다른 사물명과 조화를 꾀하여 미적 쾌감을 조성하기도 하지만, 그 세부적 사물에 붙은 낱낱의 이름들을 하나하나 열거하기만 하는 극도의 단순한 방식으로 미적인 쾌감을 조성하기도 한다.

① 또 인절미 송구떡 콩가루차떡의 내음새도 나고 끼때의 두부와 콩나물과 뽑은 잔디와 고사리와 도야지비계는 모두 선득선득하니 찬 것들이다

—「여우난골족^族」 부분

② 새끼오리도 헌신짝도 소똥도 갓신창도 개니빠디도 너울쪽도 짚검불도 가락닢도 머리카락도 헝겊조각도 막대꼬치도 기왓장도 닭의 짖도 개터럭도 타는 모닥불

—「모닥불」 부분

인용한 시들에선 낱낱의 사물명들을 일일이 나열하는 것으로 하나의 장면을 드러낸다. 시 ①에선 음식명들이 줄줄이 나열되어 있고, 시 ②에선 모닥불에 지펴지는 잡다한 사물들을 지칭하는 말들이 줄줄이 나열되어 있다. ①에 나열되어 있는 음식명들은 저마다 다르며, 떡 같은 동일 성격의 음식이라 하더라도 "인절미" "송구떡" "콩가루차떡" 등과 같이 세부적 음식명을 적시하고 있다. 두부도 "끼때의 두부"라고 구체화시켜 그 음식이, 막 만들어진 커다란 두부 덩어리가 아니라 먹기 위해 잘라놓은 구체적인 음식을 가리키고 있음을 명시한다. '뽑은 잔디'도 마찬가지이다. 그것이 생으로 된 식물이 아니라 음식으로 먹기 위해 요리한 '잔대'의 뿌리를 가리키는 것임을 명시한다. 그리하여 시 ①은 각양각색의 음식들의 성찬을 이룬다. 이 다양한 음식 이름들을 하나하나 호명하면서 그 음식을 차례로 떠올리는 것이 바로 이 구절 읽기의 즐거움이다. 여기서 음식명 이외의 말들은 최대한 배제하고 가급적 음식명만을 나열한 것은 그 음식에 대한 연상을 구체화하고 그 기표의 정서적 환기를 극대화하기 위함이라고 봐야 할 것이다. 시 ②의 경우도 이와 유사한 맥락의 시적 효과를 겨냥한 것이다. 여기선 모닥불에 지펴지는 잡다한 사물명이 한없이 나열되는데, 그

야말로 온갖 잡동사니들이 총동원된다. 그중에는 "소똥"과 "기왓장"처럼 타거나 연소되지 않은 물질이 포함되어 있는데, 이 두 개의 사물은 처음부터 그 모닥불의 현장에 놓여 있었던 것을 가리킬 것이다. 그 두 개의 사물은 다른 여러 종류의 하찮은 잡동사니의 일부를 이루면서 그 잡다함을 극대화시킨다. 여기서 하찮고 버려진 잡동사니들의 명명이 방언 내지는 고어로 구사된 것은 기표의 생소함을 통해 호명의 신선함을 안겨주기 위함이라고 봐야 할 것이다.[3] 백석 시를 읽는 즐거움은 각양각색의 사물명을 하나하나 호명하는 즐거움이며, 그 말이 적시하는 각양각색의 형상들을 떠올리고 그 기표의 변화무쌍함에 빠지는 즐거움이다.

(2) 시어의 박물학

백석 시의 시어에 나타난 명명의 구체성은 동식물명에 이르러 더욱 깊어진다. 그의 시에는 수많은 동식물명이 등장하는데 그 이름의 적시와 열거가 아주 자세하고 구체적이다. 동식물명에 대한 이름의 상세한 제시는 전문적인 지식과 관심이 요구되는 것이어서 단순히 언어 채집의 의지만으로 나타난 현상은 아닐 것이라는 추측을 하게 한다. 일단 그의 시에 나타난 구체적인 동식물명을 내용별로 분류하여 살펴보면 다음과 같다.

1) 풀	가지, 가지취, 갈대, 강냉이, 개지꽃, 게루기, 고비, 고사리, 당콩, 마눌, 마타리, 물외, 물이끼, 미나리, 뻐국채, 쇠조지, 수리취, 수박, 오이, 장풍, 제비꼬리, 파

---

3) 유종호는 '시적인 요소'가 생소하고 불투명한 방언으로 조성되는 경우가 있다고 언급하며, 그 예로 백석의 초기 시들을 거론한 바 있다. 유종호, 『시란 무엇인가』, 민음사, 1995, 250~251쪽.

1. 식물	2) 나무	갈매나무, 개나리, 동백冬柏나무, 들매나무, 땅버들, 머루넝쿨, 밤나무, 배나무, 백화白樺, 버드나무, 버들, 복사나무, 복숭아나무, 살구나무, 석류柘榴 수무나무, 싸리, 아카시아, 이깔나무, 임금林檎나무, 자구나무, 자작나무, 진달래, 피나무
	3) 꽃	개지, 도라지꽃, 동백冬柏꽃, 머루전, 바가지꽃, 바구지꽃, 버들개지, 복사꽃, 쉬영꽃, 쑥국화꽃, 아카시아꽃, 이스라치전, 함박꽃, 호박꽃
	4) 식물 일반과 부분	가락닢, 가지, 가지채, 꽃, 나무, 나무등걸, 닢새, 당콩순, 당콩포기, 두릅순, 머루송이, 물외포기, 밑가지채, 박, 버슷, 복, 산山뽕닢, 살구벼락, 섶구슬, 솔포기, 송이버슷, 싸리갱이, 싸릿닢, 씨, 아즈까리알, 알, 잎, 잎새, 재래종在來種, 종대, 쭈구렁벼알, 콩알, 통, 풀, 화라지송침, 회순
2. 동물	1) 조류	가마귀, 갈매기, 갈새, 게사니, 까막까치, 까치, 꿩, 닭, 덜거기, 또요, 멧비들기, 멧새, 뫼추라기, 뫼추리, 물닭, 물새, 물총새, 백령조白鈴鳥, 병아리, 부헝이, 뻐꾸기, 산山가마귀, 산山꿩, 산山새, 산엣새, 새새끼, 소리개, 수탉, 어치, 오리, 오리새끼, 자든닭, 제비, 짝새, 출출이, 튀튀새, 홍게닭, 홰냥닭
	2) 어패류	가무락조개, 가무래기, 가재미, 검가무래기, 곱조개, 굴껍지, 꽃조개, 날버들치, 농다리, 대구, 도미, 메기, 명태明太, 물고기,붕어, 송어, 쏘가리, 장고기, 전북, 조개, 칠성七星고기, 콩조개, 흰가무래기
	3) 포유류	강아지, 개, 고래, 고양이, 곰, 나귀, 너구리, 노루, 노루새끼, 노새, 다람쥐, 당나귀, 도야지, 도야지새끼, 도적개, 도적괭이, 두더쥐, 땅괭이, 마돝, 말, 망아지, 매지, 멧도야지, 멧돝, 범, 복장노루, 복쪽재비, 사슴, 상사말, 센개, 소, 송아지, 승냥이, 얼럭소, 엄지, 엇송아지, 여우, 염소, 잔나비, 쪽재피, 쪽제비, 토끼, 토끼새끼, 햇강아지, 호랑이

4) 곤충류	거미새끼, 꿀벌, 노랑나뷔, 니, 돌우래, 돌벌기, 딱장벌레, 박각시, 반딧불, 버러지, 벌, 새끼거미, 섶벌, 자벌기, 잠자리, 주락시, 큰거미, 파리떼, 팟중이, 흰나뷔
5) 기타	개구리, 거마리, 구덕살이, 구렁이, 배암, 산명에, 지렝이, 찰거마리, 해삼
6) 동물 일반과 부분	개니빠디, 개터럭, 고기비눌, 나귀눈, 너구리가죽, 닭이짖, 새끼, 수컷, 알, 암컷, 즘생

동식물명에 대한 시어는 소월 시에선 전통시가에서 보이는 수준을 약간 넘어선 양이 출현하다가 지용 시에 이르러 현저하게 많아진다. 지용 시는 후기에 접어들어 산을 제재로 한 시가 많은 만큼 고산식물명이 많이 나타난다. 또 지용 시의 비유엔 동물에 빗대어 역동적인 형상을 그려내는 경우가 많아 동물 시어들이 꽤 많이 출현하는 편이다. 하지만 백석 시에서 동식물명이 더 구체화되고 다양화된다. 주목되는 것은 동식물명의 등장 횟수보다 명명의 구체성이다. 백석은 같은 동물군에 속하는 총칭 대신에 그 동물의 세부 명칭을 적시한 말을 시어로 쓴다. 그는 '노루'와 '복장노루'를 구별하고, '족제비'와 '복족제비'를 구별하며, '꿩'과 '덜거기(수꿩)'를 구별해 쓴다. '조개'의 경우 '가무락조개' '가무래기' '곱조개' '꽃조개' '콩조개' 등으로 세분화한다. 그의 수필엔 '모시조개'와 '강에지조개'가 나오기도 해 조개 종류는 더욱 늘어난다. 소월과 지용 시에 '조개'라는 한 시어만 등장하는 것과 크게 대조된다. 또 백석의 시엔 소월과 지용 시에 비해 동물의 여러 종류들이 현저하게 많이 등장한다. 소월은 백석과 동향^{同鄕}으로 정주 바닷가에서 태어나 성장했지만, 소월 시에 바닷물고기는 거의 등장하지 않는다. 동물 시어에 대한 이러한 비교는 백석이 다른 시인들과는 달리 매우 의식적으로 동물에 대한 관심을 표명하고 있음을 보여준다. 특히 백석의

시에 소월이나 지용 시에서는 좀처럼 볼 수 없는 세부적인 곤충명까지 등장하는 것을 보면, 그가 박물학에 대해 많은 관심을 가진 것으로 짐작된다. 백석의 시에 나오는 곤충명들, 가령 '박각시' '주락시'[4] '딱장벌레' '돌벌기' '자벌레' '팟중이' '도루래' 등과 같은 시어들은 다른 시인들의 시에서는 좀처럼 찾아보기 힘든 동물명들이다. 백석은 이러한 곤충명의 채집뿐만 아니라 동물의 특성에도 큰 관심을 표명한다. 그는 동식물에 대한 세심한 관찰에다 지식까지 갖추고 있음이 분명하다. 이러한 백석의 박물학적(자연사적)[5] 관심은 시의 형상화에 그대로 투명된다.

> ① 당콩밥에 가지냉국의 저녁을 먹고 나서
> 바가지꽃 하이얀 지붕에 박각시 주락시 붕붕 날아오면
> 집은 안팎 문을 횅하니 열젖기고
> 인간들은 모두 뒷등성으로 올라 명석자리를 하고 바람을 쐬이는데
> 풀밭에는 어느새 하이얀 대림질감들이 한불 널리고
> 돌우래며 팟중이 산 옆이 들썩하니 울어댄다
> 이리하여 한울에 별이 잔콩 마당 같고
> 강낭밭에 이슬이 비 오듯 하는 밤이 된다
>
> ―「박각시 오는 저녁」 전문

---

4) '주락시'는 박각싯과의 곤충인 '줄박각시'를 가리키는 것으로 짐작되는데, 확실한 어석은 좀더 연구해봐야 한다.

5) 여기서 '박물학'은 'Natural history'의 역어譯語로서 동물, 식물, 광물 등 자연물의 종류, 성질, 분포, 생태 등을 연구하는 학문을 말한다. '박물학'은 일본학자가 만든 역어인데, 지금은 이 말 대신에 '자연사'란 말을 주로 쓴다. 이 글에서는 당시에 사용했고, 또 그 말의 의미가 여전히 유용성을 지니고 있다는 점에서 '자연사' 대신에 '박물학'이란 용어를 사용하도록 한다.

② 어치라는 산□새는 벌배 먹어 고읍다는 골에서 돌배 먹고 아픈 배를 아이들
은 띨배 먹고 나었다고 하였다

—「여우난골」 부분

시 ①은 한밤에 인간과 자연이 하나되어 펼치는 자연 속의 아름다운 향연이
그림처럼 그려진 작품이다. 이 시에서 자연의 대지와 천상을 아우르는 그림 같
은 정경은 매우 미세한 자연물의 움직임 속에서 펼쳐지는데, 그 중심을 이루는
것은 꽃과 곤충이다. 꽃과 곤충은 전통시가에서 흔히 볼 수 있는 시적 제재이
나, 이 시에서 그것은 재래의 시가에서 보인 방식과는 전혀 다른 박물학적 관
찰과 상상력으로 다뤄진다. 박꽃을 가리키는 말인 '바가지꽃'은 한밤에 하얗게
피어난다. 밤에 피는 그 하얀 꽃을 향해 "박각시"와 "주락시"라는 나비과 곤충
이 날아오는 자연의 풍경을 시인은 그대로 그린다. 이 섬세한 미경美景의 묘사
는 자연에 대한 세심한 관찰의 소산인데, 이러한 태도에는 박물학적 관심이 드
리워져 있다. 박각시라는 나비과 곤충은 주로 박꽃의 꿀을 빨며 박꽃을 수분하
게 한다. 박각시는 이러한 동물의 생태에 대한 관찰 속에서 붙여진 이름이고,
백석은 그러한 명칭을 시어로 수용한 것이다. 그러면서 시인은 이 시어를 미적
으로 활용한다. 박각시라는 곤충명은 '각시'라는 예쁘고 순결한 여성 이미지를
갖고 있고, 그 이미지는 박꽃의 하얀 색상과 어우러진다. 또 '박꽃'과의 연쇄
속에서 소리 반복도 일으킨다. 이어지는 곤충명인 "돌우래"와 "팟중이"에서도
이러한 언어 활용이 나타난다. 박각시가 박꽃을 찾아가는 미경에 이어 곤충들
의 울음소리가 이어지는데, 백석은 이 풍경을 '풀벌레가 운다'는 식의 동물 총
칭의 구사 대신 돌우래(땅강아지)와 팟중이(메뚜기)라는 구체적인 곤충명을 적
시한다. 돌우래와 팟중이는 저마다 다른 울음소리를 낸다. 백석은 이 미세한
곤충이 내는 서로 다른 울음소리를 경청하고 그 울음소리를 내는 곤충을 찾아

그 곤충명을 적시하는 것이다. 이때 백석은 그 곤충명을 '돌우래'와 '팟중이'라는 방언으로 쓰고 있는 것인데, 그것은 특별한 시적 미학을 드러낸다. '돌우래'는 어감상 '우레'를 연상시키고, '팟중이'는 '중'이라는 어휘로 인해 사람을 연상시킨다. 이 두 시어는 그 기표의 연상으로 각각 천상과 지상에서의 소리공명을 환기시킨다. 마치 하늘과 지상에서, 자연과 사람이 소리를 내는 것 같은 연상을 주는 것이다. 이 소리공명은 자연과 인간이 하나되어 펼쳐내는 이 아름다운 시의 무대를 더욱 깊고 그윽한 감각의 세계로 끌어올린다. 박물학에 기초한 세부적 동물명의 적시와 토착어의 활용이 바로 이 시 미학의 바탕을 이루고 있는 것이다.

시 ②는 '어치'라는 새의 울음소리를 묘사하고 있는 것인데, 시인은 그 새소리를 일정한 이야기를 지닌 말로 진술한다. 즉, 새소리를 마치 사람이 이야기하는 것처럼 나타내는 것이다. 이러한 발상은 '어치'라는 새의 특성에 대한 이해에서만 나올 수 있는 것이다. '어치'는 성대모사가 아주 뛰어난 새이다. 어치의 성대모사는 앵무새보다 더 뛰어난 것으로 알려져 있다. 그러한 어치의 생물학적 특성을 이용해 사람이 전하는 이야기를 어치가 그대로 받아서 모사한 것처럼 진술하고 있는 것이다. 이러한 이야기 전달방식은 이야기의 내용을 한층 흥미롭게 만들어준다. 어치의 말소리 흉내를 통해 흥미롭게 전달하는 이야기는 '여우난골'의 생활 풍속으로서 벌배 먹어 피부가 곱다고 하는 그 '골'에서 아이들이 종종 돌배 먹고 배 아프곤 하는데, 그럴 때엔 띨배로 치료한다는 것이다. '여우난골'의 생활 풍속의 전언에 식물 열매의 여러 종류들이 동원되고, 그 열매 속에 담긴 병리학적 지식이 제시된다. 이 역시 박물학적 관심의 소산인 것이다. 그리고 그로부터 얻어낸 시어를 동음이의어의 말장난을 통해 다시 한번 흥겹게 전하고 있다. 그 말장난은 어치라는 산새의 새소리와 맞물려 한층 생동감 있게 전달되고 있다. 이렇듯 이 시 역시 박물학적 관심과 토착어의 흥미로운 활용이 시적 형상화의 바탕을 이루고 있는 것이다.

　백석이 실제로 박물학에 대해 얼마나 깊은 관심을 가졌는지 알 수 있는 객관적 자료는 미비하다. 백석은 작품 외의 잡문을 거의 쓰지 않았고, 그의 생활을 엿볼 수 있는 실증적 자료가 워낙 빈약하기 때문에 시 이외의 분야에 대한 그의 관심을 객관적으로 실증하기란 쉽지 않다. 다만, 여러 주변정황만은 확인할 수 있는데, 그중 하나가 1935년 11년 『조광』 창간호에 실린 기획이다. 여기엔 '신박물지'란 기획이 실려 있는데, 이 기획란에 동물의 생태에 대한 비교적 소상한 내용의 글이 실려 있고, 백석을 포함한 당대의 대표적인 시인, 작가들이 여러 동식물 중 하나를 선택해 그에 대한 소회를 적은 작품들이 여러 편 묶여 수록되어 있다. 당시 일본과 우리나라에선 근대과학인 박물학 연구가 왕성하게 진행되었는데, 우리나라엔 1924년 '조선박물학회'가 결성되고 『조선박물학잡지』가 간행되어 1944년까지 총 40호가 나온 바 있다. 이 학술지를 통해 우리나라의 식물과 동물의 생태에 대한 각종 연구물이 발표되었으며, 백석이 한창 작품을 발표하던 1930년대는 당시 우리나라의 박물학 연구가 절정에 이르던 시기였다. 당시에 이 학술지에 발표된 논문들을 일별해보면, 「京城附近植物小誌」 「朝鮮の漢方藥と其の原料植物に就いて」 「朝鮮軟體動物目錄」 「昆蟲雜記」 「朝鮮産天牛科甲蟲數種に就いて」 「咸鏡南道高地の淡水魚と胡蝶類」 등이 눈에 띄는데, 이 연구들은 모두 일인 학자들에 의해 작성된 것이다. 한국학자로는 조복성이 「朝鮮産天牛科甲蟲數種に就いて」을 비롯한 여러 논문들을 이 학술지에 발표하여 우리의 근대박물학을 개척하였고, 그 뒤를 이어 석주명이란 걸출한 학자가 등장해 조선의 나비종의 분류와 그 특성을 집대성하였다. 석주명이 나비를 비롯한 우리의 곤충 연구에 집중한 때는 바로 백석이 한창 작품활동을 하던 시기였다. 석주명은 백석이 한때 교편을 잡았던 영생고등학교에서 근무한 적도 있다.[6] 당시 이러한 박물학계의 동향에 백석이 어느 정도 관심을 가졌는

지는 알 수 없다. 다만, 직접적인 교류 여부와는 상관없이 당시의 박물학적 성과가 1930년대의 시인, 작가들의 자연물에 대한 이해에 적지 않은 영향을 미쳤으리라는 것은 충분히 헤아릴 수 있는 것이며, 그 상관관계의 선봉에 백석이 놓여 있었던 것만은 확실하다고 말할 수 있다.

3. 감각의 파장

(1) 색과 명암의 깊이

박물학적 사고에 접맥되어 있는 백석 시어의 세부적 명명성은 감각적 표현이 가미되면서 시적인 미학을 완성한다. 백석 시어의 명명성과 그 질감의 활용이 아무리 현란하더라도 이것만으로 독자들을 깊숙이 끌어들이기에는 한계가 있다. 백석의 시는 이 시어의 명명성에 감각의 덧칠이 가해지면서 독자들의 가슴을 적시는 그윽한 시의 경지로 나아간다. 널리 알려진 대로 백석의 시에는 시각, 청각, 미각, 촉각, 후각 등 인간의 오감이 두루 사용된다.[7] 백석 시는 한 편의 시에 오감을 복수로 사용함으로써 감각의 부피를 늘리는데, 이 복수의 감각 가운데 특히 주목되는 것은 색감과 소리 감각이다.

우선 색감은 백석 시의 중요한 미적 원리의 하나이다. 백석 시에서 대상에

---

6) 석주명은 평양 태생이며 일본 유학 후 함흥의 영생고등학교에서 근무했다. 이런 연고로 석주명은 연구 초기에 평안도의 구장과 함경도 일대의 곤충 연구를 많이 하게 된다. 이병철, 『석주명 평전』, 그물코, 2011.

7) 백석 시가 여러 감각을 구사한다는 것은 여러 연구자들이 지적한 바 있다. 가장 최근의 논의론 한수영의 「다시, 사슴을 안고—감각론의 향방」(『서정시학』 53호, 2012, 3)이 주목된다. 이 글에서 연구자는 백석 시에서 여러 감각들이 구현되는 양상을 짚어보고 있다.

대한 인상은 흔히 색감으로 표현된다. 좋아하는 여인은 흰옷에 붉은 길동을 달고 검정 치마를 받쳐 입은 그 옷에 대한 인상으로 그려진다. 소박하기 그지없는 여인의 옷에 대한 묘사는 모두 색상 묘사에 바쳐져 있다. 백석 시에서 옷은 옷감과 옷의 여러 부분들을 망라하고 있는데 각양각색의 색감으로 묘사된다. '남갑사' '남길동' '색동헌겊' '시뻘건 꼬둘채댕기' '홍공단단기' '자지고름' '남치마' '당홍치마' '노랑저고리' '진진초록 저고리' 등이 모두 그런 것들이다. 백석의 시에는 무명옷과 흰옷이 등장하기도 하지만, 옷의 빈도수로 보면 비단옷과 비단옷감이 더 많이 등장한다. 비단은 흔히 온갖 색상들로 물들어 있고, 그 화려한 색상이 비단을 더욱 곱게 보이게 한다. 실제로 비단은 무명에 비해 염료가 잘 먹는다. 그래서 비단의 색상은 더욱 곱고 화려해 보인다. 백석은 그러한 비단의 고운 색상들을 하나하나 묘사한다. 그만큼 백석은 색상에 예민한 반응을 보이는 것이다. 세간에 대한 인상도 백석 시에선 종종 색감으로 묘사된다. 부엌에 놓여 있는 '팔모알상'은 빨갛게 '질들은' 것으로 묘사되고, 눈알만한 조그만 잔에서조차 시인은 파란 싸리의 색상을 포착한다. '질들은'은 길들었다는 것으로 빨간빛의 윤기가 난다는 것을 의미한다. 백석이 빛의 반사에 매우 민감한 반응을 보인다는 것을 알 수 있다. 백석은 한약을 달이는 그릇을 '곱돌탕관'이란 세부적 사물명으로 적는데, 이 그릇 이름에선 곱돌의 반들반들한 윤기가 생생히 환기된다. 이어서 그 탕관으로 끓인 약을 받는 그릇은 '하이얀 약사발'이란 색감으로 묘사된다. 이 하얀 색상은 그 그릇에 놓인 '까만 한약'과 색채 대비를 이룬다. 수묵화 같은 이 '흑백 대비'는 이 시를 시공을 넘나드는 아득한 세계로 이끈다. 꽃과 나무와 풀과 동물을 포함한 자연물의 색상 묘사는 새삼 언급할 필요도 없을 것이다. 이러한 자연물들은 그 자체로 아름다운 색상을 가지고 있는데, 백석은 그 자연물에 종종 별도의 색상 에피세트를 덧붙인다. 나아가 백석은 구름조차도 '보래구름(보랏빛 구름)'이란 색감으로 표시한

다. '보라색'은 현재 빨간색과 파란색의 중간색을 가리키지만 당시엔 자흑색을 가리키는 말이었다.[8]

백석 시에서 색상 어휘는 아주 구체적이다. 백석은 색의 스펙트럼을 아주 넓게 포착하고, 그 세밀한 색상을 구체적인 언어로 적는다. 먼저 백석의 시에는 오방색, 즉 적, 청, 흑, 황, 백 등의 다섯 색상이 모두 동원되는데, 각 색상의 스펙트럼에 대한 언어가 아주 섬세하다. 가령 적색의 경우, '빨갛다'는 말 외에 '시뻘겋다' '새빨갛다' '붉다' '붉그레하다' 등이 쓰이며, 같은 계열의 색에서 자주, 당홍, 주홍, 홍빛, 꼭두서니 연분홍 등이 구사된다. 다른 색도 이와 같은 식으로 넓은 색상 스펙트럼을 보여준다. 백석의 시에 나타난 오방색의 색상 스펙트럼을 제시하면 다음과 같다.

적: (형) 시뻘겋다 〉 새빨갛다 〉 빨갛다 〉 붉다 〉 붉그레하다/(명) 자주, 당홍,
　　주홍, 홍빛, 꼭두서니 연분홍
청: (형) 시퍼러둥둥하다 〉 시퍼렇다 〉 새파랗다 〉 퍼렇다 〉 파랗다 〉 푸르스
　　름하다/(명) 남빛, 청색, 추월옥색
황: (형) 샛노랗디샛노랗다 〉 샛노랗다 〉 노랗다 〉 누렇다
백: (형) 쌔하얗다 〉 희다 〉 하이얗다 〉 희다 〉 히수무레하다 〉 히근하다
흑: (형) 새까맣다 〉 까맣다/(명) 머루빛, 보라

오방색 외의 색상 스펙트럼도 넓고 미세한데, 특히 푸른색과 초록색의 구별은 주목되는 색채 감각이다. 우리의 전통적 색채 감각에서 푸른색과 초록색은

---

8) 1895년에 간행된, 우리나라 사람에 의해 국어를 표제어로 하여 편찬된 최초의 국어사전인 『국한회어國漢會語』에 '보래빛'이 '자흑색紫黑色'으로 풀이되어 있다.

자주 혼동되는데 백석은 이를 뚜렷이 구분할 뿐만 아니라, 자체적으로 개별 색상의 스펙트럼을 더욱 확장시키고 있다. 파란색의 넓은 스펙트럼은 앞서 살펴본 바와 같고, 초록색의 경우 연두색, 초록, 진초록, 진진초록 등으로 스펙트럼이 세분된다. ‘진초록’은 사전에 있지만, ‘진진초록’은 사전에 없는 말이다. 우리말에 ‘진진하다’ ‘흥미진진’이라는 말이 있다. 이 말에서 ‘진진’은 ‘매우’ ‘풍성한’의 뜻으로 쓰인 것이다. ‘진진초록’은 ‘진진’에 대한 이런 쓰임을 활용해 ‘매우 진한 초록’의 의미를 지닌 말로 백석이 만든 것이다. 색상 스펙트럼의 확장으로 우리의 색상 언어도 풍요로워지고 있다.

백석의 시에서 색채감의 세기와 깊이는 명암의 세밀함으로 나아간다. 백석 시의 색채 감각은 명암의 세기에서 절정을 이룬다. 명암은 백석 시의 미적 원리 가운데 가장 개성적인 영역을 차지하는 것이다. 명암은 백석 시 득의의 감각이며, 그의 시를 매우 섬세하고 아득한 세계로 이끄는 중요한 미적 동인이다. 명암은 어느 특정한 순간을 반영하는 것이어서[9] 그 대상의 감각을 더욱 미세하게 전해준다. 명암의 조절로 그 대상의 감각은 한층 깊이 있게 드러난다. 백석의 시엔 이 명암 언어의 스펙트럼도 아주 넓게 펼쳐져 있다. 백석은 사전에 있는 말뿐만 아니라 방언과 조어를 통해 명암 언어의 스펙트럼을 넓히고 명암의 순간을 아주 정밀하게 드러낸다. 그의 시에 구사된 명암 언어를 열거하면 다음과 같다.

* 명明: (형) 쩨듯하다, 환하다, 밝다, 훤하다, 쇠리쇠리하다/(부) 쨍쨍
* 암暗: (형) 어둡다, 어드근하다, 어득시근하다, 어득하다, 캄캄하다, 컴컴하다, 그느슥하다/(부) 그늘그늘

---

9) 최현석, 『인간의 모든 감각』, 서해문집, 2010, 156쪽.

이러한 명암 언어 외에 색이 가미된 명암 언어인 '해밝다(희고 밝다)'는 시어도 보이고, 햇볕의 밝기가 들어간 '해바르다' '볕바르다' 등과 같은 시어도 눈에 띈다. 백석 시에는 '볕'과 '해'를 가리키는 시어들이 많이 쓰이는데, 이러한 시어들은 해당 물질을 가리키기도 하지만, 그 물질의 빛과 그 물질이 내리쬐면서 생기는 명암의 상태와 느낌을 나타내는 경우도 많다. 백석은 풍부한 명암 언어로 명암을 아주 정확히 포착해내고 그 섬세한 명도로 대상의 질감과 속살을 예리하게 감지해내며 그 미묘한 분위기와 정조를 깊이 있게 전해준다. 색채 감각은 기본적으로 사람들의 감정 반응을 촉진시키는데[10], 백석은 색채의 다양한 구사와 함께 명암의 조도까지 섬세하게 조절하여 독자들의 마음을 깊숙이 끌어들인다.

(2) 소리의 파동

백석 시의 미적 원리를 형성하는 또하나의 중요한 요소는 소리 감각이다. 백석은 대상의 인상을 색감으로 드러내면서, 또 한편으론 소리 감각으로 드러낸다. 백석은 생명체가 내는 소리와 사물이 자기공명 내지는 충돌을 통해 내는 소리에 민감하게 반응하고, 소리 감각을 시적인 미학으로 활용한다. 백석의 시에서 소리 감각이 활용되는 양상은 시 「오금덩이라는 곳」에 압축적으로 드러나 있다. 마을의 흉사에 대처하는 전통 마을의 민간 풍속을 세 장면의 풍경 묘사로 엮은 이 작품에서 각 풍경의 정경과 정서는 서로 다른 소리 감각으로 드러난다. 첫째 풍경에선 젊은 새악시들의 '비난수 소리'로, 둘째 풍경에선 '바래깨(주발뚜껑)'를 뚜드리는 소리로, 셋째 풍경에선 '여우 울음소리'로 드러난다. 첫째와 둘째는 흉사에 대처하는 소리이고, 셋째는 흉사를 예고하는 소리이다.

---

10) 다이앤 애커먼, 『감각의 박물학』, 백영미 옮김, 작가정신, 2004, 374쪽.

모두 간절하고 불길한 소리로 이승을 넘어서는 소리이다. 마크 스미스는 소리에서는 시각과 달리 정신적인 감응을 느낄 수 있다고 했는데[11], 이 시에서 사람과 동물과 사물이 내는 세 갈래의 소리는 보이지 않는 세계와 정신적으로 소통하는 경지를 느끼게 하며, 이 속신의 세계가 환기하는 원시적이고 신비한 분위기를 강렬하게 전해준다.

백석 시에서 소리 감각이 대상의 인상을 미적으로 환기시키는 중요한 시적 요소인 만큼, 그의 시에서 대상에 대한 소리 감각은 아주 정확하게 묘사된다. 백석 시에서 색감이 넓은 스펙트럼을 확보하고 색감의 미세한 영역까지 구체적으로 포착해내는 것과 마찬가지로 소리 감각에서도 만물의 미세한 진동에서부터 굉음에 이르기까지 넓은 소리 영역을 탐지하고, 만물이 내는 고유의 소리를 아주 정확하게 포착한다. 백석 시의 소리 감각이 지닌 구체성과 정확성은 김소월 시와의 비교를 통해 극명하게 확인된다.

① 저 산에도 가마귀 들에 가마귀

　　서산에는 해 진다고

　　지저귑니다.

— 김소월, 「가는 길」 부분

② '자시동북팔십천희천自是東北八 ○粁熙川'의 푯標말이 선 곳

　　돌능와집에 소달구지에 싸리신에 옛날이 사는 장거리에

　　어니 근방 산천山川에서 덜거기 껙껙 검방지게 운다

— 백석의 「월림月林장」 부분

---

11) 마크 스미스, 『감각의 역사』, 김상훈 옮김, 성균관대학교 출판부, 2011, 92쪽.

소월 시에는 '가마귀'가 등장하고, 백석 시에는 '덜거기'가 등장한다. 그리고 각각 새소리에 대한 묘사가 시도되는데, 소월은 '가마귀'의 울음소리를 지저귄다고 진술하고, 백석은 '덜거기'의 울음소리를 '검방지게(건방지게)' 운다고 묘사한다. 여기서 새소리에 대한 두 시인의 표현 방식은 커다란 차이를 보인다. 가마귀의 울음소리를 지저귄다고 말하는 것은 특정의 새소리를 감각적으로 드러낸 표현이 아니다. 그것은 '새가 운다'처럼 그냥 일반적인 새 울음소리를 표현한 것이다. 사전에 '지저귀다'는 "새 따위가 계속하여 소리 내어 울다"로 풀이되어 있다. 굳이 이 말뜻에 기대어 이 표현의 구체성을 찾자면 가마귀들이 많이 있어 가마귀떼가 연달아 우는 것을 표현했다는 정도이다. 그런데 '지저귀다'는 말의 뉘앙스를 좀더 엄밀히 따지면 이 말은 가마귀의 울음소리에 썩 어울리는 말이 아니다. 말의 감각에 있어 '지저귀다'는 보통 참새처럼 작은 새들이 잇달아 소리 내어 우는 것을 가리킬 때 쓴다.[12] 소월 시에서 '지저귀다'는 말은 가마귀의 울음소리를 정확히 드러내기 위한 것이라기보다는 그 언어의 기표를 활용해 다른 시어들과 소리 호응을 일으키기 위해 사용한 것으로 봐야 할 것이다. 이에 반해 백석의 시에서 '덜거기'에 대한 소리 묘사는 놀랄 정도로 섬세하고 정확하다. 그냥 꿩이라고 말하지 않고 '덜거기(수꿩)'라고 지칭한 것부터가 대상을 정확히 포착하려는 시인의 의지가 담겨 있는 것이다. 꿩은 수꿩의 울음소리가 톤이 더 높고 강렬하다. 수꿩의 울음소리를 '꺽꺽'이라는 의성어로 표현한 것은 매우 생생한 소리 감각이다. '꺽꺽'은 흔히 포유류 종의 울음소리를 나타내는 의성어로서 보통의 새소리에 대한 의성어가 아니다. 그런데 수꿩은 정말 그렇게 운다. 이러한 의성어의 탄생은 수꿩의 울음소리에 대한 경

---

12) 『표준국어대사전』엔 "새 따위가 계속하여 소리 내어 울다"로 풀이되어 있지만, 『조선말대사전』엔 "주로 몸짓이 작은 새 같은 것이 입으로 자꾸 소리를 내다"로 풀이되어 있다.

청과 예민한 반응 위에 청각 언어의 활용을 향한 시인의 의지가 있기에 나올
수 있는 것이다. 이어 수꿩의 울음소리를 '검방지다'고 표현함으로써 생생한
묘사는 절정을 이룬다. 이 묘사는 수꿩 특유의 울음소리에 대한 정서적 반응을
정확히 포착한 것으로 수꿩 소리 표현의 백미라고 할 만하다.

백석은 만물의 소리를 정확히 감지하고자 하는 만큼 그의 시엔 자연히 의성
어 표현이 다채롭게 구사된다. 백석의 시에 음식이 많이 나오므로 흔히 맛을
나타내는 감각어들이 많을 것 같지만, 사실 백석 시에서 가장 많이 등장하는
감각어는 의성어이다. 백석 시에서 미각 표현은 소리 표현에 비하면 그 숫자가
현저하게 적다.[13] 백석의 시에서 사물에 대한 감각은 색감과 소리 감각으로 드
러나며, 소리 감각은 의성어의 다채로운 구사로 이어진다.

까알까알, 꺽꺽, 꿀꺽, 매, 벅작궁, 붕붕, 비애고지, 뿡뿡, 삐삐, 뻘뻘, 사르릉,
스르럭스르럭, 악악, 웅성웅성, 응앙응앙, 짜랑짜랑, 쩌락쩌락, 쨍쨍, 쩜벙쩜벙,
쪼로록, 찌륵찌륵, 캥캥, 쾅쾅, 탕탕, 튀튀, 호이호이

백석의 시에 등장하는 의성어를 모두 열거하면 위와 같다. 이 의성어들의 상
당수는 사전에 등재되어 있는 말들이다. 송아지가 우는 소리를 나타내는 의
성어인 '매', 벌이나 나비가 날 때의 소리를 나타내는 의성어인 '붕붕', 물건이
부딪칠 때 나타내는 소리인 '스르럭스르럭' 등은 모두 사전에 등재되어 있는
말들이다. 백석은 사전에 등재되어 있는 주옥같은 우리말들을 잘 살려 쓴다.
그는 무조건 말을 만들어 쓰는 것이 아니라 우리의 언어생활 속에 뿌리내려

---

13) 이것은 백석 시에서 음식이 단순히 먹는 것에 초점이 맞춰진 것이 아니라는 것을 시사한다. 그
의 시에서 음식은 식욕의 대상 너머의 다채로운 의미로 쓰인다. 백석 시에 나타난 '음식'의 의미에
대해서는 이 책에 실린 글 「백석의 음식 기행, 우리 문화와 역사의 탐미」에서 상세히 살펴보았다.

말의 공감력이 확인된 우리의 토착어를 찾아 정확히 구사하는 것이다. 사전에 없는 말에 한해 조어를 생성해내는데, 이때에도 기존의 토착어를 토대로 변형시키는 방법을 쓰고 있다. '벅작궁' '쩌락쩌락' '삐삐' '삘삘' '호이호이' 등과 같은 의성어들이 모두 그러한 것들이다. 백석의 시가 독자들에게 넓은 공감을 주는 데에는 우리의 언어생활에 뿌리내린 토착어의 정확한 사용이 큰 몫을 차지한다. 그런가 하면 제비의 울음소리를 나타내는 의성어인 '비애고지'나, '기차'라는 한자어 대신에 '뿡뿡차'라는 의성어를 사용해 만든 말 등은 백석의 소리 감각과 토착어 구사가 절묘하게 결합되어 나타난 발명어라고 할 수 있다. 소리 감각의 예민하고 정확한 구사는 의성어뿐만 아니라 다양한 청각 어휘의 구사로도 나타나는데, 그중에서 '쇳스럽다' '썩심하다' '쨋쨋하다' 등과 같은 말은 방언이거나 조어로서 소리 느낌이 잘 살아 있는 말들이라고 할 수 있다. 또 백석은 '운다'라는 말을 구사할 때 서러움에 북받쳐 숨 막히는 상태를 나타내는 소리를 의미하는 동사인 '느끼다'는 말을 덧붙여 구사하기도 하는데, 이러한 어휘 구사에서 소리 언어를 향한 백석의 의지를 다시 한번 확인하게 된다.

(3) 빛과 소리의 향연

백석 시의 시어를 미적으로 물들이는 두 가지 감각인 색감과 소리 감각은 서로 섞이고 어울리면서 감각의 부피를 늘리고 정서의 비중을 높인다. 백석의 시는 색감만을 드러내거나, 소리 감각만을 드러나는 시들도 있지만, 많은 작품에서 이 두 가지 감각이 동시에 구사되어 깊이 있는 시적 미감이 조성된다. 백석 시에서 빛과 소리의 구사와 조합은 다양한 방식으로 시도된다. 백석은 시적인 채색과 조명과 공명을 여러 가지 방식으로 나타내고, 이 복수의 감각에 대한 조합과 배열도 여러 가지 형식으로 짜맞춰서 작품마다 개성이 넘치는 예술품을 빚어낸다. 아래에서 빛과 소리의 다양한 구사와 결합 방식을 보여주는 대표

적인 작품들을 몇 편 골라 자세히 분석해봄으로써 백석 시의 미적 원리를 살펴
보도록 하겠다.

— 「창의문외彰義門外」 전문

'창의문'은 서울의 사소문 가운데 하나로 지금의 청운동에 위치해 있다.[14]
'창의문외'란 서울을 둘러싼 성곽의 바깥 지역을 가리키는 것이다. 특정의 문
을 가리키는 시의 제목은 백석 특유의 구체적인 사물명의 적시를 그대로 드러
낸 것이다. 특정 문의 제시는 장소를 적시해 사실감을 높이고 시적 정황을 구
체적으로 연상시키기 위함이다. 또 긴 역사를 지닌 실제 성문을 제시해 그 주
변의 풍경이 우리의 오랜 생활 자취와 흔적을 간직하고 있을 것 같은 연상을
주려는 의도도 있을 것이다. 과연 시는 성문 밖의 한적한 우리 고유의 생활 풍
경을 보여주는데, 사람은 나오지 않고 자연 풍경만이 그려진다. 5행의 짤막한
소품이지만, 이 안에 '무' '밤나무' '머루넝쿨' '임금나무'라는 네 종의 식물과
열매와 꽃이 나오고, '흰나뷔' '까치' '수탉'이라는 세 종의 동물이 등장한다.
시인은 성밖의 한적한 마을 풍경을 그리면서 그곳에 존재하는 자연물들을 꼼

---

14) 부암동 주민센터 근처 서울 성곽 북쪽 순례길 입구에 있다.

꼼하게 응시하며 하나하나 짚어낸다. 시인의 시선이 제일 먼저 머문 곳은 무밭에 날아다니는 '흰나비'인데, '흰나비'는 실제 무꽃의 꿀을 빨고, 그 꽃을 수분하게 한다. 박물학적(자연사적) 지식이 있어야만 이러한 풍경 묘사가 나올 수 있는 것은 물론 아니다. 하지만 이 시에 나타나는 자연물에 대한 상세한 열거와 더불어 풍경 묘사의 과학적 일치는 시인의 상상력과 박물학 사이에 밀접한 상관성이 있음을 헤아리게 만든다.

동식물명의 상세한 열거는 그 자체로 자연의 아름다운 풍경을 떠올리게 하는데, 이 풍경에 채색이 가해짐으로써 이 그림은 예술적 향기를 뿜어내기 시작한다. 이 시는 무꽃의 흰색(또는 연보라)과 흰나비의 흰색으로 시작해서 수탉의 붉은색과 임금열매의 푸른색으로 이어지고 그 꽃의 흰색으로 마감된다. 넓게 보면 이 그림은 흰색 계열의 바탕에 빨간색과 파란색이 선명한 색채 대비를 이룬다. 그 색상은 질박한 아름다움을 간직한 우리의 생활 풍경을 드러내기에 아주 적절한 색감이다.

이제 이 색상에 소리 감각이 부여된다. 이 시에는 키질하는 소리와 까치 소리가 울리고 있다. 밤나무와 머루넝쿨 너머로 들려오는 키질 소리는 이 집안 어딘가에서 누군가 일을 하고 있음을 알리는 신호이다. 그것은 우리의 전통생활에서 음식 장만의 여정을 알리는 소리이다. 이 시에서 키질하는 대상은 벼 곡식이라고 상상해볼 수 있을 것이다. 벼 곡식의 키질 소리는 쌀 안치는 소리와 함께 우리의 가슴을 따뜻하게 적시는 정감 넘치는 소리이다. 까치 소리는 우리의 생활 풍속에서 반가움을 알리는 신호이다. 우리는 이 시에서 은은히 울리는 키질 소리와 까치 소리를 들으며 질박하면서도 해맑고 정감 넘치는 우리 고유의 정겨운 생활문화를 가슴 깊이 느끼게 된다.[15] 빛과 소리가 어울려 발산

---

15) 마크 스미스는 소리가 장소, 계급, 국가의 정체성을 확인시켜준다는 점을 여러 사례를 통해 설

하는 질박하고 정감 어린 변두리의 인가 풍경은 시의 마지막인 "돌담 기슭에 오지항아리 독이 빛난다"는 표현에서 대미를 장식한다. '독'이라고만 지칭하지 않고 '오지항아리'란 구체적인 사물명을 다시 한번 적시함으로써 투박한 독의 질감과 함께 그 윤기가 환기된다. 그 감각을 구체화한 표현이 바로 '빛난다'는 서술어이다. 이 시는 돌담 기슭에 놓인 윤기 나는 오지항아리가 햇빛을 받아 반사되는 빛의 반짝임으로 끝을 맺는다. 오지항아리에서 반사되는 그 빛은 널리 번지면서 이 시의 채색을 더욱 화사하게 만들고 이 풍경을 빛으로 반짝이게 한다. 은은한 소리가 울리는 가운데 화사한 정경들이 빛으로 반짝이는 이 그림은 매혹적인 풍경화로 거듭난다.

  자즌닭이 울어서 술국을 끓이는 듯한 추탕^{鰍湯}집의 부엌은 뜨수할 것같이 불
  이 뿌연히 밝다

  초롱이 히근하니 물지게꾼이 우물로 가며
  별 사이에 바라보는 그믐달은 눈물이 어리었다

  행길에는 선장 대여가는 장꾼들의 종이등^燈에 나귀눈이 빛났다
  어데서 서러웁게 목탁^{木鐸}을 뚜드리는 집이 있다

—「미명계^{未明界}」 전문

이 시에선 '명암'의 미학이 두드러진다. 제목인 "미명계"부터가 명암 어휘이다. 이 시는 제목에 명시된 대로 동트기 전의 세상 풍경을 그린 작품이다. 동

명하고 있다. 마크 스미스, 앞의 책, 89~91쪽.

트기 전에 사람들은 아직 잠자리에 들어 있지만, 그 시간에 움직이는, 또 움직여야만 하는 사람들이 있다. 그들은 남들보다 일찍 일어나 몸을 움직여야만 하는 고단한 사람들이다. 이 시는 바로 이러한 정황 속에 놓인 사람들의 애잔한 생활 풍경을 그리고 있는데, 이 특별한 시간에 벌어지는 특별한 사람들의 생활 풍경이 바로 빛과 소리로 나타난다.

첫째 빛은 부엌의 불빛이다. 동트기 전의 컴컴한 어둠 속에서 오직 부엌에만 환하게 켜진 불빛은 새벽에 일어나 음식을 준비하는 노동의 신호이다. 새벽에 일찍 잠에서 깨어 음식을 준비하는 일은 힘겨운 노동인데, 그런 희생이 있기에 누군가는 따뜻한 밥을 먹게 된다. 그러므로 새벽의 부엌 불빛은 애잔하면서도 정겹다. 그런데 시인은 그 불빛을 뿌옇다고 말한다. 불빛의 묘사에 농도가 들어 있는 것이다. 뿌연 농도의 생성에는 추탕의 김이 큰 몫을 했을 것이다. 우리의 전통 음식은 탕 음식이 많고, 그 음식은 끓어야만 하므로 그만큼 시간과 노동이 많이 요구된다. 탕 음식 문화는 요리 노동을 더욱 힘겹게 하는데, 그렇게 정성을 들여 만든 음식은 먹는 이에게 더욱 큰 사랑으로 전해진다. 뿌연 불빛에는 이러한 우리의 깊숙한 생활문화가 모두 배어 있는 것이다. 둘째 빛은 초롱, 즉 물통의 빛이다. 아직 밤하늘에 별과 달이 선명히 걸려 있는 이슥한 시간에 우물로 물을 긷기 위해 가는 사람들은 부지런하게 생활하는 사람들인데, 그렇게 살아야만 하는 이들의 삶은 몹시 고단할 것이다. 캄캄한 어둠 속에서 '히근하게' 반사되는 물통의 빛은 힘겹게 살아가는 사람들의 부지런한 생활과 고단한 노동을 동시에 알려주는 신호이다. 셋째 빛은 선장에 맞춰 가는 장꾼들이 들고 있는 종이 등에 반사되는 나귀의 눈빛이다. 그 빛 또한 둘째 빛과 마찬가지로 부지런한 생활과 고단한 노동을 동시에 알려주는 신호인데, 이번에는 그 빛이 사물에서 나귀라는 동물로 옮겨간 것이다. 나귀는 장꾼들의 짐을 나르거나 장꾼들을 태우는 데 동원되었을 것이다. 자신의 의지와는 무관하게 인간의 애환에 동참하게 된 나귀의 삶은 지극한 연민을 불러일으킨다. 나귀에 대한 연민은 곧 그와 더불어 사는 장꾼들에 대한 연민이기도 하다.

이 시는 어둠 속에 비치는 세 줄기의 서로 다른 빛의 파장을 통해 동트기 전에 움직이는 고단한 사람들의 내면 풍경을 전해준다. 이 풍경의 속살은 사람살이의 애환이지만, 시인이 조명을 비춘 것은 사람보다는 그와 인접한 사물과 동물 들이다. '부엌'과 '초롱(물통)'과 '나귀'는 고단한 사람들의 일터고 짐이고 동반자이다. 시인은 고단한 사람들의 노동 행위를 직접 보여주기보다는, 그들의 고단한 생활을 절실히 알려주는 주변 사물들에 조명을 비춘다. 이러한 간접적인 조명 방식은 그들의 고단한 생활을 더욱 애잔한 풍경으로 만들고, 희미하게 비치는 풍경 안의 고단한 속살을 깊이 생각하게 만든다.

이제 이러한 명암의 풍경 속에서 소리가 울려퍼진다. 이 시에는 두 개의 소리가 울린다. 하나는 "자즌닭"의 소리고, 또하나는 "목탁"의 소리이다. 시인이 특별히 '자주 우는 새벽닭'이라는 뜻의 자즌닭이라는 구체적인 닭 이름을 명시한 것은 새벽에 연속적으로 울어대는 닭 울음소리의 지속을 강조하기 위함이다.[16] 새벽녘의 그 연속적인 닭 울음소리는 새벽을 알리는 신호로, 단잠에 빠져 있는 고단한 사람들을 깨워내는 자명종이다. 그러므로 새벽을 아름답게 물들이는 닭 울음은 한편으로 애잔하며 깊은 연민을 일으키는 소리로 들린다. 한편 새벽에 울리는 목탁 소리는 누군가의 간절한 염원의 소리이다. 동도 트기 전에 울리는 새벽 불공의 목탁 소리에는 간절한 기원이 더욱 깊게 스며 있다. 앞서 살펴본 「창의문외彰義門外」가 빛의 반사로 끝맺음으로써 질박하고 화사한 시의 정경을 반짝이게 만들었다면, 이 시는 소리 울림으로 끝맺음으로써 어둠

---

16) 백석의 시에는 '자즌닭' '홍게닭' '홰냥닭' 등의 닭들이 등장한다. 여기서도 대상의 총칭이 아니라 세부 명칭을 사용하는 백석 시의 언어용법을 다시 한번 확인할 수 있다.

속에 비치는 희미한 정경에 애잔하면서도 따스한 정감을 불어넣는다. 그 목탁 소리는 새벽녘에 움직이는 고단한 생활의 서러운 느낌을 고조시키면서, 또 한편으론 미명에 일하는 고단한 사람들에 대한 위안과 기도의 소리로 울려퍼진다.[17]

지금까지 색과 소리, 그리고 명암과 소리가 결합된 작품을 각각 살펴보았는데, 마지막으로 색과 명암과 소리가 모두 결합된 작품을 살펴봄으로써 백석 시의 미적 원리를 보다 분명히 확인하도록 하겠다.

한 십리十里 더 가면 절간이 있을 듯한 마을이다 낮 기울은 볕이 장글장글하니 따사하다 흙은 젖이 커서 살같이 깨서 아지랑이 낀 속이 안타까운가보다 뒤울안에 복사꽃 핀 집엔 아무도 없나보다 뷔인 집에 꿩이 날어와 다니나보다 울밖 늙은 들매나무에 튀튀새 한불 앉었다 흰구름 따러가며 딱장벌레 잡다가 연두빛 닢새가 좋아 올라왔나보다 밭머리에도 복사꽃 피었다 새악시도 피었다 새악시 복사꽃이다 복사꽃 새악시다 어데서 송아지 매— 하고 운다 골갯논드렁에서 미나리 밟고 서서 운다 복사나무 아래 가 흙장난하며 놀지 왜 우노 자개밭둑에 엄지어데 안 가고 누웠다 아릇동리선가 말 웃는 소리 무서운가 아릇동리 망아지 네 소리 무서울라 담모도리 바윗잔등에 다람쥐 해바라기하다 조은다 토끼잠 한잠자고 나서 세수한다 흰구름 건넌산으로 가는 길에 복사꽃 바라노라 섰다 다람쥐 건넌산 보고 부르는 푸념이 간지럽다
　　저기는 그늘 그늘 여기는 챙챙—
　　저기는 그늘 그늘 여기는 챙챙—

—「황일黃日」 전문

17) 졸저, 『백석 시 바로 읽기』, 현대문학, 2006, 198쪽.

십 리 너머 절간이 있을 것 같다는 것은 이곳이 꽤 깊숙한 산골 지역임을 암시한다. 특별히 지역 표시의 기준을 "절간"으로 삼음으로써 고요한 분위기를 조성한다. 이어지는 "뷔인 집"의 제시는 고요한 분위기를 더욱 고조시킨다. 사람 자취 안 보이는 한적하고 고요한 산골 마을엔 이제 자연의 세계만이 펼쳐지겠는데, 시인은 그 안의 자연물들을 하나하나 적시한다. 시인이 적시하고 있는 자연 속의 동식물의 세계를 순서대로 따라가보자. 복사꽃 → 꿩 → 들매나무 → 튀튀새 → 흰구름 → 딱정벌레 → 잎새 → 복사꽃 → 송아지 → 미나리 → 복사나무 → 엄지 → 말 → 망아지 → 다람쥐 → 복사꽃 → 다람쥐 등으로 쉴 새 없이 동식물들이 출현한다. 가히 동식물들의 축제장이라고 할 수 있다. '튀튀새가 흰구름 따라가며 딱정벌레 잡다가 연둣빛 잎새가 좋아 들매나무에 올라온 것 같다'와 같은 진술은 구체적인 동식물의 적시에 대한 의도가 없다면 좀처럼 촉발되기 어려운 표현이다. 아주 미세한 동물 세계의 원리를 보여주는 이러한 묘사는 단순한 관찰 너머의 표현이라고 하지 않을 수 없다. 이 시는 백석 시에 박물학적 관찰과 지식이 스며 있음을 다시 한번 짐작하게 한다.

이제 다채롭게 전시된 동식물명에 색과 명암과 소리 감각이 부여되면서 그 동식물들은 한결 싱싱한 생명력을 내뿜는다. 우선 인용 시의 색감 표출엔 에피세트가 절제되어 있어 백석의 또다른 채색 솜씨를 엿보게 한다. 백석은 색상 에피세트를 자제하는 대신 강렬한 색상을 뿜어내는 식물을 시의 전면에 내세운다. "복사꽃"이 바로 그것이다. 복사꽃은 분홍빛을 강렬히 뿜어내는데, 그 꽃이 다섯 번 반복되면서 이 시를 분홍빛으로 물들인다. 시인은 복사꽃을 새악시에 빗댐으로써 싱그럽고 수줍은 느낌과 생명력까지 환기시킨다. 이 분홍빛 옆에 채색된 또하나의 빛은 나뭇잎의 연둣빛이다. 분홍색과 연두색은 얇고 보드라우면서 생기 있고 발랄한 봄의 정취를 자아내기에 알맞은 색채이다. 그리고 이 색상을 받쳐주는 바탕색은 바로 "흰구름"의 흰색이다.

이 화사한 봄빛에 동물들의 소리가 울려퍼진다. 먼저 송아지가 울고, 이어서 말이 웃음소리를 내고, 이어서 또다른 송아지가 울려고 한다. 시인은 마소가 내지르는 소리를 웃음소리와 울음소리로 구분한다. 시인은 송아지가 근처에 엄지가 있음에도 우는 것은 말의 웃음소리가 무서워서 그런 것 같다고 말하고, 또 그 송아지 울음소리에 또다른 망아지가 무서워할 것 같다고 말한다. 시인이 소리에 얼마나 민감한 반응을 보이는지 알 수 있다. 이 마소의 울고 웃는 소리는 한적한 산마을에 메아리로 울린다. 마소의 메아리는 자연에 생명의 기운을 불어넣고, 봄빛 가득한 산골 마을을 싱그러운 봄기운으로 약동시킨다. 약동하는 산마을의 정취는 마지막 다람쥐의 앙증맞은 움직임으로 절정을 이루는데, 다람쥐의 미동 역시 소리 감각으로 표현된다. 시인은 다람쥐의 귀여운 푸념 소리로 시를 끝맺는데, 그 소리란 것이 바로 지금까지 말한 풍경에 대한 명암의 묘사이다. 즉, 이곳엔 햇빛이 "쨍쨍"한데, 저쪽 건넛산은 그늘이 졌다는 것이다. 소리로 그린 채색으로 이 그림은 단번에 원경으로 전환되면서 화창한 빛과 어두운 산그늘로 분할되는 구도의 그림으로 새롭게 펼쳐진다. 그림의 한쪽은 빛으로 반짝이고, 다른 한쪽은 산그늘로 어두운 것이다. 그림의 큰 부분은 빛으로 가득차 있다. 이러한 명암을 조성하는 조명이 바로 제목의 "황일黃日"이다. 황일黃日은 봄날을 가리키기도 하고, 또 누런 태양빛을 가리키기도 한다. 제목에 놓인 황일黃日은 이 산골 마을의 아름다운 봄날을 지시하면서, 한편으로 하늘 위의 태양처럼 이 시의 본문 위에 떠서 본문에 펼쳐진 봄 풍경을 누렇게 내리쬐고 있는 것이다. 시적 대상의 인식에서부터 시의 설계에 이르기까지 색과 명암과 소리 감각이 현란하게 구사되는 이 시에서 우리는 백석 시의 미적 원리를 극명하게 확인하게 된다.

4. 백석 시의 미적 원리

백석 시의 압도적인 부피감과 강렬한 흡인력은 구체적인 사물명의 적시에서 비롯된다. 백석은 사물의 총칭이 아니라 각 사물마다 수많은 종류로 세분된 개별 사물의 이름들을 시어로 쓴다. 백석이 하나하나 적시해나가는 사물명으로 외면되고 홀대받던 우리의 생활용품과 산천초목과 인간 군상 들은 돌연 생기를 띠며 살아나온다. 백석은 그것들을 호명하고 있는 것이지만, 잊힌 것들을 호명한다는 점에서 그것은 또한 명명이기도 하다. 시인의 명명과 호명으로 우리의 물질은 풍요로워지고 우리의 언어는 아름다워진다. 우리의 집안과 마을과 산천의 구석구석을 유람하고 응시하며 우리 것을 명명하고 호명함으로써 한 상 가득 차려낸 언어의 성찬에서 우리는 우리 문화의 풍성함에 빠지고 우리 언어의 아름다움에 매료된다. 사물의 분류에 따른 세부 명칭에 대한 지속적인 탐색, 특히 동식물의 세부적 명칭에 대한 호명과 자연과학적 탐색을 방불케 하는 섬세한 자연 관찰은 박물학적 사고에 접맥되어 있는 것이다. 백석이 실제 박물학에 관심을 가졌다는 직접적인 증거 자료는 미비하지만, 당시 일본과 한국에서 박물학이 대두되고 그 결과물이 집중적으로 쏟아져나왔다는 것은 매우 주목되는 객관적 정황이다. 색채에 예민한 반응을 보이고 색감에 맞는 색채어를 섬세하게 구사하며 소리 반응에 대한 언어구사가 정확한 것도 박물학적 사고의 하나로 간주되는 것이다. 물질의 색채와 소리에 대한 정확하고 구체적인 감각의 반응과 표시는 그 물질에 대한 정확한 탐색 의지의 소산이고, 그러한 지적 태도는 박물학의 기초를 이루는 것이다.

세부적 사물의 명명과 호명으로 매력을 뿜어내는 백석 시의 언어는 색과 명암과 소리 감각의 부여로 미학적인 완성을 꾀한다. 회화와 달리 언어로 채색해야 하는 시의 그림에서 백석은 다채로운 채색 기법을 구사한다. 그는 색상형용사를 직접 구사하기도 하고 선명한 색상 이미지로 채색을 대치하기도 한다. 백석은 여기에 명암까지 부여하여 그림의 농도를 조절함으로써 매우 깊은 느낌을 자아내는 그림을 그린다. 이제 이 그림에 소리가 울려퍼짐으로써 평면적인 그림은 입체적인 감각으로 거듭나고 소리 감각이 환기하는 정신적인 기운이 조성된다. 색과 명암과 소리 감각이 이중 삼중으로 결합되어 조성되는 언어 미감은 독자들의 마음과 혼을 함께 뒤흔든다. 이러한 감각들은 때로 시적 전언의 목표물을 직접 겨냥하기보다 그것을 환기시키는 인접 사물에 대한 조명이나 보이지 않는 곳에서 전해지는 공명현상을 나타내는 등의 간접적인 방식으로 조성됨으로써 깊은 여운과 은은한 정감을 자아낸다.

색과 명암과 소리가 어우러지는 언어의 향연은 백석 시의 형식을 완전히 지배하기도 하고, 부분적으로 이끌기도 하면서 그의 시의 중요한 미적 원리를 형성하지만, 이것만으로 백석 시 매력의 원천이 모두 설명되었다고 말할 순 없을 것이다. 백석 시에는 많은 미적 기능이 겹겹이 작동되고 있어 그의 시의 매력 규명에는 여러 관점과 많은 지면이 요구된다. 백석의 시는 시 연구자들의 지적 호기심과 연구 의욕을 끊임없이 고취시키고, 그의 시의 매력은 지칠 줄 모르고 솟아난다. 이 글에서 밝힌 백석 시의 미적 원리는 그중 하나를 짚어본 것에 불과하겠지만, 그것이 독자들을 매혹시키는 중요하고 핵심적인 시적 요소인 것만은 분명하다.

백석 시의 시어에 나타난
모음첨가현상과 시적 효과

1. 백석 시의 용언과 모음첨가현상

백석은 현대시가 본격적으로 출범하게 된 1930년대의 시인 가운데 오늘날 가장 많은 관심의 대상이 되고 있는 시인이다. 그는 오늘날 시 애호가들이 가장 좋아하는 시인 가운데 하나이며, 시학 연구자들이 가장 많이 연구하는 시인으로 꼽힌다. 그동안 지속적으로 이루어진 연구 결과로 그의 시에 대한 이해는 상당히 깊어졌다고 할 수 있다. 하지만 그의 시를 더 정확하고 꼼꼼하게 이해하기 위해서는 그의 시어에 대한 천착이 더욱더 요구된다. 그동안 여러 연구자들의 선행 연구로 그의 시의 어석이 상당히 밝혀졌지만, 아직도 정확한 뜻을 알지 못하는 어휘들이 상당하고, 또 뜻은 알아도 그 어휘의 생성 과정이 구체적으로 분석되지 않은 경우가 적지 않다. 사전에 등재되어 있지 않은 방언이나 조어 들의 경우 시어의 생성 과정이 구체적으로 밝혀졌을 때 비로소 그 어석이 보다 명확해질 것이다. 백석 시엔 평안도와 함경도를 위시한 전국 각지의 방언이 나타나고, 그 위에 백석의 개인적인 방언까지 가세하고 있기 때문에 오늘의 표준어에서 이탈한 시어들의 뜻을 정확히 파악하려면 그 어휘의 생성 과정을 구체적으로 규명해야 하고, 그러한 절차로 어석이 밝혀졌을 때 독자와 학계의 큰 신뢰를 얻게 될 것이다.

그동안 백석 시의 개별 시어에 대한 연구는 명사와 대명사 같은 체언들에 집중되어왔다. 백석의 시는 방언을 구사하는 다른 시인들의 경우와는 달리 그의 고향인 평북이나 인근의 함경도 말투는 자제되어 있고, 사물을 지칭하는 어휘들의 구사에 방언이 집중되고 있다.[1] 그래서 백석 시의 어석 연구의 실제 대상도 체언이 수적 우위를 차지해왔고, 연구 영역도 체언에 큰 비중을 두게 된 반면, 동사와 형용사 어휘의 방언에 대해서는 상대적으로 소홀하게 다루어져왔다. 하지만 백석 시의 동사, 형용사 어휘에도 표준어에서 이탈한 말과 표기는 매우 많다. 백석 시의 용언들은 구문의 차원에서 구개음화의 비용인 같은 평안 방언의 대표적인 특징[2]이 두드러지진 않지만, 어휘의 차원에선 여전히 표준어를 벗어나는 표기와 말 들이 많이 나타난다. 그중에는 뜻을 유추하기 어려울 정도의 이질적인 어휘들도 있고, 또 표준어에서 음운변화를 일으킨 단어들도 있다. 후자의 경우 뜻의 유추가 어느 정도 가능하기 때문에 오히려 깊은 관심을 갖지 않는 경향이 있다. 하지만 이 음운변화는 백석의 고향 방언이나 개인 방언의 중요한 특징을 이루면서 음성적 차이뿐만 아니라 미묘한 의미적 차이까지 일으키는 경우가 많다. 따라서 음운변화를 일으킨 용언에 대해 사전적 의미를 넘어서는 미세한 시적 의미의 변화를 살펴보아야만 한다.

백석 시의 동사와 형용사 어휘에 나타난 음운변화 가운데 주목되는 현상의 하나는 모음첨가이다. 단어의 발성에서 장음화의 결과로 보이는 모음첨가현상

---

1) 졸고, 「백석의 시세계와 시사적 의의」, 『정본 백석 시집』, 문학동네, 2007, 292쪽.
2) 김영배, 『평안방언의 음운체계 연구』, 동국대학교 한국학연구소, 1977, 53쪽.

은 단어의 형태를 바꿔놓는다. 장음화에 따른 모음첨가현상은 백석 시의 시어 전반에서 발견되는 현상이다. 동사나 형용사 외에 명사에서도 장음화에 따른 모음첨가현상이 자주 나타난다. 동사와 형용사 어휘에 나타난 모음첨가현상은 명사의 경우보다 더 중요하게 바라보아야 한다. 표준 문법에서 동사와 형용사에 일정 모음이 첨가되면 사동이나 피동의 의미로 전환된다. 용언에서의 모음 첨가는 어감의 차이에 그치는 것이 아니라 의미의 전환을 가져오는 것이다. 하지만, 백석 시의 경우 방언적인 모음첨가현상에선 그런 표준 문법의 원칙이 일률적으로 지켜지지 않는다. 동사와 형용사에 사동이나 피동 접사로 알려진 모음들이 첨가되어도 그런 뜻으로 전환되지 않는 시어들이 백석 시에선 자주 발견되는 것이다. 표준 문법의 규칙에서 벗어난 백석 시어의 모음첨가는 그런 사전적 의미와는 다른 시적 의미를 발생시킨다. 이 글은 바로 그러한 백석 시의 특이한 음운현상과 그 속에서 발생하는 새로운 시적 의미, 그리고 그 효과를 자세히 규명하기 위해 씌어진다. 백석 시의 시어에 나타난 모음첨가현상에 대한 규명은 백석 시 어휘의 일부 조어 형태를 구체적으로 보여줄 것이며, 백석 시의 특이한 구문과 표현 들이 지닌 시적 의미를 정확하게 이해하게 해줄 것이다.

2. 모음첨가의 양상

백석 시의 시어에 나타난 모음첨가현상은 장음화의 결과로 보이기 때문에 모음첨가현상을 유발하는 음운의 종류와 성격, 그리고 활용 양상에 따라 여러 종류의 모음들이 첨가되고 있다. 한글 자모의 여러 모음들이 음운현상의 필요에 따라 들어가고 있는데, 이를 종류별로 나누어 백석 시의 시어에 나타난 모음첨가의 양상을 살펴보기로 한다. 동사와 형용사 어휘를 중심으로 살펴보되

명사 어휘의 양상도 끝에 가서 함께 검토하기로 한다.

(1) '이' 음의 첨가

백석 시의 용언에는 '이' 모음첨가현상이 뚜렷이 나타난다. '이' 모음첨가현
상은 백석 시어의 모음첨가현상 중에서도 각별한 의미를 띤다. 앞서 언급했듯
이 동사나 형용사 등의 용언에 접사인 '이' 모음이 첨가되면 표준어에선 사동
이나 피동이 된다. 그런데 백석 시의 경우 이런 문법적 현상이 나타나지 않는
경우가 다수 발견된다. 백석 시 용언의 이런 음운현상을 알아보기 위해 우선
'이' 모음이 들어 있는 동사, 형용사를 모두 열거하면 다음과 같다.

괴이다, 깔이다, 깨이다, 끓이다, 녹이다, 놓이다, 대이다, 뒤이다, 들이다, 매
이다, 먹이다, 메이다, 멕이다, 묵이다, 백이다, 뵈이다, 붙이다, 뷔이다, 세이다,
속이다, 쉬이다, 쌓이다, 쐬이다, 죽이다, 혜이다

위의 단어들 가운데 '끓이다' '녹이다' '놓이다' '들이다' '먹이다' '멕이다'
'묵이다'[3] '붙이다' '속이다' '쉬이다' 등은 백석 시의 용례에서 사동형으로 사
용되고 있으며, '대이다' '백이다' '쌓이다' 등은 피동형으로 사용되고 있다. 이
단어들은 표준어 규범에 맞게 사용된 것이다. 다만 이 가운데 '죽이다'는 논란
의 여지가 있다.

이 단어들을 제외한 나머지 단어들, 즉 '괴이다' '깔이다' '깨이다' '뒤이다'

---

3) '묵이다'는 "이 눈세기물을 냅일물이라고 제주병에 진상항아리에 채워두고는 해를 묵여가며 고
뿔이 와도 배앓이를 해도 갑피기를 앓아도 먹을 물이다"(「고야古夜」)에서 나오는 말인데, 이때에
'묵이다'는 '묵히다'의 북한식 표현이다. 우리의 표준어로는 '묵히다'인데, 『조선말대사전』엔 '묵이
다'가 '묵다'의 사동으로 등재되어 있다.

'매이다' '메이다' '뵈이다' '뷔이다' '세이다' '쐬이다' '혜이다' 등은 모두 동사에 '이' 모음이 첨가된 형태의 단어들인데, 문맥상 사동이나 피동으로 쓰이고 있지 않다. 이 단어가 사용된 용례를 통해 구체적으로 살펴보도록 한다.

① 봄철날 한종일내 노곤하니 벌불 장난을 한 날 밤이면 으레히 싸개동당을 지나는데 잘망하니 누워 싸는 오줌이 넓적다리를 흐르는 따근따근한 맛 자리에 펑하니 괴이는 척척한 맛

— 「동뇨부^{童尿賦}」 부분

② 잠없는 노친네들은 일어나 팥을 깔이며 방뇨를 한다

— 「오금덩이라는 곳」 부분

③ 어데서 좁쌀알만한 알에서 가제 깨인 듯한 발이 채 서지도 못한 무척 적은 새끼거미가 이번엔 큰거미 없어진 곳으로 와서 아물거린다

— 「수라^{修羅}」 부분

④ (……) 그러다는 이불 우에서 광대넘이를 뒤이고 또 누워 굴면서 엄매에게 웃목에 두른 평풍의 새빨간 천두의 이야기를 듣기도 하고 (……)

— 「고야^{古夜}」 부분

⑤ 나는 가슴이 메이는 듯하다

— 「수라^{修羅}」 부분

⑥-(i) 나는 어니 외진 산^山길에서 만난 새악시가 곱기도 하든 것과/어니메

강江물 속에 들여다뵈이든 쏘가리가 한 자나 되게 크든 것을 생각하며

—「구장로球場路」 부분

⑥-(ii) 육십리六十里라고 해서 파랗게 뵈이는 산山을 넘어 있다는 해변에서 과부가 된 코끝이 빨간 언제나 흰옷이 정하든 (……)

—「여우난골족族」 부분

⑦ 한 말 밥을 한다는 크나큰 솥이 / 외면하고 가부틀고 앉어서 염주도 세일 만하다

—「고사古寺」 부분

⑧ 인간들은 모두 뒷등성으로 올라 멍석자리를 하고 바람을 쐬이는데

—「박각시 오는 저녁」 부분

⑨ 우리들은 맑은 물밑 해정한 모래톱에서 하구 긴 날을 모래알만 헤이며 잔뼈가 굵은 탓이다

—「선우사膳友辭」 부분

(밑줄은 예시 단어의 표시를 위해 필자가 그은 것임. 이후 예문들도 마찬가지임.)

①의 "괴이는"은 "물 따위가 우묵한 곳에 모이다"라는 뜻인 '괴다'에 피동의 의미가 담겨 있는 것이다. 때문에 '이' 모음이 따로 들어갈 필요가 없는데 첨가되었다. "괴이다"는 표준말이 아닌 것이다. ⑧의 "쐬이는데"도 '쐬다'가 "바람 따위를 직접 받다"라는 뜻이므로 피동의 의미를 갖는 말이다. 따라서 "쐬이는

데"도 '이' 모음이 추가로 들어간 것이다. ③의 "깨이는"에서는 '깨다'가 '까다'의 피동사이다. "깨이는"은 피동사인 '깨다'에 다시 피동형 접사인 '이'가 추가로 붙은 것이다. ⑥의 "들여다뵈이든" "뵈이는"도 같은 경우이다. '뵈다'가 '보다'의 피동사인데 여기에 다시 '이'가 붙은 것이다. ⑤의 "메이는"은 문맥상 '메다'의 사동이나 피동이 아니다. 여기서 '메이다'는 '메다'와 같은 뜻으로 쓴 것으로, '메다'에 '이' 모음이 추가로 들어간 것이다. ⑦의 "세일"과 ⑨의 "혜이며"도 이와 마찬가지이다. "세일"은 '헤아리다'는 뜻의 '세다'에 '이' 모음이 첨가된 것이다. 문맥상 사동이나 피동이 아니다. ⑨의 "혜이며"도 '세다'는 뜻의 '혜다'에 '이' 모음이 첨가된 것이다. 역시 문맥상 사동이나 피동이 아니다. ②의 "깔이며"는 이처럼 백석 시의 용언에 나타난 '이' 모음첨가현상으로 미루어볼 때, '깔다'에 '이' 모음이 첨가된 것으로 보인다. 여기서 '깔이다'는 문맥상 '깔다'의 사동으로 보기가 어렵다.[4] ④의 "뒤이고"도 '뒤다'에 '이' 모음이 첨가된 것이다. 여기서 '뒤이다'를 '뒤다'의 사동으로 보면 문맥상 의미 연결이 잘 안 된다. '뒤다'는 『조선말대사전』에 '뒤집다'와 같은 말로 등재되어 있다.[5] 즉, '위가 밑으로 되고 밑이 위로 되게 하다'의 뜻이다. "광대넘이를 뒤이고"는 광대가 흔히 하는 공연처럼 몸을 뒤집는 놀이를 하는 것을 말한다.

 백석 시에서 동사나 형용사가 사동이나 피동의 의미를 갖지 않으면서 '이'

---

4) 『표준국어대사전』엔 '깔다'의 뜻을 "바닥에 펴놓다"로 기술하면서 "돗자리를 펴놓다"를 예문으로 제시하고 있다. 이 사전의 뜻을 예문 ②에 그대로 적용하면 시의 의미가 약간 어색해진다. 그런데 『조선말대사전』엔 '깔다'가 "여기저기 흩어놓거나 널리 벌려놓거나 하다"로 기술되어 있으며, 예문으로 "풀을 말리우려고 마당에 깔다"를 제시하고 있다. 뜻은 비슷하지만 뉘앙스가 다소 다르다. 후자의 경우 '깔다'에는 "흩뿌리다"의 의미가 들어 있다고 볼 수 있다.

5) 『표준국어대사전』엔 '뒤다'가 '뒤치다'의 평북 방언으로 풀이되어 있는데, 『조선말대사전』엔 '뒤다'에 '뒤치다'와 유사한 뜻 외에 '뒤집다'란 뜻의 풀이도 있다. '광대넘이'가 몸을 뒤집는 놀이에 가깝다고 볼 때, '뒤다'는 '뒤치다'보다 '뒤집다'의 의미로 보는 것이 더 적절할 듯하다.

모음이 첨가되고 있는 것은 그 용언이 활용될 때이다. 또 '이' 모음이 첨가되는 경우 그 앞의 음운이 /ㅐ/ /ㅔ/ /ㅚ/ /ㅟ/ /ㅖ/처럼 /ㅣ/ 음이 포함된 복합모음이거나 /ㄹ/ 같은 유음이다. 모음첨가현상은 발음의 용이성에 기인한 문법 현상으로 보이는데, 그렇다고 일정한 음운환경에서 반드시 일어나는 것은 아니다.[6] 이 음운현상의 방언적 특성에 대해서는 좀더 깊이 있는 문법적 고찰이 뒤따라야 할 것이다.

한편, '죽이다'와 '쉬이다'의 경우 별도의 검토가 필요한데, 용례를 보면 다음과 같다.

⑩ 아배는 타관 가서 오지 않고 산ᆢ비탈 외따른 집에 엄매와 나와 단둘이서 누가 죽이는 듯이 무서운 밤 집 뒤로는 (……)

—「고야古夜」 부분

⑩의 "죽이는"은 문맥으로 보면 사동이 아니다. '죽는'으로 써야 어법에 맞는 말인데, 여기에 '이' 모음이 첨가된 것으로 볼 수 있다. 한편 '죽이는' 앞에 '사람을'이 생략된 것으로 보면, '죽다'의 사동으로 볼 수 있다. 앞에서 살펴본 대로 백석 시의 시어에서 '이' 모음이 첨가되는 경우 일반적으로 그 앞에 모음이나 유음이 왔음을 상기해보면, 그리고 그것이 발음 현상과 관련된 것이라고 보면, "죽이는"은 '이' 음 앞에 /ㄱ/이라는 자음이 놓인 경우여서 '이' 음이 첨가된 것이라기보다는, '죽다'의 사동으로 보고, 그 앞의 말이 생략된 것으로 보는 것이 적절하다고 생각된다.

---

6) 가령, '쥐고' 같은 시어의 경우 '쥐이고'라고 쓰지 않는다. /ㅟ/ 모음이 있지만, 그 뒤에 '이' 모음이 첨가되지 않는다(예문: 네 적은 손을 쥐고 흔들고 싶다, —「촌에서 온 아이」)

이상에서 살펴본 것처럼 백석 시의 시어에는 '이' 모음이 첨가되면서 사동이나 피동으로 전환되는 경우도 있지만, 그러한 의미의 변화 없이 발음의 용이성으로 '이' 모음이 첨가되는 경우도 많다. 따라서 이러한 백석 시어의 특이한 음운현상을 정확히 이해할 때 백석 시의 어석이 분명해지고 백석 시의 이해도 보다 정확해질 것이다.

(2) '어' 음의 첨가

백석 시의 형용사, 동사 어휘에 첨가되고 있는 또다른 모음으로 '어' 음이 있다. 백석 시 용언의 '어' 음 첨가현상은 복합동사의 생성 과정에서 나타난다. 그러한 단어들 중 표준어에서 이탈하거나, 특이한 조어 형태를 보여주는 용언으로는 '내어두르다' '내어밀다' '대여가다' 등을 들 수 있다. 이 단어가 사용된 구체적인 용례를 살펴보면 다음과 같다.

① 손자아이들이 파리떼같이 모이면 곰의 발 같은 손을 언제나 내어둘렀다

—「고방」 부분

② 나는 가슴이 메이는 듯하다/내 손에 오르기라도 하라고 나는 손을 내어미나 분명히 울고불고할 이 작은 것은 나를 무서우이 달아나버리며 나를 서럽게 한다

—「수라修羅」 부분

③ 행길에는 선장 대여가는 장꾼들의 종이등燈에 나귀눈이 빛났다/어데서 서러웁게 목탁木鐸을 뚜드리는 집이 있다

—「미명계未明界」 부분

①의 "내어둘렀다"는 '내둘렀다'가 표준어이다. '내두르다'는 '내+두르다'의 형태로 이루어진 합성어이다. '내어두르다'는 '내+두르다'의 조어 과정에서 '내' 다음에 '어' 음이 첨가된 것이다. ②의 "내어미나"는 '내미나(내밀다)'가 표준어이다. '내밀다'는 '내+밀다'의 형태로 이루어진 합성어이다. '내어밀다'는 '내+밀다'의 조어 과정에서 '내' 다음에 '어' 음이 첨가된 것이다. ③의 "대여가는"은 '대가는(대가다)'이 표준어이다. '대가다'는 '대+가다'의 형태로 이루어진 합성어이다. '대여가다'는 여기에 '이' 음과 '어' 음이 첨가된 것이다. '대다'에 '이' 음이 첨가되고, '대이다+가다'의 합성 과정에서 다시 '어' 음이 첨가된 것이다. '대다'에 '이' 음이 첨가된 것은 앞서 살펴보았듯이 /ㅐ/ 다음에 '이' 음이 첨가되는 현상이 이 단어에 나타난 것이다.

(3) '우' 음의 첨가

백석 시의 용언에 첨가되고 있는 또다른 모음으로 '우' 음이 있다. '우' 음의 첨가현상이 나타나는 동사, 형용사를 열거하면 다음과 같다.

가까웁다, 더웁다, 말리우다, 무서웁다, 반가웁다, 사리우다, 서러웁다, 스스로웁다, 씌우다, 우수웁다, 즐거웁다, 지치우다, 치우다

용언에서의 '우' 음 첨가현상은 '이' 음 첨가현상과 마찬가지로 사동, 피동의 의미와 관련될 수 있다. 용언에 접사 '우'가 첨가되면 사동의 의미로 전환된다. 위의 단어 가운데 '씌우다'는 '쓰다'의 사동으로 쓰인 것이다. 따라서 이 시어는 백석 시의 특이 현상으로 볼 성질이 아니다. 그런데 나머지 시어들은 따로 주목해야 한다.

위의 단어들 가운데 특히 주목되는 시어들이 '말리우다' '지치우다' '치우다'

등이다. 이 시어들이 사용된 용례를 살펴보면 다음과 같다.

① 가까이 잔치가 있어서/곱디고운 건반밥을 <u>말리우는</u> 마을은/얼마나 즐거운 마을인가

—「고성가도^{固城街道}」 부분

② 눈물의 또 볕살의 나라 사람이여/당신이 그 긴 허리를 굽히고 뒤짐을 지고 <u>지치운</u> 다리로/싸움과 흥정으로 왁자지껄하는 거리를 지날 때든가

—「허준^{許俊}」 부분

이 흰 바람벽에/희미한 십오촉^{十五燭} 전등이 <u>지치운</u> 불빛을 내어던지고/때글은 다 낡은 무명샤쯔가 어두운 그림자를 쉬이고

—「흰 바람벽이 있어」 부분

③ 새하려 가는 아배의 지게에 <u>치워</u> 나는 산^山으로 가며 토끼를 잡으리라고 생각한다

—「오리 망아지 토끼」 부분

④ 지붕에 마당에 우물든덩에 함박눈이 푹푹 쌓이는 여늬 하로밤/아배 앞에 그 어린 아들 앞에 아배 앞에는 왕사발에 아들 앞에는 새끼사발에 그득히 <u>사리워</u> 오는 것이다

—「국수」 부분

①의 "말리우는"은 '마르다'의 사동인 '말리다'에 다시 '우' 음이 첨가된 것

이다. ②의 "지치운"은 표준어 '지친'에 '우' 음이 첨가된 것이다. 그런데『조선말대사전』을 보면 '말리우다'는 '말리다'와 같은 뜻의 말로 등재되어 있고, '지치우다'는 '지치다'의 피동으로 등재되어 있다. 또 같은 사전엔 '-우'가 "일부 동사의 사동, 피동상의 뜻을 더욱 강조하여준다"라고 풀이하면서 '말리우다' '뜯기우다' '빨리우다' 등을 예시하고 있다.[7] 이러한『조선말대사전』의 풀이를 따르면 '말리우다'는 '말리다'와 같은 뜻의 강조 말이 되며, '지치우다'는 '지치다'의 피동, 또는 '지치다'를 강조한 말이 된다. 백석의 시에 이러한 어형들이 등장하는 것은 북쪽 지역에서 널리 사용되는 말이 백석의 시에 그대로 반영된 것이라고 할 수 있다. ③의 "치워"는 이러한 음운현상 안에서 그 조어 형태가 뚜렷이 규명된다. '치워'는 '치우다+어'의 형태로 이루어진 단어이다. 여기서 '치우다'는 '치다'에 피동접사인 '우'가 붙은 것이다. '치다'는 '짐을 지거나 싣다'라는 뜻으로『조선말대사전』에만 그 풀이가 구체적으로 나와 있다. 우리말 사전에는 '치다'에 이런 풀이가 나와 있지 않다.[8] '치우다' 같은 피동형의 형태, 즉, '치다'에 피동접사인 '우'가 붙은 형태의 단어도 매우 특이한 어형이다. 우리말에서 '우'는 사동접사로 쓰이지 피동접사로 쓰이진 않는다. '치다'에 근접한 표준어라면 '지다'를 들 수 있겠는데, '지다'의 피동을 굳이 만들어 쓴다면, '지어져'라고 쓸 순 있어도, '지워져'라고 쓸 순 없다.[9] 피동형 접사 '우'가 첨가된 말인 '치워'는 백석의 고향 방언에 뿌리를 둔 매우 특이한 시어

---

7) 사화과학원 언어학연구소, 『조선말대사전 3』, 사회과학출판사, 2007, 1534쪽.

8) 국립국어원에서 간행된 『표준국어대사전』과 최근에 고려대학교 민족문화연구원에서 간행된 『고려대한국어대사전』에 '치다'의 이런 뜻이 등재되어 있지 않다. 『표준국어대사전』이 간행되기 전에 나왔던 『금성판 국어대사전』에도 이런 풀이는 나와 있지 않다. 한편 이숭원은 '치워'의 어석을 '지워져, 얹혀'라고 간명하게 제시한 바 있다. 이숭원, 『백석을 만나다』, 태학사, 2008, 78쪽.

9) 이숭원은 '치워'를 '지워져'라고 풀이하고 있는데, '지워져'는 '지다'의 사동 의미가 담긴 말이거나, 또는 '글씨나 그림, 흔적 따위를 지우개로 없애다'의 뜻을 지닌 말이므로 부정확한 풀이이다.

라고 할 수 있다. ④의 "사리워"도 '치워'와 같은 형태의 조어 과정을 지닌 시어이다. "사리워"는 '사리우다+어'의 형태로 이루어진 단어이다. '사리우다'는 '사리다'에 '우' 음이 첨가된 것이다. '사리다'란 '국수, 새끼, 실 따위를 동그랗게 포개어 감다'라는 뜻이다. 인용한 구절에서 "사리워"는 문맥상 피동으로 쓴 것으로 봐야 할 것이다. 이 말이 담긴 문장은 '새끼 사발에 국수가 감겨져 나왔다, 또는 새끼 사발에 국수가 담겨 나왔다'라는 뜻이다. 이 경우 '사리다'에 피동접사 '우'를 쓸 수 없음에도 불구하고, '치워'의 경우처럼 피동접사 '우'를 사용한 것이다. 표준어로는 '사리어져' '사려져'로 써야 맞는 말이다.[10]

이외의 시어들인 '가까웁다' '더웁다' '무서웁다' '반가웁다' '서러웁다' '스스로웁다' '우수웁다' '즐거웁다' 등은 모두 형용사들인데, 사전적 의미의 변화 없이 표준어에 '우' 음이 첨가되는 현상을 보인다. 이 가운데 '가까웁다'는 말은 『조선말대사전』에 "'가깝다'의 잘못"이란 풀이와 함께 올라 있다. 이로 미루어 이 말은 백석의 고향 방언에 뿌리를 둔 말로 짐작된다. 나머지 시어들도 이러한 고향 방언이거나, 여타의 지역 방언 내지 개인 방언의 표출로 볼 수 있다.[11]

(4) '으' 음의 첨가와 명사의 경우

이 밖에도 백석의 시에는 용언의 활용 양상에 따라 여러 모음들이 첨가

---

10) 문맥상 어색하긴 하나, '사리다'를 피동이 아닌 '사리다'에 그냥 '우' 음이 첨가된 것으로 본다면, 표준어로는 '사리어' '사려'가 되어야 할 것이다.

11) '우수웁다'와 '스스로웁다'를 제외한 말들은 모두 백석의 시에서 표준어와 함께 쓰이고 있다. 즉, 가깝다/가까웁다, 덥다/더웁다, 무섭다/무서웁다, 반갑다/반가웁다, 즐겁다/즐거웁다 등으로 쓰이고 있다. '서러웁다'는 말은 '서럽다' '서러웁다' '설다' '섧다'는 말이 모두 사용되고 있다. 이것은 표준말 제정 이전에 나타난 우리말 사용의 혼란일 수도 있는데, 한편으론 표준어와 방언이 혼재되던 당시의 언어 환경에서 백석이 우리말을 폭넓게 구사한 측면이 있다. 그러한 다양한 언어 구사 안에서 '우' 음의 첨가현상이 현저하게 많이 나타난다는 점이 우리의 눈길을 끄는 것이다.

되고 있는데 그 가운데 가장 많은 것이 '으' 음의 첨가현상이다.

① 내일같이 명절날인 밤은 부엌에 쩨듯하니 불이 밝고 솥뚜껑이 <u>놀으며</u> 구수
한 내음새 곰국이 무르끓고

—「고야^{古夜}」부분

② 내가 언제나 무서운 외갓집은/초저녁이면 안팎마당이 그득하니 하이얀
나비수염을 <u>물은</u> 보득지근한 복쪽재비들이 씨굴씨굴 모여서는 쨩쨩 쨩쨩 쇳스
럽게 울어대고

—「외갓집」부분

③ 바람 좋은 한벌판에서 물닭이 소리를 들으며 단이슬 먹고 나이 <u>들은</u> 탓이
다/외따른 산골에서 소리개 소리 배우며 다람쥐 동무하고 자라난 탓이다

—「선우사^{膳友辭}」부분

④ 잠자리 <u>조을든</u> 문허진 성^城터/반딧불이 난다 파란 혼^魂들 같다/어데서 말
있는 듯이 크다란 산^山새 한 마리 어두운 골짜기로 난다

—「정주성^{定州城}」부분

①에선 '놀며'가 "놀으며"로, ②에선 '문'이 "물은"으로, ③에선 '든'이 "들
은"으로, ④에선 '졸든'이 "조을든"으로 표기되어 각각 '으' 모음첨가현상을 보
이고 있다. 이러한 음운현상들은 표준어가 정착되기 전의 용언 활용 과정에서
나타난 표기법의 혼란일 수 있다. 특히 위의 예처럼 'ㄹ' 불규칙 용언의 경우엔
표기법의 혼란으로 보는 것이 자연스러울 것이다. 백석은 'ㄹ' 불규칙 용언의

경우엔 한편으로 듣, 욹, 닔, 삶, 닭 같은 특이한 축약형의 표기를 시도하기도 했다.[12] 그런데 주목되는 것은 비록 표기법의 혼란이라 하더라도 축약형보다는 첨가형의 활용이 훨씬 더 많이 나타난다는 점이다.

백석 시의 시어에 나타나는 모음첨가현상은 동사나 형용사 어휘뿐만 아니라 명사 어휘에서도 자주 발견된다.

⑤ 소는 <u>기르매</u> 지고 조은다

—「삼천포三千浦」 부분

⑥ 새끼오리도 헌신짝도 소똥도 갓신창도 개니빠디도 <u>너울쪽</u>도 짚검불도 가락닢도 머리카락도 헝겊조각도 막대꼬치도 기왓장도 닭의 짖도 개터럭도 타는 모닥불

—「모닥불」 부분

⑦ 내지인內地人 주재소장駐在所長 같은 어른과 어린아이 둘이 <u>내임</u>을 낸다

—「팔원八院」 부분

위의 ⑤에 "기르매"는 표준어가 '길마'이다. '길마'가 장음화되어 모음이 첨가된 '기르마'라는 시어가 구사된 것이다.[13] ⑥의 "너울쪽"은 '널쪽'[14]이 장음화되어 모음이 첨가된 것이다. '널쪽'은 '널조각'과 같은 말이다. 지금은 두 말

---

12) 김영배, 「백석 시의 방언에 대하여」, 『한실이상보박사회갑기념논총』, 1987, 654쪽.

13) 『조선말대사전』엔 '기르마'와 '길마'가 같은 뜻이며, '기르매'는 평안, 함북, 강원지역의 방언으로 풀이되어 있다.

14) 이숭원이 '너울쪽'을 '널쪽'으로 어석한 바 있다. 이숭원, 앞의 책, 63쪽.

이 모두 표준어인데 1936년도에 간행된 『사정한 조선어 표준말 모음』엔 '널쪽'
은 표준말이 아닌 것으로 예시되어 있다.[15] 사정안에 굳이 이 말을 예시한 것
은 당시에 그 말이 널리 쓰였음을 역설적으로 말해주는 것이다. 백석은 '널쪽'
이란 당시의 일반화된 비표준어를 장음화시켜 모음이 첨가된 시어인 "너울쪽"
으로 쓰고 있다. ㉠의 "내임"은 '냄'이 장음화되어 모음이 첨가된 것이다. '냄'
은 '배웅'을 뜻하는 말이다.

　위의 인용문 ⑤, ㉠을 보면 백석 시의 장음화와 모음첨가현상을 뚜렷이 확
인하게 된다. ⑤에선 "기르매"도 장음화된 시어이고, "조은다"도 장음화된 시
어이다. 시어의 장음화로 말이 늘어지고 구문이 길어지고 있다. ㉠의 "내임"에
해당하는 '냄'은 『조선말대사전』에 '냄내다'는 말의 용례가 나와 있다. 물론 '냄
을 내다'는 말도 등재되어 있긴 한데, 백석은 이 가운데 말이 길게 늘어지는 후
자의 어법을 쓰고 있다. 이런 예는 백석 시에서 흔히 보게 된다. 가령, '시집가
다' 대신에 '시집을 가다'[16]로 쓰는 것도 그러한 예에 해당한다. ㉠의 구절에서
백석은 '냄내다'와 '냄을 내다' 중 후자를 선택하고, 여기에 다시 '냄'을 '내임'
으로 장음화시키고 있다.[17] 시어의 장음화와 모음첨가현상으로 백석 시의 시
어와 구문들은 길게 늘어지는 경향을 보이며, 이것이 백석의 시적 문장의 중요

---

15) 조선어학회, 『사정한 조선어 표준말 모음』, 1936, 57쪽.

16) 늙은 말꾼한테 시집을 갔겄다((「정문촌旌門村」), 처녀들은 모두 어장주漁場主한테 <u>시집을 가고</u>
<u>싶어한다는곳</u>/(……)/내가 좋아하는 그이는 푸른 가지 붉게붉게 동백冬柏꽃 피는 철엔 타관 <u>시집</u>
<u>을 갈</u> 것만 같은데(「통영統營」), 어린 누이는 없고 저는 <u>시집을 갔다건만</u>(「오리」), 새파란 핏대를
바라보며 나는 가난한 아버지를/가진 것과 내가 오래 그려오든 처녀가 <u>시집을 간</u> 것과,(「내가 생
각하는 것은」), 우리 엄매가 서울서 <u>시집을 온</u> 것을(「넘언집 범 같은 노큰마니」) 같은 예들이 그러
하다.

17) 「주막酒幕」이란 시에 "팔ㅅ모알상"이라는 시어가 나오는데, 이 시어는 '팔모상'을 가리킨다.
'팔모상'이 '팔모알상'으로 쓰인 것도 모음첨가현상의 하나로 볼 수 있다.

한 개성을 이룬다.

3. 모음첨가와 시적 효과

(1) 의미의 변화

백석 시의 어휘에 모음이 첨가되어 새로운 형태를 갖추게 된 시어들은 표준
어를 구사했을 때와 비교해 여러 가지의 시적 변화를 가져오게 된다. 모음 추
가로 유발되는 음성의 변화와 음절 수의 변화가 여러 시적 효과를 낳는다. 그
가운데 가장 눈에 띄는 것이 의미상의 변화이다. 사전적 풀이만을 놓고 보면
표준어와 모음첨가의 방언이 다른 의미를 갖는다고 보기 어렵다. 하지만 어감
의 차이에서 유발되는 정서로 시적 의미는 다르게 환기된다. 표준어와 모음첨
가의 방언을 비교해가며 어떠한 시적 의미의 변화가 발생하는지 알아보자. 의
미상의 변화가 현저하게 발생하는 것은 특히 '어' 음과 '이' 음이 첨가되는 단
어들이다.

① 손자아이들이 파리떼같이 모이면 곰의 발 같은 손을 언제나 <u>내어둘렀다</u>

—「고방」 부분

② 나는 가슴이 메이는 듯하다/내 손에 오르기라도 하라고 나는 손을 <u>내어미</u>
<u>나</u> 분명히 울고불고할 이 작은 것은 나를 무서우이 달어나버리며 나를 서럽게
한다

—「수라修羅」 부분

③ 행길에는 선장 <u>대여가는</u> 장꾼들의 종이등^燈에 나귀눈이 빛났다/어데서 서러움게 목탁^{木鐸}을 뚜드리는 집이 있다

—「미명계^{未明界}」 부분

①의 "내어둘렀다"는 '내둘렀다'와 비교해볼 때 어감에서 발생하는 의미가 사뭇 다르다. 표준어인 '내두르다'의 사전적 풀이는 "이리저리 휘휘 흔들다"이다. '내어두르다'도 사전적인 풀이를 하자면 이렇게 될 것이다. 그런데 어감에 주목하며 보다 섬세하게 의미를 탐색하면 차이가 발생한다. '내두르다'는 '두르다', 즉 흔드는 동작에 의미의 초점이 놓인다. '내'와 '두르다'가 결합해 합성동사가 되면서 '내두르다'가 한 동작으로 인식되며, 그런 인식 안에선 '두르는' 의미에 강세가 놓이게 된다. 그런데 '내어두르다'처럼 '내' 다음에 '어' 음이 첨가되면 '내다', 즉, 손을 밖으로 뻗치는 동작이 강화된다. 아울러 팔의 동선이 더 크고 확실하게 느껴진다. 그리고 '내어두르다'의 5음절은 '내두르다'의 4음절보다 한 음절이 첨가됨으로써 그만큼 동작의 지체를 유발한다. 팔이 천천히 움직이고 있음을 느끼게 하는 것이다. '어'라는 모음은 그 앞의 유성음인 'ㄴ' 음과 호응하면서 그 동작이 유연하게 흐르고 있음을 느끼게 한다. 이렇게 볼 때, '내어두르다'는 '내두르다'보다 동작이 크고 확실하면서 천천히, 그리고 부드럽게 움직이는 것을 보여준다. 인용한 구절에서 '내어두르는'의 주체는 할아버지이다. 게다가 그 할아버지가 '내어두르는' 손은 "곰의 발"처럼 생겼다. 퉁퉁하고 커다란 손인 것이다. '내어두르는'이란 서술어는 바로 그러한 손 모양과 질감을 지닌 할아버지의 손동작을 표현하는 적절한 단어이다. 그런가 하면 곰의 발에 비유된 할아버지의 퉁퉁하고 큰 손의 느린 동작은 "파리떼"에 비유된 손자 아이들의 민첩한 행동과도 좋은 대비를 이룬다. 손자들과 할아버지의 대비가 "파리떼"와 "곰의 발", '모이다'와 '내어두르다'의 대비를 통해 이루어

지고 있는 것이다.

②의 '내어밀다'와 ③의 '대여가다'도 이와 같은 맥락의 시적 의미를 유발한다. '내밀다'에 비해 '내어밀다'는 '내다'는 동작이 강화되고, '내미는' 동작을 지체시킨다. '내밀다'라는 합성동사의 경우 한 단어의 음절 수가 상대적으로 적기 때문에 '밀다'의 의미에 강세가 놓이는 정도가 작다고 할 수 있다. 즉 '내밀다'는 '내두르다'에 비해서는 상대적으로 '내다'의 의미가 많이 느껴진다. 그럼에도 불구하고 그 '내'에 다시 '어' 음이 첨가됨으로써 손을 내는 동작을 더욱 강화시키고 있다. 그것은 방안에 들어와 큰 거미를 찾아헤매는 작은 거미의 가련한 모습을 향해 화자가 손동작으로 시도하는 연민과 포용의 태도를 보다 분명히 보여준다. '내어밀다'가 환기하는 손동작의 느리고 긴 모습은 이 구절의 정황과도 잘 어울린다. 화자가 손을 내밀어 받아들이려고 하는 것은 '새끼 거미'이다. 그것도 알에서 갓 깬 듯한 아주 작은 새끼 거미이다. 그 작디작은 새끼 거미의 움직임은 아주 느릴 것이다. 화자의 느리고 긴 손동작은 바로 그 새끼 거미의 움직임과 적절히 호응한다. 새끼 거미와 화자의 손동작, 그리고 화자의 내면 심정을 그리고 있는 인용 구절은 전체적으로 말이 길게 이어지면서 아주 느린 속도를 보인다. 중문과 복문의 문장 구조는 말의 지체를 가져온다. "무서우이" 같은 시어도 말의 지체를 가져오는 단어이다. '내어밀다'라는 '어' 음 첨가의 시어는 이 시가 지닌 말과 동작의 지체와 긴밀히 연결되어 있다. 이 느린 동작은 조심스러운 동작과도 관련된다. 일반적으로 빠른 동작보다는 느린 동작이 조심스러운 모습에 가깝다. 알에서 갓 깬 듯한 작디작은 새끼 거미를 받아내려는 화자의 손동작은 조심스러운 모습일 것이다. '내어밀다'라는 모음첨가의 시어에는 이러한 화자의 태도들이 모두 반영되어 있다고 할 수 있다.

③의 "대여가는"도 '대가는'에 비해 '대다'의 의미가 강화되고 동작의 지체를 가져온다. "대여가는"은 '대다'에 '이' 음과 '어' 음 두 개의 모음이 첨가된

것이다. 따라서 '대여가다'는 말은 '대다'는 말에 상대적으로 큰 의미의 강세가 놓이고, 동작도 그만큼 길게 이어지게 환기된다. 인용 구절에서 '대여가는'의 목적지는 "선장", 즉 일찍 선 장이다. '대다', 즉 '정해진 시간에 닿거나 맞추다'라는 의미가 강하게 환기되는 "대여가는"이란 시어는 장꾼들이 그처럼 일찍 선 장에 '시간'을 맞춰 가는 모습을 부각시킨다. 그 선장은 동트기 전의 시간에 섰을 것이고, 그래서 장꾼들은 '종이등'을 들고 있다. 그 시간적 정황이 "대여가는"이라는 시어에 반영되어 있는 것이다. 또 "대여가는"이 환기하는 동작의 지체는 장꾼들의 행렬을 보여주는 효과를 낳는다. 선장에 대가는 풍경에는 나귀와 여러 명의 장꾼들이 있다. 일군의 장꾼들이 늘어서서 선장을 향해 가고 있는 것이다. "대여가는"이라는 모음첨가의 시어는 길게 늘어진 장꾼 행렬들의 풍경을 생생히 보여주는 것이다.

④ 한 말 밥을 한다는 크나큰 솥이/외면하고 가부틀고 앉어서 염주도 <u>세일</u> 만하다

—「고사古寺」 부분

⑤ 우리들은 맑은 물밑 해정한 모래톱에서 하구 긴 날을 모래알만 <u>헤이며</u> 잔뼈가 굵은 탓이다

—「선우사膳友辭」 부분

⑥ 봄철날 한종일내 노곤하니 벌불 장난을 한 날 밤이면 으레히 싸개동당을 지나는데 잘망하니 누워 싸는 오줌이 넓적다리를 흐르는 따근따근한 맛 자리에 펑하니 <u>괴이는</u> 척척한 맛

—「동뇨부童尿賦」 부분

　인용한 구절들은 '이' 모음이 첨가된 시어들이 구사된 용례들이다. '이' 모음 첨가의 시어들도 '어' 모음첨가의 시어들이 유발하는 것과 비슷한 시적 효과를 낳는다. ④의 "세일"은 '셀'이라는 말에 비해 동작의 지체를 유발한다. 세는 동작에 느린 속도감과 긴 시간성을 부여한다. 그 길고 느린 동작은 염주를 세는 화자의 모습을 적절하게 드러낸다. 모음첨가의 시어가 유발하는 동작의 섬세함과 사실성의 환기로 불교적 감각이 생기 있게 드러나기도 한다. ⑤의 "혜이며"도 모래알을 헤아리는 화자의 동작을 길고 느리게 만든다. '혜이다'가 유발하는 동작의 지체는 모래알의 무수한 개체와 "하구 긴 날"의 긴 시간성과 잘 어울린다. '어' 모음도 그렇지만, '이' 모음의 경우 발성을 통해 환기되는 시간의 지체가 더 길게 느껴진다. '세이다'와 '혜이다'에 첨가된 '이' 모음은 각각 염주와 모래알을 헤아리는 그 하염없는 반복성을 드러내기에 매우 적절한 음가이다. ⑥의 "괴이는"도 마찬가지이다. 여기서 '이' 모음첨가는 오줌이 자리에 흥건히 고이는 과정과 상태를 잘 보여준다. '이' 모음첨가가 유발하는 동작의 지체와 시간성의 확보가 대상의 정황을 실감 나게 보여주는 것이다.

(2) 운율의 효과

　모음의 첨가는 음절의 증가를 가져오고, 음절의 증가는 자연스럽게 운율에 영향을 미치게 된다. 백석의 시는 김소월이나 박목월 같은 전통 서정시를 지향하지 않는다. 소월이나 목월의 시 같은 전통 서정시는 단형에 규칙적이거나 정제된 운율을 갖추고 있다. 이러한 시 형식은 서정민요나 시조에 뿌리가 닿아 있는 것이다. 화자의 내면 정서를 드러내는 전통 서정시는 운율을 조성할 때 화자의 심리가 투영되는 말소리의 효과를 활용하기도 한다. 그런데 백석의 시는 마음의 무늬를 노래하기만 하는 것이 아니라, 사람살이의 모습을 서술해나가는 방식을 자주 시도한다. 그러다보니 구문도 길게 이어진다. 백석의 시에는 중문과 복문의 문장들이 자주 나온다. 소월이나 목월 같은 전통 서정시와 비교할 때 백석의 시는 산문에 가깝다. 그런데 이 산문적인 문장은 반복과 나열의 엮음식 구문으로 짜여진 경우가 많다. 이런 구문들이 일차적으로 산문적인 백석의 시에 운율감을 부여한다. 이와 함께 음절 수의 조절로 산문적인 구문에 운율감을 부여한다. 서술과 묘사로 길게 이어진 문장 중 일정한 구문에 규칙적인, 또는 서로 호응하는 음절의 단어들을 배치함으로써 운율감을 조성한다. 그리하여 긴 구문으로 짜여진 시의 문장에서 낭송의 쾌감이 발생한다. 이처럼 산문에 운율감을 부여하기 위해 일정한 음절을 지닌 단어들을 배치할 때 바로 모음첨가 기능이 중요한 역할을 한다.

봄철날 한종일내 노곤하니 벌불 장난을 한 날 밤이면 으레히 싸개동당을 지나는데 잘망하니 누워 싸는 오줌이 넓적다리를 흐르는 따근따근한 맛 자리에 펑하니 <u>괴이는</u> 척척한 맛

—「동뇨부童尿賦」 부분

인용한 구절의 밑줄 친 "괴이는"은 '괴는'에 '이' 모음이 첨가됨으로써 2음절의 표준어가 3음절의 시어로 바뀌었는데, 이 3음절의 시어가 "오줌이 ~척척한 맛"까지의 구문이 운율을 확보하는 데 기여한다. "오줌이 ~척척한 맛"까지의 구문은 다음과 같은 음수율로 나누어볼 수 있다.

오줌이 넓적다리를 흐르는 따근따근한 맛/자리에 펑하니 괴이는 척척한 맛
  3   5   3   5   1/ 3   3   3   3   1

봄에 불장난을 한 날 밤 잠자리에서 오줌을 싸는 유년화자의 경험을 감각적

으로 그리고 있는 위 구절은, 그 오줌이 넓적다리를 흐를 때의 느낌과 자리에 고일 때의 느낌 두 가지를 묘사하고 있다. 전자의 느낌은 '3 5 3 5 1'로, 후자의 느낌은 '3 3 3 3 1'의 음절 수로 표현된다. '3 5 3 5 1'은 변화 속에 반복을 지닌 리듬이고, '3 3 3 3 1'은 규칙적 반복을 지닌 리듬이다. 변화 속의 반복은 오줌이 넓적다리를 따라 이리저리 흘러내리는 동적인 모습과 어울리고, 규칙적인 반복은 오줌이 자리에 고이는 정적인 모습과 어울린다. "괴이는"이라는 3음절의 시어는 이러한 리듬의 조성에 기여한다. 이 자리에 "괴이는" 대신 '괴는'이라는 말이 쓰였다면 이러한 리듬감은 느끼기 어려웠을 것이다. "괴이는"이란 시어 하나만도 '괴는'에 비해 오줌이 고이는 상태의 실감이 더 살아나는데, 이처럼 구문 전체의 운율 조성에도 기여하고 있음을 확인할 수 있다. 인용한 구절은 전체적으로 볼 때도 단어 선택에 음수율의 확보를 위한 배려가 있음을 곳곳에서 감지하게 된다. 가령 "으레히"란 말은 '으레'란 말의 평북 방언이다. 이 3음절의 평북 방언은 위 구절의 운율 조성에 관여한다. 문맥상 "으레히"란 부사는 "노곤하니" "잘망하니" 등의 부사와 호응한다. 이 의미적 호응 관계가 3, 4음절의 규칙적인 음수에 맞춰짐으로써 의미와 운율이 서로 맞물리는 운율감을 자아낸다. 인용한 구절은 전체적으로 산문처럼 씌었지만, 면밀히 검토해보면 이러한 운율감이 내재되어 있는 것이다.

다음의 예를 하나 더 살펴보자.

가까이 잔치가 있어서/곱디고운 건반밥을 <u>말리우는</u> 마을은/얼마나 즐거운 마을인가

—「고성가도^{固城街道}」 부분

인용한 구절의 "말리우는"은, '말리는'에 '우' 음이 첨가되어 4음절의 시어로

바뀐 것이다. 이 4음절의 시어는 이 구절의 음수율에 규칙성을 부여한다. 이 구절은 다음과 같은 음수율로 나뉜다.

가까이 잔치가 있어서/곱디고운 건반밥을 말리우는 마을은/얼마나 즐거운
　　3　　3　　　3 /　4　　　4　　　4　　3 / 3　　3
마을인가
　4

위에서 보듯 "말리우는"의 4음절은 3음절과 4음절의 규칙적인 음수율 조성에 큰 기여를 한다. 이 구절이 지닌 "3 3 3/4 4 4 3/3 3 4"의 음수율은 축약하면 '3 4 3 4'가 된다. 3음절에서 시작해 4음절로 길어지다가 다시 3음절로 줄고 마지막에 4음절의 늘어진 음수로 끝난다. 말수가 적은 것에서 시작해 길어지다가 다시 적어지고 끝에 가서 길게 뽑으면서 끝나는 것이다. 이러한 음수의 변화는 흥취를 유발한다. 이 시의 의미가 지시하는 대로 '즐거운 마을' 풍경을 바라보는 화자의 흥겨운 마음이 운율의 미감을 통해 승화되고 있다. 이 시를 낭송하다보면 3음절에서 4음절로 변화되는 "곱디고운"에서부터 낭송의 쾌감이 생겨 "말리우는'에서 고조되는 것을 느끼게 된다. "말리우는" 대신 '말리는'이라는 표준어를 쓴다면 이러한 운율적 흥취는 발생하지 않을 것이다.

모음첨가에 따른 음절 수의 조절이 운율의 조성과 밀접한 연관을 맺고 있음은 다음 작품과의 대비를 통해 다시 한번 확인하게 된다.

처마 끝에 명태明太를 <u>말린다</u>
명태明太는 꽁꽁 얼었다
명태明太는 길다랗고 파리한 물고긴데

꼬리에 길다란 고드름이 달렸다

해는 저물고 날은 다 가고 별은 서러웁게 차갑다

나도 길다랗고 파리한 명태(明太)다

문(門)턱에 꽁꽁 얼어서

가슴에 길다란 고드름이 달렸다

―「멧새 소리」 전문

인용한 구절에선 '말리우다'라는 4음절의 시어 대신에 '말리다'라는 3음절의 표준어가 사용되고 있다. 이 시에서 '말리다'라는 말은 2행의 "얼었다", 4행의 "달렸다", 5행의 "저물고" "차갑다", 6행의 "명태다", 8행의 "달렸다" 등의 서술어와 호응한다. 이 서술어들은 모두 3음절로 되어 있다. '말리다'란 시어는 이처럼 호응관계에 있는 다른 서술어의 3음절이 조성하는 규칙적인 운율에 맞춰져 있는 것이다. 인용 시는 한겨울 처마 끝에 매달린 명태가 얼면서 말라가는 모습을 묘사하면서 그 사물에 화자의 내면을 투영시키고 있는 작품이다. 이 시에서 차갑게 얼고 말라가는 명태의 모습은 '말리우다'라는 4음절보다는 '말리다'라는 3음절이 더 어울린다. 적은 음절 수의 단어가 아무래도 사물의 건조와 냉동에 더 잘 어울리는 것이다. '말리다'라는 3음절의 표준말 시어를 구사하면서 다른 서술어들도 모두 같은 음절 수로 맞춰 건조와 냉동의 감각을 여실히 드러내고 있음을 알 수 있다. 이 시의 예에서 우리는 백석이 같은 뜻을 지닌 시어의 음절 수를 탄력적으로 조절하여 운율을 조성하고 있음을 확인하게 된다. 모음첨가의 시어들은 그러한 백석 시의 운율 장치의 작동과 긴밀하게 연관되어 있는 것이다.

백석은 표준어와 방언 들이 혼재하던 당시의 언어 환경에서 우리말을 폭넓게 받아들였고, 비교적 자유롭게 조어를 시도했다. 그런 가운데 모음을 첨가하는 시어의 구사가 눈에 띄게 빈번히 나타나고 있으며, 늘어진 어형은 운율의 조성에 맞춰져 있다. 물론 백석의 시에 나타난 모음첨가의 시어들이 모두 운율의 조성에 관여한다고 보긴 어렵다. 산문 지향적인 백석의 시에는 운율의 장치가 상대적으로 느슨하고, 어떤 구절에선 현저하게 산문적인 진술을 보이기도 한다. 그러한 시 구절에선 모음첨가 시어의 운율적 영향력도 미미하다. 또 백석 시어에서의 모음첨가가 모두 운율의 고려를 위한 의도적 시도라고 단정하기도 어렵다. 그러나 상당수의 모음첨가 시어들은 설사 그것이 무의식적인 방언 구사의 결과라 하더라도 다분히 운율의 조성에 영향을 미치고 있으며, 산문적인 그의 시에 낭송의 쾌감을 발생시키고 있음이 분명하다.

4. 백석 시의 모음첨가현상과 시적 효과

이 글은 오늘날 관심의 대상이 되고 있는 백석의 시를 더 정확하게 읽고 이해하기 위해 백석 시의 시어에 나타난 특징을 집중적으로 살펴본 것이다. 그동안 백석 시의 시어에 대해 많은 연구가 축적되어왔지만, 아직도 어석이 미흡한 것이 많고, 단어의 형태와 조어의 형성 과정이 구체적으로 분석되어야 할 시어들이 상당하다. 또 명사나 대명사 같은 체언에 비해 상대적으로 소홀하게 다루었던 형용사, 동사 등의 용언에 나타난 방언적 특징에 대한 연구의 필요성도 제기되고 있다.

이 글은 이러한 문제의식 아래 백석 시의 시어 전반을 대상으로 살피면서, 그의 시어에 모음첨가의 특이한 음운현상이 나타나고 있음을 구체적인 용례를 통해 확인하고, 그 과정에서 시어의 일부 조어 형태와 어석을 보다 구체적으로 규명하였다. 아울러 모음첨가의 음운현상을 지닌 시어들이 그의 시와 시 형태에 어떠한 시적 의미와 효과를 미치는지를 분석해보았다.

백석 시의 시어에 나타난 모음첨가의 양상은, 그러한 음운현상을 유발하는 직전 음운의 종류와 성격, 그리고 어휘의 활용에 따라 다양하다. 한글 자모의 여러 모음들이 음운현상의 필요에 따라 다양하게 첨가되고 있는데, 그중에 두드러진 모음들을 열거하면 '이' '어' '우' '으' 등을 들 수 있다. 동사나 형용사 등의 용언에 '이'나 '우' 음이 첨가되면 사동이나 피동의 의미로 전환되지만, 백석 시의 시어에선 그러한 의미 전환 없이 이러한 접사들이 들어가는 경우가 많다. 그런가 하면 우리의 표준말에서 사용되지 않는 피동접사 '우'가 사용된 시어들도 발견된다. 이러한 음운현상과 조어 과정의 파악을 통해 그의 시어의 뜻을 보다 명확히 규명할 수 있었다. 또 합성동사의 형성 과정에 '어' 음이 추가로 첨가되기도 하며, 용언의 활용에 '으' 음이 첨가되어 표준 문법을 이탈하기도 한다. 이러한 백석 시어의 음운현상은 표준어가 정착되기 이전의 표기 혼란도 어느 정도 반영된 것이지만, 그런 가운데서도 모음첨가현상을 보이는 시어들이 두드러지게 나타난다는 점에서 백석 시의 중요한 특징으로 간주된다. 백석 시의 시어 전반에 걸쳐 모음첨가의 시어들이 나타남으로써 그의 시적 구문들은 길게 늘어지는 경향을 보이며 이러한 시적 문장들이 백석 시의 중요한 개성을 이룬다.

모음첨가의 시어들은 표준어와 비교할 때 모음운의 첨가로 음성 자질이 바뀌고, 음절 수의 증가로 어형이 바뀐다. 이러한 시어의 음성적, 형태적 변화는 시어의 의미를 미세하게 변화시킨다. 모음첨가로 새로운 의미를 유발하는 시어들은 백석 시의 구절에 적절히 배치되어 다른 시어들과 일정한 호응관계를 이루면서 백석 시의 표현들을 미학적으로 승화시키며, 시의 의미를 절실하고 생기 있게 환기시킨다.

모음첨가의 시어들은 백석 시의 운율 형성에도 기여한다. 백석의 시는 사람살이의 모습을 서술해나가는 경향이 크기 때문에 대체로 산문적인 형태를 띤다. 시의 구문들도 대체로 길고, 문장의 형태도 중문과 복문이 많다. 산문적인 시의 형태를 띠고 있으나, 그 안에 음절 수의 조절로 운율감을 부여한다. 이때에 모음첨가의 시어들이 중요한 역할을 한다. 산문적인 구문의 운율 조성에 모음첨가의 시어들이 효과적인 운율 장치로 작용하여 산문적인 백석의 시에 운율 감을 고조시키고 낭송의 쾌감을 준다.

백석 시에 쓰인 '~이다'와
'~것이다' 구문의 시적 효과

1. 백석 시와 명사문

백석은 매우 독특한 시의 기법과 세계를 펼친 시인이다. 백석 시의 독특한 개성은 여러 가지 측면에서 다양하게 나타나는데, 그 가운데서도 가장 두드러진 것은 문체라고 할 수 있다. 가공되지 않은 토착어와 방언들, 그리고 이들을 반복과 나열의 구문으로 길게 엮어내는 문장들은 다른 시인들에게서 볼 수 없는 매우 이채로운 언어 풍경이다. 그것은 시어와 구문에 대한 재래의 관행과 통념에 의표를 찌르면서 시 읽기의 색다른 경험을 제공하고, 우리 시의 언어미학을 새로운 지평 위에 올려놓은 것이다.

그런데 백석 시의 문체가 지닌 특징과 효과는 여기에 그치지 않는다. 그의 시 문체는 평명하고 투박한 자연어와 엮음의 문장이 환기하는 시적 효과[1]만으

---

1) 이에 대해서는 졸고, 「백석 시와 '엮음'의 미학」(박노준·이창민 외, 『현대시의 전통과 창조』, 열화당, 1998)에서 자세히 밝힌 바 있다.

로는 전부 설명할 수 없는 깊고 다양한 미학을 담고 있다. 백석 시의 문체는 매우 다양하고 독특한 구문들로 구성되어 있는데, 그 가운데 각별히 눈길을 끄는 것은 '~이다'나 '~것이다'로 끝나는 서술어의 형태이다. 소위 명사문[2]으로 지칭되는 이러한 서술 구문은, 특히 평명하고 투박한 자연어로 반복과 나열의 길게 늘어지는 서술문의 끝에 쓰이는 경우가 많다. 백석 시의 독특한 시어와 반복, 나열의 구문은 명사문이 지닌 특유의 성질과 결합되면서 특별한 시적 효과를 나타낸다. 명사문을 활용한 문체는 시집 『사슴』에서부터 발견되고 있지만, 그 이후의 시들에서 훨씬 다양하고 효과적으로 나타나고 있다. 이것은 백석이 시를 써나가면서 점차로 우리말의 구문에 대해 각별한 의식을 품었고, 그 가운데서도 명사문의 문체적 기능이 지닌 시적 효과에 대해 특별히 의식했음을 보여주는 반증이라고 할 수 있다. 백석의 시가 김소월이나 정지용처럼 운율과 이미지를 세련되게 구사하지 않고 투박한 자연어를 반복, 나열하고 있는데도 순도 높은 시의 경지를 보여주며 깊은 호소력을 띠는 데에는, 이러한 명사문이 지닌 문체의 힘이 큰 역할을 하고 있다고 판단된다. 이 글은 바로 이러한 명사문을 활용한 문체 구사가 백석 시에 어떠한 효과를 나타내는지를 규명하기 위해 씌어진다.

그동안 백석 시에 대해서는 수많은 연구가 이루어져왔지만, 그의 서술어 형태에 주목하여 중요한 성과를 낳은 논문으론 이경수의 연구물만이 눈에 띈다. 그는 이 논문에서 백석 시에 쓰인 '~는 것이다'의 종결형이 발화자의 주체를 부각시킴으로써 일으키는 여러 가지 문체적 효과를 밝혀내어 백석 시를 섬세하게 이해하는 데 큰 도움을 주고 있다.[3] 그의 논문은 백석 시를 깊이 이해하는 데 문

---

2) '~이다'나 '~것이다'는 일반적으로 명사와 함께 쓰이는 서술어이기 때문에 동사나 형용사로 끝나는 서술어와 비교해서 '명사문'이라고 지칭한다. 이에 대해서는 뒤에서 다시 설명될 것이다.

3) 이경수, 「백석 시에 쓰인 '-는 것이다'의 문체적 효과」, 『우리어문연구』 22집, 우리어문학회,

체적 접근이 얼마나 중요한지를 다시 한번 일깨우고 있는데, 서술어의 형태에 대한 문법적 이해를 바탕으로 백석 시의 종결 형태와 시적 구문과의 관련성을 긴밀하게 살피면서 백석 시에 접근한다면, 그의 시 이해에 보다 큰 지평이 열릴 것으로 생각된다. 이 글은 이러한 판단 아래 서술구문의 문법적 기능을 구체적으로 살펴보고, 이어서 백석 시에서 '~이다'와 '~것이다' 같은 특정의 서술구문이 어떻게 활용되며, 이러한 구문의 활용으로 얻게 되는 시적 효과는 무엇인지 살펴보고자 한다. 이를 통해 우리말의 구문의 특징을 시의 의미 조성에 적극적으로 활용한 백석의 시가 지닌 시사적 의의를 다시 한번 되새기고자 한다.

2. '~이다'와 '~것이다' 구문의 시적 활용과 효과

(1) '~이다'와 '~것이다' 구문의 정의와 문법적 기능

우리말의 문장 성분에서 서술어는 동사, 형용사, 그리고 체언, 또는 체언 구실을 하는 말에 '~이다'가 붙어서 된 말 등 세 가지 형태를 지닌다.[4] 이 가운데 백석 시의 표현에서 특별하게 활용되고 있는 '~이다' 구문은 중요한 특성을 갖고 있다. 우선 '~이다' 구문의 가장 전형적인 형태는 '이것은 책이다'와 같은 예에서 보듯 '명사 1은 명사 2이다'라고 할 수 있다. '~이다' 구문은 이처럼 일반적으로 명사와 함께 쓰이기 때문에, '~이다' 구문을 동사나 형용사로 끝나는 서술문과 대비하여 명사문[5]이라고 지칭하기도 한다. 명사문인 '~이다' 구문

2004.

4) 남기심·고영근,『표준국어문법론』, 탑출판사, 2007, 247쪽.

5) 같은 맥락에서 '하늘은 파랗다'와 같이 형용사로 끝나는 서술어는 형용사문, '나는 책을 좋아한다'와 같이 동사로 끝나는 서술어는 동사문으로 지칭한다. 박영순,『국어문법 교육론』, 박이정,

에서 '이다'라는 말은, 그 자체로는 실질적으로 아무런 의미 기능을 갖지 못하고, 그 앞에 결합되어 있는 '명사 2'의 의미, 그리고 '명사 1'과 '명사 2'와의 관계 속에서만 의미가 생성될 뿐이다. 위에서 예시한 '이것은 책이다'에서 '이다'라는 말은 그 자체론 별다른 뜻을 갖지 못하고 '이것'이라는 명사와 '책'이라는 명사와의 관계 속에서만 그 뜻이 생성되는 것과 같다. 위의 문장에서 두 명사 사이에는 등가의 의미관계가 성립되고 있다. 즉, 위의 문장은 '이것=책'의 의미를 지닌다. 이처럼 등가적 관계를 지니면서 명제를 정의하는 이른바 정언문定言文이 '~이다' 구문이 지닌 가장 전형적인 의미라고 할 수 있다.[6] 그리고 이러한 '~이다' 구문은 발화자의 의도나 바람이 개입될 수 없어서 늘 중립적인 상태를 지향하기 마련이다. 그래서 '~이다' 구문은 서술구문이면서 '동사성'을 지니지 못하고 '상태성'을 지니는 성질을 갖게 된다.[7]

'~것이다' 구문은 '~이다' 구문의 한 종류이면서도 또다른 특성을 지닌다. 일단 '~것이다'는 '~이다' 앞에 '것'이라는 불완전명사가 붙은 것이기 때문에 명사와 결합하여 쓰이는 '~이다' 구문과 같은 것으로 볼 수 있다. 가령, '이 책은 내가 읽은 것이다'와 같은 문장은 '명사 1은 명사 2이다'의 전형적인 '~이다' 구문에 해당하며, '명사 1'과 '명사 2'가 등가의 관계를 지니는 '~이다' 구문의 전형적인 의미를 그대로 갖는다. 즉, 위의 문장은 '이책=내가 읽은 것'이라는 뜻을 지닌다.

그런데 '~것이다' 구문이 언제나 이와 같이 '~이다' 구문과 같은 의미로만

2005, 163쪽.

6) 이러한 '이다' 구문에 대한 문법적 정의와 기능은 남기심의 「'이다' 구문의 통사적 분석」(『한불연구』 7, 연세대, 1986)과 양정석의 「'이다'의 의미화 통사」(『연세어문』 9, 1986)에서 참조.

7) 서정수, 『현대국어문법론』, 한양대학교출판부, 1996, 408쪽, 심재기, 『국어문체변천사』, 집문당, 1999, 30쪽.

사용되는 것은 아니다. 가령, '우리나라는 오늘로서 독립국가가 된 것이다'와 같은 문장을 보자. 이 문장의 경우에는 '우리나라=오늘로서 독립국가가 된 나라'의 의미가 아니라, '우리나라가 오늘로서 독립국가가 되다'라는 의미를 지니게 된다. 즉, '것'을 수식하는 동사, '되다'가 하나의 보어로서 서술어의 기능을 담당하고, '것이다'는 화자에 의해 대상화된 내용을 특별히 강조하는 역할을 담당한다. 이렇게 볼 때 이때의 '~것이다' 구문은, '것'과 '이다'가 결합해서 생긴 '것이다'라는 말이 새로운 문맥을 형성해서 화자에 의해 그 앞의 내용을 대상화시키면서 특별히 강조하는 의미를 갖는 것으로서, 일반적인 '~이다' 구문과는 확실히 구분되는 새로운 의미 기능을 갖는다고 할 수 있다.[8]

'~이다'와 '~것이다'의 서술구문이 지닌 이러한 의미적 특성이 백석 시에서 매우 특별하게 활용된다. 백석은 '~이다'와 '~것이다' 구문을 다른 서술구문과 적절히 결합해 사용하여, 그 효과를 최대한 활용하고, 동시에 다른 서술구문이 환기하는 시적 효과를 극대화한다. 그럼 이제부터 백석의 시에서 '~이다'와 '~것이다' 등의 명사구문이 다른 서술구문과 어떻게 결합하여 개성적인 문체를 만들고, 이러한 문체 구사가 그의 시에 어떠한 효과를 나타내는지 구체적으로 살펴보도록 하자.

(2) '~이다' 구문의 시적 활용과 효과
1) 사태 진술과 언어 활용의 극대화
'~이다' 구문은 앞서 살펴본 바와 같이 반드시 명사와 함께 쓰이는 서술구문이기 때문에 화자의 의지와 바람 등이 개입되지 않는 상태성을 지닌다. 즉, 문

---

8) 이러한 '~것이다' 구문에 대한 설명은 신선경의 「'것이다' 구문에 대하여」(『국어학』 23, 국어학회, 1993)에서 구체적으로 논의된 바 있다. 이 글에서 '~것이다' 구문에 대한 문법적 정의는 이 논문에서 많이 참조했다.

장의 끝을 장식하는 서술문에 화자의 생각이나 느낌이나 동작이 나타나지 않는다. 따라서 '~이다' 구문에선 상대적으로, '~이다'로 끝나는 문장의 내용을 형성하는 사태의 진술이 중요하게 된다. 백석은 이처럼 화자의 감정과 의지가 억제되고, 사태 진술이 극대화되는 '~이다' 구문의 특성을 적극적으로 활용한다. 시「외갓집」을 보자.

> 내가 언제나 무서운 외갓집은
> 초저녁이면 안팎마당이 그득하니 하이얀 나비수염을 물은 보득지근한 북쪽재비들이 씨굴씨굴 모여서는 쨩쨩 쨩쨩 쇳스럽게 울어대고
> 밤이면 무엇이 기왓골에 무릿돌을 던지고 뒤울안 배나무에 쩨듯하니 줄등을 헤여달고 부뚜막의 큰솥 적은솥을 모주리 뽑아놓고 재통에 간 사람의 목덜미를 그냥그냥 나려눌러선 잿다리 아래로 처박고
> 그리고 새벽녘이면 고방 시렁에 채국채국 얹어둔 모랭이 목판 시루며 함지가 땅바닥에 넘너른히 널리는 집이다
>
> —「외갓집」 전문(밑줄은 필자. 이하 동일)

인용 시는 시인이 어렸을 때 외갓집에 가서 경험했던 무서운 기억들을 표출한 작품이다. 유년화자가 외갓집에서 보았던 여러 무서운 장면들이 아주 구체적으로 서술되어 있는데, 작품의 전체적인 서술구조는 "내가 무서운 외갓집은 ~집이다"라는 '~이다' 구문으로 되어 있다. 이러한 서술구조에서 무엇보다 주목되는 것은 '~이다' 구문을 통해 화자의 정서를 대변하는 '무섭다'라는 서술어를 문장의 끝이 아닌 외갓집을 수식하는 주부로 이동시키고 있는 점이다. 만약에 이 '무섭다'라는 형용사가 문장의 끝에 서술어로 놓이게 되면, 그 의미가 특별히 강하게 전달된다. 서술어가 문장의 끝에 놓이게 되는 우리말의 문장구

조에서, 끝을 맺는 서술어는 독자들의 머리에 강한 인상을 남기기 마련이다. 이러한 서술방식에선 '무섭다'라는 의미가 강하게 전달될 뿐만 아니라 곧바로 전달되어 생경한 느낌을 줄 수 있다. 반면에 인용 시의 서술구조처럼 '무섭다' 라는 형용사가 서술어가 아닌 주부로 이동하고 서술어가 화자의 의지나 바람이 개입되지 않는 중립상태의 '~이다' 구문으로 처리되면 발화자의 느낌은 자연히 중립화되고, 상대적으로 그 안에 서술되어 있는 사태의 진술에 의미와 느낌의 중심이 가게 된다.

여기서 백석은 그 사태의 진술을 반복과 나열의 길게 늘어지는 엮음의 구문으로 진술한다. 그리고 그러한 엮음의 구문으로 어린 화자가 외갓집에서 겪었던 생생한 경험의 풍경들을 낱낱이 제시한다. 여기에 제시된 풍경들은 모두 세상살이의 경험이 많지 않은 천진스러운 아이의 눈에 비친 것들이다. 나비수염을 한 독특한 모양의 족제비들이 이상한 소리로 시끄럽게 울어대고, 밤에 기와골에서 무슨 소리가 나고, 하루 일과가 모두 끝난 밤늦게 아궁이에 놓았던 솥들을 모두 빼놓아, 아궁이의 큰 구멍이 커다랗게 드러나서 놀라게 되고, 늘 공포의 대상이었던 재래식 화장실에 대해 이상한 풍문들이 떠돌고, 새벽녘에 밥을 하기 위해 고방에 쌓아놓았던 식기들을 모두 땅바닥에 늘어놓아 마치 누군가가 몰래 침입해 한바탕 집안을 헝클어놓은 것 같은 공포감을 유발하는 장면들은 모두가 천진한 유년의 눈과 마음에 비친 풍경들이다. 유년 시절의 마음속에 깊이 각인되어 있는 이 고향 풍경이 반복과 나열의 엮음구문을 통해 생생히 환기되고 있는데, 여기서 엮음의 구문으로 진술된 묘사가 더없이 생기 있고 역동적으로 드러나고 있는 것은 바로 감정표시 기능을 억제하고 사태의 진술이 극대화되는 '~이다' 구문의 활용에 크게 힘입은 것이다. 이러한 진술방식으로 독자들은 이 시를 읽으며 유년화자의 공포감을 생경하게 느끼기보다는, 유년화자의 경험세계에 젖어들어 온몸으로 낯설고 무서운 체험을 하게 되며, 이러한 생생한 시적 체험을 통해 유난히 무서운 것이 많았던 어린 시절을 반추하게 된다.

그런가 하면 시 「내가 이렇게 외면하고」에서는 '~이다' 구문으로 의미의 중핵 역할을 하는 사태의 진술을 그저 평명한 언어와 간명한 서술로 채우고 있다. 하지만 이 평명한 서술은 작품의 문맥 속에서 각별한 호소력을 발산하는 시적 표현으로 거듭나게 되는데, 그것은 바로 '~이다' 구문의 특성에서 기인하는 것이다. 이 시에서 우리는 '~이다' 구문으로 사태의 진술이 극대화되고, 시어의 활용이 극대화되는 과정을 더욱 극명하게 확인하게 된다.

<u>내가 이렇게 외면하고 거리를 걸어가는 것은</u> 잠풍 날씨가 너무나 좋은 <u>탓이고</u> 가난한 동무가 새 구두를 신고 지나간 <u>탓이고</u> 언제나 꼭같은 넥타이를 매고 고운 사람을 사랑하는 <u>탓이다</u>

<u>내가 이렇게 외면하고 거리를 걸어가는 것은</u> 또 내 많지 못한 월급이 얼마나 고마운 <u>탓이고</u>
이렇게 젊은 나이로 코밑수염도 길러보는 <u>탓이고</u> 그리고 어늬 가난한 집 부엌으로 달재 생선을 진장에 꼿꼿이 지진 것은 맛도 있다는 말이 자꼬 들려오는 <u>탓이다</u>

— 「내가 이렇게 외면하고」 전문

여기서도 '~이다' 구문을 통해, 화자의 정서와 동작을 대변하는 '외면하고 거리를 걸어간다'는 서술어는 주부로 이동하고, 문장의 끝은 화자의 의지와 바람이 중립화되는 '이다' 구문으로 처리되어 있다. '외면하고 걸어간다'는 서술어가 주부가 아닌 문장의 끝에 놓이게 되면, '외면하고 걸어가는' 시인의 정서와 동작이 생경하게 부각될 것이다. 하지만 이러한 서술어가 주부로 이동하고, 문장의 끝은 화자의 느낌과 동작이 중립화되는 명사문 '~이다'로 처리됨으로써, 그러한 정서와 동작보다는 '~이다' 구문 안의 사태의 진술에 독자의 시선이 집중되고, 의미와 느낌의 무게가 실리게 된다.

이 시에서 그 사태의 진술은 화자가 거리를 걸어가는 이유에 대해 말하는 것으로 채워져 있는데, 어떤 특별한 묘사나 눈에 띄는 뛰어난 표현들을 발견하기는 어렵다. 넉넉지 못한 봉급을 받으면서도 일상의 자잘하고 기본적인 욕망 충족에서 작은 행복을 느끼는 보통 도시인의 평범한 생활상을 평명한 언어로 서술하고 있을 뿐이다. 그런데 일상에 대한 지극히 평범한 서술은 '~이다' 구문에 의해 의미와 느낌의 중핵 역할을 하면서 각별하고 비상한 힘을 얻게 된다. "새구두" "넥타이" "월급" "코밑수염" '진장에 지진 달재 생선' 등의 평명한 시어들이 생기를 띠면서 그 일상 언어 속에 묻어 있는 생활현장의 체취가 물씬 풍겨난다. 그런가 하면 "잠풍 날씨"라는 방언이 각별하게 도드라져 그 기표에서 환기되는 '생소화의 효과'가 극대화된다. 또 '얼마나 고마운 탓인가'라는 문장의 일탈적 구문이 두드러지면서 '얼마나'라는 평명한 언어의 의미가 '매우'라는 같은 뜻의 말로는 대체할 수 없는 각별한 무게와 호소력을 갖는다. 화자의 느낌이나 동작이 중립화되는 '~이다' 구문에 의해 사태의 진술에 각별한 무게가 실리면서, 평명한 개별 어휘와 구문 들이 비상한 힘을 발휘하고, 이를 통해 일상의 작고 기본적인 욕망에서 행복을 느끼는 화자의 소박한 생활상이 호소력 있게 전달되고 있는 것이다.

2) 정언의 의미와 시적 무게

'~ 이다' 구문은 '명사 1은 명사 2이다'와 같은 문장 형태를 띠며, '명사 1'과 '명사 2'와의 관계 속에서 여러 가지 의미가 파생되는데, 기본적으로는 '명사 1'

에 대해 '명사 2'라고 정의를 내리는, 그래서 '명사 1=명사 2'가 되는 정언의 의미를 지닌다. 백석 시에 쓰인 '~이다' 구문은 기본적으로 모두 이런 정언의 의미를 포함하고 있는데, 시 「국수」에서는 바로 이 정언의 의미가 적극적으로 활용되고 있다.

눈이 많이 와서
산엣새가 벌로 나려 멕이고
눈구덩이에 토끼가 더러 빠지기도 하면
마을에는 그 무슨 반가운 것이 오는가보다
한가한 애동들은 어둡도록 꿩사냥을 하고
가난한 엄매는 밤중에 김치가재미로 가고
마을을 구수한 즐거움에 싸서 은근하니 흥성흥성 들뜨게 하며
<u>이것은</u> 오는 <u>것이다</u>
<u>이것은</u> 어늬 양지귀 혹은 능달쪽 외따른 산 녚 은댕이 예데가리밭에서
하로밤 뽀오한 흰 김 속에 접시귀 소기름불이 뿌우현 부엌에
산멍에 같은 분틀을 타고 오는 <u>것이다</u>
<u>이것은</u> 아득한 녯날 한가하고 즐겁든 세월로부터
실 같은 봄비 속을 타는 듯한 녀름볕 속을 지나서 들쿠레한 구시월 갈바람 속을 지나서
대대로 나며 죽으며 죽으며 나며 하는 이 마을 사람들의 으젓한 마음을 지나서 텁텁한 꿈을 지나서
지붕에 마당에 우물든덩에 함박눈이 푹푹 쌓이는 여늬 하로밤
아배 앞에 그 어린 아들 앞에 아배 앞에는 왕사발에 아들 앞에는 새끼사발에 그득히 사리워 오는 <u>것이다</u>

이것은 그 곰의 잔등에 업혀서 길여났다는 먼 녯적 큰마니가

또 그 짚등색이에 서서 자채기를 하면 산 넘엣 마을까지 들렸다는

먼 녯적 큰아바지가 오는 것같이 오는 <u>것이다</u>.

—「국수」부분

　인용 시는 서두에 작품의 배경으로 시골 농촌의 한가하고 평화로운 풍경이 묘사되고, 본격적으로 이 작품의 중심 소재인 국수에 대해 말하는 데서부터 '~이다' 구문이 사용된다. 이러한 사실에서 '~이다' 구문이 시인의 의도적인 표현 전략임을 확인하게 된다. 여기서 시인은 국수에 대해 네 번에 걸쳐 '~이다' 구문으로 된 문장으로 진술한다. 첫째 문장에서는 국수를 만들어 먹는 채비와 분위기에 대해 서술하고, 둘째 문장에서는 산비탈에서 국수의 재료인 메밀을 캐다 부엌에서 국수 틀로 국수를 만드는 과정을 서술하고, 셋째 문장에서는 아주 오랜 옛 시절부터 국수를 먹어왔던 사실을 서술하고, 넷째 문장에서는 국수에 담긴 우리의 토속적이고 원형적인 민족정서를 비유적으로 서술한다. 우리의 민속음식인 국수의 제조와 정취, 그리고 그 안에 담긴 민족성과 오랜 역사성을 말하고 있는 것인데, 이러한 전언이 국수를 의인화함으로써 매우 효과적으로 기술되고 있다. 이러한 전언들은 모두 '~이다' 구문 안의 내용들인데, '~이다' 구문이 지닌 상태성으로 인해 그 앞의 사태 진술이 극대화됨으로써 한층 효과적으로 드러난다.

　그런데 국수에 대한 이러한 시적 전언은, '이것은 ~ 것이다'라는 서술구조로 인해 더욱 인상적으로 각인된다. 시인은 첫째 문장에서 국수를 장만하는 채비와 분위기를 서술하면서 마지막에 "이것은 오는 것이다"라는 문장을 따로 사용하면서 끝을 맺고 있다. 따라서 "이것은 오는 것이다"라는 문장은 특별히 강조된다. 이 문장은 '~이다' 구문 가운데서도 명제에 대한 정의를 나타내는 의

미가 아주 뚜렷하게 드러나는 서술구문이다.[9] 그래서 시인이 앞에서 국수에 대해 말한 것이 국수에 대해 마치 정의를 내리는 것과 같은 의미로 만들고 있다. 이어 그다음부터는 처음부터 국수에 대한 시인의 생각을 국수에 대해 정의를 내리는 정언의 문장구문으로 진술한다. 즉, 국수를 지칭하는 "이것은"이라는 대명사를 문장의 제일 앞에 주어로 삼고, 이어 국수에 대한 시인의 생각을 길게 말하고는 마지막에 "것이다"라는 서술문으로 끝낸다. 정언의 의미가 두드러지는 문장을 특별히 강조한 다음, 이어서 바로 정언의 의미를 드러내는 서술문장임을 알리는 주어를 내세우고, 이어 시인의 생각을 말한 다음, 마지막에 "것이다"라는 서술어로 끝냄으로써 시인의 생각이 정언의 의미로 한정되게끔 만들고 있다. 국수에 대한 시인의 생각은 앞서 살펴본 바와 같이 그에 대한 기본적인 정보와 사실에만 한정된 것이 아니라, 우리 민족에 대한 의미심장한 비유로까지 나아가는데, 이러한 '시적인 전언'이 정언의 의미를 강력히 환기시키는 '~이다' 구문의 사용으로 인해, 명제에 대해 정의를 내리는 것처럼 인식되어 훨씬 단호하고 엄숙한 진리의 선언처럼 들리게 한다. 이 시는 국수라는 일상의 음식에 대한 풍속과 미각을 다루지만, 궁극적으로는 이 민속음식을 통해 우리 민족의 근원적 정서와 역사성이라는 묵직한 주제를 담아내고 있는 것인데, 이러한 시적인 통찰과 전언이 '~이다' 구문 안에 간직되어 있는 정언의 의미기능으로 인해 보다 무게 있는 시적 진실로 승화되고 있는 것이다.

---

9) "이것은 오는 것이다"라는 문장은, '이것은=오는 것'이라는 의미를 지님으로써 전형적인 '~이다' 구문의 한 예에 속한다. 따라서 위 문장은 '것'과 '이다'가 결합하여 '것이다'가 새로운 문맥을 형성해서 화자에 의해 그 앞의 내용을 대상화시키는 특수한 '~이다' 구문인 '~것이다' 구문에 속하는 것이 아니다.

(3) '~것이다' 구문의 시적 효과와 활용

1) 회상의 지속성과 이야기의 생성

'~것이다' 구문 가운데에는 보통의 '~이다' 구문과는 달리, '것'과 '이다'가 결합해 '것이다'가 새로운 문맥을 형성하여 화자에 의해 그 앞의 내용을 대상화시키면서 특별히 강조시키는 의미를 발생시키는 경우가 있다. 이처럼 화자가 앞의 내용을 대상화하고 특별히 강조하는 역할을 하는 '~것이다' 구문의 경우, 화자가 처음부터 객관적인 타자나 사물에 대해 말했을 경우에는 거리조정과 강조의 의미가 강화되는 효과 정도만이 있을 텐데, 화자가 자신의 경험세계에 대해 말하면서 '~것이다'라는 서술어로 종결했을 경우에는 자신이 한 말을 현재의 자신이 다시 대상화시키면서 말하는 것이 되니까 이중의 화자가 발생하게 되고, 이에 따라 특별한 시적 효과가 나타난다. 그런데 이 경우, 일인칭 화자가 자신의 지난날의 경험세계를 말할 때와 현재의 나의 내면정서를 독백조로 표출할 때 나타나는 효과는 서로 다르다. 먼저 일인칭 화자가 지난 시절의 경험세계를 말하면서 '~것이다' 구문으로 종결되는 경우에 나타나는 시적 효과를 살펴본다.

황토 마루 수무나무에 얼럭궁덜럭궁 색동헝겊 뜯개조박 뵈짜배기 걸리고 오쟁이 끼애리 달리고 소 삼은 엄신 같은 딥세기도 열린 국수당고개를 멫 번이고 튀튀 춤을 뱉고 넘어가면 골안에 아늑히 묵은 넝동이 무겁기도 할 집이 한 채 안기었는데

집에는 언제나 센개 같은 게사니가 벅작궁 고아내고 말 같은 개들이 떠들썩 짖어대고 그리고 소거름 내음새 구수한 속에 엇송아지 히물쩍 너들씨는데

집에는 아배에 삼춘에 오마니에 오마니가 있어서 젖먹이를 마을 청능 그늘밑
에 삿갓을 씌워 한종일내 뉘어두고 김을 매려 단녔고 아이들이 큰마누래에 작은
마누래에 제구실을 할 때면 종아지물본도 모르고 행길에 아이 송장이 거적돼기
에 말려나가면 속으로 얼마나 부러워하였고 그리고 끼때에는 부뚜막에 바가지
를 아이덜 수대로 주룬히 늘어놓고 밥 한 덩이 질게 한 술 들여트려서는 먹였다
는 소리를 언제나 두고두고 하는데

일가들이 모두 범같이 무서워하는 이 노큰마니는 구덕살이같이 욱실욱실하는
손자 증손자를 방구석에 들매나무 회채리를 단으로 쪄다두고 따리고 싸리갱이
에 갓진창을 매여놓고 따리는데

내가 엄매 등에 업혀가서 상사말같이 항약에 야기를 쓰면 한창 퓌는 함박꽃을
밑가지채 꺾어주고 종대에 달린 제물배도 가지채 쪄주고 그리고 그 애끼는 게사
니알도 두 손에 쥐어주곤 하는데

우리 엄매가 나를 가지는 때 이 노큰마니는 어늬 밤 크나큰 범이 한 마리 우리
선산으로 들어오는 꿈을 꾼 것을 우리 엄매가 서울서 시집을 온 것을 그리고 무
엇보다도 내가 이 노큰마니의 당조카의 맏손자로 난 것을 다견하니 알뜰하니 기
꺼이 녀기는 <u>것이었다</u>

—「넘언집 범같은 노큰마니」 전문

시인이 어린 시절 고개 너머에 사는 '노큰마니집'에 놀러가서 보고 들었던
경험을 진술하고 있는 이 시에서, 1~5연까지는 매연이 '동작동사'로 종결되
고, 마지막 6연에 가서는 '~것이다'라는 서술어로 종결되면서 시의 진술이 끝

난다.

1~5연까지는 유년화자인 '나'가 '노큰마니[10] 집'으로 나들이를 가는 것으로부터 시작해서 그 할머니 집안으로 들어가 보고 들은 할머니의 생활모습과 '나'와 '어머니'와 '노큰마니' 사이의 혈연적 사랑 등이 일련의 서사적인 풍경으로 그려져 있다. '동작동사'로 종결되는 서술어 형태는 유년화자의 시선에 포착된 서사적인 생활풍경을 매우 생동감 있게 드러내준다.

그러다가 마지막 6연에서는 '나'와 '나의 어머니'와 '노큰마니'가 모두 등장하여, 이 집안의 어른인 '노큰마니'가 나의 친족들에 대해 사랑과 자긍을 갖는다는 것이 진술되면서 '~것이다'라는 구문으로 종결된다. 이 시는 시종일관 유년화자인 '나'의 시선에 포착된 경험들을 진술하였는데, 마지막에 가서 화자인 '나'와 '나의 어머니'와 '노큰마니'에 대해 '~것이다'라는 구문으로 진술함으로써, '나'의 경험세계에 대한 지금까지의 모든 진술을 대상화시켜서 말하는 또 하나의 발화자가 생성된다.[11] 그리하여 지금까지 진술된 어린 시절 경험의 풍경들이 발화자인 '나'의 마음속에서 지속적으로 회상되고 있다는 것을 느끼게 해준다. 만약에 이 시가 끝까지 동작동사로만 종결되었다면, 지난날의 경험들을 생동감 있게 보여주는 것으로만 끝났을 것이다. 동작을 드러내는 동작동사는 일회성의 행위만을 표시할 뿐이다. 그런데 '~것이다' 구문을 통해 그러한 행위들을 대상화시키고 다시 한번 강조하며 말하는 서술형식을 띠면서, 지난

---

10) 이 시에서 '노큰마니'는 엄밀히 말하면 증조할머니 항렬에 해당하는 분이다. 이 시의 끝 대목에 "내가 이 노큰마니의 당조카의 맏손자"란 말이 나오기 때문이다. '노큰마니'는 '노+큰마니(할머니의 방언)'의 형태를 지닌 말이다. 『조선말대사전』에 '로할머니'가 등재되어 있으며, "아버지의 할머니나 할머니뻘 되는 사람"으로 풀이되어 있다.

11) 이경수는 '~는 것이(었)다'가 기본적으로 논평적인 성격을 지니면서 발화의 주체를 강하게 환기시키는 역할을 한다고 지적한 바 있다. 이경수, 앞의 논문, 196쪽.

날의 경험들이 발화자의 마음속에 지속적으로 남아 회상되고 있음을 환기시킨다. '~것이다' 구문이 환기하는 이러한 지속적인 회상의 효과는, 이 시에 진술된 유년화자의 생생한 경험세계를 더욱 애틋하고 절실한 것으로 만들고 있다.

'~것이다' 구문으로 지금까지 진행된 어린 화자의 경험세계가 대상화되고 새로운 화자가 발생하는 것은, 또다른 시적 효과도 나타낸다. 이 시는 시인의 어린 시절 고향에서의 혈연적 이야기를 그때의 시점에 바탕하여 그대로 전하고 있는 것이다. 이 시는 유년 시절의 시인과 시인의 어머니와 할머니에 대한 이야기이다. 이러한 시인의 사적인 '혈연 이야기'는 '~것이다' 구문을 통해 대상화됨으로써 객관적인 이야기로 전달된다. 즉, 시 속의 '나'는 시인의 경험적인 '나'로부터 작품 속의 한 주인공으로서의 '나'로 전환되고, 그러한 시 속 '나'의 이야기를 전하는 발화자로서의 '나'는 전지적 작가의 위치를 갖게 된다.[12) 그리하여 이 시의 이야기가 마치 오래전부터 전해져오는 우리의 옛이야기를 시인이 전달해주는 것 같은 느낌을 갖게 만든다. '~것이다' 구문은 시인의 사적인 체험을 우리 모두의 이야기로 만들어 전달해주는 역할을 함으로써, 독자들에게 그의 시를 폭넓게 공감시키는 데 일조하고 있다.

시 「동뇨부童尿賦」에서도 '~것이다' 구문이 이와 유사한 용법과 효과를 드러낸다. 「넘언집 범같은 노큰마니」가 어린 시절의 할머니를 회상한 것이라면, 「동뇨부童尿賦」는 어린 시절의 오줌을 회상한 것이다. '할머니'와 '오줌'은 모두 유년 시절의 경험 속에 가장 인상 깊게 뿌리 박혀 있는 대상이고, 우리의 전통적인 생활양식 속에서 매우 각별한 비중을 차지하는 요소이다. 「동뇨부童尿賦」에서도 유년의 '나'를 화자로 오줌에 얽힌 어린 시절의 경험세계를 생생히 묘사하

---

12) 이 점에서 백석의 시적 진술은 '말하기'와 '보이기'가 교차되는 서사 양식의 진술 양식을 지향한다. 이 점에 대해서는 졸고, 『1920~30년대 시의 서사지향성과 시적 구조』(고려대박사학위논문, 1991)에서 상술한 바 있다.

다, 마지막에 '~것이다' 구문으로 종결시켜서 여러 가지 시적 효과를 거둔다.

　봄철날 한종일내 노곤하니 벌불 장난을 한 날 밤이면 으레히 싸개동당을 지나
는데 잘망하니 누워 싸는 오줌이 넓적다리를 흐르는 따근따근한 맛 자리에 평하
니 괴이는 척척한 맛

　첫녀름 이른 저녁을 해치우고 인간들이 모두 터앞에 나와서 물외포기에 당콩
포기에 오줌을 주는 때 터앞에 밭마당에 샛길에 떠도는 오줌의 매캐한 재릿한
내음새

　긴긴 겨울밤 인간들이 모두 한잠이 들은 재밤중에 나 혼자 일어나서 머리맡
쥐발 같은 새끼오강에 한없이 누는 잘 매럽던 오줌의 사르릉 쪼로록 하는 소리

　그리고 또 엄매의 말엔 내가 아직 굳은 밥을 모르던 때 살갗 퍼런 막내고무
가 잘도 받어 세수를 하였다는 내 오줌빛은 이슬같이 샛말갛기도 샛맑았다는
<u>것이다</u>

—「동뇨부^{童尿賦}」 전문

　이 시는 1~4연까지는 매 연이 사물에 대한 감각을 드러내는 명사로 끝맺고,
마지막 6연에 가서 '~것이다'라는 서술어로 종결된다. 앞서 살펴본 「넘언집 범
같은 노큰마니」에서 마지막에 '~것이다' 구문으로 끝을 맺기 전까지 매 연이
동작동사로 끝나는 것이 행위의 동작을 실감나게 드러내는 역할을 하는 것과
마찬가지로, 이 시에서 매 연이 감각표시의 명사로 끝나는 것은 오줌에 대한
어린 화자의 경험을 감각적으로 드러나도록 만들어준다. 1연은 노곤한 봄날

하루 종일 불장난을 쳐 깊은 잠에 빠져버린 나머지 자기도 모르게 누워 자는 채로 오줌을 쌀 때의 촉감을, 2연은 해가 긴 여름날 이른 저녁을 먹고 시골의 동네 사람들이 모두 오줌통을 들고 나와 밭마당에 오줌을 주는 풍경과 그 오줌이 밭마당과 샛길로 흐르면서 풍기는 냄새를, 3연은 겨울날 수분 증발이 적어서 한밤중에 자주 깨어나 오강에 많은 양의 오줌을 눌 때 발생하는 여러 감각을 드러내고 있는데, 계절별로 오줌에 얽힌 화자의 감각 체험을 명사로 종결시켜 유년의 체험 속에 각인된 오줌에 대한 여러 층위의 감각을 한층 도드라지게 환기시킨다.

그러다 마지막 5연에 가서는 어머니가 등장하여 '나'의 오줌이 특별하게 쓰인 사연을 어머니가 전하는 형식으로 진술하면서 '~것이다'라는 구문으로 종결시키고 있다. 이 시 역시 시종일관 유년화자인 '나'의 시선에 비친 오줌에 대한 감각을 말하다가, 마지막 연에 가서 '~것이다' 구문으로 종결시킴으로써 오줌에 대한 '나'의 감각과 어머니의 전언 등을 모두 대상화시켜서 말하는 새로운 발화자가 생성된다. 그리하여 유년화자인 '나'의 시선으로 포착된 오줌에 대한 생생한 감각은 발화자인 '나'의 회상세계로 전환된다. 명사의 종결 형태로 오줌에 대한 경험을 생생한 감각으로 드러낸 다음, '~것이다' 구문을 통해 그 유년 시절의 경험세계를 '나'의 마음속에서 지워지지 않는 애틋한 추억으로 만들고 있는 것이다.

또 이 시에서 '~것이다' 구문의 사용은 앞에 진술된 유년화자의 경험세계를 객관적인 것으로 전달하고, '이야기'의 세계로 만들어내는 역할도 한다. 이 시는 1~3연까지는 오줌에 얽힌 감각적 체험의 묘사에 치중하였고, 그러한 감각적 묘사를 명사로 종결시켰기 때문에, '이야기'의 전달보다는 '감각'의 환기가 훨씬 두드러진다. 그런데 마지막 4연에서 그 앞의 진술을 이어받는 "그리고"라는 접속사와 함께 오줌에 얽힌 사연을 서술하면서 '~것이다'라는 종결 형

태로 끝내, 앞의 진술을 대상화시켜 말하는 서술형식이 됨으로써, 1~4연까지
의 모든 진술이 '하나의 이야기'로 전달되는 효과를 나타낸다. 그리하여 이 시
는 감각의 생생함을 느끼면서 궁극적으론 객관적인 이야기를 전해 듣는 것 같
은 느낌을 주어 의미의 전달 효과가 더욱 커지고 깊어진다. 이야기를 듣는 것
은 순간의 감각을 느끼는 것보다는 더 깊고 오랜 감동의 여운을 주며, 보다 대
중적이고 보편적인 호소력을 갖기 마련이다. 백석의 시는 사물에 대한 섬세한
감각뿐만 아니라, 그 감각적 체험을 일반 독자 모두에게 넓고 깊은 감동으로
호소하는 미덕을 지니고 있는데, 이러한 시적 성취에는 바로 '~것이다' 구문의
사용을 통한 이야기의 생성 효과가 들어 있는 것이다.

2) 성찰의 대상화와 고뇌의 깊이

일인칭 화자를 내세워 자신의 체험을 진술하는 시적 태도를 보이는 경우에
도, 앞서 살펴본 시들처럼 추억 속에 새겨진 구체적인 경험의 세목들을 낱낱
이 드러내는 방식이 아닌, 현재적 자아의 내면 독백을 토로하는 경우, '~것이
다' 구문의 쓰임은 또다른 특별한 시적 효과를 나타낸다. 백석 시에서 '~이다'
와 '~것이다' 등의 명사문을 활용한 문체의 미학은 이 내면독백을 다룬 시편에
서 매우 세련되게 구현된다. 백석의 시에서 자아의 내면독백을 다룬 시편은 후
기의 몇 편에 불과한데 그 가운데서도 명사문의 쓰임이 가장 성공적으로 구현
된 작품은 바로 「남신의주 유동 박시봉방南新義州柳洞朴時逢方」이다.

어느 사이에 나는 아내도 없고, 또,

아내와 같이 살던 집도 없어지고,

그리고 살뜰한 부모며 동생들과도 멀리 떨어져서,

그 어느 바람 세인 쓸쓸한 거리 끝에 헤매이었다.

바로 날도 저물어서,

바람은 더욱 세게 불고, 추위는 점점 더해 오는데,

나는 어느 목수木手네 집 헌 삿을 깐,

한 방에 들어서 쥔을 붙이었다.

이리하여 나는 이 습내 나는 춥고, 누굿한 방에서,

낮이나 밤이나 나는 나 혼자도 너무 많은 것같이 생각하며,

딜옹배기에 북덕불이라도 담겨 오면,

이것을 안고 손을 쬐며 재 우에 뜻없이 글자를 쓰기도 하며,

또 문밖에 나가디두 않구 자리에 누워서,

머리에 손깍지벼개를 하고 굴기도 하면서,

나는 내 슬픔이며 어리석음이며를 소처럼 연하여 쌔김질하는 것이었다.

내 가슴이 꽉 메어 올 적이며,

내 눈에 뜨거운 것이 핑 괴일 적이며,

또 내 스스로 화끈 낯이 붉도록 부끄러울 적이며,

나는 내 슬픔과 어리석음에 눌리어 죽을 수밖에 없는 것을 느끼는 것이었다.

그러나 잠시 뒤에 나는 고개를 들어,

허연 문창을 바라보든가 또 눈을 떠서 높은 턴정을 쳐다보는 것인데,

이때 나는 내 뜻이며 힘으로, 나를 이끌어 가는 것이 힘든 일인 것을 생각하고,

이것들보다 더 크고, 높은 것이 있어서, 나를 마음대로 굴려 가는 것을 생각하는 것인데,

이렇게 하여 여러 날이 지나는 동안에,

내 어지러운 마음에는 슬픔이며, 한탄이며, 가라앉을 것은 차츰 앙금이 되어 가라앉고,

외로운 생각만이 드는 때쯤 해서는,

더러 나줏손에 쌀랑쌀랑 싸락눈이 와서 문창을 치기도 하는 때도 있는데,

나는 이런 저녁에는 화로를 더욱 다가 끼며, 무릎을 꿇어 보며,

어니 먼 산 뒷옆에 바우섶에 따로 외로이 서서,

어두워 오는데 하이야니 눈을 맞을, 그 마른 잎새에는,

쌀랑쌀랑 소리도 나며 눈을 맞을,

그 드물다는 굳고 정한 갈매나무라는 나무를 생각하는 <u>것이었다</u>.

　　　　　　—「남신의주 유동 박시봉방南新義州柳洞朴時逢方」 전문

이 시는 1~8행까지는 고향을 떠나 객지에서 가족들과 떨어져 쓸쓸히 떠돌다 조그만 거처를 마련했다는 '나'의 근황을 진술하고 있는데 모두 동작동사로 되어 있다. 1~8행까지의 두 문장을 맺는 서술어인 "헤매이었다"와 "붙이었다"와 같은 동작동사는 '나'의 생활 행적을 매우 생동감 있게 드러낸다. 동작동사의 역동적 환기성으로 객지 생활의 외로운 처지와 고단한 행적이 생생히 감지된다.

9행부터 끝까지는 화자가 객지서 마련한 어느 조그만 방안에서 여러 날 동안 조용히 자신의 삶을 되돌아보고 앞으로의 삶의 자세를 생각하는 자기성찰이 표출된다. 화자의 자기성찰은 총 세 개의 문장으로 되어 있는데, 의미 단위는 네 개로 나뉜다. 첫째는 9~15행까지의 한 문장으로, 화자는 방안에서 이리저리 몸을 뒤척여 외로운 시간을 견디며 지난날의 부끄러운 삶을 되새겨본다. 둘째는 16~19행까지의 또 한 문장으로, 화자는 지난날의 부끄러운 삶에 대해 더욱더 처절하게 성찰한다. 셋째는 20~23행까지로 자기 삶의 부끄러운 성찰로 죽음의 문턱까지 다다른 화자는 잠시 숨을 돌려 스스로를 다시 한번 냉정히 돌아보며 삶의 운명적 동인에 대해 생각해본다. 넷째는 24행부터 끝까지의 한 문장으로 운명이 지배하는 삶의 진행에서 자신이 앞으로 갖추어나가야 할 이

상적인 삶의 자세를 어둠 속에서 눈을 맞는 굳고 정한 "갈매나무"에 견주어 말하고 있다. 이러한 깊고도 오랜 화자의 자기성찰은 바로 '~것이다'라는 서술어로 종결되고 있다. 화자의 근황을 전한 앞부분에선 동작동사로 종결시켜 생활의 행적을 생동감 있게 드러낸 반면, 자아의 내면 성찰이 시작되는 9행부터는 일관되게 '~것이다' 구문으로 서술하고 있는 것이다.

여기서 '~것이다'라는 서술구문은 자아의 내면 성찰을 한층 깊이 있게 빚어낸다. 시적 화자인 '나'의 자기성찰을 '~것이다'라는 서술어로 종결시킴으로써, '나'의 성찰에 대한 진술을 대상화시켜 말하는 발화자로서의 '나'가 생성된다.[13] 이러한 현상은 '나'의 성찰 과정을 되돌아보는 '나'의 존재를 부각시켜, 시 속의 화자가 시도하는 성찰이 발화자인 '나'의 마음속에서 지속적으로 진행되는 것이라는 것을 느끼게 한다. 만약에 이 자아성찰이 그 앞에서와 마찬가지로 동작동사로만 일관하였다면, 성찰했다는 사실만이 전달되었을 것이다. 그런데 시 속의 '나'가 자신을 되돌아보는 과정에 대한 진술을 다시 대상화시켜 말하는 화자를 생성시켜서, 시 속의 화자가 성찰하는 것이 발화자의 마음속에서 지속적으로 회상되는 것으로 만들고 있다. 이러한 회상의 지속성 효과는 오랜 시간 동안 지속적으로 진행되고 있는 '나'의 고뇌의 과정을 생생히 느끼게 만든다.

앞에서 살펴본 시들에선 '~것이다'라는 서술어가 시의 맨 마지막 문장의 종결형으로만 쓰였는데, 이 시에서는 9행부터 시작되는 자기성찰의 매 문장마다, 그리고 자기성찰의 심리 변화를 드러내는 각각의 의미 단위마다 '~것이다'라는 서술어가 구사되고 있다. 이처럼 회상과 성찰의 의미 단위마다 '~것이다'

---

13) 이경수는 앞선 논문에서 이 시에서 '~는 것이다'라는 종결형의 쓰임이, 나의 심리 변화를 바라보는 또 하나의 '나'를 분리시키는 역할을 한다고 지적한 바 있다. 이러한 지적은 이 시에 나타난 '~것이다'라는 종결형의 쓰임을 매우 적절하게 지적한 것이다. 이경수, 앞의 논문, 190쪽.

라는 서술어가 사용되고 있는 것은, 각 단계의 모든 성찰이 지속적이고 오랜 기간에 걸쳐 이루어진 힘들고 깊은 고뇌였음을 환기시킨다. 네 번에 걸친 생각의 승화와 전환으로 이루어지는 이 성찰의 과정은 매 단계마다 '~것이다' 구문으로 구사됨으로써, 숙고를 거듭하며 생각을 심화시켜나가는 화자의 치열한 자기 고뇌를 느끼게 한다. 평명한 언어로 일관한 이 시가 화자의 치열한 자기 고뇌를 매우 진실하고 진지하게 드러내는 작품으로 읽히는 데에는, 바로 이러한 '~것이다' 구문이 매우 중요한 역할을 하고 있다.

3. 백석 시의 문체와 시사적 의의

지금까지 백석 시에 구사된 '이다'와 '것이다' 구문의 활용 양상과 시적 효과를 살펴보았다. 백석은 자신이 추구한 시세계의 특성에 따라 '이다'와 '것이다' 구문을 적절히 사용하고, 이러한 명사문을 다른 구문과 결합시켜 시의 의미를 효과적으로 나타냈다. 이러한 사실에서 우리말의 구문에 대한 활용이 백석 시의 미학적 완성에 중요한 역할을 하고 있음을 확인할 수 있다. 이것은 또한 백석이 시를 쓰면서 우리말의 문장에 대한 통사론적 층위의 성찰을 하였음을 의미하는 것이다 .

시 쓰기에서 문장 단위의 통사론적 성찰을 시도한 것은 우리 시사에서 매우 중요한 의미를 갖는다. 우리 현대시의 역사적 흐름에서 언어예술로서 시라는 건축물의 주춧돌을 세운 사람은 소월과 지용과 만해이다. 이 세 시인은 우리의 현대시에 운율과 이미지와 어조라는 시의 기본적인 세 요소를 다져놓았다. 그들은 이를 위해 우리말에 대한 탐색을 시도했고, 그 결과 우리말의 용법과 활용을 크게 신장시켰다.

　먼저 소월은 우리의 현대시에 최초로 말소리의 아름다움을 살려냈다. 그는 오랫동안 가창 위주로 전달되어온 우리의 시 전통에서 곡조가 떨어져나가고 노랫말만으로 시를 써야 했던 현대시의 새로운 환경을 극복한 최초의 시인이었다. 그는 음악의 도움 없이 노랫말만으로 아름다운 음악성을 지닌 시들을 지었으며, 그의 노력으로 우리 시는 소리의 아름다움을 지닌 말로 거듭 태어났다. 그는 아름다운 소리를 지닌 우리말을 표현해내기 위해 우리말의 단어 형성 원리와 문법적 기능에 천착하였다. 그는 우리말과 문장의 쓰임을 자각한 최초의 시인이었지만, 우리 문장에 대한 시적인 활용은 말소리의 아름다움을 드러내는 데에 한정되었다.

　지용은 소월의 발길이 미처 닿지 않은 새로운 말소리의 길을 탐색해갔지만, 소월이 이룬 만큼 획기적으로 우리 말소리의 새로운 아름다움을 창조해내진 못했다. 대신에 그는 이미지의 표현을 창조해내었다. 그는 우리말에 대한 뛰어난 조합과 조어 능력을 바탕으로 사물에 대한 인상을 실제 이상으로 실감 나게 그려내었다. 그는 우리말의 묘사력이 그림의 붓 이상으로 날카롭고 섬세하다는 것을 보여주었다. 지용의 손끝에 의해 우리 시의 현대성은 급격히 높아졌고, 우리말의 표현력 역시 획기적으로 상승하였다. 하지만, 그는 우리말의 구문에 대한 천착은 미흡했다. 그의 뛰어난 묘사력은 대부분 우리말의 어휘와 형태에 대한 탁월한 식견과 감각에서 비롯된 것이다. 그의 시는 문장 단위로 읽을 때 문법적으로 어색하거나 모호한 경우가 종종 발견되는데, 이것은 그가 우리말의 문장에 대한 통사론적 층위의 성찰이 미흡했음을 반증하는 것이라고 볼 수 있다.

　만해는 운율과 이미지 이외에 또하나의 중요한 시적 요소로 간주되는 어조의 기틀을 다져놓았다. 만해가 창조한 어조의 미학은 소월이나 지용의 시가 미처 시도하지 못한 것이었다. 만해 시에서 어조의 미학은 서술어의 활용에서 두

드러지게 드러난다. 만해는 소월이나 지용과는 달리 복문의 문장을 즐겨 썼고, 완결된 문장을 선호했다. 복문의 완결된 문장에서 발생하는 다양한 서술 어미에서 만해 시의 미묘한 어조의 미감이 발생한다. 우리말에서 문장의 성분이나 존대법 등은 대부분 서술어의 어미에서 결정되는 만큼 서술어의 어미가 매우 다양하게 나타난다. 서술어의 다양하고 미세한 미감을 통해 화자의 말하기 태도를 환기해내는 만해의 시 쓰기는 우리말의 다양한 형태 변화의 천착에서 비롯된 것이다. 그는 우리말의 '문장'이 지닌 아름다움을 깊이 자각한 시인인데, 우리 문장에 대한 그의 자각은 말의 형태론적 층위에 머문 것이었고, 우리말의 다양한 구문과 용법 들을 천착하고 시에 활용하는 데까지는 이르지 못했다.

1930년대 중반에 등단한 백석은 이러한 시적 성취와 한계를 새롭게 넘어선 시인이다. 그는 현대시의 중요한 기틀인 운율과 이미지와 어조가 다져진 시적 환경에서 시를 써나갔지만, 뛰어난 선배 시인들이 다져놓은 이런 규범적인 시의 틀 안에 안주하지 않고, 또다른 시의 문법과 언어 형식을 개척해나갔다. 그는 단정한 시의 형태 안에서 운용되는 말소리의 미감이나 어휘에 대한 감각, 그리고 말의 형태론적 특성에 대한 반응에 머물지 않고, 우리말의 문장 구조가 안고 있는 다양한 기능과 용법 등을 천착하여 시에 활용하였다. 먼저 시의 말로 쓰기 어려울 것 같은 토착어까지도 과감하게 발굴하여 시의 말을 풍부하게 만든 다음, 우리말의 여러 구문이 지닌 다양한 용법과 느낌을 천착하여 시의 표현 방법으로 활용했다. 우리말의 어휘와 형태론적 특성은 물론, 문장 단위의 통사론적 특성에까지 시야를 넓혀 우리말의 구문과 서술구조를 천착하여 시의 문장으로 다양하게 활용하였고, 이러한 폭넓은 문체의 구사로 시의 의미를 창조해내었다. '~이다'와 '~것이다' 구문의 활용, 그리고 이러한 명사문을 다른 여러 구문들과 결합해 의미를 나타낸 것은 이러한 그의 시적 노력 가운데 하나이다. 그의 시가 얼핏 보면 평명하고 투박한 자연어의 나열에 불과한 것 같아도 범상치 않은 의미를 환기해내고 있는 것은 이러한 구문의 활용을 통한 문체의 효과에 크게 힘입은 것이다. 백석의 시는 독특한 구문의 배합으로 이뤄지는 다양한 문장의 매력으로 깊은 맛을 느끼게 해준다. 그는 우리 시에 효과적인 시의 문장으로 활용될 수 있는 다양한 구문들을 창조하여 우리 시 문체의 여러 전형들을 만들어내었다. 그가 활동한 1930년대는 우리말의 구문들이 형성, 발전되던 시기였기 때문에, 그의 시적인 언어 탐색은 우리말의 문체를 발전시키는 데에도 커다란 기여를 한 것이다.

백석은 오늘의 시인들에게 가장 많은 영향을 미치고 있는 시인인데, 백석 시의 영향 가운데 큰 비중을 차지하는 것이 바로 그의 시적 구문이다. 백석 시에서 수액을 얻는 시인들 중의 상당수는 여러 요소 가운데서도 특히 그의 시적 구문의 형태와 어법 들을 많이 차용하고 있다. 그만큼 백석 시의 구문이 매력적인 시적 요소로 오늘의 시인들에게 다가서는 것이다. 이 점에서 구문에 초점을 맞춘 백석 시의 문체에 대한 연구는 앞으로 더 활발하게 이루어질 필요가 있다.

4. 백석 시에 쓰인 '~이다'와 '~것이다' 구문의 시적 효과

이상으로 백석 시에 쓰인 '~이다'와 '~것이다' 구문의 시적 효과와 우리말의 문체를 적극적으로 활용한 그의 시가 지닌 시사적 의의에 대해 살펴보았다. 먼저 '~이다'와 '~것이다' 구문에 대한 문법적 기능과 특유의 의미에 대해 알아보았다. 그리고 이러한 문법적 이해를 바탕으로 '~이다'와 '~것이다' 구문이 백석 시에서 어떻게 활용되며, 이를 통해 얻게 되는 시적 효과는 무엇인지 분석해보았다.

　백석의 시에 나타난 '~이다' 구문의 활용과 효과는 다음의 두 가지로 요약된다. 첫째, 백석은 '~이다' 구문을 통해 감정 표시 기능을 억제하고, 화자의 의지나 바람이 중립화되어 사태의 진술이 극대화되는 것을 적극적으로 활용한다. 사태의 진술을 엮음의 언어로 짜서 경험을 생생하게 재현하고, '~이다' 구문으로 사태의 진술이 극대화되는 효과를 그대로 이용하여 일상에 대한 평명한 서술을 생기 있는 시적 언어로 승화시킨다. 둘째, 백석은 '~이다' 구문이 지닌 정언의 의미를 적극적으로 활용하여, 시적인 전언을 단호하고 엄숙한 진리의 선언처럼 만든다. 그리하여 일상의 자잘한 소재로부터 의미심장한 의미를 포착해내는 시적 의도를 한층 효과적으로 구현하고 있다.

　'~이다' 구문의 일종이면서도 화자에 의해 그 앞의 내용을 대상화시키는 의미를 발생시키는 '~것이다' 구문의 경우에는, 일인칭 화자의 경험세계를 드러낼 때 특별한 효과가 나타난다. 이때 일인칭 화자가 지난날의 경험세계를 구체적인 행위와 서술을 통해 낱낱이 진술하는 경우와 현재적 자아의 내면독백을 토로하는 경우에 서로 다른 효과가 발생한다. 전자의 경우 백석은 유년화자의 시선으로 지난 시절의 경험세계를 생생히 묘사하다가 마지막에 '~것이다' 구문으로 종결시켜, 지금까지의 진술을 대상화시키면서 말하는 발화자로서의 새로운 화자를 발생시킨다. 그리하여 어린 시절의 경험을 지속적으로 회상하는 화자의 태도를 느끼게 만들며, 이러한 현상은 시 속의 경험세계를 한층 애틋하고 절실한 것으로 만든다. 또 '~것이다' 구문의 사용으로 감각적인 체험을 '이야기의 세계'로 전환시켜 전달하며, 이러한 이야기의 전달 효과로 시적인 공감을 크게 높인다. 후자의 경우, 즉 자아의 내면독백을 시도하는 시의 경우, 시적 화자인 '나'의 내면 성찰을 '~것이다'라는 서술어로 종결시켜, 나의 성찰에 대한 진술을 대상화시키면서 말하는 발화자 '나'를 발생시킨다. 그리하여 시 속에서 행하는 화자의 성찰을 지속적으로 되돌아보는 발화자로서의 '나'의 존재를 부각시켜, 일회성의 성찰이 아닌 오랜 기간 숙고를 거듭하며 생각을 심화시켜나가는 화자의 치열한 자기 고뇌를 느끼게 해준다.

백석은 우리말의 구문을 적극적으로 활용하여 시를 썼다. 그는 '~이다'와 '~것이다' 구문을 적극적으로 활용하였고, 또 이러한 구문들을 다른 구문들과 결합해 사용함으로써 시의 의미를 깊이 있게 만들어내었다. 그는 시의 의미를 효과적으로 나타낼 수 있는 다양한 구문들을 창조해내어 우리 시 문체의 여러 전형들을 만들어내었고, 그것은 후대의 시인들에게 시적 문장의 중요한 자양분이 되고 있다. 우리말의 어휘와 형태론적 특성에 머물지 않고, 문장 단위의 통사론적 층위에까지 시야를 넓혀 우리 시의 문체를 적극적으로 개척해나간 백석은 소월과 지용에 이어 우리 시의 표현 방법을 크게 확장시킨 소중한 시인임을 다시 한번 확인하게 된다.

백석 시의 표현 형태에 나타난 조사의 활용 양상

1. 우리말의 구문 활용과 조사

이 글은 백석 시의 표현 형태에서 조사가 어떤 역할과 기능을 하는지를 살펴보고, 이를 통해 우리말에 대한 백석의 남다른 감각과 문법적 통찰력을 확인하기 위해 쓰였다. 백석은 동시대의 시인 가운데서도 특히 우리말의 구사력이 뛰어났던 시인이다. 백석은 당시 모국어의 세련에 앞장섰던 지용의 뒤를 이어 우리말의 표현력을 다시 한번 크게 확장시킨 시인이다. 백석이 이룩한 모국어의 확장은 어휘, 어구, 문장 등 문법 단위의 모든 요소를 망라하고 있다. 그는 방언을 위시해 생소한 토착어들을 무수히 발굴해 구사했을 뿐만 아니라 개성적이고 흥미로운 구문들을 다양하게 구사했다. 백석이 소월, 지용과 함께 우리 현대시의 기틀을 다진 세 기둥으로 꼽히는 것도 모국어의 구사력, 그중에서도 특히 구문 차원의 뛰어난 모국어 구사력에 있다. 그의 시가 오늘의 독자들, 특히 전문 독자인 시인들에게 커다란 영향을 미치고 있는 이유의 하나도 새로운 구문으로 엮어낸 다채로운 언어 형식에 있다고 할 수 있다.

백석이 시도한 우리말의 구문 활용을 통한 다채로운 언어 형식의 창조에 중요한 역할을 하는 요소로 조사를 들 수 있다. 백석은 우리말의 중요한 문법 요소의 하나인 조사를 시의 언어 형식에 적극적으로 활용하였다. 조사는 우리말을 포함한 알타이어 계통의 언어적 요소의 하나이다. 우리말은 실질적인 의미를 나타내는 내용어에 문법적 기능을 나타내는 기능어가 결합하여 한 어절을 형성하는데 이런 결합 구조는 알타이어 계통 언어의 일반적인 특징으로 알려져 있다. 조사는 바로 그런 문법 기능을 담당하는 요소이다. 조사는 문법 기능어이므로 본래 의미를 나타내는 것은 아닌데, 조사 가운데서 의미를 담당하는 조사도 있다. 국어학에서는 문법 기능을 담당하는 조사를 격조사라고 부르고, 의미 기능을 지닌 조사를 보조사, 또는 특수조사라고 부른다. 격조사에는 '이(가)' '을(를)' '의' '와(과)' 등이 있고, 보조사에는 '은(는)' '도' '만'을 비롯해 '부터' '까지' '조차' '마다' '(이)나' '(이)든지' '(이)라도' '마저' '(이)나마' 등 많은 종류가 있다.[1] 우리말은 알타이어 계통의 언어 가운데서도 조사가 특히 발달되어 있는 것으로 알려져 있다.[2]

백석은 우리말의 문장 구조에서 중요한 역할을 하고 다양하게 발달되어 있는 조사를 여러 가지 방식으로 활용하여 독창적인 언어 표현을 만들고 시의 의미를 풍부하게 조성한다. 지금까지 백석 시의 표현 형태에 대해 많은 연구자들이 주목해왔지만, 조사가 그 표현 형태에서 어떤 역할과 기능을 하는지에 대한 연구는 거의 눈에 띄지 않는다. 그것은 백석 시의 언술 형식에 대한 검토가 아직 미세한 부분에까지 미치지 못하고 있음을 알려주는 것이다. 백석 시에서 조

<hr>

1) 조사의 기능과 종류에 대해서는 남기심·고영근, 『표준국어문법론』, 탑출판사, 96~113쪽을 참조했음.

2) 같은 책. 남기심·고영근은 이 책에서 국어가 조사와 어미가 대단히 발달한 언어라고 말하고 있다.

사의 쓰임에 대해 살펴보고자 하는 이 글의 시도는 백석 시의 표현 형태의 특징과 효과를 보다 구체적으로 밝히고, 백석 시 이해의 폭을 크게 넓혀줄 것이다.

2. 운율의 조성

(1) 문법 이탈과 조사의 반복

백석 시에서 조사가 지닌 중요한 역할과 기능은 운율의 조성이다. 백석 시엔 반복과 나열로 말을 길게 늘어뜨리는 엮음의 표현 형태가 자주 구사되므로 그의 시엔 기본적으로 개별 어휘와 구문의 반복이 많다. 우리말의 문법 구조에서 조사는 내용어 뒤에 따라다니는 것이므로 엮음의 표현 형태에서는 자연히 조사의 반복이 자주 발생하게 된다. 이러한 문장 형식에서 조사는 음절의 반복을 일으키고, 음절의 반복은 자연히 소리 반복으로 이어진다.

그런데 백석은 꼭 엮음의 표현 형태가 아니라도 의도적으로 특정 조사를 붙여 운율을 조성하는 경우가 많다. 가령 다음과 같은 구절을 보자.

> ① 여우가 주둥이를 향하고 우는 집에서는 다음날 으레히 흉사가 있다는 것은
> 얼마나 무서운 말인가
>
> ―「오금덩이라는 곳」 부분

인용한 구절은 어색한 문장이다. "여우가 주둥이를 향하고 우는 집에서는" 다음에 "다음날 으레히 흉사가 있다는 것은"이라는 주어절이 또 나와 주어가 두 개인 것처럼 보인다. 일반적으로 "여우가 주둥이를 향하고 우는 집에서는" 이라는 주어가 앞에 나오면 뒤에 내포절로 들어간 문장에서는 '~있다는 것은'

보다는 '~있다는 것이'로 써야 자연스러운 문장이 된다. 인용한 구절은 어색한 문장이지만, 여기서 운율감이 발생한다. '~있다는 것이' 대신에 '~있다는 것은'이란 구절이 쓰여 '~집에서는'의 '는'과 호응하며 '은(는)'이라는 음절의 반복이 발생한다. 또 '은(는)'이라는 동일음을 휴지 단위로 구문의 반복이 조성된다. '은(는)'이라는 동일음의 조사가 율격 마디를 형성하는 역할을 하는 것이다.

　　② 나는 이 마을에 태어나기가 잘못이다

—「마을은 맨천 구신이 돼서」 부분

위의 구절 ②는 어색함을 넘어 문법적으로 어긋난 문장이다. 이 문장에서 "태어나기"란 말은 잘못 쓰인 것이다. '태어나다'란 말은 '기'를 붙여 '태어나기'란 명사형으로 만들어 쓸 수 없다. 이 문장은 '나는 이 마을에 태어난 것이 잘못이다', 또는 '나는 이 마을에 잘못 태어났다'로 써야 올바른 문장이 된다. ②는 문법에 어긋난 문장이지만, 여기서도 운율이 발생한다. 우선 "태어나기가"란 말 자체에 동일음의 반복이 발생된다. 명사형 어미 '기'와 주격조사 '가'가 연달아 쓰여 'ㄱ' 음의 반복이 발생한다. 위 구절엔 이외에도 조사 '는'이 붙어 형성된 주어인 '나는'이란 말에서 'ㄴ' 음의 반복이 발생하며, 조사 '에'가 붙어 형성된 '이 마을에'란 부사구에서 'ㅇ' 음의 반복이 발생한다. 위 구절은 "나는" "이 마을에" "태어나기가" 등의 어절들에서 모두 소리 반복이 발생하며, 이에 따라 운의 미감이 크게 조성되는 것이다. 또 이 구절은 "태어나기"란 말의 구사로 네 개의 소리 마디가 뚜렷이 형성되고, 각 소리 마디의 운율감도 커진다. 즉, '나는/이 마을에/태어나기가/잘못이다'의 율격 형성에서 각 소리 마디는 단절이 없는 연속성을 지니게 된다. '태어난 것이'나 '잘못'이라고 말할 때보다

"태어나기"라고 말했을 때 소리의 지속이 커져 운율감이 커지고, 4음절의 지속성을 지닌 소리 마디가 4음절의 다른 소리 마디와 잘 호응한다. 또 각 소리 마디의 끝은 모두 한 음절의 조사로 끝나게 된다. 즉, 이 문장은 '……는/……에/……가/……이다'의 운율 형식을 드러낸다. 하나의 소리 마디가 소리의 지속성을 가지며 각 소리 마디의 끝이 한 음절의 조사로 끝나면 우리말의 낭독 관행상 각 소리 마디의 끝에 놓이는 조사에 강세나 높낮이, 또는 소리의 지속이 나타나게 된다. 그래서 이 문장을 낭독하면 강약과 높낮이가 발생하게 된다. 이렇듯 이 구절은 문법적으로 아주 어색한 문장이지만, 조사의 활용으로 운율이 크게 조성되는 문장으로 거듭난다.

조사의 활용으로 운율을 조성하기 위해 자연스러운 문장 형식을 변형하는 것은 백석의 시에서 흔히 볼 수 있는 현상이다. 다음의 예를 더 보자.

③ 아무리 밤이 좋은들 오리야

　해변벌에선 얼마나 너이들이 욱자지걸하며 멕이기에

　해변땅에 나들이 갔든 할머니는

　오리새끼들은 장꽁이나 하듯이 떠들썩하니 시끄럽기도 하드란 숭인가

　　　　　　　　　　　　　　　　　　　　　　　　　　　　　─「오리」부분

인용한 예 ③의 3, 4행은 "해변땅에 나들이 갔는 할머니는"이란 주어 다음에 "오리새끼들은"이란 주어가 또 나와 어색한 문장이 되고 있다. 사실 ③의 전체 문맥상에서 보면 이 두 어구에 붙은 '는'과 '은'이라는 조사 자체가 모두 어색하게 구사된 것이다. "할머니는"은 '할머니가'로, "오리새끼들은"은 '오리새끼들이'로 써야 ③의 전체적인 문맥에서 자연스러운 문장이 된다. 조사를 어색하게 사용하여 문장이 부자연스러워졌지만, 그 문장은 '은(는)'의 조사가 반복되

어 소리 반복을 일으킴으로써 운율미를 조성한다. 그런가 하면, 조사의 어색한 쓰임에서 비롯된 이 부자연스러운 문장은 그 자체로 낯선 느낌을 주어 이 평명한 문장에 담긴 평명한 전언을 신선하게 만들어준다. 소위 '낯설게 하기'의 효과를 준다고 할 수 있다.

한편 인용한 ③의 3, 4행의 문장은 할머니에 대한 화자의 말인 "해변땅에 나들이 갔든 할머니는/……란 숭인가"에 할머니가 하는 말인 "오리새끼들은 장 몰이나 하듯이 떠들썩하니 시끄럽기도 하다"란 문장이 삽입된 형식의 문장이다. 이 안긴문장의 주어에 '오리새끼들이'가 아닌 "오리새끼들은"이란 어색한 말을 쓴 것은 "오리새끼들"을 강조하기 위해서일 것이다. 그렇다면 안은문장의 주어인 '할머니는'이란 말 다음엔 쉼표를 표시해야만 한다. 그런데 백석은 그런 부호를 표시하지 않고, 대신 행갈이를 해서 쉬어 읽어야 한다는 것을 표시하고 있다. 행갈이로 안은문장과 안긴문장을 구분하고, 쉼표의 역할을 대체한 것이다.

이렇게 볼 때 인용한 ③의 3, 4행은 어색한 조사의 사용으로 음절의 반복을 통한 운율미를 조성하고, 부자연스러운 문장으로 생소화의 효과를 내며, 그 어색하고 부자연스러운 안은문장을 행갈이로 처리하는 형식미를 드러낸 구절이라고 할 수 있다.

조사의 특이한 구사로 소리 반복을 조성하면서 발생하는 백석 시의 운율미는 어미의 반복이 가세하면서 더욱 강화된다. 앞서 살펴본 예 가운데 ①은 조사 '은(는)'의 반복에다 '우는'과 '있다는'에서의 어미 '는'의 반복이 가세하여 '은(는)'의 반복이 강화된다. '우는'은 '울다'에 관형형 어미 '는'이 붙은 것이고, '있다는'은 '있다고 하는'의 준말로서 역시 관형형 어미 '는'이 붙은 말이다. 백석 시에는 뒤에서 연속적으로 말을 수식하는 부연적 수식의 문장 형태가 자주 사용된다. 그래서 백석 시에는 관형형 어미 'ㄴ/은(는)'의 사용이 빈번하다.[3] 이 관형형 어미 'ㄴ/은(는)'의 반복이 조사 '은(는)'의 반복과 결합되어 'ㄴ/은(는)'의 소리 반복이 자주 나타난다. 인용한 예 ③에서는 "하드란 숭인가"란 어절의 "하드란"에서 관형형 어미 'ㄴ'이 조사 '은(는)'의 반복과 결합되어 있다. ③에서 "'할머니는"과 "오리새끼들은"이라는 어색한 조사가 들어간 말을 쓴 것도 "하드란"이란 말이 지닌 'ㄴ' 소리와의 호응을 고려한 것이라고 봐야 할 것이다. 관형형 어미 'ㄴ/은(는)'과 조사 '은(는)'의 결합과 반복으로 소리 반복을 드러내는 것은 백석 시의 주된 표현 형태 가운데 하나이다.

호박닢에 싸오는 붕어곰은 언제나 맛있었다

부엌에는 빨갛게 질들은 팔八모알상이 그 상 우엔 새파란 싸리를 그린 눈알만한 잔盞이 뵈였다

아들아이는 범이라고 장고기를 잘 잡는 앞니가 뻐드러진 나와 동갑이었다

울파주 밖에는 장꾼들을 따러와서 엄지의 젖을 빠는 망아지도 있었다

—「주막酒幕」 전문

인용 시는 2연의 "부엌에는" "그 상 우엔" 등에서 조사 '은(는)'의 반복이 발생하고, "팔모알상이"와 "잔이" 등에서 조사 '이'가 반복된다. 그리고 1연의

---

3) '부연 수식'이라는 용어를 비롯해 이러한 백석 시의 표현 형태의 특징에 대해서는 이경수가 상세히 설명한 바 있다. 이경수, 『한국현대시와 반복의 미학』, 월인, 2005, 70~90쪽. 'ㄴ' 소리를 포함해서 음운자질에 주목하며 백석의 「나와 나타샤와 흰 당나귀」의 운율을 분석한 권혁웅의 논의도 주목된다. 권혁웅, 「한국현대시의 운율연구」, 『어문논집』 57호, 2008, 4월, 242~247쪽.

"붕어곰은", 3연의 "아들아이는", 4연의 "울파주 밖에는" 등에서 조사 '은(는)'의 반복이 발생한다. 이러한 조사 '은(는)'의 반복에 관형형 어미 '은(는)'의 반복이 가세하여 소리 반복이 한층 강화된다. 1연의 "싸오는", 2연의 "질들은"과 "그린", 3연의 "잡는"과 "뻐드러진", 4연의 "빠는" 등이 모두 관형형 어미 '은(는)'을 사용한 말들이다.

인용 시는 이처럼 관형형 어미 '은(는)'과 조사 '은(는)'의 소리 반복으로 운율감이 조성된다. 인용 시에서 '은(는)'의 반복은 소리의 반복뿐만 아니라, 소리 마디의 반복까지 조성한다. 즉, '은(는)이 끝나는 지점에서 대체로 소리의 휴지가 발생하는 것이다. 인용 시는 산문적으로 씌어졌지만 이처럼 '은(는)'의 반복적 구사로 운율이 발생하는 시적 문장으로 거듭나고 있다.

(2) '나는'의 의도적 구사와 운율 장치

조사와 관형형 어미 'ㄴ/은(는)'의 반복으로 운율을 조성하는 백석 시의 표현 형태에서 주목되는 또하나의 현상은 '나는'이라는 말의 빈번한 구사이다. 다른 시인들의 작품에 비해 백석 시엔 '나는'이란 말이 현저하게 많이 구사된다. 우리말의 특징 가운데 하나는 주어가 자주 생략되는 것이고[4], 그 가운데서도 '나'란 주어는 생략되는 빈도수가 더 높다. 서정시는 본질적으로 일인칭 화자의 목소리를 드러내는 양식이므로 '나'라는 주어가 쓰일 가능성이 높은데, 실제 문장 형식에서 '나'라는 주어는 흔히 생략된다. 화자 '나'가 문면에 드러나는 경우 '내 마음' '내 가슴' 등과 같은 말의 형식으로 나의 마음이나 생각을 드러내는 경우가 훨씬 많다. 물론 시에 따라 '나는'이란 주어를 사용하는 경우도 있다. 하지만 백석 시의 경우 그 빈도수가 아주 높으며, 일반적인 문장 형식에서

---

4) 남기심·고영근, 앞의 책, 26쪽.

보통 생략하는 곳에도 의도적으로 사용하는 경우가 많다. '나는'이란 말의 빈번하고 의도적인 구사는 백석 시 고유의 개성적인 표현법이라고 할 수 있다.

'나는'이란 말을 의도적으로 문면에 내세우는 것은, 의미론적으로 보면 일인칭 화자인 '나'를 강조하기 위함일 것이다. 그런데 백석 시엔 '나는'이란 말의 의도적 구사가 일인칭 화자의 강조보다는 오히려 운율의 조성을 위해 시도되고 있다.

나는 이 마을에 태어나기가 잘못이다
마을은 맨천 구신이 돼서
나는 무서워 오력을 펼 수 없다
자 방안에는 성주님
나는 성주님이 무서워 토방으로 나오면 토방에는 디운구신
나는 무서워 부엌으로 들어가면 부엌에는 부뜨막에 조앙님

나는 뛰쳐나와 얼른 고방으로 숨어버리면 고방에는 또 시렁에 데석님
나는 이번에는 굴통 모통이로 달아가는데 굴통에는 굴대장군
얼혼이 나서 뒤울안으로 가면 뒤울안에는 곱새녕 아래 털능구신
나는 이제는 할 수 없이 대문을 열고 나가려는데 대문간에는 근력 세인 수문장
―「마을은 맨천 구신이 돼서」 부분

인용 시는 유년화자 '나'가 속신의 세계에 묻혀 있는 마을의 곳곳에 온통 귀신이 붙어 있어 공포를 느끼며 이곳저곳을 도망 다니는 모습을 그리고 있는 작품이다. 화자 '나'가 공포감에 다른 장소로 이동하는 모습을 진술할 때마다 '나는'이란 주어를 어김없이 구사하고 있다. 이처럼 '나'의 행위 진술에 연속적으

로 '나는'이란 주어를 표출하고 있는 것은 그렇게 자연스러운 문장 형식은 아니다. 특히 5행부터는 '나'의 행위를 드러내는 서술어가 모두 생략되어 있으므로 '나는'이란 주어도 모두 빠져야 자연스러운 문장이 된다.

그런데 이 어색한 문장 형식은 문장 내의 다른 구문과 호응하며 운율의 미감을 형성한다. 인용 시는 '나는'이란 말과 함께 화자인 '나'가 도망 다니는 장소를 나타낼 때 예외 없이 조사 '는'을 붙이고 있다. "토방에는" "부엌에는" "고방에는" "굴통에는" "뒤울안에는" "대문간에는" 등이 모두 그런 말들이다. 인용 시의 표현 형태는 앞말의 끝을 받아 새로운 말을 이어가는 소위 '꼬리따기' 방식의 엮음 구문으로 되어 있다. 앞말이 반복되고 새로운 말이 이어지는 이 표현 형태는 속도감을 유발한다.[5] 이러한 엮음의 문장 형식에 조사 '는'의 반복이 가세하여 굉장한 속도감을 일으킨다. 조사 '는'의 반복이 마치 자동차 가속 페달과 같은 역할을 한다고 할 수 있다. '는'이라는 음운이 불러일으키는 부드러운 소릿결은 이 속도감을 더욱 고조시킨다. 이 속도감은 '나'가 공포감으로 재빠르게 자신이 머문 공간을 빠져나오고, 또 정신없이 다른 곳으로 전속력을 다해 도망가는 행위를 생생히 전해준다. '나는'이라는 일인칭 주어의 의도적 구사는 이처럼 운율 조성에 크게 기여하며, 그 운율 조성은 의미 조성에 큰 기여를 하는 것이다.

　　넷날엔 통제사統制使가 있었다는 낡은 항구港口의 처녀들에겐 넷날이 가지 않은 천희千姬라는 이름이 많다

　　미역오리같이 말라서 굴껍지처럼 말없이 사랑하다 죽는다는

　　이 천희千姬의 하나를 나는 어늬 오랜 객주客主집의 생선 가시가 있는 마루방에

---

5) 졸저, 『백석 시 바로 읽기』, 현대문학, 2006, 169쪽.

서 만났다

　저문 유월六月의 바닷가에선 조개도 울을 저녁 소라방등이 불그레한 마당에 김냄새 나는 비가 나렸다

—「통영統營」 전문

　인용 시에는 3행에서 '나는'이란 주어가 쓰이고 있다. 여기서 '나는'이란 주어는 생략해도 되고 써도 어법에 맞는 말이지만, '나는'이란 주어를 씀으로써 구어체보다는 문어체에 가까운 문장이 되었다. 그런데 이 시에서 '나는'이란 주어를 사용한 문어체 문장은 다른 어절과의 관련 속에서 운율감이 드러나는 표현으로 거듭난다. 인용 시는 관형형 어미인 'ㄴ/은(는)'과 조사 '은(는)'의 반복으로 형성되는 백석 특유의 부연적 수식의 표현 형태로 이루어져 있다. "넷날엔" "통제사가 있었다는" "처녀들에겐" "가지 않은" "죽는다는" "생선 가시가 있는" "바닷가에선" "김냄새 나는" 등의 말들이 모두 여기에 해당하는 것들이다. '나는'이란 주어의 사용은 이러한 어절들과 호응하며 'ㄴ/은(는)' 소리의 반복을 강화시킨다.

　특히 인용 시에서 '나는'이란 주어의 구사는 위치 선정이 매우 적절하게 이루어져 있다. '나는'이란 주어가 산문적으로 진행되는 시적 진술의 중간에 놓임으로써 'ㄴ/은(는)'의 소리 반복으로 진행되는 운율적 흐름을 자연스럽게 이어준다. 만약, 여기서 이 주어가 구어체의 일반적인 문장 형식에 맞춰 생략되었다면 이 시는 현저하게 산문적인 문장이 되었을 것이다. 또 여기서 '나는'이란 주어는 4행 끝부분에 구사된 "김냄새 나는"에서의 '나는'과 호응하며 운율감을 증대시킨다. 'ㄴ/은(는)'이 반복되는 가운데 '나는'이란 동일 어구가 반복되어 운율감이 더욱 고조되는 것이다. 이렇듯 '나는'이라는 주어의 구사는 산문적으로 진술되는 백석 시의 운율 조성에 커다란 역할을 한다.

3. 의미의 활용

조사는 문법 기능어로서 본래 의미를 나타내는 것은 아닌데, 조사들 중에는 의미를 담당하는 말들도 많다. 보조사, 또는 특수조사로 불리는 이 부류의 조사는 종류도 많고 의미도 다양하다. 백석은 조사를 시의 운율 조성을 위한 언어적 요소로 잘 활용할 뿐만 아니라, 조사의 의미 자질을 시의 의미 조성에 적절히 활용한다. 특히 한 음절의 간명한 언어 형태에 여러 겹의 의미 자질을 간직한 조사의 특성을 백석은 시의 문맥에 맞춰 잘 활용한다. 백석 초기 시의 대표작 가운데 하나인 「모닥불」에서부터 이러한 조사 활용 태도를 엿볼 수 있다. 다른 글에서 밝힌 바 있듯이, 이 시는 '도'라는 조사를 잘 활용해 모닥불이 피는 풍경, 또 세상의 온갖 존재들이 모닥불 주위에 둘러앉아 불을 쬐는 풍경을 생생히 그린다. 그리고 이러한 풍경 묘사를 통해 사랑과 평등의 의미를 일깨우고 있다.[6] 시 「모닥불」은 유사한 의미 범주의 어휘들을 연속적으로 나열하기만 하는 지극히 단순한 언어 형식으로 생생하고 의미 있는 풍경 묘사를 하고 있는데, 이러한 시적 성취의 핵심에 한 음절의 형태로 복수의 의미 자질을 갖춘 '도'라는 조사의 활용이 놓여 있다. 백석 시엔 이 같은 방식으로 조사의 의미를 잘 활용한 시들이 많이 있는데, 이 글에서는 기왕에 살펴보지 않은 조사 '은(는)' '을(를)' '와(과)'를 활용한 경우를 보도록 하겠다.

(1) '은(는)'의 활용

가난한 내가

---

6) 졸저, 『정본 백석 시집』, 문학동네, 2007, 294~295쪽.

아름다운 나타샤를 사랑해서

오늘밤은 푹푹 눈이 나린다

나타샤를 사랑은 하고

눈은 푹푹 날리고

나는 혼자 쓸쓸히 앉어 소주燒酒를 마신다

소주燒酒를 마시며 생각한다

나타샤와 나는

눈이 푹푹 쌓이는 밤 흰 당나귀 타고

산골로 가자 출출이 우는 깊은 산골로 가 마가리에 살자

눈은 푹푹 나리고

나는 나타샤를 생각하고

나타샤가 아니 올 리 없다

언제 벌써 내 속에 고조곤히 와 이야기한다

산골로 가는 것은 세상한테 지는 것이 아니다

세상 같은 건 더러워 버리는 것이다

눈은 푹푹 나리고

아름다운 나타샤는 나를 사랑하고

어데서 흰 당나귀도 오늘밤이 좋아서 응앙응앙 울을 것이다

—「나와 나타샤와 흰 당나귀」 전문

인용 시는 조사 '은(는)'의 활용이 눈에 띈다. 조사 '은(는)'은 강조, 대조의 의

미를 지니는데, 그러한 의미 자질이 '은(는)'이란 음가와 함께 적절히 활용된다.

먼저 1연의 "오늘밤"이란 말 다음에 붙은 '은'이란 조사는 의도적으로 구사된 것이다. "오늘밤" 다음에 '은'이란 조사가 붙어 시간적, 공간적 배경이 강조된다. 눈이 내리고, 나타샤를 사랑하는 마음이 솟구치는 "오늘밤"의 그 서정적이고 낭만적인 시공간이 '은'이라는 조사의 구사로 각별히 부각된다. 조사 '은'이 붙은 "오늘밤은"이란 말은 "가난한" "아름다운"이란 말과 긴밀히 호응한다. 세 시어들은 모두 'ㄴ/은'이란 소리를 공통으로 간직한다. 세 시어가 하나의 소리로 묶임으로써 의미적 대응관계가 조성된다. 즉, '가난' '아름다움' '오늘밤'이 대응되고, 그 말들이 수식하는 '나'와 '나타샤'와 '눈'이 대응된다. 이러한 말들의 의미적 대응은 '가난'과 '아름다움'과 '오늘밤', 그리고 '나'와 '나타샤'와 '눈'의 이미지를 서로의 관계 속에 파악하게 만든다. 즉, 각각의 이미지는 서로 상반되거나 유사한 의미망을 형성하면서 특별한 의미로 부각된다. 그 이미지들은 시의 전체적인 맥락 속에서 유사한 의미망 속에 포섭되며, 이 시를 순수하고 맑은 영혼들의 낭만적인 연가로 만들어준다.

2연 첫 행의 "사랑은 하고"라는 말에서 '은'이란 조사도 의도적으로 붙은 것이다. 이로 인해 화자 '나'가 나타샤를 사랑하고 있는 마음이 강조된다. 그다음 행의 "눈은"에 붙은 '은'이란 조사도 같은 기능을 갖는 것으로 눈 내리는 상황을 부각시킨다. '사랑'과 '눈'이란 말에 연속적으로 강조 의미의 조사가 붙어 사랑하는 마음과 눈 내리는 상황이 순차적으로 강조되어 낭만적 상황을 고조시킨다. 그러한 낭만적 상황은 이어지는 화자의 음주 행위를 자연스럽게 만든다. 화자 '나'에 붙은 강조 의미의 조사 '는'은 낭만적 상황에서 소주를 마시는 화자의 존재를 부각시킨다.[7] 이제 '나'는 취기 상태에서 환상적이고 낭만적인

---

7) 이 시에서 조사 '은(는)'이 지닌 이러한 의미에 대해서는 졸저, 『백석 시 바로 읽기』, 현대문학,

상상의 세계로 들어간다. '나'는 '나타샤'와 함께 눈 내리는 밤 흰 당나귀를 타고 산골로 가 마가리(오두막집)에 살고자 하는 꿈을 꾼다. 이 상상의 발언은 문법적으로 어색한 문장이다. 여기서 "나타샤와 나는"이라는 주어는 그 문장의 서술어인 "살자"와는 호응할 수 없는 말이다. "살자"라는 청유형 서술어에는 주어를 사용할 수 없다. 이 문장의 주어를 그대로 살린다면 "살자"가 아니라 '살겠다'라는 서술어가 나와야 한다. 이 문장은 문법적으로 틀린 것인데, 시의 형태적, 의미적 구조 안에서 시적 효력을 지닌다. "나타샤와 나는"이란 주어에서 조사 '는'은 이 시를 지배하는 소리 반복인 '은(는)'의 반복을 강화시켜준다. 앞서 살펴본 대로, 이 시는 '은(는)'의 조사가 의도적으로 붙어 있고, 그러한 조사의 구사는 의미의 부여뿐만 아니라 동일 음절의 반복으로 소리 반복을 일으킨다. 그 소리 반복이 "나타샤와 나는"까지 이어지고 있는 것이다. "나타샤와 나는"이란 말을 의미론적으로 보면 '나'와 '나타샤' 두 사람을 묶어줌으로써 '연인'의 의미를 강화시킨다. 그러면서 서술어에 청유형을 씀으로써 '나'가 '나타샤'에게 말을 건네는 상황을 만든다. 이러한 담화 방식은 뒤에 이어지는 "산골로 가는 것은 세상한테 지는 것이 아니다/세상 같은 건 더러워 버리는 것이다"라는 구절을 '나'의 청유에 대한 '나타샤'의 화답으로 보게 만든다. 이런 담화 방식으로 이 시는 화자의 독백보다는 화자 '나'와 연인 '나타샤'가 서로 말을 주고받는 대화 상황을 연출하며, 그러한 연극적 상황은 연인들의 사랑의 교감을 한층 생동감 있게 전해준다. 그런가 하면, '나타샤'의 화답은 산문적으로 진술되어 있지만, 문장 형식이 '……것은' '……건' 등 조사 '은'이 들어가는 구조로 되어 있어 이 시의 지배적인 소리 반복인 '은(는)'의 반복을 계속 살리고 있다.

342~346쪽에서 간략히 다룬 바 있다.

　이제 마지막 4연에서 "눈은"과 "아름다운 나타샤는"이라는 주어에 다시 또 조사 '은(는)'을 붙여 소리 반복을 이어나가며 "눈"과 "아름다운 나타샤"를 강조한다. 여기서 눈여겨보아야 할 것은 강조의 대상이다. 2연에선 '나'가 '나타샤'를 사랑하는 것과 눈이 내리는 것에 조사 '은(는)'을 붙여 강조하였는데, 마지막 4연에선 "눈"과 "아름다운 나타샤"에 강조 의미의 조사 '은(는)'이 붙어 있다. 그것은 앞의 3연에서 '나'의 청유에 '나타샤'가 화답하여 '나타샤'의 사랑을 확인하였기 때문에 나타난 '나'의 마음 상태가 반영된 것이다. 3연에서 '나타샤'의 사랑을 확인한 '나'는 이제 눈 내리는 상황이 더욱 낭만적으로 느껴지고, "아름다운 나타샤"가 더욱 아름다운 존재로 떠오르는 것이다. 이로써 눈 내리는 날 '나'의 상상 속에서 벌어지는 '나'와 '나타샤'와의 사랑의 교감은 아름답게 종결된다. 이어 '나'와 '나타샤'의 사랑의 교감에 대한 '흰 당나귀'의 축복의 소리가 울려퍼짐으로써 이 시를 더욱 아름답게 끝낸다. '흰 당나귀'의 앙증맞은 울음소리는 둘 사이에 대한 사랑의 축가, 또는 찬가로 들린다. 이 대목에선 흰 당나귀에 '도'란 조사를 붙였는데, 그것은 말할 것도 없이 조사 '도'가 지닌 '첨가'의 의미를 그대로 살린 것이다. 순결하고 동화적이며 헌신적인 이미지를 지닌 '흰 당나귀'의 동참은 '나'와 '나타샤'의 사랑을 더욱 아름답게 승화시킨다. 그리고 '오늘밤' 다음엔 지금까지 줄곧 사용했던 조사 '은(는)' 대신에 '이'라는 주격조사를 구사했는데, 이것은 '나'와 '나타샤'와 '흰 당나귀'가 함께 전하는 오늘밤의 연가가 아름답고 행복하게 종결됨으로써 이제 강조의 의미보다는 사실의 확인이 더 적절하기에 그렇게 쓰인 것이다.

　이렇듯 조사는 이 시의 의미 조성에 긴밀하게 관여한다. '은(는)'이란 조사를 적재적소에 붙여 시의 미묘한 의미를 조성하고, 시의 흐름을 자연스럽게 이끌어나가며, 운율도 조성한다. 또 다른 조사와 적절히 교차해 사용함으로써 시의 의미를 완성해나가고 있다.

(2) '을(를)'의 활용

아득한 옛날에 나는 떠났다
부여扶餘를 숙신肅愼을 발해勃海를 여진女眞을 요遼를 금金을
흥안령興安嶺을 음산陰山을 아무우르를 숭가리를
범과 사슴과 너구리를 배반하고
송어와 메기와 개구리를 속이고 나는 떠났다
　　　　　　　　　　— 「북방北方에서— 정현웅鄭玄雄에게」 부분

인용 시에선 조사 '을(를)'이 반복적으로 구사된다. 이 시는 서두에 "아득한 옛날에 나는 떠났다"고 호소력 있게 고백한 다음, 이어서 '나'가 떠난 곳들을 길게 열거하고 있다. "부여" "숙신" "발해" "여진" "요" "금" 등은 만주 지역에서 명멸했던 나라와 종족들의 이름이고, "흥안령" "음산" "아무우르" "숭가리" 등은 주로 만주 지역에 있는 산과 강의 이름들이다. 화자는 아득한 옛날에 이곳들을 모두 떠났다는 것인데, 그곳의 이름을 하나하나 열거하고 있고, 그 이름 열거에 일일이 목적격 조사 '을(를)'을 붙이고 있다. 이 문장은 목적격 조사를 생략해도 되고, 생략했을 때 훨씬 속도감 있는 문장이 될 것이다. 그런데 백석은 각각의 이름 뒤에 모두 조사를 붙이고 있다. 이것은 어떤 효과가 있는 것일까?

만약에 조사 '을(를)'을 생략하고 쉼표만으로 그 이름들을 한꺼번에 열거하면 그것들이 모두 하나로 묶이므로, 그것들 전체를 가리키는 의미를 띠게 될 것이다. 그것은 화자가 떠나온 곳들을 알려주기만 하는, 단순한 정보 전달에 머무는 것이다. 그런데 이름 뒤에 일일이 목적격 조사 '을(를)'을 붙이면 나라와 종족, 산과 강 등의 독립성이 강화되고, 그것들 사이의 거리감이 뚜렷이 발

생한다. 그러면 화자가 그곳들 각각으로부터 일정한 시간 격차를 두고, 순차적으로 하나하나 떠나왔다는 의미를 발생시킨다. 더 구체적으로 말해 화자가 각각의 지역에 머물렀던 체류감, 이어서 각각의 지역을 순차적으로 지나왔다는 여정감, 또 그러한 과정이 오랜 시간에 걸쳐 이루어진 것이라는 시간감 등이 환기되는 것이다. 그런가 하면 이 지역과 종족들, 즉 부여, 숙신, 발해, 여진, 요, 금 등이 시간적, 공간적으로 떨어져 있으며, 이들이 순차적으로 명멸했다는 역사적 사실을 떠올리게 하기도 한다. 위 구절은 아주 단순하고 평명한 진술이지만, 목적격 조사의 구사 하나로 이렇듯 다양하고 풍부한 의미를 머금게 된다.

위 구절에서 목적격 조사 '을(를)'은 소릿결의 효과도 갖는다. '을/를'이라는 음절은 모음과 유성자음으로 구성되어 있으며, 특히 받침을 형성하는 유성자음 'ㄹ'은 부드러우면서 지속성을 지닌 음가를 갖고 있다. 이러한 음성 자질은 이 시의 문맥 안에서 화자 '나'가 이들 지역을 떠나면서 가졌을 어떤 감정 상태를 환기시킨다. 이 구절은 진술의 표면에는 그러한 감정 상태가 표출되어 있진 않다. 그런데 "나는 떠났다"는 화자의 행위에 대한 단호한 서술 뒤에 화자가 떠나온 지역(종족)에 대한 이름이 서술되고, 그 지역(종족)명 뒤에 일일이 '을(를)'이란 조사를 붙여 휴지를 둠으로써 생략 효과가 발생한다. 이때 그 빈 공간은 여러 의미를 발생시키는데, 그중 하나로 지역 이탈에 따른 화자의 감정 상태를 들 수 있다. 목적격 조사 '을/를'이 지닌 부드러우며 지속성을 지닌 소릿결은 그러한 감정 상태의 표출과 맞물려 그곳을 떠날 때 화자의 감정이 몹시 아쉬움에 젖어 있고, 그러한 아쉬움이 깊은 여운으로 화자의 마음속에 오랫동안 남아 있음을 느끼게 한다. 조사 '을/를'의 적절한 구사가 이렇듯 인용 시의 의미를 한없이 풍부하게 조성하고 있는 것이다.

(3) '와(과)' '의'의 활용

오대伍代나 나린다는 크나큰 집 다 찌그러진 들지고방 어득시근한 구석에서
쌀독과 말쿠지와 숫돌과 신뚝과 그리고 넷적과 또 열두 데석님과 친하니 살으
면서

한 해에 몇 번 매연 지난 먼 조상들의 최방등 제사에는 컴컴한 고방 구석을 나
와서 대멀머리에 외얏맹건을 지르터맨 늙은 제관의 손에 정갈히 몸을 씻고 교우
우에 모신 신주 앞에 환한 촛불 밑에 피나무 소담한 제상 위에 떡 보탕 식혜 산
적 나물지짐 반봉 과일 들을 공손하니 받들고 먼 후손들의 공경스러운 절과 잔
을 굽어보고 또 애끊는 통곡과 축을 귀에 하고 그리고 합문 뒤에는 흠향 오는 구
신들과 호호히 접하는 것

구신과 사람과 넋과 목숨과 있는 것과 없는 것과 한 줌 흙과 한 점 살과 먼 넷
조상과 먼 훗자손의 거룩한 아득한 슬픔을 담는 것

내 손자의 손자와 손자와 나와 할아버지와 할아버지의 할아버지와 할아버지
의 할아버지의 할아버지와…… 수원백씨水原白氏 정주백촌定州白村의 힘세고 꿋꿋
하나 어질고 정 많은 호랑이 같은 곰 같은 소 같은 피의 비 같은 밤 같은 달 같은
슬픔을 담는 것 아 슬픔을 담는 것

—「목구木具」 전문

우리의 전통 풍속 가운데 하나인 제사의 진행 과정을 구체적으로 그리고 있
는 인용 시에선 조사 '와(과)'와 '의'의 사용이 눈에 띈다. 인용 시는 백석이 즐

겨 구사한 엮음의 표현 형태로 되어 있다. 일정한 어휘와 어구 들을 나열, 반복하는 백석 특유의 진술 방식이 구사되는데, 조사는 이러한 엮음의 표현 과정에서 나타난다. 그런데 주목되는 것은 엮음의 표현 방식 안에서도 조사의 구사가 선별적으로 이루어지고 있는 점이다. 2연에선 제상 위에 차려진 음식들이 길게 나열되어 있는데, 이 대목에선 조사를 사용하지 않고 이름만을 길게 나열하고 있다. 반면에 3연과 4연에선 산 자와 죽은 자, 또는 조상과 후손 들을 길게 나열하고 있는데, 이 대목에선 일일이 조사를 붙여 진술하고 있다. 엮음의 표현에서 선별적으로 이루어지고 있는 조사의 구사는 의미의 조성과 긴밀하게 연관된다.

2연에서 제상에 차려진 음식물 이름의 나열에 조사를 뺀 것은 제상에 한 상 가득 차려진 음식들의 풍성함을 드러내기 위함이라고 보아야 할 것이다. 음식 이름 나열에 조사가 생략됨으로써 전체가 하나로 묶이는 의미를 띠게 된다. 음식물 전체가 하나의 의미 단위를 형성함으로써 개별 시어에 조사가 붙었을 때보다 음식물의 풍성함이 훨씬 더 효과적으로 전해진다. 또 조사의 생략으로 낭송의 속도가 빨라지는데, 그것 또한 음식물의 풍성함을 드러내기에 알맞은 운율이라고 할 수 있다. 음식물 이름 하나하나를 빠른 속도로 읽는 것은 그 반대의 경우보다 눈앞에 음식들이 가득한 느낌을 훨씬 크게 하고, 또 풍성함에서 오는 충만함과 감탄의 정서까지도 발생시킨다.

3연에선 사람과 사람, 또 사물과 사물이 길게 나열되어 있는데, 그 나열에 조사 '과'가 붙어 있다. 여기서 사람, 사물은 죽은 자와 산 자들을 가리킨다. 3연은 '제기'가 산 자와 죽은 자를 만나는 상황을 표현하고 있다. 제사 풍속을 전하는 인용 시는 제사의 과정을 '제기'의 시선으로 그리고 있는 점이 큰 특징이다. 2연에서 풍성하게 나열된 음식들은 모두 제기에 담긴 것들인데, 제기의 시선으로 전달함으로써 그 음식들은 제기가 받드는 것이 된다. 제기에 의해 받들어진 그 음식들은 제사 절차인 합문과 흠향, 즉 망자의 혼이 식사를 할 수 있도록 문을 닫고 나오고, 그사이에 신명이 제물을 받아먹는 의식을 통해 망자에게 전해진다. 이로써 제기는 산 자가 마련한 음식을 통해 산 자를 만나고, 또 합문과 흠향의 순간에 망자도 만나게 된다. 2연의 끝 대목이 그 만남의 순간을 드러내는 것이라면, 3연은 그러한 정황을 보다 구체적으로 길게 전하고 있는 것이다. 3연에서 길게 나열된 어휘들은 산 자와 죽은 자 들에 대한 변주이다. 산 자와 죽은 자를 다른 낱말과 이미지 들로 나타내고 있는 것이다. 여기서 그것들의 나열을 '함께'의 의미를 지닌 조사 '과'로 연결시켜 양자가 제기를 통해 제상 위에서 서로 만나는 의미를 간명한 방식으로 전해준다. 그리고 '과'로 연결된 그것들의 나열이 반복적으로 길게 이어짐으로써 그러한 만남이 오랫동안 이어져온 것이라는 의미를 전해준다. 즉, 양자의 만남에 오랜 시간성과 유구한 역사성이 부여된다. 그리하여 그것들의 나열 제일 마지막에 "먼 넷조상과 먼 훗자손"이라는 아득히 먼 양자의 만남을 진술할 때, 그것이 가능한 일이라는 공감대가 형성되는 것이다.

4연에선 3연의 의미가 더욱 구체화된다. 4연에선 "먼 넷조상과 먼 훗자손"이 화자의 가계로 구체화되어 '나의 손자와 할아버지'라는 구체적인 가족명으로 진술된다. 여기선 조사 '와'의 반복적 구사에 조사 '의'의 반복적 구사가 가세한다. 조사 '의'는 조사 '와'와 유사한 음성 자질을 지니면서 의미 자질은 매우 다르다. 여러 의미를 품고 있는 조사 '의'는 이 시에서 손자와 할아버지라는 구체적인 가족명 뒤에 붙어 '관계'를 나타내는 의미로 쓰인다. 가족명에 관계의 의미를 지닌 '의'가 붙어 길게 나열되는 구문은 손자에서 할아버지로 이어지는 한 가계의 연속성을 매우 구체적이고 명료하게 환기시킨다. 시간대를 따라 올라가고 내려가며 등장하는 한 가계의 얼굴들이 눈앞에 펼쳐지듯 그려지는 것이다. 조사 '와'의 긴 나열이 환기하는 시간적 연속성과 유구한 역사성이 가족명에 붙은 조사 '의'의 가세로 인물의 얼굴들까지 제시됨으로써 한층 구체화된다. '와'와 '의'라는 음성적 유사성을 지닌 말의 반복은 시간의 흐름을 잘 나타내기도 한다. 우리나라 사람들의 혈연적 유대감과 우리 민족의 유구한 역사를 전하는 4연의 주제는 다분히 추상적인 것이지만, 그것이 '와'와 '의'라는 한 음절 형태의 조사와 나열의 구문을 통해 여러 겹의 의미를 구체적으로 환기해내는 시적 효과를 낸다.

4. 백석 시와 조사의 활용

백석은 우리말 구문의 묘미를 잘 활용한 시인이다. 그가 소월과 지용의 뒤를 이어 우리 시의 형태를 더욱 심화하고 세련되게 했다고 했을 때, 가장 중요한 영역은 우리말의 구문을 개척하고 시 속에 다양하게 활용한 것이라고 할 수 있다. 그는 독특하고 흥미로운 우리말의 구문들을 많이 창조해서 우리 시의 표현과 형태를 크게 발전시켰는데, 이때 중요하게 활용한 언어적 요소의 하나가 바로 조사이다.

그의 창조적인 시적 구문에는 정상적인 어법에서 이탈한 것들이 적지 않은데, 그런 문장에는 조사의 특이한 구사가 개입되어 있다. 조사의 개입으로 이루어진 어색한 문장은, 그러나 조사의 반복적 쓰임으로 운율미를 발생시킨다. 조사의 반복은 같은 소리를 지닌 어미의 반복과 결합해서 운율미를 더욱 고조시킨다. 백석의 시에는 '나는'이란 주어의 사용이 매우 의도적으로 빈번히 구사되는데, 이것도 운율미의 조성과 밀접한 관련이 있다. 백석의 시들은 평명한 산문으로 진술되는 경우가 많은데, 조사의 활용이 개입된 낯설고 어색한 문형으로 미적 쾌감을 주고, 조사의 반복에서 발생하는 소리 반복으로 운율의 아름다움이 드러나는 문장으로 거듭난다.

　백석은 조사의 의미도 잘 활용한다. 조사는 한 음절로 되어 있으며 여러 의미를 갖는 특성이 있다. 백석은 이런 조사의 특성을 시적 문맥 속에 잘 활용하여 시의 의미를 섬세하고 풍부하게 만들어낸다. 앞장에서 살펴본 몇 편의 시에서 확인한 바 있듯이, 백석은 조사의 활용으로 화자의 미세한 마음의 무늬와 변화 과정을 섬세하게 이끌어내고, 은밀하게 시의 언술 구조를 만들어내며, 시의 의미를 풍부하게 창조해내고, 추상적인 대상을 구체적이고 선명하게 전해준다.

　백석은 많은 시편들에서 우리 고유의 전통과 풍속과 정서를 환기해내고 있는데 그런 시적 의미를 우리말의 풍부한 구사, 그중에서도 우리말의 독특한 언어적 요소의 하나인 조사의 적절한 활용으로 구현하고 있다는 점에서 그의 시가 지닌 남다른 의의를 다시 한번 확인하게 된다.

3부

백석 시와 판소리의 미학

1. 백석 시의 양식과 전통 미학

백석은 다양한 시의 형태와 기법을 구사한 시인이다. 그는 간명하고 정제된 형태 안에 감각적인 이미지를 구사하는 시를 쓰기도 했고, 전통적인 민요의 가락을 계승하는 서정시를 쓰기도 했으며, 맑고 투명한 언어로 재래의 애상적인 정조를 벗어나는 새로운 감각의 낭만적인 서정시를 쓰기도 했다. 그런가 하면 그는 평북 지방의 토속어와 사투리를 시의 전면에 부각시키며 반복, 부연, 열거로 점철된 독특한 문체로 토속적인 삶의 세계를 서술해나가는 특이한 형식을 구사하기도 하였다. 백석 시의 뛰어난 성취는 이처럼 하나의 세계와 기법으로 모아지지 않는 다양한 시의 형식과 세계를 추구한 데 있다. 그의 시에 대한 연구논문들이 지금도 다른 시인들을 크게 압도하며 왕성하게 제출되고 있고, 그의 시에 대한 이해의 편차가 큰 것은 이러한 시적 다양성에서 비롯된 것이다. 백석 시는 다른 시인들에게서 찾아보기 어려운 깊이와 넓이를 지니면서 독자들을 끊임없이 매혹하고 있다.

그런데 백석 시의 다양한 특징 가운데서도 특히 눈길을 끄는 것은 완강한 평북 방언으로 반복과 부연과 열거의 특이한 문체를 구사하며 토속적인 삶의 세계를 서술하고 있는 일련의 작품들이다. 평북 지방의 토속어와 방언 들을 날것 그대로 구사하면서 유사한 어휘와 통사구 들을 연속적으로 중첩, 반복, 나열하며 토속적인 삶의 세계를 이야기체로 서술해나가는 시의 형태는, 그가 추구했던 여러 시의 스타일 가운데서도 단연 개성적이다. 간명한 시 형태 안에 정제된 언어로 빚어낸 운율이나 이미지로 시의 정서를 환기해내는 일반적인 형식에 익숙한 독자들에게 이러한 형태의 백석 시들은 매우 낯선 것이다. 생경한 토착어와 방언의 과감한 노출, 중첩·반복·나열의 장황한 서술, 운문과 산문이 뒤섞인 표현 형태, 함축된 서사의 세계 등은 현대시의 전통에서는 단연 이색적인 풍경이다. 그것은 소월이나 만해의 서정시로부터 크게 벗어나 있으며, 지용의 이미지 위주의 시와도 크게 다른 것이고, 김동환의 서사적인 시가 지향한 형식이나 미학과도 크게 다르다.

현대시의 일반적인 시 형식에서 벗어나 있는 이 특이한 시의 형태와 양식은 과연 어디에 뿌리를 두고 있는 것인가? 그동안 백석 시의 독특한 표현 형태와 양식에 대해 여러 연구자들이 논의를 거듭해왔지만[1], 대부분 시의 표면에 드

---

1) 백석 시의 표현 형태와 양식을 논의한 대표적인 연구 성과들은 다음과 같다.
　최두석, 「1930년대 시의 표현에 관한 고찰」, 서울대 석사논문, 1985.
　이숭원, 「풍속의 시화와 눌변의 미학」, 『한국시문학의 비평적 탐구』, 삼지원 1985
　김명인, 「1930년 시의 구조 연구」, 고려대 박사논문, 1985.
　김헌선, 「한국시가의 엮음과 백석 시의 변용」, 제3세대 비평문학회 편, 『한국현대시인연구』, 신아, 1988.
　이은봉, 「백석 시의 표현방법에 대한 고찰」, 『숭실어문』 제5집, 숭실어문학회, 1988.
　정효구, 「백석 시의 정신과 방법」, 『한국학보』, 1989년 가을호.
　고형진, 「1920-30년대시의 서사지향성과 시적 구조」, 고려대 박사논문, 1991.
　＿＿＿, 「백석 시의 '엮음'의 미학」, 박노준·이창민 외, 『현대시의 전통과 창조』, 열화당, 1998.

러난 특성을 지적하고 미학적 가치를 평가하는 데 치중하고 있을 뿐, 통시적 관점에 기초한 시사적詩史的 맥락에 대해서는 커다란 관심을 기울이지 않았다. 모든 문학작품은 통시적 맥락 속에서 존재한다. 선행 작품을 딛지 않고 존재하는 문학작품은 없다. 소월은 민요의 가락이나 구비 전통에 대한 청각적 충실을 도모함으로써 설 자리를 마련했고, 한용운은 한문과 불교 경전과 타고르를 통해서 터득한 바를 내간체의 근대적 변형과 결합시켰다.[2] 과거의 시적 전통이나 문학적 관습을 완전히 파괴하고 새로운 시의 형식을 내세우는 경우도 그 시인은 선행 작품을 딛고 있는 것이다. 과거를 부정한다는 것 자체가 이미 과거를 인식하고 있는 것이다. 부정의 대상이 없으면 혁신적인 창조도 존재하지 않는다. 한 시인의 작품 속에 녹아 있는 지난 시절의 미적 특징을 찾아내는 작업은 그 작품의 미학적 특징과 원리를 파악하는 데에도 도움을 준다. 소월이나 만해의 미적 특징과 원리는 민요와 내방가사의 미학적 원리와의 연관 속에서 더욱 선명하게 드러나는 것이다.

이러한 전제 아래 이 글은 백석 시의 표현 형태와 양식이 지닌 독특한 미적 특징과 원리를 우리의 문학적 전통 가운데 가장 이색적인 양식으로 꼽히는 판소리 문학과의 연관 속에서 규명하고자 한다. 백석 시의 독특한 표현 형태와 양식을 판소리 사설의 표현 형태 및 양식과 비교, 검토하여, 백석 시의 미적 특징과 원리가 판소리 사설의 미적 특징 및 원리에 뿌리를 두고 있는 것임을 밝히고자 한다. 백석 시의 미학을 판소리 사설과의 연관 속에서 파악하는 이 글

이경수, 「백석 시의 반복기법 연구」, 상허학회 편, 『1920년대 문학의 재인식』, 『상허학보』 제7집, 2001.

강연호, 「백석 시의 미적 형식과 구조 연구」, 『현대문학이론연구』 제17집, 현대문학이론학회, 2002.

2) 유종호, 『시란 무엇인가』, 민음사, 1995, 70쪽.

의 논의를 통해 백석 시의 독특한 미학과 원리가 더욱 뚜렷하게 규명될 것으로
생각된다.

2. 반복적 열거와 판소리 사설

백석 시의 표현 형태 가운데 가장 이색적인 것은 유사한 의미 범주에 속하
는 어휘나 문장을 반복적으로 사용하면서 길게 나열하는 것이다. 단순한 반복
과 열거의 표현 기법은 동서양을 통틀어 구비가요의 기본적인 수사 패턴에 해
당한다. 그것은 반복과 열거가 구전에 용이한 암기의 기능을 갖고 있기 때문이
다. 그런데 백석 시의 경우 반복과 열거는 '사설'의 형태를 띠면서 길게 늘어져
진술되고 있다. 이러한 '사설'의 표현 형태는 우리의 고전시가 가운데 엮음아
라리, 사설시조, 사설난봉가, 휘모리잡가, 서사무가, 판소리 등과 같은 작품에
나타나는 독특한 서술 기법이다. 백석 시의 표현 기법은 기본적으로 이러한 우
리의 고전문학 양식의 서술 기법에 접맥되어 있다.

그런데 '사설'의 표현 형태를 띠는 백석 시는 반복과 열거를 기본 패턴으로
하는 운문 형식과 리듬의 작위가 느껴지지 않는 산문 형식이 연 구분을 통해
교체되어 서술되거나, 또는 하나의 의미 단락 속에 뒤섞여 있는 경우가 많다.
이 점에서 백석 시의 표현 형태는 사설의 표현 형태를 띠는 우리 고전의 문학
양식 가운데서도 특히 '판소리 사설'의 표현 형태에 근접해 있다. 뿐만 아니라
시의 의미를 효과적으로 드러내기 위한 사설의 조성 방식도 판소리 사설에서
사설의 변형을 통해 의미를 생생히 드러내는 방식과 흡사한 면이 많다. 다음의
판소리 사설과 백석의 초기 대표작인 「여우난곬족^族」과의 대비를 통해 이 점
을 확인해보자.

① 삯바느질 관대 도포 행의 창의 직령이며, 협수 쾌자 중치막과 남녀 의복 잔
누비질 상침질 갓끔질과 외올뜨기[3]

— 판소리 〈심청가〉 부분

② (아니리) 딱 쪼개놓으니 이 박 속에서는 왼갖 비단이 나오는데 이렇게 나
오것다. (중중몰이) 왼갖 비단이 나온다. 왼갖 비단이 나온다. 요간 부상의 삼백
척 번뜻 떳다 일광단, 고소대 악양류의 적성아미가 월광단, 서왕모 요지연의 진
상하던 천도문, 천하구주 산천초목 그려내던 지도문, 등태산 소천하에 공부자의
대단 (……) 쓰기 좋은 양태문, 인정있는 은조사, 부귀 다남 복수단, 포식과객에
궁초단, 행실 부족의 객초단, 절개있는 송죽단, 서부렁섭적 세발 낭능 노방주 청
사 홍사 통견이며 백랍능 흑랍능[4]

— 판소리 〈흥부가〉 부분

③ 명절날나는 엄매아배따라 우리집개는 나를따라 진할머니 진할아버지가있
는큰집으로가면

얼굴에별자국이솜솜난 말수와같이눈도껌벅걸이는 하로에베한필을짠다는 벌
하나건너집엔 복숭아나무가많은 新里고무 고무의딸李女 작은李女
열여섯에 四十이넘은홀아비의 후처가된 포족족하니 성이잘나는 살빛이매감
탕같은 입술과 젓꼭지는더깜안 예수쟁이마을가까이사는 土山고무 고무의딸承
女 아들承동이

---

3) 김봉호 편, 『판소리 창본집』, 백문사, 1991, 81쪽.
4) 같은책, 137쪽.

六十里라고해서 파랗게뵈이는山을넘어있다는 해변에서 과부가된 코끝이빩
안 언제나힌옷이정하든 말끝에설게 눈물을짤때가많은 큰곬고무 고무의딸洪女
아들洪동이작은洪동이

배나무접을잘하는 주정을하면 토방돌을뽑는 오리치를잘놓는 먼섬에 반디젓
닭으려가기를좋아하는삼춘 삼춘엄매 사춘누이 사춘동생들

이그득히들 할머니할아버지가있는 안간에들몽여서 방안에서는 새옷의내음
새가나고

또 인절미 송구떡 콩가루차떡의내음새도나고 끼때의두부와 콩나물과 뽂운잔
디와고사리와 도야지비게는모두 선득선득하니 찬것들이다

— 백석, 「여우난곬족族」 부분[5]

인용한 ①은 〈심청가〉 가운데 곽씨 부인이 품을 파는 대목의 첫머리인데, 옷
과 바느질품의 여러 종류에 해당하는 일련의 어휘들이 길게 나열되어 있다. 유
사한 의미 범주에 속하는 어휘들을 반복적으로 나열해나가는 수법은 판소리
사설에서 흔히 볼 수 있는 표현 기법이다. 유명한 판소리 사설인 〈춘향가〉에서
이도령과 춘향이 백년가약을 맺고 월매가 상을 차려놓는 대목에서 음식물과
관련된 어휘들을 한없이 길게 나열하고 있는 것은 널리 알려져 있다. 이것은
판소리 사설의 독특한 과장 기법이다. 옷과 바느질품에 관련된 여러 어휘들을
길게 나열하는 과장 기법을 통해 갖가지 옷의 여러 바느질품을 다 팔았다는 것
을 실감 나게 전달하고, 음식물과 관련된 어휘들을 길게 나열하는 과장 기법을
통해 음식물이 아주 풍성하고 먹음직하게 장만되었다는 것을 생생히 전달하는

---

5) 『사슴』, 1936. 이후 작품의 인용은 백석 시의 표현 형태와 판소리 사설과의 관계를 섬세하게 파
악하기 위해 같은 책에 수록된 발표 당시의 원문으로 하며, 일부 오자만 수정한다. 작품 원문의 인
용은 필자의 『정본 백석 시집』(문학동네, 2007) 안의 원본으로 한다.

것이다.

　인용한 시 ②는 〈흥부가〉 가운데 박을 타서 비단이 쏟아져나오는 장면을 노래한 이른바 '비단타령'의 한 대목인데, 처음에 온갖 비단이 나온다는 상황 설명을 '아니리'로 말한 다음, 이어지는 '창' 부분에서 비단의 종류와 문양 등을 줄줄이 나열하고 있다. 여기서 특히 주목되는 것은 처음 부분은 긴 사설을 통해 한 문장을 두 장단에 대응시키고, 두번째 부분에서는 보다 짧은 사설을 통해 한 어구를 한 장단에, 세번째 부분에서는 어휘의 나열을 통해 한 어구를 한 장단에 대응시키고 있는 점이다. 사설을 조금씩 급박한 형태로 배열하고 있으며, 이러한 사설의 조절을 통해 비단들이 무수히 더 빠른 속도로 나오는 느낌을 주고 있다.[6] 이처럼 반복적인 나열의 사설 형태를 적절히 배열, 조절함으로써 시의 의미와 정서를 생동감 있게 드러내는 기법은 사설의 형태를 지닌 고전문학 양식 가운데서도 특히 판소리 사설에서 특징적으로 발견되는 수사법이다.

　이러한 판소리 사설의 표현 기법이 ③에 인용한 백석의 시에 드리워져 있음을 발견할 수 있다. 이 시는 명절날 유년화자가 부모를 따라 큰집으로 가는 도입부를 산문체로 진술하고, 이어서 큰집에 모인 일가친척들의 면면을 반복적인 나열을 통해 긴 사설의 형태로 표출한다.[7] 큰집에 모인 일가친척들은 신리新里고무, 토산土山고무, 큰골고무와 삼춘, 삼춘엄매와 그들의 자식들이다. 이들

---

6) 박일용, 「판소리의 작시 원리」, 『판소리의 세계』, 문학과지성사, 2000, 187쪽.

7) 명절날 화자가 부모를 따라 큰집으로 가는 도입부를 산문체로 진술하고 있는 첫 대목은 〈흥부가〉 '비단타령'의 첫 대목인 박 안에서 비단이 나온다는 상황 설명을 산문체로 간명하게 진술하고 있는 것을 연상시킨다. 이어 큰집에 모인 일가친척들의 면면이 반복적인 열거를 통해 길게 나열되면서 급박한 호흡으로 전환되는 것은, '비단타령'에서 비단이 나온다는 설명 뒤에 비단이 나오는 상황을 급박한 호흡으로 표출시키는 것을 연상시킨다. 그러니까 백석 시의 첫 대목은 판소리의 '아니리'와 같은 역할을, 두번째 대목은 '창'과 같은 역할을 하는 것이다. 이 점에 대해서는 다음 장에서 따로 논하기로 한다.

의 면면에 대해 처음에는 얼굴에 대한 인상과 삶에 얽힌 내력들을 반복적으로 부연하고, 이어 그들의 자식들을 하나하나 나열한다. 첫 대목 하나를 보자.

얼굴에별자국이솜솜난 말수와같이눈도껌벅걸이는 하로에베한필을짠다는 벌하나건너집엔 복숭아나무가많은 新里고무 고무의딸李女 작은李女

"신리^{新里}고무" 이전까지는 모두 그녀를 수식하는 어구들인데 그녀의 얼굴 모습과 습관과 삶의 모습을 반복적으로 부연하고, 그다음에는 그녀의 자식들을 그 아래에 나란히 나열한다. 이 시의 사설은 반복적 부연과 나열의 조합으로 이루어져 있다. "신리^{新里}고무"에 대한 반복적인 부연은 'ㄴ' 음의 중간운을 통해 중첩되어 있다. 이 시의 띄어쓰기는 'ㄴ'의 중간운을 단위로 이루어지고 있다. "신리^{新里}고무"에 대한 반복적인 부연은 여러 풍상을 겪으며 살아온 고달픈 삶의 역정을 느끼게 해준다. 한 인물의 특성에 대해 연속적으로 중첩해 수식하여 그 인물의 특성뿐만 아니라 그가 많은 삶의 굴곡을 거쳐 여기까지 이르렀다는 긴 삶의 내력을 연상하게 만든다. 이어 그의 자식들이 나열되어 있는데 나이순으로 차례대로 배열되어 있다. 이러한 나열 방식은 부모와 자식으로 구성된 한 가족의 모습을 떠올리게 한다. 또 부모에게 딸려서 큰집으로 차례를 지내러온 자식들의 행렬을 떠오르게 한다. 이러한 표현 방식은 "신리^{新里}고무"뿐만 아니라 "토산^{土山}고무" "큰골고무" "삼춘네 가족"들의 경우에도 똑같이 이루어진다. 그리하여 일가친척들이 가족 단위로 큰집에 모여든 모습을 환기시키고, 아울러 그들이 방안에 모두 모여 북적이는 명절날의 풍속을 눈앞에서 펼쳐지는 장면처럼 생동감 있게 보여준다. 이처럼 사설을 적절히 변형시키며 시의 의미를 실감 나게 환기시키는 표현 기법은 〈흥부가〉의 '비단타령'에서 확인한 것처럼 판소리 사설 특유의 표현법에 접맥되어 있는 것이다.

계속해서 인용 시를 더 살펴보자. 2연에선 음식물에 대한 어휘가 길게 나열되어 있다. 이러한 표현법은 앞서 〈심청가〉에서 옷과 바느질품에 대한 종류를 길게 나열하는 표현 기법, 또 〈춘향가〉에서 음식물 이름들을 길게 나열하는 표현 기법과 매우 흡사한 것으로, 명절날 음식물이 풍성하고 먹음직스럽게 장만되었다는 것을 생생히 전해준다. 유사한 의미 범주에 속하는 어휘의 연속적 나열은 판소리에선 주로 과장된 표현으로 구사되는데, 백석 시에선 다양한 의미로 쓰인다. 가령, 다음과 같은 시에서 유사한 의미 범주의 어휘 나열은 또다른 의미로 쓰인다.

섯달에 내빌날이드러서 내빌날밤에눈이오면 이밤엔 쌔하얀할미귀신의눈귀신도 내빌눈을받노라못난다는말을 든든히녁이며 엄매와나는 앙궁웋에 떡돌웋에 곱새담웋에 함지에 버치며 대냥푼을놓고 치성이나들이듯이 정한마음으로 내빌눈약눈을받는다

— 「고야^{古夜}」 부분

첫 부분에서는 섯달의 납일날 밤에 내리는 눈에 얽힌 민간속설을 산문체로 서술한 다음, 이어 약눈의 효험을 지닌 납일날 밤에 내리는 눈을 받는 장면을 앙궁, 떡돌, 곱새담, 함지, 버치, 대냥푼 등의 어휘 나열로 진술한다. 앞의 어휘 세 개는 눈을 받는 장소, 뒤의 어휘 세 개는 눈을 받는 그릇의 종류를 가리킨다. 산문의 늘어진 서술에 이어, 어휘들이 줄줄이 나열됨으로써 돌연 호흡이 급박해지고 말의 속도가 빨라진다. 이러한 빠른 운율감은 집안의 이곳저곳에서 약눈을 받는 정황과, 집안의 온갖 그릇 등을 모두 동원해 약눈을 받는 정황을 떠오르게 하며, 또 영험한 효력을 지닌 약눈을 받게 되는 상황에서 촉발되는 들뜬 마음도 전해준다. 더 나아가 눈이 연속해 평평 내리고 있다는 느낌도 갖게 한다.

이처럼 백석은 시적 정황에 맞춰 적절한 시점에 어휘의 나열을 시도하여 그 문맥에서 발생되는 여러 의미들을 조성해낸다. 백석은 사설의 변형을 통해 시의 의미를 만들어내는 판소리 특유의 미학을 효과적이고 창조적으로 계승하고 있는 것이다.

3. 운문, 산문의 혼합과 창, 아니리의 교체

백석 시의 또다른 특징은 운문과 산문이 교체되어 진술되고 있는 점이다. 고전시가의 정형시 형태를 벗어나 자유시의 형태를 지닌 현대시는 운문이라 하더라도 규칙적인 율격을 고수하기보다는 자유로운 율격을 지향하므로 율격을 분명히 지키는 부분과 비교적 느슨하게 운용하는 부분이 섞여 있는 경우가 많다. 그래서 현대시의 많은 작품들은 운문과 산문이 뒤섞여 있다. 그런데 백석 시의 경우 운문과 산문의 혼합 형태는 일정한 간격을 주기로 반복되어 진행되고, 또 운문과 산문의 진술에 일정한 규칙이 발견된다는 점에서 일반적인 현대시의 자유로운 율격 형태와는 뚜렷이 구분된다. 백석 시에서 운문과 산문이 교체되는 율격 형태와, 운문과 산문의 진술에 부여된 일정한 규칙은 바로 판소리 사설의 가창 방식과 흡사한 면이 많다.

판소리 가창의 전개 방식은 창과 아니리가 교체, 연속되는 것이다. 창으로 처리되는 부분은 길고 화려한 운문으로 되어 있고, 아니리는 산문으로 된 요약 서술이며 간혹 한두 마디의 짤막한 대사를 포함한다.[8] 백석 시에서 운문과 산문의 교체는 바로 이러한 판소리의 전개 방식을 연상시킨다. 백석 시는 판소리

---

8) 김흥규, 「판소리의 서사적 구조」, 『판소리의 이해』, 창작과비평사, 1988, 116~117쪽.

와 마찬가지로 장면의 상황 설정 부분에서는 산문으로 요약, 진술되고, 이어 상황에 대한 구체적인 묘사 부분에서는 운문으로 표출된다. 그리고 그 운문은 앞장에서 살펴봤듯이 판소리 사설처럼 반복적인 열거를 통한 장황하고 화려한 문체로 되어 있다. 백석 시에서 산문으로 표출된 부분은 판소리의 '아니리'에, 운문으로 표출되는 부분은 판소리의 '창'에 대응된다. 이러한 특징이 두드러지게 드러나는 작품으로 역시 「여우난곬족^族」을 들 수 있다.

명절날나는 엄매아배따라 우리집개는 나를따라 진할머니 진할아버지가있는 큰집으로가면

얼굴에별자국이솜솜난 말수와같이눈도껌벅걸이는 하로에베한필을짠다는 벌 하나건너집엔 복숭아나무가많은 新里고무 고무의딸李女 작은李女

열여섯에 四十이넘은홀아비의 후처가된 포족족하니 성이잘나는 살빛이매감탕같은 입술과 젓꼭지는더깜안 예수쟁이마을가까이사는 土山고무 고무의딸承女 아들承동이

六十里라고해서 파랗게뵈이는山을넘어있다는 해변에서 과부가된 코끝이빩안 언제나힌옷이정하든 말끝에설게 눈물을짤때가많은 큰곬고무 고무의딸洪女 아들洪동이작은洪동이

배나무접을잘하는 주정을하면 토방돌을뽑는 오리치를잘놓는 먼섬에 반디젓 닭으려가기를좋아하는삼춘 삼춘엄매 사춘누이 사춘동생들

이그득히들 할머니할아버지가있는 안간에들몰여서 방안에서는 새옷의내음새가나고

또 인절미 송구떡 콩가루차떡의내음새도나고 끼때의두부와 콩나물과 뽑운잔

디와고사리와 도야지비게는모두 선득선득하니 찬것들이다

─「여우난곬족^族」 전문(진한 글씨는 필자)

첫 연은 명절날 유년화자가 부모를 따라 큰집을 나서는 장면의 요약, 설명인
데(진한 글씨), 이 부분은 산문체로 진술된다. 이어 두번째 연에서 큰집에 모
인 일가친척들의 면면이 반복적 열거를 통한 장황하고 화려한 운문으로 표출
된다. 세번째 연에서는 첫 대목에선 일가친척들이 모인 안방의 상황 설정이
산문으로 요약, 서술되고(진한 글씨), 이어서 방안에 음식이 풍성하고 먹음직
하게 장만된 모습이 반복적 열거를 통한 장황한 운문으로 표출된다. 4연에서
도 첫 부분에서 아이들의 놀이 장소에 대한 상황 설정이 산문으로 요약, 서술
되고[9](진한 글씨), 이어 아이들이 노는 모습이 반복적 열거의 장황한 운문으

---

9) 4연의 첫 행에서 행갈이를 한 것은 산문의 요약 서술과 장황한 운문을 구별하기 위한 형식적 배

로 표출되며, 마지막 부분에서 아이들이 놀다 지쳐 잠이 드는 모습이 간략한 산문으로 서술되면서 끝맺는다.[10] (진한 글씨).

이렇게 볼 때, 이 시는 장면에 대한 상황 설정은 산문으로 요약, 서술하고, 이어서 각 장면에서 벌어지는 구체적인 모습은 반복적 열거의 장황한 운문으로 표출하는 규칙성을 갖는다. 이러한 이 시의 서술 전개 방식은 판소리에서의 창과 아니리의 서술 원리와 흡사한 면이 많다. 이 시는 전체적으로 '산문-운문-산문-운문-산문-운문-산문'의 순으로 전개되는데, 이것은 바로 '아니리-창-아니리-창-아니리-창'으로 전개되는 판소리의 가창 구조와 상당히 흡사하다. 이 중에서 운문으로 전개되는 부분은 앞장에서 살펴본 바와 같이 사설의 적절한 변형을 통해 속도감을 조절한다. 대체로 길게 늘어진 부연적, 반복적 열거를 통해 느린 속도로 시작하다가 그다음 부분에서는 어휘의 나열을 통해 속도가 급박해지는 진행을 보인다. 이러한 운문의 전개 방식 또한 속도의 완급이 교차되는 판소리 창의 전개 방식과 유사하다. 이렇게 볼 때 이 시는 전체적으로 산문의 진술에서 호흡을 가다듬으며 리듬의 휴식을 갖고, 이어 운문의 리듬을 타며, 운문의 리듬에서는 속도의 완급을 조절하는 등, 리듬의 이완과 긴장을 적절히 교체, 운용하는 율격 구조를 갖게 되는 것이며, 그것은 판소리의 구조와 대단히 흡사하다.

이 시는 산문과 운문의 교체로 리듬의 이완과 긴장이 교체되는 율격 구조를 통해 명절날의 풍속을 매우 실감 나게 드러낸다. 처음에 어린 화자가 명절날 부모를 따라 큰집으로 나서는 상황을 이완된 리듬의 산문으로 요약, 서술하고,

---

려라고 볼 수 있다.

10) 판소리에서 창과 아니리는 어떤 부분에선 서로 겹치기도 하고, 창자에 따라 서로 다르게 부르는 부분도 있듯이, 백석 시의 진술에서도 산문체와 운문체의 경계가 엄격한 것은 아니다. 그러나 일부 겹치는 경우를 제외하면, 양자가 뚜렷이 구분되는 것만은 분명하다.

이어 큰집에 모인 일가친척들의 면면을 점진적인 속력의 가파른 리듬으로 전개시켜, 일가친척들의 신산한 삶의 내력과 그들에게 딸린 자식들의 모습, 그리고 그들이 모두 모여 북적북적대는 그 풍성하고 들뜬 모습을 생생히 환기시킨다. 다시 산문의 이완된 리듬으로 가파른 호흡을 가다듬으면서 방안의 상황을 요약, 서술하고 이어서 음식물에 대한 어휘를 줄줄이 나열하는 운문의 리듬으로 명절날 음식들이 풍성하고 먹음직하게 장만된 그 넉넉한 풍경을 실감 나게 드러낸다. 다시 산문의 이완된 리듬으로 가파르게 진행되었던 호흡을 가다듬으며 저녁을 먹은 후 아이들이 밖에 나와서 노는 장소에 대한 상황을 요약, 서술하고 이어서 아이들이 갖가지의 놀이를 하며 집 안팎에서 부산하게 노는 행위와 엄마들이 수다를 떨며 시간을 보내는 모습들을 반복적 열거의 급박한 리듬으로 표출하여 그 부산함과 떠들썩함과 흥겨움을 생동감 있게 드러낸다. 그리고 산문의 이완된 리듬을 통해 아이들이 밤새 놀다 지쳐 잠이 드는 고요하고 정적인 모습을 환기시키면서 시를 마감한다. 이 시는 산문과 운문의 적절한 교체를 통해 상황의 설명과 장면의 제시를 효과적으로 형상화해 명절날의 생활 풍경과 풍속을 눈앞에 펼쳐지는 것처럼 생동감 있게 재현해내고 있다.

「여우난곬족族」에서는 판소리 사설의 가창 전개 방식과 흡사하게 일정한 의미 단위 안에 운문과 산문이 교체되어 나타나는데,「모닥불」이라는 시에서는 운문과 산문의 교체가 연의 구분을 통해 나타난다. 이것은 운문과 산문이 교체, 연속되는 판소리 사설의 가창 구조를 현대시의 형태 안에 변용, 육화시킨 것으로 해석할 수 있다.

새끼오리도 헌신짝도 소똥도 갓신창도 개니빠디도 너울쪽도 집검불도 가락닢도 머리카락도 헌겊조각도 막대꼬치도 기와장도 닭의짗도 개털억도 타는 모닥불

　　재당도 초시도 門長늙은이도 더부살이아이도 새사위도 갓사둔도 나그네도 주
인도 할아버지도 손자도 붓장사도 땜쟁이도 큰개도 강아지도 모두 모닥불을쪼
인다

　　모닥불은 어려서우리할아버지가 어미아비없는 서러운아이로 불상하니도 몽
둥발이가된 슳븐력사가있다

―「모닥불」 전문

　　1연과 2연은 동일한 범주에 속하는 어휘들이 줄줄이 나열되는 운문의 표현
형태로 진술되고, 3연은 산문체로 진술된다. 운문과 산문의 교체로 이루어지
는 이러한 율격 형태는 이 시의 의미 조성에 적절히 기여한다.

　　1연에서는 모닥불을 피우게 하는 온갖 질료들이 길게 나열된다. 실생활에
서 쓸모없고 하찮으며 버려진 질료들을 줄줄이 나열하여 급박한 호흡을 조성
함으로써, 모닥불 안으로 그 질료들이 하나하나 던져지면서 불꽃을 튀기며 활
활 타오르는 모습을 생동감 있게 드러낸다. 급박한 호흡은 2연에서도 계속 이
어진다. 2연에서는 모닥불을 쪼이는 사람들이 하나하나 제시되면서 길게 나열
된다. 여기서는 길게 나열된 어휘들의 군집이 두 개씩 짝을 이루는 특징을 보
인다. 재당과 초시, 문장門長늙은이와 더부살이 아이, 새 사위와 갓사둔, 나그
네와 주인, 할아버지와 손자, 붓장사와 땜쟁이, 큰 개와 강아지가 각각 짝을 이
루면서 하나의 의미 단위를 형성한다. 이 두 개의 짝은 지위, 신분, 계층, 나이,
주객의 상하와 고저에 대응하는데, 그것이 하나의 의미 단위로 묶이면서 전체
적으로 동일한 리듬으로 전개되어 사람과 짐승을 포함해 이 세상에 존재하는
모든 것들이 일체의 차별을 넘어 평등한 관계를 형성하고 있다는 것을 보여준
다. 또 어휘 나열에 따른 일정한 운율감은 모닥불을 중심으로 동그랗게 둘러

앉아 불을 쪼이는 사람들의 형상을 조성하기도 한다. 3연에서는 모닥불에 얽힌 회상이 산문체로 진술된다. 화자의 할아버지가 어릴 적 고아로 자란 슬픈 역사를 모닥불이 지니고 있다는 것은, 할아버지가 어린 시절 고아로 자라 오갈 데 없이 쓸쓸하게 모닥불을 쪼이곤 했다는 사실을 의미하는 것으로 보인다. 1, 2연이 모닥불의 현장을 그리고 있는 데 반해, 3연은 모닥불에 얽힌 할아버지의 지난 시절의 추억을 회상하고, 그러한 과거의 사연을 전달하고 있는 것이다. 3연에서 시도된 산문의 이완된 리듬은 이러한 추억의 회상과 전달에 적합한 율격 형태이다. 일기 같은 수필이나 서사 양식에서 사용되는 산문체의 형식은 과거의 일들을 조용히 반추하고 차분하게 전달하는 데 효과적인 문장 형식이다.

운문과 산문의 교체는 창과 아니리로 이루어진 판소리 사설의 전형적인 율격 형태인데, 이 시에선 그러한 율격 형태를 이처럼 연의 구분을 통해 나타낸다. 그리고 이러한 운문과 산문의 교체를 통해 '모닥불이 피는 현장 제시와 모닥불에 얽힌 추억 회상'이라는 이 시의 의미를 효과적으로 드러내고 있다.

4. 장면의 강화, 확대와 판소리의 서사 양식

백석 시의 양식은 매우 독특하다. 그의 시는 일반적인 서정시의 양식에서 크게 벗어나 있으며, 시의 '서사성'을 추구했던 다른 시인들의 작품과도 다른 특징을 지닌다. 작품을 구성하는 문학의 형식적 요소에 한정하면 그의 시는 서사적인 요소를 많이 간직하고 있다. 백석의 많은 시들은 화자의 내면 독백을 표출하기보다는 구체적인 삶의 행위를 표출하고 있으며, 시의 진행에 시간적인 순서가 개입되어 있고, 소리의 미감으로 시의 정서를 표출하기보다는 삶의 행위에 대한 서술이나 묘사를 통해 시의 의미를 전달하는 등의 특징을 갖고 있다. 이러한 것들은 모든 서사 양식에서 추구하는 문학적 형식들이며, 이 점에서 백석의 시는 서사지향적인 특징을 지닌다. 그런데 백석 시의 서사지향적 형식은 아주 독특한 양식으로 되어 있으며, 그 양식의 미학은 판소리의 미학에 닿아 있다. 다시 「여우난곬족族」을 통해 이 점에 대해 살펴보자.

명절날나는 엄매아배따라 우리집개는 나를따라 진할머니 진할아버지가있는 큰집으로가면

얼굴에별자국이솜솜난 말수와같이눈도껌벅걸이는 하로에베한필을짠다는 벌하나건너집엔 복숭아나무가많은 新里고무 고무의딸李女 작은李女
열여섯에 四十이넘은홀아비의 후처가된 포족족하니 성이잘나는 살빛이매감탕같은 입술과 젓꼭지는더깜안 예수쟁이마을가까이사는 土山고무 고무의딸承女 아들承동이
六十里라고해서 파랑게뵈이는山을넘어있다는 해변에서 과부가된 코끝이빩안 언제나힌옷이정하든 말끝에설게 눈물을짤때가많은 큰곬고무 고무의딸洪女 아들洪동이작은洪동이
배나무접을잘하는 주정을하면 토방돌을뽑는 오리치를잘놓는 먼섬에 반디젓 닮으려가기를좋아하는삼춘 삼춘엄매 사춘누이 사춘동생들

이그득히들 할머니할아버지가있는 안간에들몽여서 방안에서는 새옷의내음새가나고
또 인절미 송구떡 콩가루차떡의내음새도나고 끼때의두부와 콩나물과 뽂운잔디와고사리와 도야지비게는모두 선득선득하니 찬것들이다

저녁술을놓은아이들은 외양간섶 밭마당에 달린 배나무동산에서

쥐잡이를하고 숨굴막질을하고 꼬리잡이를하고 가마타고시집가는노름 말타고장가가는노름을하고 이렇게 밤이어둡도록 북적하니논다

밤이깊어가는집안엔 엄매는엄매들끼리 아르간에서들웃고 이야기하고 아이들은 아이들끼리 옿간한방을잡고 조아질하고 쌈방이굴리고 바리깨돌림하고 호박떼기하고 제비손이구손이하고 이렇게화디의사기방등에 심지를몇번이나 독구고 홍게닭이몇번이나울어서 조름이오면 아릇목싸움 자리싸움을하며 히드득거리다 잠이든다 그래서는 문창에 텅납새의그림자가치는아츰 시누이동세들이 욱적하니 홍성거리는 부엌으론 샛문틈으로 장지문틈으로 무이징게국을끄리는 맛있는내음새가 올라오도록잔다

—「여우난곬족族」 전문

이 시는 아침부터 저녁과 밤을 지나 다음날 아침까지 이어지는 시간적인 진행 속에 여러 인물들이 펼치는 구체적인 삶의 행위를 서술과 묘사를 통해 진술하고 있다는 점에서 다분히 서사적이다.

그런데 이 시의 서사에서 눈에 띄는 것은 각각의 장면에 대한 서술과 묘사가 아주 장황하게 이루어지고 있다는 점이다. 유년화자가 부모를 따라 명절날 아침 큰집으로 나서는 첫 연에 이어, 두번째 연에서는 일가친척들이 한데 모여 북적거리는 장면이 장황한 서술과 묘사를 통해 표출되고, 세번째 연에서는 안방에 음식물이 풍성하게 마련된 장면이 장황한 서술과 묘사를 통해 표출되고, 마지막 네번째 연에서는 저녁을 먹은 후에 아이들이 밖에 나가서 흥겨운 놀이를 하는 장면과 밤이 되어서 엄마들과 아이들이 이야기꽃을 피우며 재미나게 노는 장면이 장황한 서술과 묘사를 통해 표출되고 있다. 이 시는 이 네 개의 장면에 대한 장황한 서술과 묘사의 조합으로 짜여 있다. 각각의 장면은 시간적인

질서에 따라 놓여 있어 서사적인 진행 과정을 보이지만, 시의 초점은 서사의 전개보다는 각각의 장면에 대한 서술과 묘사에 맞춰져 있다. 이처럼 완결된 플롯을 지닌 이야기를 추구하기보다는 각각의 장면에 대한 장황한 서술과 묘사의 조합을 추구하는 독특한 스타일의 이야기 시는 바로 판소리의 양식에 접맥되어 있는 것이다.[11]

판소리 양식의 중요한 미적 원리의 하나는 이야기의 전개에 있어서 각 부분의 상황이 지나치게 장황하게 묘사되어 있어 서사적 통일성에 부응하지 못하는 경우가 많다는 점이다. 판소리는 특정 일부만을 감상하더라도 감흥을 느낄 수 있도록 구성되어 있다. 이러한 판소리의 양식적 원리는 다음과 같은 연구자의 설명에서 일목요연하게 드러난다.

판소리를 지배하는 양식적인 원리는 이야기 속의 여러 상황이 지닌 의미·정서를 강화 확장하여 부분이나 상황의 독자적인 미와 쾌감을 추구하는 지향이라 본다.[12]

각 부분의 상황들이 독자성을 가지며 상황의 흥미를 위해 확장, 세련되면서, 동시에 작품 전체의 흐름을 지배하는 독특한 서사 구조를 가진 것이 판소리인 것이다. 백석 시는 바로 이러한 판소리의 서사적 구조와 매우 흡사한 양식적 구조를 지닌다. 인용한 시 「여우난곬족族」에서 각각의 장면들은 그 자체의 흥미를 위해 장황한 서술과 묘사를 통해 확장되어 있다. 각각의 장면에서 표출되

---

11) 백석 시와 판소리 미학과의 관련성에 대해서는 졸고, 「백석 시와 엮음의 미학」, (박노준·이창민 외), 『현대시의 전통과 창조』, 열화당, 1998에서 일부 소개한 바 있으며, 이 글에서 보다 구체적으로 논의하였다.

12) 김흥규, 앞의 논문, 116쪽.

는 장황한 서술과 묘사의 구체적인 표현법은 앞장에서 자세히 살펴본 바와 같이 판소리의 사설 형태와 흡사하다. 「여우난곬족族」의 각 장면들은 판소리의 〈사랑가〉〈십장가〉〈비단타령〉 등과 같이 개별성, 독자성을 지니면서 사설이 크게 확장되어 있고, 그러면서 각각의 장면들이 명절날의 풍속 이야기라는 전체의 흐름 속에 수렴된다. 이처럼 각 장면들이 작품 전체의 이야기 흐름에 기여하면서도 장면별로 장황한 서술과 묘사를 통해 강화, 확장되는 형식적 구조는 백석의 서사지향적인 시, 또는 이야기 시의 중요한 특징을 이룬다.

황토 마루 수무낡에 얼럭궁 덜럭궁 색동헌겁 뜯개조박 뵈짜배기 걸리고 오쟁이 끼애리 달리고 소삼은 엄신 같은 딥세기도 열린 국수당고개를 멫번이고 튀튀 춤을 뱉고 넘어가면 곬안에 안윽히 묵은 녕동이 묵업 기도할 집이 한채 안기었는데

집에는 언제나 센개같은 게산이가 벅작궁 고아내고 말같은 개들이 떠들석 짖어대고 그리고 소거름 내음새 구수한 속에 엇송아지 히물쩍 너들씨는 데

집에는 아배에 삼춘에 오마니에 오마니가 있어서 젖먹이를 마을 청능 그늘밑에 삿갓을 씨워 한종일내 뉘어두고 김을 매려 단녔고 아이들이 큰마누래에 작은마누래에 제구실을 할때면 종아지물본도 모르고 행길에 아이 송장이 거적뙈기에 말려나가면 속으로 얼마나 부러워 하였고 그리고 끼때에는 붓두막에 박아지를 아이덜 수대로 주룬히 늘어놓고 밥한덩이 질게한술 들여틀여서는 먹었다는 소리를 언제나 두고 두고 하는데

(……)

우리 엄매가 나를 갖이는 때 이 노큰마니는 어늬밤 크나큰 범이 한마리 우리
선산으로 들어오는 꿈을 꾼 것을 우리엄매가 서울서 시집을 온것을 그리고 무엇
보다도 내가 이 노큰마니의 당조카의 맏손자로 난것을 다견하니 알뜰하니 깃거
히 녁이는것이었다

—「넘언집 범같은 노큰마니」 부분

이 작품도 시의 진행은 「여우난곬족^族」과 유사한 구조로 이루어져 있다.「여
우난곬족^族」에서 유년화자가 큰집으로 길을 나서서 큰집에 도착한 후, 안방에
모인 일가친척들의 면면, 풍성하게 장만된 음식들의 모습, 즐겁게 떠들고 놀
이하는 모습 등 명절날 큰집에서 겪은 일련의 일들을 차례대로 전하고 있는
것과 마찬가지로, 인용 시「넘언집 범같은 노큰마니」에서도 유년화자가 '노큰
마니'¹³⁾ 집으로 길을 나서서, '노큰마니' 집에 도착한 후에 보고 들은 일련의
일들을 시간적인 순서에 따라 서술하고 있다. 시의 진행은 유년화자가 이동하
면서 전개되는 여러 상황들을 순차적으로 진술하고 있지만, 시의 초점은 서사
의 전개보다는 각 장면의 풍경과 풍속 들에 맞춰져 있다. 그리고 각 장면의 풍
경과 풍속 들은 하나같이 장황한 서술과 묘사로 강화, 확장되어 있다.

첫 연은 유년화자가 국수당 고개를 넘어 노큰마니 집으로 가는 도정을 드러
내고 있는데, 그 모습이 어휘의 반복적인 나열을 통해 장황하게 표출되고 있
다. '노큰마니' 집으로 가는 고개 위의 국수당 나무에 걸려 있는 온갖 사물들의
장황한 나열은 민간 풍속의 한 풍경을 흥겹게 보여준다. 장황한 나열이 일으키
는 빠르고 경쾌한 호흡은 할머니 집으로 나들이 떠나는 어린 화자의 들뜬 마

---

13) 이 시에서 '노큰마니'는 증조할머니 항렬에 해당하는 분이다. '노큰마니'의 형태와 뜻풀이에
대해서는 앞에 실린 글「백석 시에 쓰인 '~이다'와 '~것이다' 구문의 시적 효과」의 각주 10번에서
자세히 설명한 바 있다.

음을 전해주기도 한다. 2연에서는 '노큰마니' 집에 도착하여 집 안마당에서 벌어지는 가축들의 모습이 반복적인 열거를 통해 장황하게 표출되고 있다. 게사니(거위), 개, 엇송아지 들의 모습을 반복적인 열거를 통해 길게 부연함으로써 부산하고 소란스런 시골집 안마당의 풍경을 생동감 있게 보여준다. 3연에서는 '노큰마니' 집에서 벌어지는 삶의 일상들이 역시 반복적인 열거를 통해 장황하게 표출되고 있다. 삶의 일상에 대한 반복적인 열거는, 대가족 아래의 시골 할머니 집의 바쁘고 고단한 삶의 정황을 생생히 드러낸다. 마지막 연에서는 산문체의 서술로 '노큰마니'의 심정을 표출하면서 시를 마감하고 있다.

이처럼 이 시는 각각의 장면들이 강화, 확대되어 있고, 그러한 장면들의 조합으로 한 편의 시가 짜여 있다. 이 시가 전체적으로 서사적인 진행을 보이면서도 각 연이 '~데'라는 동일한 운으로 맞춰져 있는 것은 바로 각 장면의 개별성과 독자성을 보장, 중시하면서 서사적인 진행을 도모하는 이 시의 독특한 서사 구조가 반영된 것이다. 「고야古夜」라는 시에서는 아예 하나의 일관된 서사를 제시하지 않고, 한밤중에 겪은 서로 다른 이야기를 조합시켜 한 편의 시를 꾸미고 있다. 일종의 모자이크 형식에 해당하는 이러한 서사적 구성은 바로 각 장면의 개별성을 보장, 중시하는 백석 시의 독특한 서사 구조가 가장 극단적으로 표출된 경우라고 할 수 있다.

각각의 장면이 특별히 강화, 확장되어 있는 백석의 서사지향적 시 양식은 바로 판소리의 서사 구조에 깊이 접맥되어 있는 것이다. 백석은 판소리의 서사 구조에 뿌리를 둔 이 독특한 시 양식을 여러 사설의 형태로 드러낸다. 지금까지 살펴본 것은 장황한 서술과 묘사를 통해 각각의 장면을 확대, 강화시킨 작품들이지만, 또다른 작품에서 백석은 비교적 간명한 서술과 묘사로 장면을 제시하는 방식을 시도하기도 한다. 개별 장면을 강화, 확대시키는 작품 구조를 추구하면서도, 각각의 장면을 긴 사설이 아닌, 비교적 간명한 문체로 서술하여 압축된, 또는 함축된 서사를 드러내는 것이다. 백석은 판소리에 접맥된 우리의 전통적인 문학 양식을 다양하게 개척해나갔으며, 특히 그가 추구한 간명한 서사의 양식은 후대의 시인들에게 큰 영향을 미치고 있다.

5. 판소리 양식의 창조적 수용과 새로운 시 형식

이 글은 백석 시의 독특한 표현 형태와 양식을 우리의 전통적인 문학 양식인 판소리 사설과의 연관 속에서 규명해본 것이다.

백석 시의 표현 형태 중 가장 이색적인 것은 유사한 의미 범주에 속하는 어휘나 문장을 반복적으로 사용하는 것이다. 반복과 열거는 구비가요의 기본적인 수사 패턴이지만, 백석 시의 경우 그것이 '사설'의 형태로 길게 늘어져 있다는 점에서 이색적이다. 또 운문과 산문이 교차되어 있고, 사설의 변형을 통해 의미를 생기 있게 조성한다는 점이 주목되는데, 이러한 표현 기법들은 모두 판소리 사설의 형식에 접맥되어 있는 것이다. 그런가 하면 백석은 유사한 의미 범주의 어휘 나열을 문맥 안의 적절한 시점에 구사해 여러 의미를 조성해내고 있다. 백석은 판소리의 사설 방식을 그대로 따르지 않고 창조적으로 계승하여 시적 성취를 거두고 있는 것이다.

백석 시는 운문과 산문이 일정한 간격을 두고 주기적으로 반복되고, 또 운문과 산문의 진술에 일정한 규칙이 발견되는데, 이러한 율격 형태는 판소리 사설의 가창 방식과 매우 유사한 것이다. 백석 시는 장면의 상황 설명에서는 산문으로 요약, 진술하고, 장면 묘사에서는 운문으로 표출하며, 운문 표출은 사설의 화려한 문체로 표현되는데, 이러한 진술 방식이 판소리의 가창 방식과 매우 흡사하다. 백석 시에서 산문으로 표출된 부분은 판소리의 '아니리'에, 운문으로 표출된 부분은 판소리의 '창'에 대응된다. 백석은 산문과 운문이 교체되는 판소리 형식의 율격 형태를 통해 시의 의미를 매우 효과적으로 구현해낸다.

백석 시는 매우 독특한 양식으로 되어 있다. 그의 시는 시간적인 질서에 따라 구체적인 삶의 행위를 서술과 묘사를 통해 표출하여 서사지향적인 양식을 지니는데, 시의 초점은 서사의 전개보다는 각각의 장면에 대한 서술과 묘사에 맞춰져 있다. 백석 시에서 개별 장면들은 작품 전체의 이야기 흐름에 기여하면서도, 개별성과 독자성을 지니며 그 자체의 흥미를 위해 장황한 서술과 묘사로 확장, 강화되어 있다. 이러한 작품의 형식은 각 부분의 장면들이 독자성을 가지며 상황의 흥미를 위해 확장, 세련되면서, 동시에 작품 전체의 흐름을 지배하는 서사 구조를 가진 판소리의 양식적 원리에 접맥되어 있는 것이다.

백석은 판소리의 서사 구조에 뿌리를 둔 독특한 시 양식을 긴 사설의 문체로 장면을 확대시키는 데에만 치중하지 않고, 또 한편으로 간명한 서술과 묘사의 문체로 장면의 압축된 서사를 제시하기도 하여 참신하고 개성적인 시의 양식을 개척해나갔다.

지용 시와 백석 시의 이미지 비교

1. 시와 이미지

언어예술인 문학의 여러 장르 중 언어의 활용이 가장 날카로운 분야가 시라
고 할 수 있다. 시는 언어의 기본 요소인 말뜻과 말소리를 모두 사용할 뿐만 아
니라, 말뜻의 경우에도 단순히 개념적인 진술에만 의존하지 않고 비유와 묘사
를 통해 구체적인 감각을 느끼게 하는 이미지를 구사하기도 하며, 또 말의 미
묘한 느낌을 나타내는 어조를 활용하기도 한다. 가장 이상적인 시는 이러한 시
적 언어의 여러 요소들이 긴밀하게 얽혀서 유기적인 통일체를 이룬다.[1]

이러한 시적 언어의 여러 요소 중 언어 활용의 기교 면에서 가장 중요한 것
은 이미지 표현이라고 할 수 있다. 시는 어떤 사실을 보고하거나 설명하는 것
이 아니라, 어떤 사실에 대한 느낌이나 해석을 나타내는 것인데, 그것은 추상

---

[1] 김종길은 시의 네 가지 요소를 말뜻과 말소리와 이미저리(imagery)와 어조로 보고, 이 네 가지
요소가 유기적으로 결합하여 시의 의미 작용에 이바지한다고 설명한다. 김종길, 「시의 요소」, 『시
에 대하여』, 민음사, 1986, 84쪽.

적이고 개념적인 진술보다는 비유나 묘사를 통해 구체적으로 보여주었을 때
훨씬 생생한 느낌을 유발한다. 그래서 비유나 묘사를 통한 진술인 이미지 표현
이 시에서 가장 중요한 시적 기교로 간주된다.[2] 더구나 우리 시의 경우에는 국
어의 특성상 운의 발생이 서구 시에 비해 희박하고, 또 율격의 체계와 조성도
서구 시에 비해 뚜렷하지 않는 등 말소리의 활용이 제한되어 있기 때문에 상대
적으로 이미지 표현의 중요성이 더욱 증대된다.

어떤 사물이나 사실에 대한 시인의 느낌이나 해석을 비유나 묘사를 통해 구
체적으로 보여주는 이미지 표현은 절제된 시적 태도와 뛰어난 언어감각을 필
요로 한다. 감정의 직접적인 표출을 억제하고 대상과 미적인 거리를 유지하면
서 비유나 묘사를 통한 선명하고 압축된 이미지를 제시해야 하며, 그러기 위해
서는 사물에 대한 감수성과 함께 언어를 부리는 솜씨도 능숙해야 한다. 그래서
이미지 표현은 현대시에 와서 특히 중요한 시적 기교로 간주된다. 서구에서 이
미지 표현을 시의 절대적 기교로 삼은 이미지즘 시는 감정의 자발적인 유로를
표방한 19세기 낭만주의 시에 대한 반발로 나타나서 현대시로 넘어오는 계기
로 작용하였는데, 우리의 시문학사도 그 본질적 성격은 이와 크게 다르지 않게
전개되었다.[3]

우리의 현대시가 진정한 의미에서 현대성을 획득한 시기는 1930년대인데,
이 시기에 우리 시의 현대성을 이끈 대표적인 시인은 정지용이다. '현대시의
아버지' '현대시에 최초로 호흡과 맥박을 불어넣은 시인' 등으로 평가받는 지
용 시의 현대성은 여러 요소와 방법으로 달성된 것이지만, 그중에서 가장 핵심
을 이루는 것은 탁월한 이미지 표현이라고 할 수 있다. 지용은 뛰어난 감수성

---

2) F. Mayes, *The Discovery of Poetry* (Second Edition), Boston, MA: Heinle, 1994, p. 80.

3) 우리 시문학사의 경우 1920년대 초 낭만주의 문학이 성행하다, 1930년대에 접어들어 이미지
표현이 중시되는 모더니즘 시가 나타났다.

과 능숙한 언어 구사로 이전의 시인들에게 볼 수 없었던 현란한 이미지를 구사했다. 운율에 크게 의존하던 우리 시는 지용을 통해 이미지 표현이라는 또하나의 시적 기교를 확실히 갖추게 되었으며, 이를 통해 진정한 의미에서 현대시의 얼굴을 띠게 되었다.

우리의 현대시가 이미지 표현의 시적 기교를 획득하는 과정에서 지용과 함께 주목해야 할 또하나의 시인으로 백석을 꼽을 수 있다. 지용이 시단의 중심에서 왕성하게 활동하던 1930년대 중반에 등장한 백석도 지용과 마찬가지로 뛰어난 이미지를 구사함으로써 현대적인 시적 기교를 발휘하였다. 그런데 백석 시의 이미지 표현은 매우 개성적인 특성을 드러내었다. 백석 시의 이미지 표현은 지용 시의 그것과 뚜렷이 구별되었고, 이미지 표현을 중요한 시적 기교로 삼은 대표적인 모더니즘 시인들인 김기림이나 김광균 시의 표현 방식과도 크게 달랐다. 백석은 지용이 개척하고 정착시켜나간 이미지 표현 기법을 이어나갔지만, 지용의 방식을 그대로 따르지 않고 독자적인 표현 방식을 개척하여 현대시의 이미지 표현 기법을 크게 확장시켰다. 매우 독특하고 개성적인 백석 시의 이미지 표현 방식은 여러모로 지용 시의 그것과 대비된다.

이에 이 글에서는 지용과 백석 시의 이미지 표현 방식을 구체적으로 비교, 검토해보고자 한다. 먼저 두 시인이 특정 대상에 대한 이미지 표현을 어떤 방식으로 나타내는지 살펴보고, 이어 작품 전체의 구조 내에서 이미지 표현 기법이 어떻게 구사되는지를 비교, 검토해보고자 한다. 두 시인이 각기 개성적으로 구사한 이미지 표현 방식의 비교, 검토를 통해 초창기 우리 현대시의 이미지 표현 기법이 어떻게 전개, 발전되어나갔는지를 확인할 수 있을 것이다. 아울러 이를 통해 두 시인의 시세계의 차이도 확인할 수 있을 것이다.

2

(1) 지용, 현란한 수사와 선명한 이미지의 제시

특정 대상에 대한 지용의 이미지 표현 방식에서 눈에 띄는 특징은 비유적 이미지[4]의 빈번한 구사이다. 지용 시에는 평균 한 작품당 세 개 이상의 비유가 있다는 한 연구자의 통계조사에서 알 수 있듯,[5] 지용은 비유적 이미지를 유난히 많이 구사하고, 또 다양한 방식으로 표현해낸다. 가령, '바다'라는 하나의 사물에 대해 지용은 다음과 같이 다채로운 이미지를 빚어낸다.

바다는 뿔뿔이 / 달어날랴고 했다. // 푸른 도마뱀떼 같이 / 재재발렀다. // (……) // 희동그란히 바쳐 들었다! / 지구地球는 연蓮닢인양 옴으라들고…… 펴고……

—「바다 9」 부분[6]

오늘 아침 바다는 / 포도빛으로 부풀어졌다. // 철석, 처얼석, 철석, 처얼석, 철석, / 제비 날어 들듯 물결 새이새이로 춤을 추어.

—「바다 1」 부분

---

4) 여기서 '비유적 이미지'의 개념은 비유를 통해 빚어낸 이미지를 말한다. 김춘수가 심상을 둘로 나누어 관념의 도구로 구사된 이미지를 '비유적 이미지'로, 심상 그 자체를 위한 심상을 '서술적 이미지'로 지칭했을 때의 '비유적 이미지'와는 무관한 개념이다.

5) 양왕용, 「정지용의 시어와 이미지」, 『한국근대시의 연구』, 삼영사, 1982, 198~199쪽.

6) 지용 시의 인용은 김학동 책임편집의 『정지용전집』(민음사, 1995)을 따랐고, 이숭원 주해 『원본 정지용 시집』(깊은 샘, 2003)을 참고했다.

고래가 이제 횡단橫斷 한뒤/해협海峽이 천막天幕처럼 퍼덕이오.//(……)//
청대ㅅ닢 처럼 푸른/바다/봄//(……)//흰 연기 같은/바다/멀리 멀리 항해航海
합쇼.

—「바다 6」 부분

감람ᅥ藍 포기 포기 솟아 오르듯 무성茂盛한 물이랑이어!

—「다시 해협海峽」 부분

바다가 치마폭 잔주름을 잡어 온다.

—「말 2」 부분

해는 하늘 한 복판에 백금白金도가니처럼 끓고, 똥그란 바다는 이제 팽이처럼
돌아간다.

—「갈메기」 부분

나지익 한 하늘은 백금빛으로 빛나고/물결은 유리판 처럼 부서지며 끓어오
른다.

—「甲板우」 부분

'바다'에 일렁이는 물결의 모습이 그 형상의 미묘한 변화에 맞춰 "도마뱀떼"
"제비" "청대닢" "연닢" "감람포기" "천막" "치마폭 잔주름" "흰 연기" "유리
판" "팽이" 등의 다양한 이미지로 변주되고 있다. 하나의 사물에 대한 이미지
의 표현이 동물과 식물에 걸쳐 있고, 또 사물들에도 걸쳐 있으며, 동식물의 경
우도 다양한 개체로 퍼져 있고, 사물의 경우도 매우 다양한 범위로 확장되어

있다. 동일한 대상에 대한 이미지 변주의 폭이 아주 넓으며, 그러면서 하나같이 참신하고 선명한 이미지를 부조해낸다. 이러한 현상은 지용이 초기 시에 빈번하게 다룬 시적 제재인 '바다'에만 국한된 것이 아니다. 가령, '해'라는 사물의 모습에 대한 이미지 표현에서도 동일한 현상을 발견할 수 있다. 지용은 "햇살이 함빡 백공작의 꼬리를 폈다"(「바다 7」) 같은 구절에서 '해'의 모습을 '백공작의 꼬리 핀 모습'에 비유하여 동물에 견주어 이미지를 빚어내고, "꽃가루 묻힌 양 날러올라/나래 떠는 해"(「옥류동」) 같은 구절에서는 '해'의 모습을 '꽃가루 묻히고 나래를 떠는 것'에 비유함으로써 식물과 동물을 동시에 끌어들여 이미지를 빚어낸다. 그런가 하면 "간뎅이같은 해가 익을거리는"(「이른 봄 아침」), "해살이 자개처럼 반쟈거린다"(「말 2」) 같은 시행에서는 해의 모습을 "간뎅이"와 "자개"라는 동식물이 아닌 여러 사물들에 견주어서 이미지를 빚어낸다. 지용 시에서 이미지를 빚어내기 위해 동원되는 보조관념의 폭은 한없이 확장되어 이국적 사물에까지 뻗치고 있다.

    우리들의 기차汽車는 아지랑이 남실거리는 섬나라 봄날 왼하로를 익살스런 마드로스 파이프로 피우며 간 단 다.

—「슬픈 기차汽車」 부분

    이 아이는 (……) 다리 긴 왕자王子처럼 다니는것이려니,

—「태극선太極扇」 부분

    헬멭 쓴 야경순사夜警巡査가 0파일림처럼 쫓아오겠지요!

—「황마차幌馬車」 부분

팔뚝을 끼고 눈을 감었다, 바다의 외로움이 검은 넥타이 처럼 말어진다.

―「갈메기」부분

한밤에 벽시계^{壁時計}는 불길^{不吉}한 탁목조^{啄木鳥}!/나의 뇌수^{腦髓}를 미신바늘처럼 쫏다.

―「시계를 죽임」부분

"마드로스 파이프" "피일림" "넥타이" "미신바늘" 등은 당시로서는 다분히 이국적인 사물들이었으며, "다리 긴 왕자"는 서구적인 정서에 대한 이해를 통해서만이 그 이미지가 살아나는 인물이다. 이국적 사물과 인물에 견주어 빚어낸 이미지들은 하나같이 선명하고 날카로운 감각을 뽐낸다. "헬멭 쓴 야경순사^{夜警巡查}가 o피일림처럼 쫓아오겠지요!"라는 구절은 "피일림"의 검은색과 끝없이 이어져 뽑혀 나오는 피일림의 모습에 대한 연상으로, 컴컴한 밤에 순찰을 도는 야경순사의 으스스한 모습과 끈질기게 쫓아오는 순사의 모습이 생생히 환기된다. "한밤에 벽시계^{壁時計}는 불길^{不吉}한 탁목조^{啄木鳥}!/나의 뇌수^{腦髓}를 미신바늘처럼 쫏다"라는 구절은 '미신'이라는 기계에서 연상되는 냉정함에 "미신바늘"의 날카로운 느낌이 더해져 '나'의 뇌수를 찌르는 것 같은 한밤의 불길한 벽시계 소리가 생생히 전해진다. 지용 시에서 외래어 사용은 모던한 멋이나 이국적 분위기를 자아내기 위한 장식이 아니라 이미지를 효과적으로 빚어내기 위한 날카로운 언어 선택임을 인용한 구절들은 분명히 보여준다.

지용 시는 이미지를 빚어내기 위한 보조관념의 폭이 매우 클 뿐만 아니라, 이미지의 대상인 원관념과 이미지를 빚어내기 위해 동원되는 보조관념 사이의 거리도 매우 넓다. 앞서 살펴본 '바다' 이미지 표현들의 경우, "바다"와 "푸른 도마뱀떼"라는 두 사물 사이에는 매우 큰 거리가 존재한다. 두 사물은 완전히 다른 영역에 속한 것들이다. 이외에 "바다"와 "제비"와의 거리도 매우 넓고, "바다"와 "연꽃" 사이의 거리도 매우 넓다. 서로 연관이 되지 않을 것 같은 엉뚱한 두 사물 사이에 유사점을 찾아 빚어낸 지용 시의 이미지는 시적 긴장을 주고 독자들에게 참신한 감각으로 전해진다. 또 의외의 사물로 끝없이 변주되어가는 이미지의 제조에 독자들은 시 읽기의 흥미를 느낀다. 지용은 '신비평가'들이 내린 비유의 정의를 가장 이상적으로 보여준 시인이라고 할 수 있다.

(2) 백석, 소박한 수사와 이미지의 조화

지용 시의 비유적인 이미지가 현란하다면, 백석 시의 비유적 이미지는 소박하다. 백석의 시에도 비유적 이미지가 많이 구사되고 있는데, 지용 시와 비교해보면 상대적으로 비유적 표현의 긴장감이 떨어져서 수수하고 평범해 보인다. 개별적인 시적 표현만을 놓고 볼 때, 백석 시의 비유적 이미지는 지용 시만큼 예리한 감각을 지니지 못하는 경우가 많다.

① 손자아이들이 파리떼같이 모이면 곰의 발 같은 손을 언제나 내어둘렀다

—「고방」 부분

② 집에는 언제나 센개 같은 게사니가 벅작궁 고아내고 말 같은 개들이 떠들썩 짖어대고 그리고 소거름 내음새 구수한 속에 엇송아지 히물쩍 너들씨는데

—「넘언집 범 같은 노큰마니」 부분

①의 예에서 보듯 그 옛날 자식을 많이 낳고 자식들이 모두 모여 살던 대가족 제도 아래서 할아버지 앞으로 몰려드는 수많은 어린 손자들을 "파리떼"에 비유하고, 할아버지의 늙고 느린 동작의 손 모습을 "곰의 발"에 비유한 것, 또

②의 예에서 보듯 시골집 안마당에 돌아다니는 흰빛의 "게사니"(거위)를 "센개"(털빛이 흰 개)에 비유하고, 큰소리로 짖어대는 덩치 큰 개를 "말"에 비유한 것 등은 모두가 수수한 표현에 해당한다. 지용이 하나의 사물에 대한 비유를 그와는 전혀 다른 영역에 속하는 동물이나 식물, 그리고 전혀 엉뚱한 사물들 사이의 유사점을 찾아 이미지를 빚어낸 것에 비하면, 백석은 하나의 사물에 대한 비유의 대상을 매우 가까운 곳에서 찾고 있다. 백석은 "게사니"에 대한 비유의 대상을 같은 동물인 "센개"에서 찾고, "개"에 대한 비유의 대상 역시 같은 동물인 "말"에서 찾고 있다. 할아버지 앞으로 모여드는 손자아이들을 "파리떼"에, 할아버지의 발을 "곰"이라는 동물에 빗댄 것 역시 유사한 영역에서 비유의 대상을 찾은 것이다. 이처럼 원관념과 보조관념 사이의 영역이 비슷해 둘 사이의 의미적, 심리적 거리가 짧기 때문에 백석 시의 이미지 표현은 그 자체만 놓고 보면 참신한 감각을 전해준다고 보기 어렵다.

그러나 백석 시의 소박한 비유는 작품 전체의 맥락 속에서 의미 있는 감각으로 거듭난다. 할아버지에게 모여드는 어린 손자들에 대한 비유적 이미지인 "파리떼"는 이 시의 공간 배경인 시골 고방의 허름하고 토속적인 느낌을 조성하는 데 기여하며, 할아버지에 대한 비유적 이미지인 "곰의 발"은 어린 시절의 제삿날에 얽힌 토속적인 정취를 조성하는 데 기여한다. 또 "게사니"를 같은 동물인 "센개"에 비유하고, "개"를 같은 동물인 "말"에 비유한 것은 가축들이 요란하게 떠들어대는 시골 농가 앞마당의 풍경을 드러내는 2연의 의미를 풍요롭게 조성하는 데 기여한다. 시인은 집 앞마당에 돌아다니는 가축들 중 "게사니"와 "개"만을 지목해 말하고 있지만, 그것들에 대한 이미지를 "센개"와 "말"로 드러냄으로써 "게사니"와 "개"뿐만 아니라 "센개"와 "말"까지도 함께 움직이고 떠들어대는 것 같은 느낌이 생성되는 것이다.

이렇게 볼 때 백석의 비유적 이미지는 표현하고자 하는 사물 하나에 대한 느낌을 구체화하고 선명하게 제시하는 데만 초점을 맞추는 것이 아니라, 작품 전체의 의미와 정서에 기여하는 데까지도 초점을 맞추고 있다고 볼 수 있다. 그리하여 백석 시의 이미지는 대부분 작품 안의 여러 대상과 그 이미지와의 조화 속에서 비로소 그 감각이 살아나며, 작품의 전체 문맥 속에서 진정한 의미와 정서가 드러나는 특징을 지닌다.

① 졸레졸레 도야지새끼들이 간다
  귀밑이 재릿재릿하니 볕이 담복 따사로운 거리다

  잿더미에 까치 오르고 아이 오르고 아지랑이 오르고

  해바라기하기 좋을 볏곡간 마당에
  볏짚같이 누우란 사람들이 둘러서서
  어늬 눈 오신 날 눈을 츠고 생긴 듯한 말다툼 소리도 누우라니

  소는 기르매 지고 조은다

  아 모도들 따사로이 가난하니
                              —「삼천포三千浦—남행시초南行詩抄」 전문

② 여승女僧은 합장合掌하고 절을 했다
  가지취의 내음새가 났다
  쓸쓸한 낯이 뎃날같이 늙었다
  나는 불경佛經처럼 서러워졌다

—「여승^{女僧}」 부분

시 ①은 3연에서 "볏짚같이 누우란"이라는 비유적 이미지가 등장한다. 여행지 '삼천포'에서 느낀 정겨운 마을 풍경과 정취를 표출하고 있는 이 시에서 시인은 "볏곡간 마당"에 서 있는 시골 마을 사람들의 얼굴색을 "볏짚"에 빗대고 있다. 엉뚱하고 기발한 사물을 비유의 대상으로 끌어들이는 것이 아니라 이미 앞에서 표출한 사물을 다시 비유의 대상으로 끌어들임으로써 이 비유는 그 자체로는 특별한 느낌을 유발하지 않는다. 하지만 그 전후에 표출되는 이미지들, 즉 "해바라기"의 '해'가 주는 밝고 따뜻한 느낌, '기르매 지고 조는 소'의 이미지가 주는 한가하고 평화로운 느낌, 또 '돼지새끼'들의 이미지가 주는 앙증맞고 풍요로운 느낌, 그리고 이 모든 이미지가 풍기는 농촌 마을의 아늑한 정서 등과 어울리면서 "볏짚"은 깊은 울림을 주는 이미지로 승화된다. "볏짚"은 이러한 여러 이미지들과 조화를 이루면서 '삼천포'라는 남쪽 지역의 밝고 따뜻한 풍경, 또 그곳 농촌인의 가난함 속에 배어 있는 정겹고 포근한 느낌을 잘 전해주는 이미지로서 그 역할을 톡톡히 한다.

시 ②에선 "나는 불경처럼 서러워졌다"는 비유적 이미지가 눈에 띄는데, 여기서 "불경^{佛經}"이라는 이미지는 그 자체로는 다소 모호하다. 이미지의 기능은 사물의 느낌을 조각처럼 선명하게 제시하는 것이므로 비유적 이미지 구사에서 비유의 보조관념은 구체적이고 감각적인 사물을 끌어들이는 것이 정석인데, "불경"이라는 보조관념은 사물이긴 하나 구체적인 감각이 느껴지지 않는 추상적인 사물에 가깝다. 하지만 이 추상적인 사물은 이 작품의 문맥 안에서 아주 구체적인 감각을 불러일으킨다. 이 시에서 시의 대상인 '여승'은 특별한 사연을 갖고 있다. 그녀는 지아비가 집을 나가 돌아오지 않자 어린 딸 하나와 10년 동안 옥수수 행상을 하며 기다렸는데, 딸마저 세상을 뜨자 머리를 깎고 중이 되어 속세와 인연을 끊고 살고 있다. 이러한 이 시의 이야기 속에서 "불경"은 특별한 감각을 지닌 이미지로 거듭난다. 그 기구한 운명의 여승을 보고 시인은 "나는 불경처럼 서러워졌다"고 말하고 있는 것인데, 그것은 곧 슬픈 사연의 여인이 이제 여승이 되어 불경을 읽으며 살아가는 모습에서 연상되는 어떤 정서를 가리키는 말이 되는 것이다. 지아비와 딸을 잃고 여승이 된 여인이 불경을 읽으며 정신적 수행을 쌓는 모습에는 역설적으로 세속의 서러움이 짙게 묻어난다. 비유의 보조관념을 추상적 느낌의 사물로 삼지만, 작품 전체의 문맥 속에서 생기 있는 감각 이미지로 승화시키는 것은 백석의 독특한 이미지 표현법이라고 할 수 있다.

한편 백석 시의 비유적 이미지의 또다른 특성 가운데 하나는, 비유의 보조관념으로 우리의 토속적인 정취가 물씬 풍기는 사물을 구사하고 있는 점이다. 지용이 비유의 보조관념으로 서구의 사물을 구사하고 있는 것과 좋은 대조를 보인다고 할 수 있다.

살빛이 매감탕 같은

—「여우난골족族」부분

뚜물같이 흐린 날 동풍東風이 설렌다

—「쓸쓸한 길」부분

구덕살이같이 욱실욱실하는 손자 증손자

—「넘언집 범 같은 노큰마니」부분

낡은 질동이에는 갈 줄 모르는 늙은 집난이같이 송구떡이 오래도록 남어있

었다

—「고방」 부분

　국숫집에서는 농짝 같은 도야지를 잡어걸고 국수에 치는 도야지고기는 돗바늘 같은 털이 드문드문 백였다

—「북신北新」 부분

　아카시아들이 언제 흰 두레방석을 깔었나

—「비」 부분

　인용한 예들에서 비유의 보조관념으로 삼은 "매감탕" "뚜물" "구덕살이" "집난이" "농짝" "돗바늘" "흰 두레방석" 등은 모두 우리의 토속적인 정취가 물씬 풍기는 사물이고 인물이다. 백석은 지용과는 정반대로 우리의 토속적인 사물과 인물을 비유의 보조관념으로 삼아 시의 대상을 적절히 그린다. 이러한 비유의 보조관념들은 각각의 시적 대상들을 실감 나게 그려내는 데 부족함이 없는 적절한 사물이고 인물이다. 백석은 일관되게 우리의 토속적인 것들로 이미지 표현을 시도함으로써 자기 개성을 한껏 드러낸다. 백석이 토속적인 것들을 비유의 보조관념으로 자주 삼은 것은 이미지 표현을 대상의 묘사뿐만 아니라 작품 전체의 정서와 의미를 조성하는 수단으로 여긴 특유의 시적 방법론과도 밀접한 관련을 지닌다. 백석은 이러한 보조관념으로 그려낸 토속적인 이미지들을 작품 안의 다른 이미지들과 조화시켜 토속적인 정취를 한껏 살려내고 있다.

3

(1) 지용, 시각적 이미지의 심화와 역동적인 세계

지용 시에 구사된 이미지를 감각기관에 따라 분류하면 시각적 이미지가 주류를 이룬다. 그는 청각적 이미지도 적지 않게 구사하고, 또 촉각적 이미지와 후각적 이미지도 구사한 바 있지만, 가장 빈번하게 구사하고 탁월한 성취를 거둔 것들은 대부분 시각적 이미지들이다. 앞서 2장에서 살펴본 그의 현란한 이미지들은 거의 대부분 시각적 이미지들이다.

지용이 구사한 시각적 이미지들은 대부분 역동성을 지니고 있는 것이 큰 특징이다. 지용 시의 비유적 이미지에서 비유의 보조관념들은 대부분 움직이는 것들이다. 그가 비유의 보조관념으로 자주 사용한 동물들은 말할 것도 없고, 식물이나 사물 들도 정적인 상태가 아니라 동적인 상태의 것들을 보조관념으로 끌어들인다. 지용은 동적인 대상뿐만 아니라, 정적인 대상도 동적인 이미지로 빚어낸다. 그래서 그의 시에서 이미지 표현은 전체적으로 매우 역동적인 느낌을 불러일으킨다.

> 포탄砲彈으로 뚫은듯 동그란 선창船窓으로/눈섶까지 부풀어오른 수평水平이 엿보고,/하늘이 함폭 나려 앉어/큰악한 암닭처럼 품고 있다.
>
> —「해협海峽」부분

선창에 나 있는 동그란 구멍의 형상은 포탄으로 뚫은 것에 비유된다. 선창의 동그란 형상을 나타내는 데 '뚫다'는 능동적 서술어와 "포탄"이란 생동감 넘치는 사물이 동원된다. 이러한 역동적인 보조관념의 동원으로 선창의 형상은 정물적 그림에서 벗어나 살아 꿈틀대는 듯한 생동감을 전해준다. 이어 그 선창으로 내다본 바다의 형상을 "부풀어오른 수평" 같다고 표현하여 역시 역동적인 이미지로 그려낸다. 바다 밑으로 내려가 있는 아래 칸 선실의 선창으로 바다를 내다보면 바다가 눈썹까지 올라와 있다. 시인은 그 모습을 눈썹까지 부풀어오른 것 같다고 표현한 것인데, 사실 바다는 그 모습 그대로 있을 뿐이고, 다만 지금 서 있는 위치에서 그처럼 눈썹에 맞닿아 있는 것으로 보일 뿐이다. 그런데 시인은 그 형상을 부풀어오른 것 같다고 표현하여 운동성의 형상으로 표현한다. 이어 시인의 시선은 바다의 표면을 넘어 그 위에 넓게 펼쳐져 있는 하늘을 향하고 있는데, 눈앞의 풍경을 하늘이 내려와 암탉이 알을 품고 있는 것 같다고 표현한다. 바다 끝은 하늘에 맞닿아 있고, 그 모습을 바다 한가운데서 보면 마치 하늘이 바다를 감싸고 있는 것처럼 보인다. 그 모습은 정적인 것이지만, 시인은 역시 운동성의 형상으로 표현한다. 시각적 이미지는 말로 그린 그림인데, 지용 시의 그림은 마치 고흐의 그림처럼 흔들리고 움직이는 형상을 하고 있다.

지용 시의 이미지가 지닌 역동성은 움직이는 사물에 대한 이미지 표현에서 더욱 극대화된다. 지용은 정적인 대상도 움직이는 형상으로 그리고 있으므로, 움직이는 대상을 그릴 때의 역동적 형상화는 말할 것도 없을 것이다. 그는 움직이는 대상을 그릴 경우, 그 대상의 움직임을 쫓아가며 그린다. 움직이는 대상이 이동할 경우 시인의 위치와 시선도 그에 맞춰 이동한다. 지용은 움직이는 대상이 움직이며 변화하는 형상을 하나하나 포착해 그려내며, 이 과정에서 그의 빛나는 시각적 이미지들이 탄생한다.

바다는 뿔뿔이

달어 날랴고 했다.

푸른 도마뱀떼 같이
재재발렀다.

꼬리가 이루
잡히지 않었다.

힌 발톱에 찢긴
산호珊瑚보다 붉고 슬픈 생채기!

가까스루 몰아다 부치고
변죽을 둘러 손질하여 물기를 시쳤다.

이 앨쓴 해도海圖에
손을 싯고 떼었다.

찰찰 넘치도록
돌돌 굴르도록

희동그란히 바쳐 들었다!
지구地球는 연蓮닢인양 옴으라들고…… 펴고……

—「바다 9」 전문

　인용 시는 바다 풍경을 그린 작품이다. 처음 1연에서 시인은 바다 물결이 일렁이는 장면을 포착한다. 시인은 그 형상을 "푸른 도마뱀떼같이" 재재바르다고 그린다. 바다 물결의 정신없이 빠른 움직임이 도마뱀떼의 재바름에 빗대어져 매우 생동감 있게 드러나고 있다. 이어 시인은 곧바로 도마뱀떼의 꼬리가 잡히지 않았다고 말하는데, 그것은 바다 물결을 더 세부적으로 들여다보았을 때 포착되는 형상의 표현이다. 바다 물결을 더 가까이서 보면 그 움직임이 더욱 빠르게 보이고, 그 빠른 운동성을 시인은 꼬리를 잡을 수 없을 만큼 빠르게 움직이는 도마뱀떼에 빗댄 것이다. 이어 4연에선 "흰 발톱에 찢긴/산호^{珊瑚}보다 붉고 푸른 생채기!"라는 이미지가 제시되는데, 이것은 바다 물결이 백사장으로 밀어닥치며 나타난 형상을 그린 것으로 보인다. '흰 발톱'은 바다 물결이 백사장으로 몰려오면서 하얗게 부서진 형상에 대한 시각적 이미지이다. 이 시에서 바다 물결은 도마뱀떼라는 동물 이미지로 그려져 있으므로, '흰 발톱'은 그 연장선에서 이해해야만 한다. "산호^{珊瑚}보다 붉고 푸른 생채기"는 하얗게 부서진 파도가 백사장으로 밀려와 백사장의 모래와 뒤섞이면서 모래 위에 자국을 남긴 형상을 그린 것으로 보인다. 5연의 "가까스루 몰아다 부치고/변죽을 둘러 손질하여 물기를 시쳤다"는 말은 백사장으로 밀려온 파도의 형상을 그린 이미지이다. 파도가 부서지며 백사장으로 밀려올 땐 물결의 힘이 빠져 가까스로 백사장 초입까지만 당도한다. 5연은 바로 그러한 형상을 그린 것이다. 6연의 "이 앨쓴 해도^{海圖}에/손을 싯고 떼었다"는 것 역시 비슷한 상황으로 파도가 백사장으로 밀려온 형상을 그린 것인데, 이 구절에선 "손을 싯고", 이어서 "떼었다"는 말이 나와 백사장으로 밀려온 파도의 행진이 끝난 상태를 보여준다. 또 "해도^{海圖}"라는 이미지가 제시되어 지금까지 진행된 파도의 행진 전체를 그려낸다. 그러므로 이 6연부터 시인의 시선이 파도의 세부적 형상으로부터 떨어져서 바다의 형상 전체의 조망이 가능한 원거리로 이동되고 있음을 알 수 있다. 7연의 "찰찰 넘치도록/돌돌 굴르도록"이란 말은 파도가 넘실대는 바다의 형상을 아주 원거리서 그려낸 이미지이다. 바닷물이 찰찰 넘치고 돌돌 구르는 것처럼 느껴진다는 것은 바다 전체가 마치 물이 담긴 그릇 같은 형태로 보인다는 것이다. 이제 시인은 멀리서 바다를 조망하고, 그 바다를 일정한 크기의 인공조형물처럼 인식한다. 이러한 조짐은 바다를 "해도"로 인식한 6연에서부터 싹튼 것이다. 이러한 시인의 시선과 인식은 마지막 8연에서 절정을 이룬다. 멀리서 바다 전체를 조망하면 바다 끝은 하늘과 맞닿아 있어 바다와 하늘은 수평선을 통해 봉합되어 있다. "희동그란히/바쳐 들었다!"라는 것은 바로 그러한 형상을 그린 이미지로 보아야 할 것이다. 즉, 바다와 하늘이 일체를 이룬 형상을 바다가 하늘을 받쳐들은 것으로 표현한 것이다. 여기서 그 형상을 '희동그랗다'고 한 것은 지구가 둥글다는 과학적 사고에다 대상을 인공적 조형물로 바라보는 지용의 시적 감각이 더해져 빚어낸 표현이다. 이러한 시선의 연장선에서 "지구地球는 연蓮닢인양 옴으라들고…… 펴고……"라는 마지막 구절이 탄생하게 된다. 바다와 하늘 전체를 원거리에 놓인 인공적 조형물로 바라볼 때, 밀물과 썰물이 반복운동을 하는 바다의 모습은 마치 개폐를 반복하는 연잎의 모습처럼 인식되는 것이다.

이렇듯 지용은 바다의 움직이는 형상을 시선의 이동을 통해 그려냄으로써 역동적이고 참신한 바다 이미지를 만들어낸다. 시인은 바다의 가장 근접한 곳에서부터 가장 멀리 떨어진 곳으로까지 시선을 이동하고 있으며, 그 이동된 위치에서 느껴지는 대상의 운동성을 포착해 기발한 이미지를 빚어낸다. 위의 시가 파도의 이동을 쫓아가며, 그 형상의 변화를 그려내고 있는 것이라면, 그의 후기 대표작의 하나로 꼽히는 「비」라는 시는 비 내리는 상황을 쫓아가며 그 형상의 변화를 이미지로 그려낸 작품이다.

돌에
그늘이 차고,

따로 몰리는
소소한 바람.

앞 섰거니 하야
꼬리 치날리여 세우고,

종종 다리 깟칠한
산⾉새 걸음거리.

여울 지여
수척한 흰 물살,

갈갈히
손가락 펴고,

멎은듯
새삼 돋는 비ㅅ낯

붉은 닢 닢
소란히 밟고 간다.

—「비」 전문

　산속에 비가 내리는 모습을 그리고 있는 이 시에서 시인은 처음 1연에서 돌에 그늘이 지는 모습을 그리고 있고, 2연에서는 바람이 부는 모습을 그리고 있다. 산속 자연의 변화 양상을 그리고 있는 것인데, 그것은 비 올 조짐을 보여주는 인상적인 이미지 표현이라고 할 수 있다. 이제 3연과 4연에서 시인은 산속에 비가 내리는 형상을 그린다. "앞 섰거니 하야/꼬리 치날리여 세우고,//종종 다리 깟칠한/산ㅃ새 걸음거리"란 표현은 비가 흩날리는 형상을 산새의 걸음걸이에 빗댄 것이다. 2연의 묘사에서 확인되듯, 이 비는 바람이 불면서 내리는 것이므로 사선으로 흩날리는 상태이고, 그 형상을 그린 것이 바로 "꼬리 치날리여"란 새의 꽁지 이미지이다. "깟칠한" 새의 다리는 살짝 내리는 가을비의 형상에 대한 이미지이고, '종종'은 비 내리는 영역이 점점 커지는 형상에 대한 이미지이다. 비가 흩날리는 것을 새의 걸음걸이에 빗댄 것은 움직이는 형상을 더욱 역동적으로 그려내는 지용 특유의 시적 태도가 그대로 반영된 것이다. 이어 5연과 6연에서는 산속에 가는 비가 내려서, 가는 물살의 물줄기가 흘러내리는 모습을 그린다. 시인은 비 내리는 모습을 따라가고 있으므로, 이제 비가 내려 땅으로 깔리는 상태로 시선이 이동한 것이다. 마지막 7연과 8연에서는 멈춘 듯한 비가 다시 내리는 모습을 그린다. "멎은듯/새삼 돋는 비ㅅ낯"이라는 표현이 그걸 말해준다. 여기서 시인이 비가 내린다고 하지 않고 비가 돋는다고 한 것은 비 내리는 것을 인식하지 못하다가 아래서 튕겨지는 빗방울을 보고 다시 비가 내리는 것을 알게 된 것을 표현한 것이다. 빗방울이 튕겨지는 곳은 마지막 8연 첫 구절에서 보듯 '붉은 잎'이다. 시인은 그 모습을 잎을 밟고 가는 것으로 표현했는데, 이 활유적 표현은 비를 새에 비유했기 때문에 나올 수 있는 것이다. 비 내리는 것이 산새가 걸어가는 것이라면, 비가 나뭇잎 여기저기에 떨어져 튕기는 것은 새가 밟고 가는 것이 된다.

시인은 이 시에서 비 내리는 형상을 계속 쫓아가고 있는데, 비에 대한 추적은 비가 내릴 조짐을 보일 때부터 시작된다. 즉, 시인은 비 내리기 전의 산속의 돌과 바람의 모습으로부터 시작해, 비가 막 뿌리기 시작하는 모습, 비가 본격적으로 흩날리는 모습, 비가 내려서 물살의 가는 물줄기가 흘러내리는 모습, 멈춘 듯하던 비가 나뭇잎에 다시 내리는 모습 등을 순차적으로 쫓아가면서 비의 형상을 역동적으로 그리고 있다. 이 시가 그려낸 참신한 이미지들은 움직이는 형상의 변화된 모습을 위치와 시선 이동을 통해 그림으로써 탄생한 것이다.

(2) 백석, 후각적 이미지의 확산과 삶의 정취

지용이 시각적 이미지의 구사에 크게 의존하면서 시각적 이미지의 기법을 심화시켜나갔다면, 백석은 시각적 이미지 이외에 청각적 이미지, 미각적 이미지, 후각적 이미지, 촉각적 이미지 등 다양한 이미지들을 구사함으로써 감각적 이미지의 범위를 크게 확산시켰는데, 그 가운데서도 특히 주목되는 것은 후각적 이미지의 다양한 구사이다.

① 여승女僧은 합장合掌하고 절을 했다

　가지취의 내음새가 났다

— 「여승女僧」 부분

② 거리에서는 모밀내가 났다

　부처를 위하는 정갈한 노친네의 내음새 같은 모밀내가 났다

— 「북신北新」 부분

③ 시큼한 배척한 퀴퀴한 이 내음새 속에

　나는 가느슥히 여진女眞의 살내음새를 맡는다

　얼근한 비릿한 구릿한 이 맛 속에선

까마득히 신라^{新羅}백성의 향수^{鄕愁}도 맛본다

―「북관^{北關}」부분

시 ①에서는 탈속한 여승의 정갈한 모습과 느낌을 '가지취의 냄새'라는 후각적 이미지로 나타내고, 시 ②에서는 '모밀'의 깊고 담백한 맛과 냄새를 "부처를 위하는 정갈한 노친내의 내음새"라는 후각적 이미지로 나타내고 있다. 그런가 하면 시 ③에선 북관에서 먹어본 음식의 냄새를 '시큼하다' '배척하다' '쿼퀴하다' 등의 다양한 후각어로 표출하고, 이어 다시 그 감각을 "여진의 살내음새"라는 또다른 후각으로 나타내고 있다. 음식에 대한 후각 이미지를 다시 인간에 대한 후각 이미지로 치환하는 데서 백석의 후각적 이미지에 대한 각별한 선호를 엿보게 된다. 후각은 인간의 오감 가운데 가장 농도가 짙은 감각이며, 생활 정서가 짙게 묻어 있는 감각이다. 백석의 시가 인간적인 삶의 체취와 호흡을 짙게 내뿜으며 다른 어떤 시인들의 시보다도 깊은 맛을 느끼게 해주는 데에는, 이러한 후각 이미지의 빈번한 구사가 큰 몫을 하고 있다. 섬세하고 다양한 후각 이미지의 구사는 지용이 시도하지 않은 백석 시의 발명품이라고 할 수 있다.

그런데 이보다도 더 중요한 것은 백석의 시는 후각 이미지를 포함해 여러 이미지들이 한 편의 시 안에 동시에 구사되고, 그것들이 조화를 이룸으로써 삶의 정서가 깊게 배어 있는 시를 만들어낸다는 점이다.

아카시아들이 언제 흰 두레방석을 깔었나
어데서 물쿤 개비린내가 온다

―「비」 전문

단 2행의 짧막한 시형으로 짜인 인용 시에서 첫 연은 시각적 이미지로, 둘째

연은 후각적 이미지로 표출되어 있다. 첫 연은 비가 내려 아카시아꽃잎들이 땅에 떨어져내린 모습이 "흰 두레방석"이라는 우리의 토속적인 사물에 견주어 그려져 있다. 둘째 연은 "어데서 물쿤 개비린내가 온다"는 후각적 이미지가 표출되어 있다. 여기서 "개비린내"라는 후각적 이미지는 아카시아가 필 무렵의 여름에 비가 내릴 때 풍겨오는 특유의 느끼한 감각을 절묘하게 환기시킨다. 이 냄새는 우리의 시골 마을에 대한 느낌이 물씬 담겨 있는 한국의 토속적인 냄새이다. 첫 연에 제시된 "흰 두레방석"이라는 토속적인 시각 이미지와 둘째 연의 "개비린내"라는 후각적 이미지가 서로 어울려 이 시는 비 내리는 우리의 토속 마을의 정취를 물씬 드러낸다. 앞서 살펴보았듯이 지용은 '비'라는 소재의 시를 감각적 이미지로 표출하면서 인간이 배제된 산속의 비 내리는 풍경을 시각적 이미지 중심으로 빚어내고 있는데, 백석은 같은 소재를 다루면서도 인간이 사는 마을 속으로 들어가 비 내리는 풍경 그 자체보다는, 비 내리는 마을의 정취를 시각적 이미지와 후각적 이미지의 결합을 통해 환기시키고 있다.

시 「동뇨부童尿賦」에서는 한 편의 시 안에 시각적 이미지와 후각적 이미지 외에, 촉각적 이미지와 청각적 이미지 등 네 가지의 감각적인 이미지를 동원해 어린 시절의 경험세계를 실감 나게 되살리고 있다.

봄철날 한종일내 노곤하니 벌불 장난을 한 날 밤이면 으레히 싸개동당을 지나는데 잘망하니 누워 싸는 오줌이 넓적다리를 흐르는 따근따근한 맛 자리에 펑하니 괴이는 척척한 맛

첫녀름 이른 저녁을 해치우고 인간들이 모두 터앞에 나와서 물외포기에 당콩포기에 오줌을 주는 때 터앞에 밭마당에 샛길에 떠도는 오줌의 매캐한 재릿한 내음새

긴긴 겨울밤 인간들이 모두 한잠이 들은 재밤중에 나 혼자 일어나서 머리맡 쥐발 같은 새끼오강에 한없이 누는 잘 매럽던 오줌의 사르릉 쪼로록 하는 소리

그리고 또 엄매의 말엔 내가 아직 굳은 밥을 모르던 때 살갗 퍼런 막내고무가 잘도 받어 세수를 하였다는 내 오줌빛은 이슬같이 샛말갛기도 샛맑았다는 것이다

—「동뇨부^{童尿賦}」 전문

이 시는 오줌에 얽힌 어린 시절의 경험세계가 낱낱이 표출되어 있다. 1연엔 봄날에 벌불 장난을 하다가 한밤에 오줌을 쌌던 경험이, 2연엔 해가 긴 여름날 저녁을 먹고 밖에 나가 터 앞의 밭마당에 오줌을 줬던 경험이, 3연엔 겨울밤 잠자리에 추운 날씨로 수분 증발이 적어 유난히 오줌이 잘 마려워 한밤중에 일어나 요강에 오줌을 누곤 했던 경험이, 그리고 마지막 4연에서는 시인이 남으로부터 전해 들은 이야기로, 시인이 굳은 밥을 모르던 시절, 즉 딱딱한 밥을 먹기 이전 모유나 액체로 된 음식을 먹는 단계의 유아 시절에 병이 든 막내고무가 자신의 맑은 오줌을 받아 세수를 해 병을 고치려 했다는 경험 등이 표출되고 있다.

이러한 유년 시절의 경험세계는 제각기 다양한 감각 이미지로 표출된다. 1연은 봄날에 오줌을 쌌던 경험을 촉각적 이미지로, 2연은 여름에 바깥의 밭마당에 오줌을 줘서 냄새가 진동했던 경험을 후각적 이미지로, 3연은 겨울의 한밤중에 일어나 요강에 오줌을 눴던 경험을 청각적 이미지로 표출한다. 여기서 "사르릉 쪼로록"이라는 의성어를 통한 청각적 이미지는 요강에 오줌을 눌 때의 행위와 감각, 더 구체적으로 말해 오줌을 누면서 멈추기까지의 일련의 과정을 아주 감각적으로 그린 표현이다. 지용이 현란한 비유를 통한 비유적 이미

지의 구사가 일품이라면, 백석은 의성어의 활용을 통한 묘사가 돋보인다. 청각 이미지는 후각 이미지와 함께 백석의 득의의 감각적 이미지라고 할 수 있다. 마지막 4연은 피부병을 고칠 정도로 맑고 영험한 유아의 오줌 빛을 이슬이라는 시각적 이미지로 표출하고 있다.

이처럼 인용 시는 오줌에 얽힌 유년의 경험세계가 다양한 감각으로 표출되는데, 각각의 감각들은 그 경험과 결부된 계절 감각과도 잘 어울린다. 1연의 "따근따근한 맛" "척척한 맛"이라는 촉각 이미지는 봄철의 노곤하고 누긋한 계절 감각에, 2연의 "매캐한 재랫한 내음새"라는 후각 이미지는 여름의 후텁지근한 계절 감각에, 3연의 "사르릉 쪼로록" 하는 청각적 이미지는 겨울의 차고 청명한 계절 감각에 아주 잘 어울린다. 촉각, 후각, 청각을 계절 감각에 맞추고, 이어서 "오줌빛"을 "이슬"이라는 시각적 이미지로 표현한 것 역시 다양한 감각 이미지를 효과적으로 분산시켜 구사한 것이다.

백석은 특정의 감각이 아닌 여러 감각 이미지를 동시에 구사하여 우리의 생활 정서를 깊숙이 드러낸다. 백석이 감각적 이미지 구사를 계절 감각과도 결부시키고 있는 것은 우리의 생활 정서가 계절의 변화와도 밀접한 관련이 있기 때문이다. 백석은 여러 감각 이미지의 구사로 풍경의 묘사를 넘어 인간적인 삶의 정서와 체취가 물씬 풍기는 시를 빚어내고 있다.

4. 풍경 묘사와 생활 정서

지금까지 지용 시와 백석 시의 이미지의 특성을 비교, 검토해보았다.

지용은 비유적 이미지를 현란하게 구사한다. 그는 특정의 사물에 대한 비유를 끝없이 변주해나간다. 그의 시는 이미지를 빚어내기 위한 보조관념의 폭이 매우 크고, 이미지의 대상인 원관념과 이미지를 빚어내기 위한 보조관념의 거리도 매우 넓다. 그는 이미지의 보조관념으로 이국적 사물과 인물 들도 자주 끌어들인다. 그는 서로 연관되지 않을 것 같은 엉뚱한 두 개의 사물 사이에 유사점을 찾아 이미지를 빚어내 시적 긴장을 유발하고 독자들에게 참신한 감각을 전해준다. 백석의 시에도 비유적 이미지가 많이 구사되는데, 개별적인 시적 표현만을 놓고 보면 지용 시에 비해 표현의 긴장감이 떨어진다. 그런데 백석 시의 수수한 이미지들은 작품 전체의 맥락 속에서 의미 있는 비유로 거듭난다. 백석 시의 이미지는 표현하고자 하는 특정 대상의 느낌을 구체화하고 선명하게 제시하는 데만 초점을 맞추는 것이 아니라 작품 전체의 의미와 정서에 기여하는 데까지 초점을 맞춘다. 그리하여 백석 시의 이미지는 작품 안의 다른 이미지들과 조화를 이루면서 그 의미와 느낌이 살아나는 특징을 지닌다. 또 백석은 지용과 다르게 우리의 토속적인 사물과 인물 들을 비유의 보조관념으로 내세우는데, 이 또한 백석 시의 이미지가 작품 전체의 의미와 정서에 기여하는 특유의 이미지 표현법과 밀접히 연관되는 것이다.

지용은 주로 시각적 이미지를 구사하는데, 그 이미지들은 매우 역동적이다. 지용은 동적인 대상뿐만 아니라 정적인 대상들도 동적인 이미지로 빚어낸다. 시각적 이미지는 말로 그린 그림인데, 지용 시의 그림은 마치 고흐의 그림처럼 움직이는 형상을 하고 있다. 지용 시의 이미지가 지닌 역동성은 움직이는 사물에 대한 이미지 표현에서 더욱 극대화된다. 그는 움직이는 대상을 따라가며 그 형상의 변화를 이미지로 그려낸다. 움직이는 대상이 이동할 경우 시인의 시선과 위치도 그에 맞춰 이동한다. 시선과 위치 이동으로 움직이는 대상의 변화된 형상을 하나하나 그려나가는 과정에서 지용 시의 빛나는 이미지들이 탄생한다. 지용이 시각적 이미지 표현에 주력한다면, 백석은 시각적 이미지 외에 청각, 후각, 미각, 촉각 등 다양한 이미지들을 구사한다. 특히 청각과 후각 이미지의 다양하고 섬세한 구사는 백석의 발명품이다. 백석은 대체로 하나의 작품 안에 여러 감각 이미지들을 동시에 구사한다. 백석은 특정의 감각이 아닌 여러 감각 이미지들을 한 작품 안에 다양하게 구사하여 풍경 묘사를 넘어 인간적인 삶의 정서와 체취가 물씬 풍기는 시를 빚어낸다. 백석은 시각적 이미지에 치중한 지용 시의 이미지 표현법과는 다른 방식으로 감각의 범위를 넓혀 시를 우리 삶의 한복판으로 가져옴으로써 시와 생활의 거리를 크게 밀착시켜놓았다.

백석의 「국수」와 목월의 「적막寂寞한 식욕食慾」

눈이 많이 와서

산엣새가 벌로 나려 멕이고

눈구덩이에 토끼가 더러 빠지기도 하면

마을에는 그 무슨 반가운 것이 오는가보다

한가한 애동들은 어둡도록 꿩사냥을 하고

가난한 엄매는 밤중에 김치가재미로 가고

마을을 구수한 즐거움에 싸서 은근하니 홍성홍성 들뜨게 하며

이것은 오는 것이다

이것은 어늬 양지귀 혹은 능달쪽 외따른 산 녚 은댕이 예데가리밭에서

하로밤 뽀오햔 흰 김 속에 접시귀 소기름불이 뿌우현 부엌에

산멍에 같은 분틀을 타고 오는 것이다

이것은 아득한 녯날 한가하고 즐겁든 세월로부터

실 같은 봄비 속을 타는 듯한 녀름볕 속을 지나서 들쿠레한 구시월 갈바람 속을 지나서

대대로 나며 죽으며 죽으며 나며 하는 이 마을 사람들의 으젓한 마음을 지나
서 텁텁한 꿈을 지나서
지붕에 마당에 우물든덩에 함박눈이 푹푹 쌓이는 여늬 하로밤
아배 앞에 그 어린 아들 앞에 아배 앞에는 왕사발에 아들 앞에는 새끼사발에
그득히 사리워 오는 것이다
이것은 그 곰의 잔등에 업혀서 길여났다는 먼 녯적 큰마니가
또 그 짚등색이에 서서 자채기를 하면 산 넘엣 마을까지 들렸다는
먼 녯적 큰아바지가 오는 것같이 오는 것이다

아, 이 반가운 것은 무엇인가
이 히수무레하고 부드럽고 수수하고 슴슴한 것은 무엇인가
겨울밤 쩡하니 닉은 동티미국을 좋아하고 얼얼한 댕추가루를 좋아하고 싱싱
한 산꿩의 고기를 좋아하고
그리고 담배 내음새 탄수 내음새 또 수육을 삶는 육수국 내음새 자욱한 더북
한 삿방 쩔쩔 끓는 아르궅을 좋아하는 이것은 무엇인가

이 조용한 마을과 이 마을의 으젓한 사람들과 살틀하니 친한 것은 무엇인가
이 그지없이 고담枯淡하고 소박素朴한 것은 무엇인가

─「국수」 전문

1

백석의 시 「국수」는 여러모로 백석 시의 특징이 집약되어 있는 작품이다. 백

석 시에서 가장 많이 채택된 소재는 음식인데 이 시는 음식만을 제재로 하고 있으며, 백석 시의 특징인 생활 정서를 깊숙이 담고 있고, 또 백석 시 특유의 문장 기술법인 엮음의 표현이 잘 나타나 있다. 여기에다 이 작품엔 다른 백석 시에선 자주 발견되지 않는 어조의 활용이 나타나 있고, 또 이 작품의 영향을 뚜렷이 받은 후대의 명작이 있어, 이 시를 백석의 다른 어떤 작품보다 각별히 읽게 만든다.

이 시는 제목에서 알 수 있듯이 '국수'를 소재로 한 작품이다. 이 시에 등장하는 '국수'는 시의 내용으로 봐서 동치미 국물과 육수를 섞은 물에 국수를 말아서 먹는 평양 지방의 토속음식인 평양 냉면을 가리키는 것으로 보인다. 이 시는 시인이 어릴 적 고향 마을인 평북 정주 지방에서 먹었던 국수를 소재로 하고 있는데, 그렇다고 그 '국수'의 '맛'을 드러내는 데 시의 초점이 맞춰져 있진 않다. 이 시는 우리의 토속음식인 '평양 냉면'의 미각을 잘 드러내면서도, 궁극적으론 우리의 전통적인 고향 마을의 정취와 우리 민족의 마음씨와 우리의 오랜 역사를 은은히 전해준다.

시의 시작은 아주 서정적으로 진행된다. 눈이 많이 내리고 산새가 벌로 날아가고 토끼가 눈구덩이에 빠지기도 하는 시골 겨울의 아름다운 풍경이 서두에 펼쳐진다. 그러면서 이러한 날엔 그 무슨 반가운 것이 올 것 같다는 들뜬 기대감을 드러낸다. 이 낭만적인 정서는, 그러나 초이성적 세계나 영원을 갈구하는 식의 서구적인 낭만의 세계로 나아가지 않는다. 그것은 곧바로 한국의 토속적인 정취가 물씬 풍기는 구체적인 삶의 세계로 이어진다. 눈 내리는 시골 겨울의 풍경에서 시인이 기대하는 반가운 손님은 다름아닌 '국수'이다. 그 '국수'란 앞서 말했듯이 '평양 냉면'이다. '평양 냉면'은 흔히 여름에 많이 먹지만, 본래는 추운 겨울날 따뜻한 온돌방에 앉아 먹는 것이 제격이다. 시인은 눈이 내리고 꿩이 포획되는 그 겨울날 냉면을 기대한다. 이날 밤 엄마가 '국수'의 육수에 섞을 동치미를 뜨기 위해 김치가재미로 가는 모습과 밤참 먹을 기대감에 잔뜩 들떠 있는 마음에서 우리의 토속적인 정취가 물씬 배어난다. 여기서 주목되는 것은 '마을'이라는 표현이다. '국수'는 시인의 집안에서만 이루어지는 미각이 아니라, 마을 전체를 들뜨게 하는 즐거움이고 반가움이다. 이 시가 지향하는 것이 공동체를 이루며 사는 우리의 전통적인 고향 세계와 정서임을 뚜렷이 확인하게 된다.

9행부터 11행까지는 산비탈에서 메밀을 따다 소기름 불이 뿌연 부엌에서 국수틀로 국수를 만들어내는 모습이 묘사된다. 이 묘사는 그 '국수'가 우리의 토양에서 재배되는 것이며. 우리의 전통 가옥 안의 부엌에서 조리되는 것이고, 우리의 전통적인 조리도구를 통해 만들어지는 것임을 전한다. '국수'가 우리의 땅과 문화 속에 밀착되어 있는 음식임을 말하는 것이다. 12행부터 16행까지는 기나긴 하나의 문장으로 되어 있는데, 그 긴 문장은 아버지와 아들 앞에 국수가 가득 사리어놓이는 풍성하고 정겨운 장면을 묘사하는 것으로 끝난다. 여기서 주목되는 것은 그 앞의 장황한 수식이다. 겨울날 아버지와 아들 앞에 국수가 놓이기까지의 봄, 여름, 가을의 시간적 경과와 예부터 마을 사람들의 정서가 반영된 토속음식으로서의 국수의 내력을 장황한 부연으로 수식하여 의젓하고 텁텁한 꿈을 간직한 채 오랜 시간을 평화롭게 지내온 우리 민족의 근원적 정서와 우리의 오랜 역사를 일깨운다. 그러한 우리 민족의 근원적 정서와 오랜 역사는 지금 아버지와 아들이 정겹게 겸상을 하고 국수를 먹으면서 부자父子의 끈으로 다시 이어지고 있다. 17행부터 19행까지는 '국수'에 대한 미각을 '곰의 잔등에 업혀서 길어났다는 할머니'와 '자치기를 하면 산 넘어 마을까지 들렸다고 말하는 할아버지'에 견주어 드러낸다. 국수에 대한 미각에서 조상의 체취를 감지함으로써 우리의 민족정서와 오랜 역사의 환기는 절정에 이른다.

2연에선 '국수'에 대한 감각과 국수 먹는 정경이 구체적으로 묘사된다. 국수의 모양과 맛과 냄새, 그리고 국수 먹는 정경이 백석 특유의 섬세하고 다양한 감각, 그리고 반복과 나열의 어법을 통해 생생히 드러난다. 다채로운 감각에 반복 어법이 더해져 국수의 맛과 국수 먹는 정취가 더없이 풍성하고 흥겹게 환기된다.

마지막 3연에선 '국수'가, 조용한 마을과 그 마을의 의젓한 사람들의 마음이 반영된 토속음식임을 다시 환기시키면서 시를 끝맺는다. '국수'는 마을 사람들의 정서가 반영된 음식인 만큼, 마지막 행에서 시인이 "고담枯淡하고 소박素朴한 것은 무엇인가"라고 반문했을 때, 그것이 '국수'에 대한 감각이면서, 동시에 우리의 토속적 정서이자 우리의 민족정서를 가리키는 것임이 분명하다.

이 시는 어조의 활용이 시의 정서에 생기를 불어넣고 있다. '국수'에 대한 감각과 그것을 만들고 먹는 장면 묘사를 통해 우리의 토속적인 삶의 모습과 민족정서를 환기시키고 있는 이 작품은 어조의 미묘한 활용을 통해 그 정서를 더욱 밀도 있게 만들고 있다. 이 시에는 세 종류의 어조가 구사된다. '~하는가보다' '이것은 ~오는 것이다' '아 ~은(는) 무엇인가'가 그것이다. 첫번째의 어조는 반가운 것이 오는 기대감을 잘 드러낸다. 반가운 것이란 다름아닌 '국수'이다. 이어서 '국수'를 장만하는 모습, '국수'에 대한 내력, '국수'에 대한 미각 등을 통해 우리의 토속적인 정취와 민족정서를 환기시키고 있는데, 그것이 '이것은 ~오는 것이다'라는 어조를 통해 한껏 승화되고 있다. 이 어조는 반가움, 놀람의 감정을 고양시키고, 얼마간 장엄한 느낌을 불러일으켜 그 대상을 격상시키는 효과를 낸다. 그러니까 시의 서두에 시인이 기대했던 것이 마침내 눈앞에 나타나는 순간의 감정을 극대화시키면서, 우리의 토속적인 정취와 민족정서를 강조하고 격조 높은 것으로 만들며, 또 그것이 엄숙한 진리처럼 매우 단호하게 전하고 있는 것이다. 세번째의 어조는 자문자답으로서 이미 알고 있는 것을 강조하는 효과를 지닌다. 우리의 토속음식과 그것을 먹는 정경이 환기하는 우리의 맛과 멋과 냄새와 정취, 그리고 우리의 토속음식이 환기되는 고담하고 소박한 민족정서 등을 자문자답의 어조로 진술함으로써, 잊혀가는 우리의 토속적인 정취와 민족정서의 소중함을 새삼 일깨우는 효과를 내는 것이다. 시의 정서를 더욱 밀도 있게 만드는 이러한 다양한 어조의 활용은 그전의 시에서는 좀처럼 찾아볼 수 없는 것이다.

이 시는 이러한 다양한 어조의 활용으로 구체적인 삶의 흔적과 체취가 물씬 묻어나는 '삶의 정서'를 형상화함으로써 우리의 현대시에 새로운 미학의 지평을 연 작품이다. 더구나 이 시에서 형상화된 '삶의 정서'가 우리의 민족정서를 담고 있는 것임을 상기할 때, 이 시가 지닌 무게감은 더욱 묵직하게 느껴진다.

2. 「국수」와 '엮음'

이 시에서 두드러진 또하나의 특징은 독특한 문체와 가락이다. 이 시는 반복과 나열로 진술이 중첩되고 부연되는 특성을 보인다. 이러한 진술 방식은 백석의 여러 시편들에서 두루 나타나는 그의 시 특유의 개성적인 문제이고 가락이다. 이러한 반복과 나열과 중첩의 문체와 가락은 그의 시를 매우 낯설게 만들고, 그의 시 읽기를 흥미롭게 만든다. 여러 독자와 연구자 들의 주목을 끌고 있는 이 독특한 문체와 가락은 바로 우리의 전통시가의 형태인 '엮음'에 그 뿌리가 닿아 있다.

'엮음'의 형태란 무엇인가? '엮음'이란 본래 전통적인 음악의 창법 가운데 하나를 일컫는다. 장사훈의 『국악대사전』을 보면, '엮음'이란 "길게 꺾어 넘어가지 않고, 말을 한꺼번에 몰아붙이어 엮어나가는 가락, 즉 음악적인 리듬이 촘촘한 것"이라고 설명되어 있다. 그런데 이러한 '엮음'의 창법은 그 특성으로 인해 실질적으로 음악성보다는 말의 특성이 강화되며, 이에 따라 '엮음'은 "말을 엮어내는" 독특한 언어표현 형태를 일컫는 것으로 사용되기도 한다. 이러한 '엮음'의 언어표현 형태는 반복, 나열, 중첩, 부연으로 어떤 사물이나 정황을 길게 늘어놓는 특성을 보인다. '엮음'의 표현 형태는 민요, 엮음아라리, 무가, 사설시조, 휘모리잡가와 판소리 사설 등의 전통시가에 나타난 중요한 표현 형태의 하나이다. 백석 시의 독특한 문체와 가락은 이러한 전통시가의 '엮음'의 표현 형태와 매우 유사하다.[1] 이를 확인하기 위해 「국수」의 일부와 엮음의 시가의 일부를 서로 비교해보자.

① 이것은 아득한 녯날 한가하고 즐겁든 세월로부터

실 같은 봄비 속을 타는 듯한 녀름볕 속을 지나서 들쿠레한 구시월 갈바람 속을 지나서

대대로 나며 죽으며 죽으며 나며 하는 이 마을 사람들의 으젓한 마음을 지나서 텁텁한 꿈을 지나서

지붕에 마당에 우물든덩에 함박눈이 폭폭 쌓이는 여늬 하로밤

—「국수」 1연의 부분

② 이 히수무레하고 부드럽고 수수하고 슴슴한 것은 무엇인가

겨울밤 쩡하니 닉은 동티미국을 좋아하고 얼얼한 댕추가루를 좋아하고 싱싱한 산꿩의 고기를 좋아하고

그리고 담배 내음새 탄수 내음새 또 수육을 삶는 육수국 내음새 자욱한 더

---

1) 백석 시에 나타난 엮음의 표현 형태에 대해서는 졸고, 「백석 시와 '엮음'의 미학」(박노준·이창민 외, 『현대시의 전통과 창조』, 열화당, 1998)에서 자세히 규명한 바 있다.

북한 삿방 쩔쩔 끓는 아르굳을 좋아하는 이것은 무엇인가

—「국수」 2연

③ 우리집에 시어머니는 잘났던지 못났던지 뒤으로보니 왕대가리 앞으로 보니 꼬리눈 벌린코 옹니배기 주걱텍이 등곱새 자래목아지 다리는 장채다리요 얽고 찍어매고 석세베 도랑치마 입었을망정 한달육장을 매잘치든에 우리집 시어머니

—〈엮음아라리〉[2] 부분

④ 羅州漆 팔모盤에 행주질 淨히 하고, 灑金한 倭物 젓가락 上下 알아 씻어 놓고 鷄卵 다섯 水卵하여 靑彩器에 받쳐 놓고 갖은 양념 많이 넣어 초지렁을 곁들이고 文采 좋은 金灑畵器에 鳳山 문배·任實 곶감·胡桃·栢子 곁들이고, 文魚·全鰒·藥脯 조각 白彩 접시 담아 놓고,

— 판소리 사설 〈춘향가〉[3] 부분

인용한 시 「국수」의 ①은 '~지나서'가 네 번 반복되고, 이어서 "지붕에" "마당에" "우물든덩에" 등의 어휘가 나열된다. ②는 여러 형용사 어휘가 나열되고, 이어 '~좋아하고'가 세 번 반복되고, 이어 냄새를 나타내는 여러 어휘들이 나열된다. 요컨대 반복과 그에 이은 나열로 진술이 길게 늘어지는 형태를 보인다. 이러한 진술 형태는 그다음에 예시한 엮음의 시가인, 〈엮음아라리〉와 판소리 사설 〈춘향가〉의 일부와 매우 흡사함을 발견할 수 있다. 여기서도 반복에

---

2) 강등학, 『정선아라리의 연구』, 집문당, 1988, 184쪽.
3) 강한영 교주, 『신재효 판소리사설집』, 보성문화사, 1978, 21쪽.

이어 어휘들을 나열하면서 진술이 길게 늘어지는 형태를 취하고 있다. 그렇다고 백석 시가 엮음 시가의 표현법까지 그대로 수용하고 있는 것은 아니다. 위의 인용에서 알 수 있듯이 반복과 나열로 중첩, 부연된 엮음 시가의 표현의 특징은 대체로 과장이 심하다는 점이다. 이것은 흥미를 극대화하기 위한 것이다. 이에 비해 백석 시는 '엮음'의 진술을 보이면서도 그 표현법은 서정적이면서 현대적인 감각을 유지하고 있다. 그러니까 백석은 고전시가의 엮음의 '형태'를 현대적인 감각으로 수용하고 있는 것이다.

　백석은 이처럼 고전시가의 '엮음'의 형태를 현대적인 감각으로 수용해 자신의 시의 문체와 가락으로 활용하면서 특별한 시적 효과를 거두고 있다. 인용한 「국수」의 ①에서는 진술을 반복해 길게 늘어뜨림으로써 이 시행이 의미하는 바, 오랜 시간을 평화롭게 지내온 우리 민족의 역사적 영원성을 실감나게 환기시키고 있다. 또 집안에 눈이 내리는 장면을 여러 어휘의 나열로 표현함으로써 그 정황과 장면을 극대화하고 있다. 이러한 '장면 극대화'의 효과는 인용한 「국수」의 ②에서 더욱 크게 발휘된다. '국수'에 대한 감각과 국수를 먹는 정경을 반복, 나열, 중첩, 부연시키는 '엮음'의 표현 형태로 진술함으로써 그 토속적인 정취와 장면, 그리고 흥겨움이 한껏 고양되고 있다. 그의 시가 지향하는 중요한 창작 방법 중의 하나는 여러 장면들을 제시하고 각각의 장면을 아주 세부적으로 묘사하는 것이다. 이때에 그는 특히 '엮음'의 표현 형태를 구사하며, 이를 통해 그 장면의 정서와 정황을 극대화하고 있다. 이러한 엮음의 표현 형태는 특히 우리의 토속적인 삶의 정황을 드러내는 데서 집중적으로 구사되고 있다. 그는 토속적인 우리의 삶과 정서를 '엮음'의 형태로 표현하여, 그 정서와 상황을 강화, 극대화하고 흥취를 한껏 돋움으로써 우리의 의식 속에 잠재되어 있는 정태적인 한국인의 삶과 정서에 호흡과 맥박을 불어넣고 있다. 우리의 현대시가 서구적인 방법론과 미학의 수용을 통해 정착, 발달되어가던 1930년대에 그

는, 우리의 전통적인 표현 형태의 수용을 통해 현대시의 미학을 새롭게 개척함
으로써 독보적인 경지를 일궈냈다.

3. 백석의 「국수」와 목월의 「적막寂寞한 식욕食慾」

백석의 시 「국수」는 박목월의 「적막寂寞한 식욕食慾」에 커다란 영향을 미치고
있다. 박목월의 시 「적막寂寞한 식욕食慾」은 소재의 선택과 어휘 및 이미지의 구
사, 시의 어법, 시상의 전개 등이 백석의 시 「국수」와 상당히 흡사하다. 그래서
박목월의 시 「적막寂寞한 식욕食慾」을 읽으면 백석의 시 「국수」에서 받은 정서가
되살아나는 느낌을 받는다. 백석의 시 「국수」가 박목월의 시 「적막寂寞한 식욕食
慾」에 어떻게 영향을 미치고 있는지, 두 작품의 비교를 통해 알아보자.

    모밀묵이 먹고 싶다.

    그 싱겁고 구수하고

    못나고도 소박素朴하게 점잖은

    촌 잔칫날 팔모상床에 올라

    새사돈을 대접하는 것.

    그것은 저문 봄날 해질 무렵에

    허전한 마음이

    마음을 달래는

    쓸쓸한 식욕食慾이 꿈꾸는 음식飮食.

    또한 인생人生의 참뜻을 짐작한 자者의

    너그럽고 넉넉한

눈물이 갈구渴求하는 쓸쓸한 식성食性.

아버지와 아들이 겸상兼床을 하고

손과 주인이 겸상兼床을 하고

산나물을

곁들여놓고

어수룩한 산기슭의 허술한 물방아처럼

슬금슬금 세상 얘기를 하며

먹는 음식飮食.

그리고 마디가 굵은 사투리로

은은하게 서로 사랑하며 어여삐 여기며

그렇게 이웃끼리

이 세상을 건느고

저승을 갈 때,

보이소 아는 양반 앙인기요

보이소 웃마을 이생원李生員 앙인기요

서로 불러 길을 가며 쉬며 그 마지막 주막酒幕에서

걸걸한 막걸리 잔을 나눌때

절로 젓가락이 가는

쓸쓸한 음식飮食.

— 박목월, 「적막寂寞한 식욕食慾」 전문[4]

백석의 시 「국수」는 '평양 냉면'이라는 토속음식을 소재로 하고 있는데, 이

---

4) 박목월, 『난·기타』, 신구문화사, 1959, 29~31쪽.

시 역시 '모밀묵'이라는 토속음식을 소재로 하고 있다. 전자의 토속음식은 메밀로 만든 국수이고, 후자의 토속음식은 메밀로 만든 묵이다. 두 음식 모두 메밀이라는 식재료를 사용한 것이라는 점에서 공통점을 지닌다. 또 백석의 시가 음식에 대한 감각과 그것을 먹는 정경을 통해 우리의 토속적인 삶의 정취를 드러내고 있는데, 이 시 역시 '모밀묵'이라는 음식에 대한 감각과 그것을 먹는 정경 묘사를 통해 우리의 토속적인 삶의 정취를 드러내고 있다. 두 작품은 이러한 시적 착상의 유사함뿐 아니라, 구체적인 시상의 전개와 이미지의 구사에서도 유사점을 갖는다. 백석의 시「국수」는 '국수'를 먹는 기대감으로 시작하는데, 이 시도 "모밀묵이 먹고 싶다"라고 시작하여 메밀묵이란 음식에 대한 욕망 피력이 시의 서두를 이룬다. 음식에 대한 기대감이 좀더 직접적인 욕망으로 바뀌고, 그 표현이 단도직입적으로 바뀌었을 뿐, 그 바탕을 이루는 시적 태도는 유사한 것이다. 두 작품 모두 다 해가 진 이후의 저녁시간을 배경으로 하고 있다는 것도 공통된 점이다. 또 백석 시에서 아버지와 아들이 겸상을 하고 '국수'를 먹는 장면이 나오는데, 이 시에서도 그와 똑같은 장면 묘사가 나온다. '모밀묵'에 대한 감각을 구수하고 소박한 것으로 표현한 것도 백석 시의 '국수'에 대한 미각을 연상시키며, 이 시가 사투리의 구사를 통해 토속적인 정취를 고취하는 것도 백석 시가 사투리의 구사를 통해 토속적인 정서를 심화하는 것을 떠올리게 한다.

이처럼 목월의 시「적막寂寞한 식욕食慾」은 여러모로 백석 시의「국수」와 흡사한 면을 보이지만, 그러나 독창적인 면도 많이 발견된다. 우선 형태상에서 커다란 차이를 보인다. 백석 시는 분절을 하면서도 길게 늘어지는 진술을 하고 있는 데 반해, 이 시는 분절을 하지 않고 시상을 늘어뜨리면서도 각 시행은 간명하고 정제된 진술을 보이고 있다. 이 점에서 목월의 시는 보다 세련되어 보인다. 그러나 무엇보다도 두드러진 차이점은 목월 시가 '모밀묵'이라는 또다른 음식물을 소재로 삼아 백석 시와는 다른 독창적인 정서를 창조해낸 점이다. 이 시에는 눈물과 쓸쓸함, 그리고 넉넉함과 너그러움을 두루 거친 생의 깊은 관조가 담겨 있다. 그리고 삶에 대한 깊고 성숙한 시선이 배어 있다. 시적인 태도와 의미의 측면에서 목월의 「적막寂寞한 식욕食慾」은 백석의 「국수」와는 크게 다른 것이다.

좋은 시는 후대에 영향을 미치고 좋은 작품은 선대의 작품에 영향을 받으면서도 그것을 넘어선다. 그리하여 자신의 작품을 빛내고, 동시에 자신에게 영향을 준 작품의 가치를 더욱 높인다. 백석 시 「국수」는 목월의 시 「적막寂寞한 식욕食慾」에게 커다란 영향을 미쳤고, 목월의 시는 백석 시의 영향을 독창적으로 수용하여 명편을 낳았으며, 이를 통해 백석 시의 가치를 더욱 높게 만들어주었다. 이 시 외에도 백석의 수많은 작품이 후대의 작품에 영향을 미치고 있다. 오랫동안 매몰되어 있던 백석 시의 가치가 규명되면서, 오늘날 그의 시의 영향을 받는 시인들이 점점 늘고 있다. 백석 시의 영향력은 지금도 계속되고 있고, 이에 따라 그의 시가 지닌 가치와 시사적 의의는 앞으로 점점 더 커질 것이다.

1. 단행본

고형진, 『한국 현대시의 서사지향성 연구』, 시와시학사, 1995.9.

고형진 편, 『백석』, 새미, 1996.12.

고형진, 『현대시의 서사 지향성과 미적 구조』(개정신판), 시와시학사, 2003.8.

고형진, 『백석 시 바로읽기』, 현대문학, 2006.5.

고형진 편, 『정본 백석 시집』, 문학동네, 2007.2.

곽봉재, 『기억의 시학―백석 시의 시간 의식』, 한국학술정보, 2005.12.

곽효환, 『한국 근대시의 북방의식』, 서정시학, 2008.8.

김명인, 『한국 근대시의 구조 연구』, 한샘, 1988.11.

김문주·이상숙·최동호 엮음, 『백석문학전집 2―산문, 기타』, 서정시학, 2012.7.

김숙이, 『백석 시 연구』, 국학자료원, 2011.10.

김영익, 『백석 시문학 연구』, 충남대 출판부, 2000.12.

김영진, 『백석 평전―외롭고 孤·높고 高·쓸쓸한 寒』, 미다스북스, 2011.1.

김완성, 『김소월과 백석 시의 민족의식 연구』, 지식과 교양, 2012.11.

김용희, 『한국 현대 시어의 탄생』, 소명출판, 2009.5.

김윤식, 김현, 『한국문학사』, 민음사, 1973.9.

김자야, 『내 사랑 백석』, 문학동네, 1995.6.

김재용 편, 『백석전집』, 실천문학사, 1997.9.

김재용 편, 『백석전집』(개정판), 실천문학사, 2003.4.

김재용 편, 『백석전집』(개정증보판), 실천문학사, 2011.2.

김재홍, 『한국현대시인연구 2』, 일지사, 1990.3.

김학동 편, 『가즈랑집 할머니』, 새문사, 1988.4.

김학동 편, 『백석전집』, 새문사, 1990.3.

박민영, 『현대시의 상상력과 동일성—정지용, 백석, 윤동주, 전봉건의 시』, 태학사, 2003.1.

박은미, 『가족모티프와 근대시』, 한국문화사, 2009.12.

박주택, 『낙원회복의 꿈과 민족정서의 복원—백석 시 연구』, 시와시학사, 1999.8.

박태일, 『한국 근대문학의 실증과 방법』, 소명출판, 2004.3.

박혜숙, 『백석—우리 문화의 원형탐구와 떠돌이 삶』, 건국대출판부, 1995.1.

방민호·윤해연·최동호편, 『고요한 돈 1』, 서정시학, 2012.3.

방민호·최유찬·최동호편, 『고요한 돈 2』, 서정시학, 2012.3.

방민호·최유찬·최동호편, 『테스』, 서정시학, 2012.3.

백철, 『조선신문학사조사』 현대편, 백양당, 1949.8.

소래섭, 『백석의 맛—시에 담긴 음식 음식에 담긴 마음』, 프로네시스, 2009.12.

송준, 『남신의주유동박시봉방—시인 백석 일대기 1』, 지나, 1994.7.

송준, 『남신의주유동박시봉방—시인 백석 일대기 2』, 지나, 1994.12.

송준 편, 『백석 시 전집』, 학영사, 1994.7.

송준, 『시인 백석 1』, 흰당나귀, 2012.9.

송준, 『시인 백석 2』, 흰당나귀, 2012.9.

송준, 『시인 백석 3』, 흰당나귀, 2012.9.

송준, 『백석 시 전집』, 흰당나귀, 2012.9.

송준 편, 『백석 번역시 전집』, 흰당나귀, 2013.1.

심재휘, 『한국 현대시와 시간』, 월인, 1998.11.

양문규, 『백석 시의 창작방법 연구』, 푸른사상사, 2005.11.

오양호, 『백석—그들의 문학과 생애』, 한길사, 2008.1.

우대식 편, 『선생님과 함께 읽는 백석』, 실천문학사, 2009.11.

유종호, 『다시 읽는 한국 시인』, 문학동네, 2002.6.

이경수, 『한국 현대시와 반복의 미학』, 월인, 2005.3.

이근화, 『근대적 시어의 탄생과 조선어의 위상』, 서정시학, 2012.9.

이동순 편, 『백석 시 전집』, 창작과비평사, 1987.11.

이동순 편, 『여우난골족』, 솔, 1996.6.

이동순 편, 『모닥불』, 솔, 1998.2.

이동순, 『잃어버린 문학사의 복원과 현장』, 소명출판사, 2005.12.

이동순·김문주·최동호 엮음, 『백석문학전집 1—시』, 서정시학, 2012.7.

이명찬, 『1930년대 한국시의 근대성』, 소명출판, 2000.7.

이숭원 주해, 『원본 백석 시집』, 깊은샘, 2006.5.

이숭원, 『백석 시의 심층적 탐구』, 태학사, 2006.6.

이숭원, 『백석을 만나다』, 태학사, 2008.2.

이숭원 편, 『남신의주 유동 박시봉방』, Human & Books, 2011.2.

이숭원, 『갈매나무의 시인 백석』, 살림, 2012.12.

이지나, 『백석 시의 원전 비평』, 깊은샘, 2006.6.

정선태 역, 『백석 번역시 전집』, 소명출판, 2012.10.

정한숙, 『현대 한국문학사』, 고려대출판부, 1982.3.

정효구 편, 『백석』, 문학세계사, 1996.5.

조동일, 『한국문학통사』 5권, 지식산업사, 1989.6.

조연향, 『김소월 백석 시의 민속성』, 푸른사상, 2013.2.

지주현, 『백석 시와 서술적 서정성』, 푸른사상, 2013.2.

최동호·유성호·방민호·김수이(외), 『백석 시 읽기의 즐거움』, 서정시학, 2006.9.

최두석,『시와 리얼리즘』, 창작과비평사, 1996.11.

최정례,『백석 시어의 힘』, 서정시학, 2008.12.

2. 학위 논문

강건늘,「백석의 풍속시에 담긴 원형세계 고찰」, 대진대학교 교육대학원 석사논문, 2006.6.

강경아,「백석 시 연구—화자 유형을 중심으로」, 한양대학교 교육대학원 석사논문, 2005.2.

강순기,「이용악, 백석 비교 연구—통사구조를 중심으로」, 연세대학교 교육대학원 석사논문, 2002.6.

강영재,「백석 시의 전통성과 현대성 연구—전통성과 현대성의 조화를 중심으로」, 한국교원대학교 석사논문, 1999.2.

강윤순,「백석 시 연구—시에 나타난 여성상을 중심으로」, 한국교원대학교 교육대학원 석사논문, 2006.2.

강은영,「백석 시의 화자 유형 연구」, 부경대학교 교육대학원 석사논문, 2011.8.

강정화,「백석 시와 김환기 회화에 나타난 전통성과 모더니티 연구」, 고려대학교 석사논문, 2009.12.

강지영,「1930년대 후반기 현실주의 시연구—백석, 이용악, 오장환을 중심으로」, 경희대학교 교육대학원 석사논문, 1999.8.

강찬모,「백석 시 연구」, 청주대학교 석사논문, 2003.2.

경종호,「백석 시에 나타난 토속어 연구」, 전주교육대학교 교육대학원 석사논문, 2006.2.

고완수, 「백석 시 연구―시의 형태, 의미 구조 분석을 중심으로」, 한남대학교 석사논문, 1994.2.

고형진, 「백석 시 연구」, 고려대학교 석사논문, 1983.12.

고형진, 「1920~30년대 시의 서사지향성과 시적 구조」, 고려대학교 박사논문, 1991.8.

곽봉재, 「김소월, 백석 시의 비교연구」, 경희대학교 석사논문, 1993.2.

곽봉재, 「백석 문학 연구」, 경희대학교 박사논문, 1999.8.

곽효환, 「한국 근대시의 북방의식 연구―김동환, 백석, 이용악을 중심으로」, 고려대학교 박사논문, 2007.6.

구지숙, 「1930년대 고향 상실과 시적 대응―백석과 이용악을 중심으로」, 경상대학교 석사논문, 2012.2.

권영옥, 「백석 시에 나타난 토속성 연구」, 한양대학교 석사논문, 2007.8.

권용현, 「김소월과 백석의 시어특성 비교연구」, 청주대학교 석사논문, 2007.2.

권유성, 「백석 시에 나타난 전통지향의 양상 연구」, 경북대학교 석사논문, 2002.2.

권유성, 「1920년대 '조선적' 서정시의 창출 과정 연구」, 경북대학교 박사논문, 2011.6.

권지혜, 「백석 시의 동물 상징 연구」, 수원대학교 교육대학원 석사논문, 2009.2.

권혁웅, 「한국현대시의 시작방법 연구」, 고려대학교 박사논문, 2000.6.

권희선, 「백석 시의 효율적 지도방안 연구―학습자 중심의 교수·학습방법 모색」, 동국대학교 교육대학원 석사논문, 2009.2.

금은희, 「백석 시에 나타난 생태학적 세계관 연구」, 영남대학교 석사논문, 2005.12.

김경희, 「백석 시의 현실 인식 연구」, 전남대학교 교육대학원 석사논문, 2007.2.

김계진, 「백석 시 연구―고향의식의 시적 변이양상을 중심으로」, 강원대학교 교육대학원 석사논문, 1989.2.

김규영, 「백석 시 연구―시에 나타난 실존의식을 중심으로」, 강원대학교 교육대학원 석사논문, 1996.2.

김대현, 「백석 시 연구」, 안동대학교 교육대학원 석사논문, 2001.6.

김대환, 「백석 시의 토속성과 그 지도방안 연구」, 부산대학교 교육대학원 석사논문, 2003.2.

김동명, 「백석 시에 내재된 공동체의식 연구―해방 이전 시를 중심으로」, 창원대학교 석사논문, 2001.2.

김란희, 「백석 시 연구―1930년대 후반기 전통 담론과 관련하여」, 서강대학교 석사논문, 2004.2.

김명인, 「1930년대 시의 구조 연구―정지용, 김영랑, 백석의 시를 중심으로」, 고려대학교 박사논문, 1985.7.

김미경, 「백석 시 연구―시적 욕망의 전이과정을 중심으로」, 서울대학교 석사논문, 1993.6.

김미애, 「백석 시의식의 연구―시에 수용된 고향의식을 중심으로」, 관동대학교 교육대학원 석사논문, 2010.2.

김민정, 「백석 시 연구―민속성을 중심으로」, 홍익대학교 석사논문, 1999.12.

김민희, 「백석 시의 공간적 특성 연구」, 충남대학교 교육대학원 석사논문, 2005.8.

김봉근, 「백석 시에서 환유적 표현의 의미 연구」, 서울시립대학교 석사논문, 2010.2.

김선숙, 「백석 시 연구―자아의식의 변모양상을 중심으로」, 목포대학교 교육대학원 석사논문, 2005.2.

김송영, 「시의 서사적 읽기를 통한 상상력 향상 방안 연구」, 전북대학교 교육대학원 석사논문, 2003.8.

김수경, 「백석 시의 시간 활용 방법 연구」, 중앙대학교 석사논문, 2012.2.

김수림, 「식민지 시학의 알레고리―백석, 임화, 최재서에게 있어서의 결정불가능성의 문제」, 고려대학교 박사논문, 2011.8.

김수아, 「백석 시의 교육 방법 연구」, 수원대학교 교육대학원 석사논문, 2007.6.

김수영, 「백석 시에 관한 연구」, 경상대학교 석사논문, 1994.8.

김숙이, 「백석 시에 나타난 노장사상 수용 연구」, 영남대학교 박사논문, 2010.2.

김순덕, 「백석의 동화시 연구」, 인천대학교 교육대학원 석사논문, 2003.12.

김순옥, 「이용악, 백석의 시의식 대비연구」, 동아대학교 교육대학원 석사논문, 1994.6.

김승구, 「백석 시의 낭만성 연구」, 서울대학교 석사논문, 1997.2.

김영경, 「백석 시 연구―식민지 현실과 그 시적형상화를 중심으로」, 인하대학교 교육대학원 석사논문, 1992.8.

김영교, 「백석 시의 정신분석학적 연구」, 건국대학교 교육대학원 석사논문, 2001.8.

김영민, 「백석 시에 나타난 내면의식 연구」, 국민대학교 교육대학원 석사논문, 1997.8.

김영범, 「백석 시어 연구―선행 연구의 오류 검토를 중심으로」, 고려대학교 석사논문, 2004.12.

김영익, 「백석 시문학 연구」, 충남대학교 박사논문, 1999.2.

김요안, 「백석 시 연구」, 한양대학교 석사논문, 1993.6.

김우연, 「백석 시에 나타난 향토성과 근대성 연구」, 순천대학교 교육대학원 석사논문, 2013.2.

김유미, 「백석 시의 공간의식 연구」, 전남대학교 석사논문, 2005.2.

김은, 「백석 서술시의 교수방법 연구」, 성신여자대학교 교육대학원 석사논문, 2005.8.

김은영, 「백석 시 연구」, 국민대학교 석사논문, 1994.12.

김은영, 「백석의 『사슴』과 미당의 『질마재신화』 대비 연구―백석의 낭만성과 미당의 현실성을 중심으로」, 서강대학교 교육대학원 석사논문, 1999.1.

김은진, 「백석 시어를 통해 본 다원적인 삶의 기획―방언사용을 중심으로」, 동국대학교 석사논문, 2001.8.

김인선, 「백석 시 연구」, 전북대학교 석사논문, 2001.8.

김재복, 「백석 시 연구―모더니즘 경향과 리얼리즘적 성격과 관련하여」, 강릉대학교 석사논문, 1996.12.

김점용, 「백석 시의 내면 의식 연구」, 서울시립대학교 석사논문, 1995.6.

김정수, 「이상과 백석 문학에 나타난 아동미학 연구」, 울산대학교 박사논문, 2010.7.

김중모, 「백석 시 연구」, 우석대학교 석사논문, 1989.2.

김지선, 「김소월, 백석 시에 나타난 지방주의」, 건국대학교 교육대학원 석사논문, 2005.8.

김지숙, 「일제강점기 한국시의 자연에 관한 연구」, 동아대학교 박사논문, 2003.8.

김진하, 「백석 시 연구」, 단국대학교 석사논문, 2009.2.

김진희, 「백석 시 연구—서적 자아와 언술 내용의 관계를 중심으로」, 숙명여자대학교 석사논문, 2002.12.

김진희, 「한국 근대 기행시 연구」, 숙명여자대학교 박사논문, 2009.2.

김창균, 「백석 시 연구—백석 시에 나타난 화자의 내면의식을 중심으로」, 강원대학교 교육대학원 석사논문, 2001.8.

김창수, 「한국 근대시에 나타난 '집' 이미지 연구」, 고려대학교 박사논문, 2001.2.

김태근, 「백석 시의 모더니즘 고찰」, 한남대학교 교육대학원 석사논문, 2012.2.

김태욱, 「백석 시세계 연구—여성인물을 중심으로」, 연세대학교 교육대학원 석사논문, 1998.12.

김해관, 「백석 시의 서정적 근원의식 연구」, 동의대학교 교육대학원 석사논문, 2002.8.

김향선, 「백석과 이용악 시의 고향의식 연구」, 인천대학교 교육대학원 석사논문, 2006.8.

김현정, 「시 창작 교육 방법 연구—백석 시를 중심으로」, 아주대학교 교육대학원 석사논문, 2009.2.

김형옥, 「백석 시에 나타난 고향의식 연구」, 한양대학교 석사논문, 2012.2.

김형준, 「백석의 시문학 연구―‘서사구조 및 서사성과 현실인식’을 중심으로」, 연세대학교 교육대학원 석사논문, 2011.8.

김혜옥, 「백석 시의 ‘모성회귀’에 관한 연구」, 관동대학교 석사논문, 1999.6.

김혜인, 「인물중심의 백석 시 교육 연구」, 연세대학교 교육대학원 석사논문, 2011.8.

김혜정, 「백석의 동화시와 윤동주의 동시 비교 연구」, 서강대학교 교육대학원 석사논문, 2004.8.

김화진, 「백석 시의 표현 기법 연구」, 순천대학교 교육대학원 석사논문, 2007.2.

김효선, 「백석 시 연구」, 대구가톨릭대학교 교육대학원 석사논문, 2006.2.

나명순, 「백석 시 연구」, 고려대학교 박사논문, 2004.2.

나정연, 「백석 시와 박용래 시에 나타난 상호텍스트성과 문학교육적 가치 연구」, 고려대학교 석사논문, 2010.6.

남기택, 「백석문학 연구―소설과 시의 공간적 특성을 중심으로」, 충남대학교 석사논문, 1996.12.

남승원, 「한국 근대시의 물신화 연구―화폐형식 수용을 중심으로」, 경희대학교 박사논문, 2012.2.

류경동, 「1930년대 한국 현대시의 감각 지향성 연구―정지용과 백석의 시를 중심으로」, 고려대학교 박사논문, 2005.2.

류성훈, 「백석 시 연구―향토적 특성과 모더니티를 중심으로」, 명지대학교 석사논문, 2010.2.

류여울, 「학습자 중심의 백석 시 교육 방법 연구」, 인하대학교 교육대학원 석사논문, 2009.8.

류지연, 「백석 시의 시간과 공간 의식 연구」, 명지대학교 박사논문, 2002.12.

마미기, 「근대시에 나타난 국어의식의 표출양상 연구―소월, 백석 시를 중심으로」, 건국대학교 석사논문, 2010.2.

마영화, 「백석 시의 공간과 모성 이미지 연구」, 서울시립대학교 석사논문, 2003.2.

맹재범, 「백석 시의 시간문제에 관한 한 고찰」, 경희대학교 석사논문, 2007.8.

문숙현, 「백석의 아동문학 연구」, 한양대학교 석사논문, 2005.8.

문인선, 「백석 시 연구」, 경성대학교 석사논문, 1998.8.

문호성, 「백석 시 연구」, 전남대학교 석사논문, 1991.2.

문호성, 「백석, 이용악 시의 텍스트성 연구」, 전남대학교 박사논문, 1999.8.

민경배, 「안도현의 백석 시 수용 양상 연구」, 영남대학교 교육대학원 석사논문, 2010.2.

민정선, 「한국 현대시에 나타난 지방 정서의 비교 연구」, 건국대학교 교육대학원 석사논문, 2007.8.

민혜영, 「백석 시 연구」, 성신여자대학교 교육대학원 석사논문, 1997.12.

박경순, 「백석 시 연구―'이야기시'적 특성을 중심으로」, 인하대학교 교육대학원 석사논문, 1997.2.

박경희, 「백석과 오장환 시의 비교 연구―'집'의 이미지를 중심으로」, 서강대학교 교육대학원 석사논문, 1996.1.

박광수, 「백석 시의 텍스트언어학적 연구」, 동국대학교 교육대학원 석사논문, 2002.8.

박명옥, 「백석의 동화시 연구―동화시집 『집게네 네 형제』를 중심으로」, 고려대학교 석사논문, 2005.2.

박미서, 「백석 시 연구―원형적 이미지를 중심으로」, 동국대학교 교육대학원 석사논문, 1998.2.

박미선, 「백석 시에 나타난 시 의식의 변모 과정」, 강원대학교 교육대학원 석사논문, 2004.2.

박상순, 「백석 시에 나타난 패배의식 연구」, 영남대학교 교육대학원 석사논문, 1996.8.

박상채, 「백석 시의 형상화 방법 연구」, 순천대학교 교육대학원 석사논문, 2000.12.

박설웅, 「한국 현대 서술시의 전개과정 연구―카프와 민중시를 중심으로」, 건국대학교 교육대학원 석사논문, 2001.8.

박성광, 「백석 시의 내면의식 연구―나르시시즘과 모성회귀의식을 중심으로」, 한양대학교 석사논문, 2004.2.

박성우, 「백석 시 연구―시적구조의 특성을 중심으로」, 원광대학교 석사논문, 2003.12.

박성우, 「백석 시 연구」, 대구대학교 교육대학원 석사논문, 2006.2.

박순원, 「백석 시의 시어 연구―시어 목록의 고빈도 어휘를 중심으로」, 고려대학교 박사논문, 2007.8.

박순희, 「백석 시 연구」, 부산대학교 교육대학원 석사논문, 1999.8.

박승혜, 「백석 시 「남신의주유동박시봉방」 가르치기 연구」, 경상대학교 교육대학원 석사논문, 2009.8.

박신규, 「백석 시의 주제의식 연구」, 중앙대학교 석사논문, 2000.6.

박연주, 「백석 시에 나타난 화자와 공간성 연구―화자와 공간에 나타난 시적 정서를 중심으로」, 아주대학교 교육대학원 석사논문, 2008.2.

박은미, 「1930년대 시에 나타난 가족 모티프 연구―백석, 오장환, 박세영을 중심으로」, 건국대학교 박사논문, 2004.2.

박은지, 「백석 시에 나타난 공간의식 고찰」, 경희대학교 석사논문, 2010.2.

박인정, 「백석 시 연구」, 한남대학교 석사논문, 2011.2.

박종덕, 「백석 시의 초근대적 욕망과 수사적 층위」, 충남대학교 박사논문, 2010.2.

박주택, 「백석 시 연구」, 경희대학교 박사논문, 1999.2.

박죽심, 「백석 시의 낭만성 연구」, 중앙대학교 석사논문, 2001.8.

박지영, 「백석 시 연구―모더니즘 경향을 중심으로」, 숙명여자대학교 교육대학원 석사논문, 1999.8.

박지해, 「시 쓰기를 통한 백석의 자아 치유 연구」, 한국외국어대학교 석사논문,

2011.2.

박지훈, 「백석 시의 서정성 연구」, 대구대학교 교육대학원 석사논문, 2003.2.

박진성, 「백석 시의 공간의식 연구」, 충남대학교 석사논문, 2008.2.

박태일, 「1940년 전후 한국 시에 나타난 공간인식의 문제—이육사, 윤동주, 백석의 시를 중심으로」, 부산대학교 석사논문, 1984.2.

박태일, 「한국근대시의 공간현상학적 연구—백석, 윤동주, 이육사, 김광균을 중심으로」, 부산대학교 박사논문, 1991.2.

박현미, 「백석 시 연구」, 충남대학교 교육대학원 석사논문, 1999.2.

박현미, 「백석 시에 나타난 고향 이미지 연구」, 충북대학교 교육대학원 석사논문, 2008.2.

박현진, 「백석 시의 인용적 어법과 시의식」, 고려대학교 석사논문, 2007.2.

박혜숙, 「백석과 서정주의 서술시 비교 연구—시집 『사슴』과 『질마재 신화』를 중심으로」, 아주대학교 박사논문, 2008.2.

박혜숙, 「현대 한국민요시의 전개양상 연구」, 건국대학교 박사논문, 1987.8.

박호용, 「백석과 윤동주 시의 비교 연구」, 한국외국어대학교 교육대학원 석사논문, 1992.2.

박흥수, 「백석 시에 나타난 장소 이동과 그 의미」, 강원대학교 교육대학원 석사논문, 2007.8.

박화경, 「백석 시의 화자 유형 연구」, 목포대학교 교육대학원 석사논문, 2009.2.

방연정, 「백석 시의 인물들과 삶의 의미에 관한 연구—백석, 이용악, 이찬의 시를 중심으로」, 연세대학교 교육대학원 석사논문, 1992.11.

방연정, 「1930년대 후반 시의 표현방법과 구조적 특성연구」, 한국교원대학교 박사논문, 2000.8.

배은지, 「백석 시 연구—방언과 음식어휘를 중심으로」, 국민대학교 교육대학원 석사논문, 2006.8.

배종설, 「백석 시에 나타난 민중공동체 의식」, 경기대학교 교육대학원 석사논문, 2006.12.

백성진, 「백석 시 연구—상실의 지평을 넘어」, 경희대학교 교육대학원 석사논문, 1999.8.

백윤철, 「주제의식과 이미지의 상관성을 통한 시 교육 연구—백석 시를 중심으로」, 영남대학교 교육대학원 석사논문, 2008.2.

서경숙, 「백석 시의 언어미학과 의식세계 연구」, 중앙대학교 예술대학원 석사논문, 2000.6.

서덕민, 「백석, 이용악 시의 동화적 상상력 연구」, 원광대학교 박사논문, 2011.2.

서란화, 「백석 시의 방언 연구」, 숭실대학교 석사논문, 2010.8.

서정호, 「백석의 시에 형상화된 시어의 이미지즘적 특성 연구」, 동국대학교 교육대학원 석사논문, 2011.2.

서준섭, 「1930년대 한국 모더니즘 문학 연구」, 서울대학교 박사논문, 1988.6.

서지영, 「한국 현대시의 산문성 연구—오장환, 임화, 백석, 이용악, 이상 시를 대상으로」, 서강대학교 박사논문, 1999.8.

서효인, 「백석 시 연구—모더니티 구현양상을 중심으로」, 전남대학교 석사논문, 2009.2.

성억경, 「백석 시의 리얼리즘 연구」, 충남대학교 교육대학원 석사논문, 2004.8.

소래섭, 「백석 시에 나타난 음식의 의미 연구」, 서울대학교 박사논문, 2008.2.

손유리, 「백석 시의 동심 의식 연구」, 고려대학교 교육대학원 석사논문, 2009.2.

손정림, 「백석 시에 나타나는 고향 이미지 연구」, 충북대학교 교육대학원 석사논문, 2010.2.

손종철, 「백석 시에 나타난 유년회귀와 그 형상화」, 한국교원대학교 석사논문,

2006.8.

손창기, 「백석 시의 원전비평적 연구」, 경북대학교 교육대학원 석사논문, 2006.2.

송광호, 「백석 시 연구」, 강남대학교 석사논문, 1997.12.

송은미, 「백석 시에 나타난 내면 의식의 변모 양상 연구」, 한국교원대학교 석사논문, 2006.2.

송인수, 「백석 시 화자 연구」, 전북대학교 교육대학원 석사논문, 2004.2.

송종원, 「백석 시의 언술특성 연구」, 고려대학교 석사논문, 2007.2.

송준헌, 「백석 시 연구」, 서강대학교 교육대학원 석사논문, 1998.7.

신선미, 「작가론적 접근을 통한 백석 시 교육 방안」, 한양대학교 교육대학원 석사논문, 2013.2.

신용목, 「백석 시의 현실인식과 미적 대응」, 고려대학교 박사논문, 2013.2.

신지영, 「학습자 중심의 현대시 교육방안 연구―백석 시를 중심으로」, 성균관대학교 교육대학원 석사논문, 2008.8.

신철규, 「백석 시의 구조 연구―종결유형을 중심으로」, 고려대학교 석사논문, 2009.8.

신혜원, 「백석 시의 공간의식 연구」, 전북대학교 석사논문, 2009.8.

심난실, 「백석 시의 정신분석학적 연구―거부된 리비도의 억압을 중심으로」, 공주대학교 교육대학원 석사논문, 2009.2.

심재휘, 「1930년대 후반기 시 연구―백석, 이용악, 유치환, 서정주 시의 시간의식을 중심으로」, 고려대학교 박사논문, 1997.7.

안난숙, 「백석 시의 이미지적 특성 연구―사물어의 이미지를 중심으로」, 대구가톨릭대학교 석사논문, 2006.2.

안성덕, 「현대시에 나타난 '빈집'의 공간의식 연구―1920~30년대 시를 중심으로」, 원광대학교 석사논문, 2012.2.

안솔이, 「백석 시의 공간 연구」, 충북대학교 교육대학원 석사논문, 2013.3.

안수연, 「「여우난곬족」의 효과적인 교수·학습방법 연구」, 인제대학교 교육대학원 석사논문, 2007.8.

안현정, 「백석 시의 교육 방법 연구」, 국민대학교 교육대학원 석사논문, 2005.2.

양근옥, 「백석 시의 분석적 연구」, 명지대학교 사회교육대학원 석사논문, 1995.8.

양문규, 「백석 시 연구―시 창작 방법론을 중심으로」, 명지대학교 박사논문, 2003.2.

양소영, 「1930년대 시에 나타난 '아이'와 '유년기'의 의미 연구―정지용, 이상, 백석 시를 중심으로」, 서울대학교 박사논문, 2012.2.

양혜경, 「백석 시 연구」, 동아대학교 석사논문, 1991.1.

양훈석, 「백석 시 연구」, 한남대학교 교육대학원 석사논문, 1999.12.

양희정, 「백석 시 연구―거리 양상을 중심으로」, 고려대학교 교육대학원 석사논문, 2002.12.

엄지은, 「생태시 교육 방법 연구―백석 시의 경우를 중심으로」, 중앙대학교 교육대학원 석사논문, 2011.2.

여희정, 「백석 시문학 연구」, 연세대학교 교육대학원 석사논문, 2001.8.

왕염려, 「백석의 '만주' 시편 연구―'만주' 체험을 중심으로」, 인하대학교 석사논문, 2010.8.

왕천, 「백석과 짱커지臧克家 시의 고향 의식 비교 연구」, 중앙대학교 석사논문, 2012.2.

우점복, 「한국 근대 기행시 연구―이은상, 임학수, 백석을 중심으로」, 경남대학교 교육대학원 석사논문, 1991.8.

우진용, 「백석 시의 색채이미지 연구」, 건양대학교 교육대학원 석사논문, 2003.2.

원은진, 「백석 시 연구―공동체의 재현 양상과 그 의미를 중심으로」, 세종대학교 교육대학원 석사논문, 2008.8.

유경아, 「백석 시 연구」, 효성여자대학교 석사논문, 1994.2.

유문선, 「1930년대 창작방법 논쟁연구」, 서울대학교 석사논문, 1988.1.

유선희, 「백석 시 연구―방언사용을 중심으로」, 전북대학교 교육대학원 석사논문, 2003.8.

유은옥, 「백석 시의 민족정체성 구현 양상 연구」, 건국대학교 석사논문, 2011.8.

유인채, 「정지용과 백석의 시적 언술 비교 연구」, 인천대학교 박사논문, 2012.2.

유 준, 「백석 시의 낭만적 특성 연구」, 고려대학교 석사논문, 2003.6.

유지선, 「백석 시 연구」, 경기대학교 석사논문, 2007.8.

윤병화, 「백석 시의 현실인식에 관한 연구」, 한국교원대학교 석사논문, 1995.2.

윤석우, 「백석 시 연구」, 목포대학교 석사논문, 1991.8.

윤석우, 「한국 현대 서술시의 담화 특성 연구」, 조선대학교 박사논문, 1998.2.

윤영태, 「백석 시 연구」, 국민대학교 교육대학원 석사논문, 1996.12.

윤지영, 「백석 시에 드러나는 시적 주체의 사유과정 연구」, 서울대학교 석사논문, 2001.8.

윤혜숙, 「백석 시 연구」, 조선대학교 교육대학원 석사논문, 1993.2.

이경수, 「백석 시 연구―화자 유형을 중심으로」, 고려대학교 석사논문, 1993.7.

이경수, 「한국 현대시의 반복 기법과 언술 구조―1930년대 후반기의 백석, 이용악, 서정주 시를 중심으로」, 고려대학교 박사논문, 2003.2.

이경아, 「백석 시 연구―'기행'체험의 시적 전개양상을 중심으로」, 인하대학교 석사논문, 2007.2.

이근화, 「1930년대 시에 나타난 식민지 조선어의 위상―김기림, 정지용, 백석을 중심으로」, 고려대학교 박사논문, 2008.8.

이명찬, 「1930년대 후반 한국 현실주의 시의 내면화과정 연구」, 서울대학교 석사논문, 1991.2.

이명찬, 「1930년대 후반 한국시의 고향의식 연구」, 서울대학교 박사논문, 1999.2.

이명희, 「1930년대 시에 나타난 '고향의식' 연구―해금시인을 중심으로」, 건국대학교 석사논문, 1993.2.

이명희, 「백석 시에 나타난 방언 시어의 연구」, 부산대학교 석사논문, 2008.8.

이명희, 「백석 시의 화자와 서술대상관계 연구」, 신라대학교 교육대학원 석사논문, 2011.8.

이문재, 「백석 시의 생태학적 상상력 고찰」, 경희대학교 석사논문, 2004.2.

이문재, 「김소월, 백석 시의 시간과 공간의식 연구―생태시학의 가능성을 중심으로」, 경희대학교 박사논문, 2008.2.

이미경, 「백석 시 연구」, 충남대학교 교육대학원 석사논문, 2000.2.

이미선, 「백석 시 시어 연구」, 경원대학교 교육대학원 석사논문, 2007.6.

이미진, 「학문 목적 한국어 학습자 문학교육을 위한 대화주의 프로젝트 교수·학습 방안 연구―백석 시를 중심으로」, 한양대학교 교육대학원 석사논문, 2012.8.

이민영, 「1930년대 시의 상상력 연구―정지용, 백석, 윤동주 시의 자기 동일성을 중심으로」, 한림대학교 박사논문, 2000.6.

이민정, 「백석 시의 신화적 상상력 연구」, 서울대학교 석사논문, 2007.8.

이민지, 「백석 시의 전통성 연구」, 숙명여자대학교 교육대학원 석사논문, 2010.2.

이병초, 「백석 시의 고향의식과 형상화 방법」, 고려대학교 석사논문, 2006.8.

이병학, 「백석 시 연구」, 한양대학교 석사논문, 1991.12.

이보나, 「백석과 이용악의 시에 나타난 고향이미지 비교 연구」, 강원대학교 교육대학원 석사논문, 2009.8.

이삼남, 「백석 시의 문체 분석―텍스트언어학적 접근을 중심으로」, 세종대학교 석사논문, 1996.8.

이선영, 「1930년대 시의 상실감 연구」, 한남대학교 교육대학원 석사논문, 2007.2.

이소연, 「백석, 윤동주 시의 동심지향성 연구」, 경희대학교 박사논문, 2011.2.

이수남,「한국 현대 서술시의 특성 연구―임화, 박세영, 백석, 이용악의 시를 중심으로」, 부산외국어대학교 교육대학원 석사논문, 1995.7.

이승재,「백석 시에 나타난 공간기호의 연구」, 명지대학교 석사논문, 2003.2.

이용인,「백석 시 연구」, 한림대학교 석사논문, 1995.12.

이욱성,「백석 시의 전통계승양상―짜임새, 기교, 율격의 측면에서」, 경기대학교 석사논문, 1991.2.

이원규,「한국시의 고향의식 연구―1930~1940년대 시를 중심으로」, 성균관대학교 박사논문, 2004.8.

이원익,「백석 시의 공간 의식 연구」, 충북대학교 교육대학원 석사논문, 2006.8.

이은봉,「1930년대 후기시의 현실인식 연구―백석, 이용악, 오장환의 시를 중심으로」, 숭실대학교 박사논문, 1992.6.

이인경,「백석 시 연구―토속성을 중심으로」, 인하대학교 교육대학원 석사논문, 2004.8.

이인학,「백석 시 연구―수사적 구조와 공동체 양상을 중심으로」, 공주대학교 교육대학원 석사논문, 2006.2.

이임순,「백석 시의 인물유형 연구」, 충북대학교 교육대학원 석사논문, 1991.12.

이장명,「백석 시에 나타난 물질 이미지 연구」, 충북대학교 교육대학원 석사논문, 2011.2.

이정림,「백석 시의 세계인식 연구」, 동국대학교 교육대학원 석사논문, 2001.8.

이정애,「백석 시의 서정적 자아와 시적 상상력 연구」, 경원대학교 교육대학원 석사논문, 2004.8.

이준관,「한국 현대시의 동심의식 연구―신석정, 장만영, 백석을 중심으로」, 고려대학교 석사논문, 1989.11.

이지나,「백석 시의 원전비평적 연구」, 서울여자대학교 박사논문, 2006.2.

이지은, 「백석 동화시 「집게네 네 형제」 연구」, 서울여자대학교 석사논문, 2001.7.

이지은, 「백석 시의 층위별 교수·학습 방법 연구」, 부산외국어대학교 교육대학원 석사논문, 2003.8.

이현승, 「백석 시 연구―서술방법과 유형을 중심으로」, 고려대학교 석사논문, 2002.7.

이현승, 「1930년대 후반기 시의 언술구조 연구―백석, 이용악, 오장환의 시를 중심으로」, 고려대학교 박사학위논문, 2011.2.

이형선, 「백석 시의 공간현상학적 연구」, 동국대학교 석사논문, 1998.8.

이황직, 「근대 한국의 윤리적 개인주의 사상과 문학에 관한 연구―정인보, 함석헌, 백석, 윤동주를 중심으로」, 연세대학교 박사논문, 2002.2.

임선미, 「백석, 이용악 시의 비교 연구」, 조선대학교 교육대학원 석사논문, 2005.8.

임용숙, 「정지용과 백기행의 시의식 비교 연구」, 청주대학교 교육대학원 석사논문, 2003.8.

임은수, 「백석 시 연구―고향의식을 중심으로」, 서울여자대학교 석사논문, 2004.2.

임은정, 「백석 시의 결속구조 연구―회기, 병행구문, 환언을 중심으로」, 중앙대학교 교육대학원 석사논문, 2011.2.

임은화, 「백석 시에 나타난 가족 모티프 연구」, 대진대학교 교육대학원 석사논문, 2008.2.

임형섭, 「백석 시 연구」, 건국대학교 교육대학원 석사논문, 1993.8.

장경주, 「이미지 활용을 통한 백석 시 교육 방안 연구―중등학교 국어과 교과서 수록 작품을 중심으로」, 강원대학교 석사논문, 2012.8.

장경호, 「백석 시 연구」, 전북대학교 석사논문, 1999.2.

장금순, 「백석 시에 나타난 여성의 모습」, 고려대학교 인문정보대학원 석사논문, 2007.2.

장동석, 「한국 현대시의 경물 연구―이물관물(以物觀物)의 표상방식을 중심으로」, 홍익대학교 박사논문, 2010.8.

장정렬, 「백석과 이용악 시의 공간 연구」, 한남대학교 석사논문, 1991.12.

장향선, 「백석 시에 나타난 비극성 연구」, 경희대학교 교육대학원 석사논문, 2000.2.

장혜정, 「백석 시 연구」, 조선대학교 교육대학원 석사논문, 2008.2.

전동진, 「1930년대 시의 시간성과 서정성 연구」, 전남대학교 박사논문, 2006.2.

전영준, 「백석 시 연구―'옛말의 미학'과 내면의식을 중심으로」, 연세대학교 석사논문, 2002.2.

정가영, 「백석 시에 나타난 전통성 연구―소리 사설과 관련하여」, 홍익대학교 교육대학원 석사논문, 2007.8.

정성종, 「백석 시에 나타난 시간과 공간의식 연구」, 아주대학교 교육대학원 석사논문, 2006.2.

정원술, 「백석 시에 쓰인 '~와'와 '나는~'의 언술 연구―시적 화자 '나'와 대상 사이의 관계를 중심으로」, 고려대학교 석사논문, 2008.8.

정은혜, 「백석의 연작기행시 연구」, 목포대학교 교육대학원 석사논문, 2006.2.

정은희, 「백석 시 연구―장르분석과 공간, 시간의식을 중심으로」, 중앙대학교 석사논문, 1996.12.

정이진, 「백석 동화서술시 연구」, 인제대학교 교육대학원 석사논문, 2003.8.

정재형, 「백석 시의 시어 연구」, 고려대학교 교육대학원 석사논문, 1999.6.

정정교, 「소월과 백석 시의 향토성 비교연구」, 건국대학교 교육대학원 석사논문, 1992.2.

정종배, 「백석 시 연구―토속성을 중심으로」, 중앙대학교 교육대학원 석사논문, 2003.8.

정진헌, 「백석 아동문학 연구―평론과 아동시집 『집게네 네 형제』를 중심으로」, 건국대학교 교육대학원 석사논문, 2003.8.

　　정진희, 「백석 시 연구—공간의식과 '집' 이미지를 중심으로」, 성신여자대학교 교육대학원 석사논문, 2000.2.

　　정해홍, 「백석 시의 담시 구조적 성격 연구」, 동의대학교 석사논문, 2008.2.

　　정혜영, 「백석 시의 문학 교육적 가치 및 활용 방안 연구—제7차 교육과정에 의거한 고등학교 18종 문학 교과서를 중심으로」, 고려대학교 교육대학원 석사논문, 2009.2.

　　정희연, 「백석 시 연구」, 건국대학교 교육대학원 석사논문, 2000.2.

　　제상덕, 「백석 시 연구」, 여수대학교 교육대학원 석사논문, 2005.2.

　　조달수, 「백석 시의 소재 연구」, 경주대학교 교육대학원 석사논문, 2002.7.

　　조미라, 「백석 동화시를 활용한 문학교육 방안 연구」, 대불대학교 석사논문, 2012.2.

　　조연향, 「김소월, 백석 시의 전통성 연구—민속 수용 양상을 중심으로」, 경희대학교 박사논문, 2012.2.

　　조옥엽, 「백석 시의 시적 정서 연구」, 순천대학교 석사논문, 2011.2.

　　조우영, 「백석 시의 문학 교육적 가치와 활용 방안 연구」, 고려대학교 교육대학원 석사논문, 2009.8.

　　조재영, 「백석 시 연구」, 창원대학교 석사논문, 1995.6.

　　조정규, 「백석 시 연구—낭만적 자아의 불안을 중심으로」, 성균관대학교 석사논문, 2006.2.

　　조정순, 「백석 시에 나타난 내면의식 연구」, 단국대학교 교육대학원 석사논문, 2008.2.

　　조해라, 「백석 시의 서사적 특성 연구」, 순천대학교 교육대학원 석사논문, 2006.8.

　　조혜진, 「1930년대 모더니즘 시의 타자성 연구—김기림, 이상, 백석 시를 중심으로」, 성신여자대학교 박사논문, 2007.2.

　　조효순, 「백석 시 연구」, 한양대학교 교육대학원 석사논문, 1997.12.

주미조, 「한국 현대 풍물시 연구」, 건국대학교 교육대학원 석사논문, 2011.2.

주여진, 「백석 시 연구—표현특성을 중심으로」, 전남대학교 교육대학원 석사논문, 1996.8.

지주현, 「백석 시의 서술적 서정성 연구」, 전남대학교 박사논문, 2008.8.

차주연, 「백석의 시세계 연구」, 연세대학교 석사논문, 1990.12.

채규근, 「윤동주와 백석의 고향의식 비교 연구」, 수원대학교 교육대학원 석사논문, 2001.6.

채해숙, 「백석의 동화시 연구」, 대구가톨릭대학교 석사논문, 2003.2.

천기수, 「백석 시에 나타난 작가의식 연구—오장환과의 대비를 중심으로」, 경북대학교 교육대학원 석사논문, 1991.2.

최기풍, 「백석 시에 나타난 전통 지향성 연구」, 건국대학교 교육대학원 석사논문, 2010.2.

최두석, 「1930년대 시의 표현에 관한 고찰」, 서울대학교 석사논문, 1982.2.

최두석, 「한국 현대 리얼리즘 시 연구—임화, 오장환, 백석, 이용악의 시를 중심으로」, 서울대학교 박사논문, 1995.2.

최미경, 「「개구리네 한솥밥」의 특성과 교육적 의의」, 한국교원대학교 교육대학원 석사논문, 2010.8.

최미란, 「백석 시의 구술성 연구」, 수원대학교 교육대학원 석사논문, 2009.2.

최 상, 「한국 현대시에 투영된 유년기 체험의 시적 특질에 관한 연구—윤동주, 정지용, 백석을 중심으로」, 원광대학교 석사논문, 1995.12.

최수원, 「백석 시의 토속성 연구」, 한양대학교 교육대학원 석사논문, 2001.6.

최수현, 「백석 시에 나타난 공동체의식 연구」, 국민대학교 박사논문, 2010.8.

최순배, 「백석 시의 현실 수용양상 연구」, 건국대학교 교육대학원 석사논문, 2002.8.

최양옥, 「백석 시에 나타난 '집'에 관한 연구」, 경상대학교 석사논문, 1991.2.

최영길, 「백석 시의 동물 이미지 연구」, 동국대학교 석사논문, 2012.8.

최인경, 「백석 시에 나타난 고향의식의 의미」, 경희대학교 교육대학원 석사논문, 2004.2.

최정례, 「백석 시 연구―근원에 대한 질문으로서의 근대성」, 고려대학교 석사논문, 2001.6.

최정례, 「백석 시의 근대성 연구」, 고려대학교 박사논문, 2005.2.

최정숙, 「백석 시 연구」, 숙명여자대학교 석사논문, 1993.12.

최정숙, 「한국 현대시의 민속 수용양상 연구―백석, 서정주를 중심으로」, 경희대학교 박사논문, 2003.2.

최정인, 「백석 시의 교수·학습 전략 연구」, 부산대학교 석사논문, 2012.8.

최종금, 「백석 시에 나타난 민족의식에 관한 연구」, 한국교원대학교 석사논문, 1990.2.

최종금, 「1930년대 한국시의 고향의식 연구―백석, 이용악, 오장환을 중심으로」, 한국교원대학교 박사논문, 1998.2.

최지영, 「백석 시의 시간의식 연구」, 충북대학교 교육대학원 석사논문, 2009.2.

최학출, 「1930년대 한국 모더니즘시의 근대성과 주체의 욕망체계에 대한 연구―김기림, 백석, 이상의 시를 중심으로」, 서강대학교 박사논문, 1995.1.

최한나, 「생태학적 관점에서 본 백석 시의 문학교육적 의의」, 한양대학교 교육대학원 석사논문, 2011.8.

최현주, 「백석 시에 나타난 화자의 태도 연구」, 한남대학교 교육대학원 석사논문, 2007.2.

최혜진, 「백석 시의 전통지향성 연구」, 울산대학교 교육대학원 석사논문, 2000.8.

하윤희, 「백석 시의 민속모티프 연구」, 동국대학교 석사논문, 2003.8.

한경연, 「백석 시 제재의 유형별 연구」, 원광대학교 교육대학원 석사논문, 2000.8.

한경희, 「한국 현대시에 나타난 시적 자아의 내면 연구—이상, 백석, 윤동주 시를 중심으로」, 한국정신문화연구원 한국학대학원 박사논문, 2001.12.

한상아, 「백석의 연작 기행시 연구」, 충북대학교 교육대학원 석사논문, 2011.8.

한수영, 「백석 시 연구」, 이화여자대학교 석사논문, 1991.8.

한수정, 「이야기 시의 교수·학습 방법 연구—백석 시를 중심으로」, 상명대학교 교육대학원 석사논문, 2008.8.

허금녕, 「백석 시의 전통 지향성 연구—해방이전 시를 중심으로」, 강원대학교 석사논문, 1999.2.

허병두, 「백석과 이용악의 시적 상상력 연구」, 서강대학교 석사논문, 1994.7.

허영석, 「백석 우화시 연구」, 동아대학교 석사논문, 1999.2.

현금자, 「백석 시의 고향의식 연구」, 안동대학교 석사논문, 2001.8.

홍수복, 「백석의 서술시에 나타난 전통성 연구」, 신라대학교 교육대학원 석사논문, 2004.8.

홍숙희, 「노천명과 백석 시에 나타난 고향의식 비교 연구」, 강릉대학교 교육대학원 석사논문, 1998.8.

홍윤정, 「백석 시 교육방법론 연구—학습자 중심의 백석 시 교수·학습방법 모색」, 성균관대학교 교육대학원 석사논문, 2008.2.

홍인숙, 「백석 시의 미적 특질 연구」, 대전대학교 석사논문, 2012.2.

황용현, 「백석 시 연구」, 성균관대학교 교육대학원 석사논문, 1988.12.

3. 학술지 논문 및 비평문

강경화, 「백석 시의 전개와 특질」, 『반교어문연구』 15권, 반교어문학회, 2003.8.

강미경, 「백석의 통영시 연구」, 『지역문학연구』 5권 3호, 경남부산지역문학회, 1999.10.

강연호, 「백석 시의 미적 형식과 구조 연구」, 『현대문학이론연구』 17권, 현대문학이론학회, 2002.6.

강연호, 「백석, 이용악 시의 귀향 모티프 연구―「북방에서」와 「고향아 꽃은 피지 못했다」를 중심으로」, 『한국문학이론과비평』 31권, 한국문학이론과비평학회, 2006.6.

강연호, 「백석 시에 나타난 음식과 사유의 관계 양상 연구」, 『현대문학이론연구』 35권, 현대문학이론학회, 2008.12.

강영재, 「백석의 주체적 시세계 연구―전통성과 현대성의 조화를 중심으로」, 『청람어문교육』 21권 1호, 청람어문학회, 1999.3.

강외석, 「일제하의 사회변동과 문학적 대응―백석의 시와 소설을 중심으로」, 『배달말』 26권 1호, 배달말학회, 2000.6.

강외석, 「백석 시의 음식 담론고」, 『배달말』 30호, 배달말학회, 2002.6.

강정화, 「해방을 전후로 한 백석 시의 이행양상연구―백석의 번역문 「아동문학론 초」와 동화시를 중심으로」, 『아시아문화연구』 23권, 경원대학교 아시아문화연구소, 2011.9.

강호정, 「근대를 견디는 두 가지 방식―이상과 백석의 경우」, 『배달말』 51호, 배달말학회, 2012.12.

강희숙, 「백석의 시어와 구개음화」, 『한국언어문학』 53권, 한국언어문학회, 2004.12.

고명수, 「백석 시의 문체론적 고찰」, 『동국어문학』 5권, 동국어문학회, 1993.3.

고운기, 「백석의 「수라」와 그 주변―사설시조에서 유래하는 근대시의 한 유형에 대하여」, 『현대문학의연구』 17권, 한국문학연구학회, 2001.8.

고형진, 「체험의 설화적 시화―백석과 신경림의 시적 방법론과 사회적 문맥」, 『예술논문집』 27, 대한민국 예술원, 1988.11.

고형진, 「백석 시와 '엮음'의 미학」, 박노준·이창민 외, 『현대시의 전통과 창조』, 열화당, 1998.2.

고형진, 「백석의 「국수」」, 『시안』 2권 1호 봄호, 시안사, 1999.3.

고형진, 「지용 시와 백석 시의 이미지 비교 연구」, 『현대문학이론연구』 18권, 현대문학
이론학회, 2002.12.

고형진, 「방언의 시적 수용과 미학적 기능―영랑과 백석과 목월의 시를 중심으로」,
『동방학지』 125권, 연세대학교 국학연구원, 2004.4.

고형진, 「백석 시와 판소리의 미학」, 『현대문학이론연구』 21권, 현대문학이론학회,
2004.4.

고형진, 「한국 현대시에 나타난 음식 이미지―생활의 체취와 자연에 대한 물음」, 『시
안』 2004년 여름호, 시안사, 2004.6.

고형진, 「백석 시에 쓰인 '~이다'와 '~것이다' 구문의 시적 효과」, 『한국시학연구』 14권,
한국시학회, 2005.12.

고형진, 「용례색인으로 본 백석 시의 어석」, 『현대문학이론연구』 27권, 현대문학이론
학회, 2006.3.

고형진, 「최초 인쇄본, 원본, 영인본, 그리고 정본」, 『서정시학』 통권 36호, 겨울호, 서
정시학, 2007.12.

고형진, 「백석 시의 표현 형태에 나타난 조사의 활용 양상」, 『한국문예비평연구』 27권,
한국현대문예비평학회, 2008.12.

고형진, 「백석 시의 시어에 나타난 모음첨가현상과 시적 효과」, 『한국문예비평연구』
34권, 한국현대문예비평학회, 2011.4.

고형진, 「백석의 음식기행, 우리 문화와 역사의 탐미」, 『서정시학』 2012년 봄호, 서정
시학, 2012.3.

고형진, 「백석 시의 언어와 미적 원리―백석 시의 박물학적 특성과 감각의 깊이」, 『한
국문학이론과 비평』 55집, 한국문학이론과 비평학회, 2012.6.

고형진, 「'가난한 나'의 무섭고 쓸쓸하고 서러운, 그리고 좋은」, 『비평문학』 45집, 한국비평문학회, 2012.9.

공석주, 「시골말—평북 벽동지방을 중심으로」, 『한글』 49호, 한글학회, 1937.

곽봉재, 「백석 시의 이미지 연구—'불'과 '여성'의 이미지를 중심으로」, 『국어국문학』 124호, 국어국문학회, 1999.5.

곽효환, 「백석 기행시편 연구」, 『한국근대문학연구』 18호, 한국근대문학회, 2008.10.

곽효환, 「백석 시의 북방의식 연구」, 『비평문학』 45집, 한국비평문학회, 2012.9.

권온, 「백석의 연애시편 연구—낭만적 사랑과 연인」, 『한국문예비평연구』 17권, 한국현대문예비평학회, 2005.8.

권혁웅, 「백석 시의 비유적 구조」, 『한국문학이론과 비평』 14권, 한국문학이론과비평학회, 2002.4.

권혁웅, 「한국 현대시의 운율 연구」, 『어문논집』 57권, 민족어문학회, 2008.4.

금동철, 「훼손된 민족공동체와 그 회복의 꿈—백석론」, 조창환 외, 『한국현대시인론』, 한국문화사, 2005.5.

금동철, 「백석 시에 나타난 자아의 존재방식」, 『우리말글』 43호, 우리말글학회, 2008.8.

금동철, 「백석 시에 나타난 세계인식 방식 연구」, 『개신어문연구』 29권, 개신어문학회, 2009.6.

김경훈, 「디아스포라의 삶의 공간과 정서—백석, 이용악, 윤동주의 경우」, 『비교한국학』 17권 3호, 국제비교한국학회, 2009.12.

김기림, 「『사슴』을 안고」, 조선일보, 1936.1.29.

김도희, 「1930년대 시의 공간 연구」, 『새얼어문논집』 10권, 동의대학교 국어국문학과 새얼어문학회, 1997.10.

김동명, 「백석 시에 내재된 공동체의식—해방 이전 시를 중심으로」, 『사림어문연구』

13권, 창원대학교 국어국문학과 사림어문학회, 2000.12.

김동우, 「현대시의 방언과 공간적 상상력」, 『한국시학연구』 28권, 한국시학회, 2010.8.

김명인, 「백석 시고」, 『우보 전병두박사 회갑기념논문집』, 1983.11.

김명인, 「매몰된 문학의 제자리 찾기」, 『창작과비평』 1988년 봄호, 창작과비평사, 1988.3.

김명인, 「토착어의 발견과 보존―김영랑 시와 백석 시의 시어」, 『시어의 풍경―한국현대시사론』, 고려대출판부, 2000.12.

김명인, 「백석 시에 나타난 기행」, 『한국시학연구』 27권, 한국시학회, 2010.4.

김명철, 「백석 시와 이중섭 그림에 나타난 대이상향의 세계」, 『비평문학』 43호, 한국비평문학회, 2012.3.

김문주, 「백석 문학 연구의 현황과 문학사적 균열의 지점」, 『비평문학』 45집, 한국비평문학회, 2012.9.

김미선, 「백석 시에 나타나는 탈근대적 시간의식」, 『어문연구』 71권, 어문연구학회, 2012.3.

김미혜, 「백석 동화시의 장르적 특질과 문학교육」, 『문학교육학』 39호, 한국문학교육학회, 2012.2.

김민숙, 「백석 시에 나타난 장소성 연구」, 『비평문학』 46호, 한국비평문학회, 2012.12.

김병택, 「백석 시의 특질에 관한 고찰」, 『어문연구』 제24권, 충남대학교 문리과대학 어문연구회, 1993.10.

김봉근, 「백석의 초기시에 나타난 환유적 발상과 표현 연구―「여우난곬족」 중심으로」, 『어문연구』 40권 2호, 한국어문교육연구회, 2012.6.

김상철, 「백석의 『사슴』에 대한 연구」, 『숭실어문』 19권, 숭실어문학회, 2003.6.

김수경·이경수, 「백석 시 「고야古夜」에 나타난 설화적 특성」, 『어문논집』 45권, 중앙어문학회, 2010.11.

김수림, 「방언: 혼재향의 언어―백석의 방언과 그 혼돈, 그 비밀」, 『어문논집』 55권, 민족어문학회, 2007.4.

김수림, 「서재의 역사」, 『문장 웹진』(http://webzine.munjang.or.kr/article), 2007.10.

김수복, 「백석 시의 '산'의 공간 인식」, 『논문집』 33권, 단국대학교, 1998.12.

김수복, 「백석 시의 '집'의 공간 인식」, 『논문집』 34권, 단국대학교, 1999.2.

김수이, 「임화의 시비평에 나타난 해석과 평가의 시차(視差, parallax)―김기림, 이상, 백석, 오장환의 시에 대한 임화의 비평을 중심으로」, 『한국문예비평연구』 31권, 한국현대문예비평학회, 2010.4.

김숙이, 「백석 시의 생기生氣와 풍수지리사상」, 『동북아문화연구』 18권, 동북아시아문화학회, 2009.3.

김숙이, 「백석 시에 나타난 문화소文化素의 특성―연작시 '남행시초: 「통영」「고성가도」「삼천포」'를 중심으로, 『동북아문화연구』 26권, 동북아시아문화학회, 2011.3.

김신정, 「'시어의 혁신'과 '현대시'의 의미―김영랑, 정지용, 백석을 중심으로」, 『상허학보』 4호, 상허학회, 2000.11.

김신정, 「백석 시의 '가난'에 대하여」, 『문예연구』 2001년 가을호, 2001.9.

김신정, 「백석 시에 나타난 '차이'에 대하여」, 『한국시학연구』, 34호, 한국시학회, 2012.8.

김영민, 「백석 시의 특질 연구」, 『비평문학』 3호, 한국비평문학회, 1989.8.

김영배, 「평안방언연구서설」, 『성봉 김성배박사 회갑기념논문집』, 형설출판사, 1977.9.

김영배, 「백석 시의 방언에 대하여」, 『한실 이상보박사 회갑기념 논총』, 형설출판사, 1987.9.

김영범, 「백석 시에 나타난 '슬픔'의 의미」, 『한국문학이론과비평』 40권, 한국문학이론과비평학회, 2008.9.

김영주, 「1920~1930년대 기행시 연구─식민지 풍경의 시적 현현」, 『한국문학논총』 42권, 한국문학회, 2006.4.

김영철, 「현대시에 나타난 지방어의 시적 기능 연구」, 『우리말글』 25권, 우리말글학회, 2002.8.

김영철, 「한국 근대시에 나타난 국어국자 의식」, 『한중인문학연구』 16권, 한중인문학회, 2005.12.

김옥성, 「백석 시의 생태학적 의인화와 인간애」, 『문학과 환경』 11권 2호, 문학과 환경학회, 2012.12.

김용직, 「토속성과 모더니티─백석론」, 『한국현대시사 2』, 한국문연, 1996.2.

김용직, 「방언과 한국문학─문학작품에 나타난 방언의 문제」, 『새국어생활』 6권 1호, 국립국어연구원, 1996.3.

김용희, 「'몸말'의 민족시학과 민족 젠더화의 문제─백석의 경우」, 『여성문학연구』 12권, 한국여성문학학회, 2004.12.

김용희, 「백석 시에 나타난 구술과 기억술의 이데올로기」, 『한국문학논총』 38권, 한국문학회, 2004.12.

김용희, 「백석의 북방체험과 도가적 상상력─1930년대 말 동양주의의 한 방향에 대하여」, 『한국문학이론과비평』 33권, 한국문학이론과비평학회, 2006.12.

김원호, 「백석의 시 해설」, 『뿌리』 통권21호, 2006년 봄호, 2006.3.

김윤식, 「백석론─허무의 늪 건너기」, 『우리 소설을 위한 변명』, 고려원, 1991.12.

김은석, 「백석 시의 '무속성'과 식민지 무속론─백석 시의 '무속적 상상력' 재고」, 『국어문학』 48권, 국어문학회, 2010.2.

김은자, 「백석 시 연구─고향상실과 비극적 삶의 인식」, 『논문집』 제8집, 한림대학교,

1990.12.

김은자, 「백석 시의 동물상징 연구」, 『인문학연구』 4권, 한림대학교 인문학연구소, 1997.5.

김은정, 「백석 시 연구」, 『한국언어문학』 46권, 한국언어문학회, 2001.5.

김은철, 「백석 시 연구―과거지향의 시간의식을 중심으로」, 『한국문예비평연구』 15권, 한국현대문예비평학회, 2004.12.

김응교, 「백석 「모닥불」의 열거법 연구―백석 시 연구 (1)」, 『현대문학의연구』 24권, 한국문학연구학회, 2004.11.

김응교, 「백석 시 「가즈랑집」에서 평안도와 샤머니즘―백석의 시 연구 (2)」, 『현대문학의연구』 27권, 한국문학연구학회, 2005.11.

김응교, 「백석·일본·아일랜드―백석 시 연구 (3)」, 『민족문학사연구』 44호, 민족문학사학회, 2008.12.

김응교, 「백석, 윤동주, 전태일」, 『기독교사상』 통권 제623호, 대한기독교서회, 2010.11.

김응교, 「신경新京에서, 백석 「흰 바람벽이 있어」―시인 백석 연구 (4)」, 『인문과학』 48권, 성균관대학교 인문과학연구소, 2011.8.

김재용, 「백석 문학 연구―1959~1962년 삼수시절을 중심으로」, 『현대북한연구』 14권 1호, 북한대학원대학교, 2011.4.

김재혁, 「문학 속의 유토피아―릴케와 백석과 윤동주―시적 주체와 공간의식의 관점에서」, 『혜세연구』 26권, 한국혜세학회, 2011.12.

김재홍, 「민족적 삶의 원형성과 운명애의 진실미」, 『한국문학』, 1989.10.

김재홍, 「백석, 운명애와 민족어의 완성을 위하여」, 『새국어생활』 2005년 겨울호, 국립국어연구원, 2005.12.

김정수, 「백석 시의 아날로지적 상응 연구」, 『국어국문학』 144호, 국어국문학회,

2006.12.

김정수, 「백석 시의 전통적 성격과 그 의미」, 『한국현대문학연구』 27권, 한국현대문학회, 2009.4.

김정수, 「백석 시에 나타난 공동체의 성격과 그 의미」, 『대동문화연구』 66권, 성균관대학교 대동문화연구원, 2009.6.

김정수, 「백석 시에 나타난 슬픔의 의미와 성격」, 『어문연구』 37권 2호, 한국어문교육연구회, 2009.6.

김제곤, 「백석의 아동문학 연구―미발굴 작품을 중심으로」, 『동화와 번역』 14권, 건국대학교 동화와번역연구소, 2007.12.

김종철, 「30년대의 시인들」, 『시와 역사적 상상력』, 문학과지성사, 1978.12.

김종태, 「백석 시의 세계 대응 양상 연구」, 『어문논집』 38권 1호, 안암어문학회, 1998.8.

김주언, 「백석의 음식 시편에 대하여」, 『국문학논집』 21권, 단국대학교 국어국문학과, 2011.12.

김지녀, 「백석 시의 공간 구조 연구―「여우난곬족」과 「남신의주유동박시봉방」의 '방'을 중심으로」, 『상허학보』 16호, 상허학회, 2006.2.

김진희, 「백석 시에 나타난 음식과 타자의 윤리」, 『우리어문연구』 38권, 우리어문학회, 2010.9.

김진희, 「시인 존재론의 탐구에서 동화시에 이르는 길―백석의 후기 시를 중심으로」, 『한국시학연구』 34권, 한국시학회, 2012.8.

김창주, 「백석 시 연구」, 『산업개발연구』 4권, 공주대학교 산업개발연구소, 1996.12.

김춘식, 「사소한 것의 발견과 전통의 자각―백석의 시를 중심으로」, 『청람어문교육』 31권, 청람어문교육학회, 2005.6.

김춘식, 「백석 시의 현재적 가치―모더니티, 체험성, 동시대성」, 황광수·고형진 외 『언어의 보석, 어둠 속의 연금술사들』, 민음사, 2012.11.

김헌선, 「한국 시가의 엮음과 백석 시의 변용」, 제3세대 비평문학회, 『한국 현대시인 연구』, 신아, 1988.8.

김현수, 「백석과 미당의 아동 화자 시 비교 연구」, 『한국시학연구』 27권, 한국시학회, 2010.4.

김혜영, 「백석 시 연구」, 『국어국문학』 131호, 국어국문학회, 2002.9.

김혜원, 「백석의 「여승」에 대한 인지시학적 분석―'길 도식'을 중심으로」, 『국어문학』 52권, 국어문학회, 2012.3.

남기택, 「백석 시의 현실인식」, 『문예시학』 11권 1호, 충남시문학회, 2000.11.

남기택, 「백석과 아쿠타가와―동화적 상상력을 중심으로」, 『어문연구』 37권, 어문연구학회, 2001.12.

남기택, 「백석 시의 '어린이기' 연구」, 『한국언어문학』 54권, 한국언어문학회, 2005.6.

남기혁, 「'또 다른 고향'의 환상에서 벗어나기―백석 「북방에서(정현웅에게)」」, 이숭원 외, 『시의 아포리아를 넘어서』, 이룸, 2001.10.

남기혁, 「백석 시에 나타난 풍경과 시선, 그리고 여행의 의미」, 『우리말글』 52권, 우리말글학회, 2011.8.

남기혁, 「백석의 만주시편에 나타난 '시인'의 표상과 내면적 모럴의 진정성」, 『한중인문학연구』 39집, 한중인문학회, 2013.4.

남승원, 「물화된 화폐의 시적 수용 양상 연구―30년대 백석 시를 중심으로」, 『구보학보』 7권, 구보학회, 2012.2.

노용무, 「백석 시와 탈식민적 글쓰기」, 『어문논집』 49권, 중앙어문학회, 2012.3.

동시영, 「백석 시의 구성과 기법에 관한 기호학적 분석」, 『동악어문론집』 36권, 동악어문학회, 2000.12.

류경동, 「잃어버린 시간의 복원과 허무의 시의식」, 『상허학보』 4호, 상허학회, 1998.11.

류순태, 「백석 시에 나타난 '고향의식'의 아이러니 연구」, 『한중인문학연구』 12권, 한
중인문학회, 2004.6.

문호성, 「백석 시의 언술특성—문체를 중심으로」, 『한국언어문학』 38권, 한국언어문학
회, 1997.6.

문호성, 「이야기 시의 텍스트성 연구—백석, 이용악의 시를 중심으로」, 『텍스트언어
학』 15권, 한국텍스트언어학회, 2003.12.

문호성, 「백석 시의 텍스트성」, 『텍스트언어학』 22권, 한국텍스트언어학회, 2007.6.

민재원, 「시 교육에서의 함축성 개념에 대한 고찰—백석 시어의 의미 축적 사례를 중
심으로」, 『국어교육학연구』 43권, 국어교육학회, 2012.4.

박건명, 「백석 시 연구—모더니티와 현실인식을 중심으로」, 『겨레어문학』 23권, 겨레
어문학회, 1999.3.

박귀례, 「백석 시 연구」, 『돈암어문학』 4호, 돈암어문학회, 1991.9.

박근배, 「일제강점기 만주체험의 시적 수용—이용악, 유치환, 백석 시를 중심으로」,
『경남어문』 26, 경남어문학회, 1993.1.

박남용, 「한중 근대시의 현실인식과 서사지향성 비교연구—백석과 장극가의 시
를 중심으로」, 『중국연구』 30권, 한국외국어대학교 외국학종합연구센타 중국연구소,
2002.12.

박명옥, 「백석의 동화시 연구—북한의 문예정책과 아동문학 논쟁을 중심으로」, 『비교
한국학』 14권 2호, 국제비교한국학회, 2006.12.

박명옥, 「백석의 동화시 개작 연구—『지게게네 네 형제』와 『집게네 네 형제』를 중심으
로」, 『비평문학』 45집, 한국비평문학회, 2012.9.

박몽구, 「백석 시의 토속성과 모더니티의 고리」, 『동아시아 문화연구』 39권, 한양대학
교 한국학연구소, 2005.12.

박미선, 「백석 시에 나타난 시의식의 변모과정」, 『어문학보』 제26집, 강원대 사범대 국

어교육과, 2004.12.

박민규, 「백석 시의 숭고와 그 의미」, 『한국시학연구』 23권, 한국시학회, 2008.12.

박민영, 「백석 시 연구─자기동일성의 인식 양상」, 『한국언어문학』 37권, 한구언어문학회, 1996.12.

박성현, 「신화, 방언주의, 미적 형식주의─백석론」, 『겨레어문학』 25권, 겨레어문학회, 2000.8.

박수연, 「백석 『사슴』에 나타난 모더니티 연구」, 『어문연구』 28권, 어문연구학회, 1996.12.

박순원, 「백석 시에 나타난 청각 이미지 연구」, 『우리어문연구』 35권, 우리어문학회, 2009.9.

박승희, 「성재 김익수선생 고희기념 특집호: 한국사상(문학)─백석 시에 나타난 축제의 재현과 그 의미」, 『한국사상과문화』 36권, 한국사상문화학회, 2007.1.

박아지, 「신춘시단개평─백석씨작 「고야」」, 동아일보, 1936.1.18.

박옥실, 「백석 시에 나타난 공간의식의 변모양상」, 『한국시학연구』 19권, 한국시학회, 2007.8.

박용철, 「백석 시집 『사슴』 평」, 『조광』, 1936.4.

박용철, 「병자시단의 1년 성과」, 동아일보, 1936.12.

박용철, 「백석 시집 『사슴』 평」, 『박용철전집 2』, 1940.5.

박윤우, 「백석 시에 있어서 고향의식과 근대성의 관계양상 연구」, 『국제어문』 20권, 국제어문학회, 1999.7.

박윤우, 「근대의 고향 찾기─백석 「절망絶望」」, 이숭원 외, 『시의 아포리아를 넘어서』, 이룸, 2001.10.

박은미, 「한국근대문학에 나타난 근대성 연구─백석 시를 중심으로」, 『강남어문』 제15집, 강남대 국문학과, 2005.2.

박은미, 「백석 시에 나타난 탈근대성 연구」, 『겨레어문학』 36권, 겨레어문학회, 2006.6.

박종덕, 「영상 기법을 통한 백석 시의 공간 설정에 관한 연구」, 『어문연구』 55권, 어문연구학회, 2007.12.

박종덕, 「백석 시의 샤머니즘과 생태적 상상력」, 『어문연구』 제57집, 어문연구학회, 2008.8.

박종덕, 「백석 시에 나타난 음식과 무속의 호명 의미 고찰」, 『어문연구』 61권, 어문연구학회, 2009.9.

박종덕, 「『집게네 네 형제』에 함의된 백석의 초근대적 욕망 연구」, 『현대문학이론연구』 49권, 현대문학이론학회, 2012.6.

박종석, 「백석 시의 문체론적 고찰―어사용법을 중심으로」, 『(동아대)국어국문학』 10권, 동아대학교 국어국문학과, 1990.12.

박주택, 「백석 시의 자연 이미지와 욕망의 구현 연구」, 『어문연구』 52권, 어문연구학회, 2006.12.

박주택, 「백석 시의 영향성 연구」, 『현대문학이론연구』 45권, 현대문학이론학회, 2011.6.

박철, 「고향으로의 쓸쓸한 사생寫生―백석 시 연구」, 『도솔어문』 5권, 단국대학교 인문대학 국어국문학과, 1990.2.

박태상, 「새로 발견된 북한 '서정시 선집' 연구―월북시인들의 동향과 당대 사회현실을 중심으로」, 『북한연구학회보』 4권 2호, 북한연구학회, 2000.12.

박태일, 「백석 시의 공간인식」, 『(부산대)국어국문학』 21집, 부산대학교 인문대학 국어국문학과, 1983.12.

박태일, 「백석 시와 구체성의 미학」, 『경남어문논집』 제2집, 경남대 국문학과, 1989.12.

박태일, 「백석과 신현중, 그리고 경남문학」, 『지역문학연구』 4권 1호, 경남부산지역문학회, 1999.4.

박태일, 「백석의 미발굴 시 「병아리 싸움」 변증」, 『한국문학논총』 28권, 한국문학회, 2001.6.

박태일, 「백석 시와 명성의 사회학—토속어로 표현해 낸 장소사랑의 미학」, 『문학사상』 394, 2005.8.

박혜숙, 「백석 시의 엮음 구조와 사설시조와의 관계」, 『중원인문논총』 18권, 건국대학교 동화와번역연구소, 1998.12.

박혜숙, 「백석의 『사슴』과 서정주의 『질마재신화』 비교 고찰」, 『한중인문학연구』 21권, 한중인문과학연구회, 2007.8.

박호영, 「「정주성」 시 해석의 일방향」, 『한중인문학연구』 36권, 한중인문학회, 2012.8.

방연정, 「1930년대 시언어의 표현방법—백석, 이용악, 이찬의 시를 중심으로」, 『개신어문연구』 14권, 개신어문학회, 1997.12.

방연정, 「1930년대 시에 나타난 북방정서—백석, 이용악, 이찬의 시를 중심으로」, 『개신어문연구』 15권, 개신어문학회, 1998.12.

방연정, 「1930년대 시의 운율적 긴장과 그 특징의 연구—백석, 이용악, 이찬의 시를 중심으로」, 『한국어문교육』 9권, 한국교원대학교 한국어문교육연구소, 2000.2.

배대화, 「백석의 푸시킨 번역시 연구」, 『슬라브 연구』 28권 4호, 한국외국어대학교 러시아 연구소, 2012.12.

백지혜, 「백석 시에 나타난 ‘마을’ 형상화의 의미」, 『한국근대문학연구』 4권 1호, 한국근대문학회, 2003.4.

서덕민, 「백석 시에 나타난 동화적 상상력」, 『한국문예창작』 9권 1호, 한국문예창작학회, 2010.4.

서덕민, 「백석 시의 문학치료적 양상 연구」, 『열린정신 인문학연구』 13권 1호, 원광대학교 인문학연구소, 2012.6.

서정학, 「백석의 시세계 고찰」, 『어문연구』 30권, 충남대학교 문리과대학 어문연구회, 1998.12.

서준섭, 「백석과 만주―1940년대의 백석 시 재론」, 『한중인문학연구』 19권, 한중인문학회, 2006.12.

소래섭, 「백석 시와 음식의 아우라」, 『한국근대문학연구』 16호, 한국근대문학회, 2007.10.

소래섭, 「1920~30년대 문학에 나타난 후각의 의미―소월, 백석, 이상을 중심으로」, 『사회와역사』 81권, 한국사회사학회, 2009.3.

소래섭, 「백석 시에 나타난 감정과 언어의 관련 양상」, 『한국시학연구』 31권, 한국시학회, 2011.8.

소래섭, 「1930년대 문학에 나타난 '나라'의 의미―백석의 경우」, 『현대문학의 연구』 49권, 현대문학연구학회, 2013.2.

손미영, 「백석 시의 유토피아 의식 연구」, 『한민족문화연구』 40권, 한민족문화학회, 2012.6.

손민달, 「정지용과 백석 시에 나타난 생태학적 상상력 연구―자연관을 중심으로」, 『국어국문학』 147호, 국어국문학회, 2007.12.

손민달, 「정지용과 백석 시의 전통생태의식 비교 연구―신화적 세계관을 중심으로」, 『어문학』 99호, 한국어문학회, 2008.3.

손진은, 「백석 시의 형성과 프랑시스 잠 시」, 『어문학』 80권, 한국어문학회, 2003.6.

손진은, 「백석 시와 '어린아이'」, 『어문학』 84권, 한국어문학회, 2004.6.

손진은, 「백석 시의 '옛것' 모티브와 상상력」, 『한국문학이론과비평』 24권, 한국문학이론과비평학회, 2004.9.

송기섭, 「백석의 산문 연구」, 『한국문학이론과비평』 4권, 한국문학이론과비평학회,

1999.2.

송기한, 「백석 시의 고향 공간화 양식 연구」, 『한국문학이론과비평』 21권, 한국문학이론과비평학회, 2003.12.

송창섭, 「신세대 논단―임화와 백석론」, 『북한』 210호, 북한연구소, 1989.6.

송하선, 「백석의 『사슴』과 미당의 『질마재신화』 대비고」, 『한국언어문학』 28권, 한국언어문학회, 1990.5.

송희복, 「김소월과 백석의 시어 및 조사 비교 연구」, 『한국어문학연구』 58권, 한국어문학연구학회, 2012.2.

신기훈, 「백석의 동화시 연구」, 『문학과언어』 20권 1호, 문학과언어연구회, 1998.5.

신범순, 「백석의 공동체적 신화와 유랑의 의미」, 윤여탁 외, 『한국현대리얼리즘시인론』, 태학사, 1990.3.

신범순, 「현대시에서 전통적 정신의 존재형식과 그 의미―김소월과 백석을 중심으로」, 『국어교육』 96호, 한국국어교육연구회, 1998.2.

신연우, 「시조시의 전통과 백석 시의 위상」, 『열상고전연구』 2권, 열상고전연구회, 1989.4.

신영미, 「'근원찾기'를 통한 본성적 삶의 지향―백석의 『사슴』을 중심으로」, 『한국언어문학』 62권, 한국언어문학회, 2007.9.

신용목, 「백석 시의 은유와 환유 구조―시 「모닥불」을 중심으로」, 『한국시학연구』 33권, 한국시학회, 2012.4.

신용목, 「백석 시의 총친화 구조 연구」, 『어문논집』 65권, 민족어문학회, 2012.4.

신익호, 「백석론」, 『국어교육』 97호, 한국국어교육연구회, 1998.6.

신주철, 「백석의 만주생활과 「흰바람벽이 있어」의 의미」, 『우리문학연구』 25권, 우리문학회, 2008.10.

신주철, 「백석의 만주 체류기 작품에 드러난 가치 지향」, 『국제어문』 45권, 국제어문학회, 2009.4.

신철규, 「백석 시의 비유적 표현과 환유적 상상력」, 『어문논집』 63권, 민족어문학회, 2011.4.

신철규, 「백석의 기행시편 구조 연구」, 『민족문화논총』 48권, 영남대학교 민족문화연구소, 2011.8.

신혜란, 「백석론―시를 중심으로」, 『한성어문학』 10권, 한성대학교 한성어문학회, 1991.5.

심원섭, 「자기 인식 과정으로서의 만주 여정―백석의 만주 체험」, 『세계한국어문학』 6권, 세계한국어문학회, 2011.10.

심재휘, 「백석 시와 집의 상상력」, 『한국문학이론과 비평』 57집, 한국문학이론과 비평학회, 2012.12.

안난숙, 「백석 시의 사물어 이미지 연구」, 『한국말글학』 23권, 한국말글학회, 2006.12.

안정님, 「백석 시 연구―시어에 나타난 이미지를 중심으로」, 『홍익어문』 9, 홍익대사범대 홍익어문학회, 1990.1.

양문규, 「백석 시의 인물 호칭어 연구」, 『(대전대)인문과학논문집』 40, 대전대학교 인문과학연구소, 2005.8.

양문규, 「백석 시의 신체어 연구」, 『한국문예창작』 4권 2호, 한국문예창작학회, 2005.12.

양문규, 「백석 시의 동물어 연구」, 『인문과학논문집』 41권, 대전대학교 인문학연구소, 2006.2.

양혜경, 「백석 시의 산문적 발화장르 고찰」, 『비평문학』 17호, 한국비평문학회, 2003.7.

양혜경, 「백석 시의 공간화 전략 고찰」, 『문학마당』 제6권 제2호 통권 제19호, 2007.6.

여태천, 「풍부한 기억과 빈곤한 사유, 그리고 현실―백석론」, 『한국근대문학연구』 2권

2호, 한국근대문학회, 2001.10.

여태천,「방언과 무속의 언어로 기록된 민속지(ethnography)―백석의 시집『사슴』을 중심으로」,『비평문학』47호, 한국비평문학회, 2013.3.

염창권,「「개구리네 한솥밥」의 구조와 교재화 방안 연구」,『청람어문교육』42권, 청람어문교육학회, 2010.12.

오양호,「일제강점기 북방파 이민문학에 나타나는 작가의식 연구―백석의 후기 시를 중심으로」,『한민족어문학』45권, 한민족어문학회, 2004.12.

오연경,「백석 시의 '장소애'와 미적 토속성의 계보―소월과의 상관성을 중심으로」,『한국시학연구』32권, 한국시학회, 2011.12.

오장환,「백석론」,『풍림』통권 5호, 1937.4.

오태환,「혼과의 소통, 또는 무속적 요소의 문학적 층위―김소월, 이상, 백석 시의 무속적 상상력」,『국제어문』42권, 국제어문학회, 2008.4.

유병관,「백석 시의 시간 연구」,『국제어문』39권, 국제어문학회, 2007.4.

유성호,「백석 시의 세 가지 영향」,『한국근대문학연구』17호, 한국근대문학회, 2008.4.

유성호,「백석 시편「고방」의 해석」,『한국언어문화』46권, 한국언어문화학회, 2011.12.

유영희,「백석 시의 메시지 구성방식과 시 평가」,『문학교육학』16권, 한국문학교육학회, 2005.4.

유재천,「백석 시 연구」, 이선영 편,『1930년대 민족문학의 인식』, 한길사, 1990.1.

유종호,「한국의 페시미즘 (上)」,『현대문학』통권 81호, 1961.9.

유종호,「시원 회귀와 회상의 시학―백석의 시세계 (上)」,『문학동네』2001년 겨울호, 문학동네, 2001.11.

유종호,「넘치는 사랑과 슬픔 속에―백석의 시세계 (中)」,『문학동네』2002년 봄호, 문학동네, 2002.2.

유종호, 「고독에서 축복으로—백석의 시세계 (下)」, 『문학동네』 2002년 여름호, 문학동네, 2002.5.

유종호, 「상호텍스트성의 현장—초기 백석의 경우」, 『문학수첩』 여름호, 2011.5.

유지현, 「'집'의 공간 시학과 1920~1930년대 시인들의 상실의식 고찰」, 『논문집』 31권, 안성산업대학교, 1999.6.

유지현, 「식민지 시대 시에 나타난 동경과 구원의 시학」, 『논문집』 34권, 안성산업대학교, 2002.12.

유지현, 「백석 시에 나타난 자아의식 고찰」, 『현대문학이론연구』 제19집, 현대문학이론학회, 2003.6.

윤병화, 「백석의 시적 인식에 관한 연구」, 『청람어문교육』 12권 1호, 청람어문학회, 1994.7.

윤석우, 「백석 시 「여우난곬족」의 담화 특성 연구」, 『목포어문학』 1, 목포대학교 국어국문학과, 1998.7.

윤여선, 「백석 시에 나타난 샤머니즘 고찰」, 『문예시학』 23권, 문예시학회, 2010.12.

윤여탁, 「1930년대 후반의 서술시 연구—백석과 안용만을 중심으로」, 『선청어문』 19, 서울대학교 사범대학 국어교육과, 1991.12.

윤여탁, 「문학교육에서 언어의 문제에 대한 연구—백석 시의 언어와 세계를 중심으로」, 『문학교육학』 15권, 한국문학교육학회, 2004.12.

윤은경, 「백석 시의 '불'과 '빛'의 이미지」, 『문예시학』 21권, 충남시문학회, 2009.12.

윤의섭, 「한국 현대시의 종결 구조 연구」, 『한국시학연구』 15권, 한국시학회, 2006.4.

윤지관, 「순수시의 정치적 무의식—정지용과 백석」, 『외국문학』 17호, 열음사, 1988.12.

윤지영, 「한국 현대시의 숭고 연구에 관한 탈근대적 검토」, 『현대문학이론연구』 48권, 현대문학이론학회, 2012.3.

윤한태·한명환, 「백석 시의 '타자' 연구─백석 시집 『사슴』(1930~1936)을 중심으로」, 『우리어문연구』 16권, 우리어문학회, 2001.7.

이경수, 「백석 시의 반복 기법 연구」, 『상허학보』 7호, 상허학회, 2001.8.

이경수, 「차이를 생성하는 반복의 미학」, 『국어문학』 36권, 국어문학회, 2001.11.

이경수, 「백석 시에 쓰인 '─는 것이다'의 문체적 효과」, 『우리어문연구』 22권, 우리어문학회, 2004.6.

이경수, 「백석 시의 낭만성과 동양적 상상력─유토피아 의식을 중심으로」, 『한국학연구』 21권, 고려대학교 한국학연구소, 2004.11.

이경수, 「1930년대 후반기 시에 나타난 '가난'의 의미─백석과 이용악의 시를 중심으로」, 『현대문학의 연구』 32권, 한국문학연구학회, 2007.7.

이경수, 「백석 시에 나타난 문화의 충돌과 습합─여행, 음식, 종교를 중심으로」, 『한국시학연구』 23권, 한국시학회, 2008.12.

이경수, 「백석의 기행시편에 나타난 장소의 심상지리」, 『민족문화연구』 제53호, 고려대학교 민족문화연구원, 2010.12.

이경수, 「백석 시 전집 출간 및 어석연구의 현황과 과제」, 『한국근대문학연구』 27권, 한국근대문학회, 2013.4.

이경희, 「상실과 회복, 그 도정에서의 시적 언술─백석, 이용악의 작품을 중심으로」, 『한국학연구』 14권, 인하대학교 한국학연구소, 2005.10.

이근화, 「백석 시의 고유명과 조선시의 현장」, 『어문논집』 57권, 민족어문학회, 2008.4.

이근화, 「현대시에 나타난 '북방'과 조선적 서정성의 확립─백석과 이용악 시를 중심으로」, 『어문논집』 62권, 민족어문학회, 2010.10.

이기성, 「'고독'이라는 병과 근대의 노스탤지어─백석론」, 『민족문학사연구』 22호, 민족문학사학회, 2003.6.

이기성, 「초연한 수동성과 '운명'의 시쓰기—1930년대 후방 백석 시의 자화상」, 『한국근대문학연구』 17호, 한국근대문학회, 2008.4.

이길주, 「한국 현대시 속의 북방, 슬라브, 시베리아 공간 및 역사인식—백석의 낙원회복의 꿈과 고대사 공간인식을 중심으로」, 『한국시베리아연구』 15권 2호, 배재대학교 한국-시베리아센터, 2011.12.

이대규, 「백석의 시세계—전통지향성과 모더니티 지향성과 관련하여」, 『한국언어문학』 27권, 한국언어문학회, 1989.2.

이동석, 「시어의 어원을 찾아서—백석 편」, 『딩아돌하』 2006년 겨울 창간호, 정일품, 2007.1.

이동석, 「시어의 어원을 찾아서—백석 편」, 『딩아돌하』 2007년 봄호, 정일품, 2007.3.

이동석, 「시어의 어원을 찾아서—백석 편」, 『딩아돌하』 2007년 여름호, 정일품, 2007.6.

이동석, 「고어를 이용한 백석 시의 어휘 몇 가지에 대한 검토」, 『우리어문연구』 29권, 우리어문학회, 2007.9.

이동석, 「북한의 문화어를 중심으로 한 백석 시의 어휘 몇 가지에 대한 검토」, 『새국어교육』 77권, 한국국어교육학회, 2007.12.

이동순, 「무너진 시대의 모국어와 공동체의식」, 『백민 전재호 박사 회갑기념논총』, 1985.2.

이동순(기록), 「백석, 내 가슴속에 지워지지 않는 이름—자야여사의 회고」, 『창작과비평』 1988년 봄호, 창작과비평사, 1988.3.

이동순, 「백석의 작품세계와 합일주의적 시정신」, 『민족시의 정신사』, 창작과비평사, 1996.3.

이동순, 「문학사의 영향론을 통해서 본 백석의 시」, 『(영남대)인문연구』 18권 1호, 영남대학교 인문과학연구소, 1996.8.

이동순, 「(서평)분단의 그늘에서 복권된 시인 백석」, 『당대비평』 2권, 생각의나무, 1997.12.

이동순, 「문학사와 영향에 관한 담론―백석론」, 『시정신을 찾아서』, 영남대출판부, 1998.8.

이동순, 「시인 백석과 그의 정신적 스승 이시카와 다쿠보쿠」, 『월간조선』 229, 1999.4.

이동순, 「세기 전환기에 보내오는 백석 시의 메시지―회복의 정신을 중심으로」, 『실천문학』 56호, 실천문학사, 1999.11.

이동순, 「백석 시의 연구쟁점과 왜곡 사실 바로잡기」, 『동일문화논총』 11, 동일문화장학재단, 2004.6.

이동순, 「백석의 작품에 나타난 시정신」, 『시와정신』 11권, 2005년 봄호, 2005.3.

이동순, 「백석 시집 『사슴』―흙 속에 묻혀 있던 시인 백석」, 『시인세계』 12권, 2005년 여름호, 문학세계사, 2005.5.

이동순, 「백석의 시와 전통 인식의 방법」, 『(영남대)민족문화논총』 33권, 영남대 민족문화연구소, 2006.6.

이명례, 「백석 시의 서사성 연구」, 『어문논총』 10권, 청주대학교, 1994.12.

이명찬, 「한국 근대시의 만주체험」, 『한중인문학연구』 13권, 한중인문학회, 2004.12.

이명찬, 「원본과 정본, 그리고 그 너머」, 『문학동네』 51호, 문학동네, 2007.5.

이명찬, 「백석 시집 『사슴』의 시편을 읽는 또 하나의 방법」, 『한국시학연구』 34호, 2012.8.

이명희, 「백석의 시 쓰기에 나타난 음식서사와 치유의 관련양상」, 『외국문학연구』 47권, 한국외국어대학교 외국문학연구소, 2012.8.

이민정, 「백석 시의 전통성 연구」, 『교육논총』 21권, 숙명여자대학교 교육대학원 원우회, 2010.2.

이상규, 「민족적 시원에 맞닿는 백석 시의 평북 방언」, 『위반의 주술, 시와 방언』, 경북대출판부, 2005.6.

이상숙, 「북한문학 속의 백석 I―북한문학계의 평가와 1960년대 시와 시론을 중심으로」, 『한국근대문학연구』 17권, 한국근대문학회, 2008.4.

이상숙, 「분단 후 백석 시의 분석과 평가를 위한 제언―북한문학 속의 백석 II」, 『어문논집』 66권, 민족어문학회, 2012.10.

이상숙, 「백석 번역시 연구를 위한 시론―북한문학 속의 백석 III」, 『비평문학』 46호, 한국비평문학회, 2012.12.

이상숙, 「백석의 번역작품 '자랑' '숨바꼭질' 연구―북한문학 속의 백석 IV」, 『한국근대문학연구』 27권, 한국근대문학회, 2013.4.

이소연, 「백석 시에 나타난 기억의 구현 방식」, 『한국문학이론과비평』 53권, 한국문학이론과비평학회, 2011.12.

이숭원, 「30년대 후반기 시의 한 고찰: 백석의 경우」, 『국어국문학』 90호, 국어국문학회, 1983.12.

이숭원, 「풍속의 시화와 눌변의 미학―백석론」, 박호영 외, 『한국시문학의 비평적 탐구』, 삼지원, 1985.10.

이숭원, 「백석 시의 전개와 그 정신사적 의미」, 『선청어문』 16권 1호, 서울대학교 국어교육과, 1988.8.

이숭원, 「백석 시의 절망과 희망」, 『현대시와 삶의 지평』, 시와시학사, 1993.7.

이숭원, 「백석 시의 화자와 어조 연구」, 『한국시학연구』 1권, 한국시학회, 1998.11.

이숭원, 「백석 시의 난해 시어에 대한 연구」, 『(서울여대)인문논총』 8권, 서울여자대학교 인문과학연구소, 2001.12.

이숭원, 「백석의 삶과 문학적 대응 양상 연구―여성과 관련된 작품을 중심으로」, 『한국시학연구』 7권, 한국시학회, 2002.11.

이숭원, 「백석의 시와 거주 공간의 관련 양상」, 『한국시학연구』 9권, 한국시학회,

2003.11.

이숭원, 「백석 시와 샤머니즘」, 『인문논총』 15권, 서울여자대학교 인문과학연구소, 2006.12.

이숭원, 「백석 시에 나타난 자아와 대상의 관계」, 『한국시학연구』 19권, 한국시학회, 2007.8.

이숭원, 「백석 시 연구의 현황과 전망」, 『한국시학연구』 34호, 한국시학회, 2012.8.

이숭원, 「백석의 시적 지향과 표현방법」, 『비평문학』 45집, 한국비평문학회, 2012.9.

이승이, 「희망의 한 풍경으로서 백석의 만주 시편」, 『어문연구』 65권, 어문연구학회, 2010.9.

이승이, 「만주 체류 시기 백석의 '조선적인 것'에 나타난 시대정신」, 『어문연구』 69권, 어문연구학회, 2011.9.

이영미, 「북한의 자료를 통해 재론하는 백석의 생애」, 『한국문학이론과비평』 42권, 한국문학이론과비평학회, 2009.3.

이은봉, 「백석 시의 표현방법에 대한 일고찰」, 『숭실어문』 5권, 숭실어문학회, 1988.4.

이은봉, 「백석 시의 '모더니즘' 연구」, 『한남어문학』 17·18권, 한남대학교 한남어문학회, 1992.9.

이지나, 「백석 시 원본과 후대 판본의 비교 고찰」, 『한국시학연구』 15권, 한국시학회, 2006.4.

이지나, 「백석의 난해시 연구」, 『태릉어문연구』 14권, 서울여자대학교 인문과학대학 국어국문학과, 2006.12.

이현승, 「백석 시의 화자 연구」, 『어문논집』 62권, 민족어문학회, 2010.10.

이현승, 「백석 시의 언술구조 연구―장면화를 중심으로」, 『한국시학연구』 29권, 한국시학회, 2010.12.

이현승, 「백석 시의 로컬리티」, 『한국근대문학연구』 25호, 한국근대문학회, 2012.4.

이현승, 「백석 시의 환상성 연구」, 『한국시학연구』 34권, 한국시학회, 2012.8.

이혜원, 「백석 시의 신화적 의미」, 『어문논집』 35권 1호, 안암어문학회, 1996.12.

이혜원, 「백석 시의 동심지향성과 그 의미」, 『한국문학연구』 3호, 고려대 민족문화연구원 한국문학연구소, 2002.12.

이혜원, 「1920~30년대 시에 나타난 가족과 여성」, 『여성문학연구』 13권, 한국여성문학학회, 2005.6.

이혜원, 「백석 시의 에코페미니즘적 고찰」, 『한국문학이론과비평』 28권, 한국문학이론과비평학회, 2005.9.

이혜원, 「백석 시집 『사슴』에 나타난 행과 연의 양상과 기능」, 『한국시학연구』 35권, 한국시학회, 2012.12.

이효석, 「영서嶺西의 기억記憶」, 『조광』, 1936.11.

이희경, 「백석 시에 나타난 고향모티프 연구」, 『현대문학이론연구』 1권, 현대문학이론학회, 1992.12.

이희중, 「방과 시」, 『기억의 지도』, 하늘연못, 1998.6.

이희중, 「백석의 북방 시편 연구」, 『우리말글』 32권, 우리말글학회, 2004.12.

이희춘, 「백석문학연구」, 『한국언어문학』 59권, 한국언어문학회, 2006.12.

임성조, 「백석 시의 한 이해—형상화 방법과 신미神味에 관한여」, 『국어국문학』 110호, 국어국문학회, 1993.6.

임수만, 「백석 시에 나타난 공동체 윤리」, 『개신어문연구』 30권, 개신어문학회, 2009.12.

임수만, 「백석 시의 '아름다움'과 '숭고'」, 『청람어문교육』 40권, 청람어문교육학회, 2009.12.

임재서, 「백석 시의 감각표현에 나타난 정신사적 의미 고찰—『사슴』을 중심으로」, 『국어교육』 108호, 한국어교육학회, 2002.6.

임재서, 「백석 시의 풍물묘사에 나타난 민속성과 전통의 의미」, 『한중인문학』, 한중인문학회, 2004.11.

임재욱, 「백석 시에 수용된 한국 고전시가의 전통」, 『고전문학연구』 39권, 한국고전문학회, 2011.6.

임화, 「담천하曇天下의 시단 1년」, 『신동아』, 1935.12.

임화, 「시단의 신세대」, 조선일보, 1939.8.18~26, 1939.8.

장도준, 「백석 시의 화자와 표현기법에 관한 연구」, 『어문학』 58권, 한국어문학회, 1996.2.

장도준, 「한국 현대시 텍스트의 시적 주체 분열에 대한 연구—김기림, 이상, 백석의 시를 중심으로」, 『배달말』 31호, 배달말학회, 2002.12.

장도준, 「한국 현대시의 화자와 시적 근대성에 대한 연구」, 『한국문예비평연구』 13권, 한국현대문예비평학회, 2003.12.

장도준, 「한국 현대시의 화자유형과 대화성에 대한 연구」, 『한국어문연구』 15권, 한국어문연구학회, 2004.12.

장만호, 「백석 시와의 연관성을 통해 본 오장환의 초기시—인간을 위한 문학의 옹호와 선택적 부정의 양상」, 『한국시학연구』 25권, 한국시학회, 2009.8.

장석원, 「백석 시의 리듬」, 『어문논집』 55권, 민족어문학회, 2007.4.

장석원, 「백석 시의 시선과 역동성」, 『한국시학연구』 26권, 한국시학회, 2009.12.

장석원, 「백석 시의 템포와 프로조디」, 『한국근대문학연구』 24호, 한국근대문학회, 2011.10.

장석원, 「백석 시의 리듬—「고야」의 강세를 중심으로」, 『한국시학 연구』 36권, 한국시학회, 2013.4.

장석주, 「시어의 발생과 그 기원—윤동주, 김수영, 서정주, 백석의 경우」, 『시와반시』 제12권 4호, 2003년 겨울호, 시와반시사, 2003.12.

장성유, 「백석의 아동문학 사상에 대한 고찰―북한 〈문학신문〉의 논쟁을 중심으로」, 『한국아동문학연구』 17권, 한국아동문학학회, 2009.12.

장영수, 「백석 시집 『사슴』의 이해를 위한 한 소고」, 『한국국어교육연구회 논문집』 28집, 한국어교육연구회, 1985.11.

장영수, 「백석 시의 구조 연구」, 『국어교육』 61호, 한국국어교육연구회, 1987.12.

장정렬, 「백석 시의 공간에 대한 고찰」, 『한남어문학』 17·18권, 한남대학교 한남어문학회, 1992.9.

장정희, 「분단 이후 백석 동시론―'유년화자'와 '대상으로서의 아동'의 문제」, 『비평문학』 45집, 한국비평문학회, 2012.9.

전봉관, 「백석 시의 방언과 그 미학적 의미」, 『한국학보』 26권 1호, 일지사, 2000.3.

전봉관, 「백석 시의 모더니티」, 『한중인문학연구』 16권, 한중인문학회, 2005.12.

전상우, 「백석 시에 나타난 무㗩적 세계관」, 『나랏말쌈』 11권, 대구대학교 국어교육과, 1996.12.

전월매, 「일제강점기 재만조선시인 범주와 거류형 시인의 만주 인식」, 『만주연구』 제9호, 만주학회, 2009.12.

전정구, 「백석 시작품의 원전비평적 고찰」, 『비평문학』 38호, 한국비평문학회, 2010.12.

전형철, 「백석 시에 나타난 '무속성' 연구」, 『우리어문연구』 32권, 우리어문학회, 2008.9.

정경은, 「백석 시집 『사슴』의 설화성 고찰―인물유형을 중심으로」, 『태릉어문연구』 7권, 서울여자대학교 인문과학대학 국어국문학과, 1997.2.

정선태, 「백석의 번역시」, 『근대서지』 2호, 근대서지학회, 2010.12.

정수연, 「수수께끼와 백석의 시―「자류」「목구」「국수」를 중심으로」, 『어문논집』 53권, 민족어문학회, 2006.4.

정유화, 「시적 방법과 근대적 자아의 초상—백석론」, 『어문연구』 27권 3호 통권103호, 한국어문교육연구회, 1999.9.

정유화, 「집에 대한 공간체험과 기호론적 의미—백석론」, 『어문논집』 29권, 중앙어문학회, 2001.12.

정유화, 「음식기호의 매개적 기능과 의미작용—백석론」, 『어문연구』 35권 2호, 한국어문교육연구회, 2007.6.

정은아, 「백석의 「고야」에 나타난 불안감 해결 양상」, 『문학치료연구』 7권, 한국문학치료학회, 2007.8.

정정순, 「백석의 시 쓰기 방식 연구」, 『국어국문학』 제129호, 국어국문학회, 2001.12.

정정순, 「백석 동화시의 시교육적 탐색—『개구리네 한솥밥』을 중심으로」, 『한국초등국어교육』 42호, 한국초등국어교육학회, 2010.4.

정종진, 「백석의 시와 동화시에서 수오지심 표현에 대한 연구」, 『인문과학논집』 40권, 청주대학교 인문과학연구소, 2010.2.

정형근, 「'전통계승시'의 유형과 교육방법」, 『우리말교육현장연구』 제5권 제1호, 우리말교육현장학회, 2011.5.

정형근, 「근접감각의 시적 형상화에 관한 일고찰—백석과 서정주의 시를 중심으로」, 『비교한국학』 20권 3호, 국제비교한국학회, 2012.12.

정홍섭, 「전후 북한의 아동문학론」, 『한중인문학연구』 14권, 한중인문학회, 2005.4.

정효구, 「백석 시의 정신과 방법」, 『한국학보』 15권 4호, 일지사, 1989.11.

정효구, 「1930년대 시에 나타난 가족의 양상과 그 의미」, 『한국문학논총』 42권, 한국문학회, 2006.4.

조병춘, 「백석 시 연구」, 『새국어교육』 67권, 한국국어교육학회, 2004.6.

조영복, 「당나귀, 숭고한 동물 혹은 힘의 의지」, 『근대서지』 1호, 소명출판사, 2010.3.

조하얀, 「유아기 경험 회상을 통한 감각의 지평 확대—백석의 시작 의도를 중심으로」,

『동국어문학』17·18권, 동국대학교 국어교육과, 2006.12.

　지주현, 「은유적 시각으로 본 백석 시세계」, 『한국문학이론과비평』 42권, 한국문학이론과비평학회, 2009.3.

　진순애, 「백석 시의 심미적 모더니티」, 『인문언어』 3권, 국제언어인문학회, 2002.4.

　차한수, 「백석 시의 시간, 공간성 고찰」, 『동남어문논집』 6호, 동남어문학회, 1996.1.

　차호일, 「백석 시의 상상력의 구조」, 『비평문학』 16호, 한국비평문학회, 2002.7.

　차호일, 「백석 시와 김동리 소설 대비고―토속성을 중심으로」, 『새국어교육』 67권, 한국국어교육학회, 2004.6.

　차호일, 「백석 시의 인물수용양상과 시 교육에의 시사」, 『한국근대문학연구』 17호, 한국근대문학회, 2008.4.

　채해숙, 「백석 동화시에 나타난 전통의 계승과 변용」, 『한국말글학』 25권, 한국말글학회, 2008.12.

　최경환, 「백석 시의 시학―들려주기와 보여주기」, 『어문학논총』 26권, 국민대학교 어문학연구소, 2007.2.

　최동호, 「백석 문학의 전체성에 대하여」, 『비평문학』 46호, 한국비평문학회, 2012.12.

　최두석, 「백석의 시세계와 창작방법」, 『우리시대의 문학』 제6집, 문학과지성사, 1987.7.

　최명표, 「백석 시의 수사적 책략」, 『한국언어문학』 55권, 한국언어문학회, 2005.10.

　최명표, 「백석 시 「수라」의 분석적 연구」, 『한국언어문학』 57권, 한국언어문학회, 2006.6.

　최승호, 「백석 시의 나그네 의식」, 『한국언어문학』 62권, 한국언어문학회, 2007.9.

　최승호, 「백석 시의 풍경 연구」, 『우리말글』 46권, 우리말글학회, 2009.8.

　최양옥, 「백석 시 연구」, 『배달말』 18권 1호, 배달말학회, 1993.6.

　최영원, 「백석 시의 형태적 특질에 대한 일고」, 『숭실어문』 19권, 숭실어문학회, 2003.6.

최원식,「자료.해제:자료1:해빈수첩:해제―새로 찾은 백석의 산문시」,『민족문학사연구』 22호, 민족문학사학회, 2003.6.

최유찬,「『고요한 돈』의 한국어 번역 판본 비교―백석 번역본을 중심으로」,『한국학연구』 43권, 고려대학교 한국학연구소, 2012.12.

최재서,「이월시단평二月詩壇評―소감 이것저것」,『인문평론』, 1940.3.

최정례,「백석 시, 자기 응시로서의 관찰과 자아 탐색의 도정」,『우리어문연구』 20권, 우리어문학회, 2003.4.

최정례,「정지용과 백석이 수용한 전통의 언어―시어 선택과 시적 태도를 중심으로」,『어문논집』 48권, 민족어문학회, 2003.10.

최정례,「1930년대 시어, 인공어와 자연어의 구도―백석 시어의 근대적 특성을 중심으로」,『한국시학연구』 13권, 한국시학회, 2005.8.

최정례,「백석 시집『사슴』의 구조와 표현 형태」,『한국근대문학연구』 17호, 한국근대문학회, 2008.4.

최정숙,「백석 시에 나타난 민속 수용 양상」,『한어문교육』 11권, 한국언어문학교육학회, 2003.12.

최정숙,「토속적 세계의 시적 형상화―백석 시를 중심으로」,『유관순연구』 12권, 백석대학교 유관순연구소, 2007.12.

최학출,「백석의 시와 그 가능성」,『울산어문논집』 8권, 울산대학교 인문대학 국어국문학과, 1992.2.

하희정,「운명론의 계보학―1930년대 후반기 시를 중심으로」,『선청어문』 23권, 서울대학교 국어교육과, 1995.4.

하희정,「여인의 운명과 고독과―백석론」,『선청어문』 24권 1호, 서울대학교 국어교육과, 1996.10.

한경희,「존재의 무상성에 기반한 시적 자아의 유년 회상―백석 시를 대상으로」,『인문과학연구』4권, 안동대 인문과학연구소, 2001.10.

　한경희, 「백석 기행시 연구─유랑의 여정과 장소 배회」, 『한국시학연구』7권, 한국시학회, 2002.11.

　한계전, 「1930년대 시에 나타난 '고향'이미지에 관한 연구─백석, 오장환, 이용악을 중심으로」, 『한국문화』16호, 서울대 한국문화연구소, 1995.12.

　한명환, 「백석 소설 연구─소설 내용 및 형식의 특성을 중심으로」, 『국어국문학』128, 국어국문학회, 2001.5.

　한설야, 「문학풍토기─함흥편」, 『인문평론』, 1940.5.

　한세정, 「백석 시의 창작 기법에 나타난 아일랜드 문학의 영향─예이츠와 싱을 중심으로」, 『한민족문화연구』30권, 한민족문화학회, 2009.8.

　한수영, 「감각과 풍경─백석 시에 나타난 감각의 특징」, 『현대문학이론연구』47권, 현대문학이론학회, 2011.12.

　한수영, 「다시 『사슴』을 안고─감각론의 향방」, 『서정시학』53호, 2012.3.

　한수영, 「백석 시에 나타난 '소리'의 의미와 시적 기능」, 『어문연구』72권, 어문연구학회, 2012.6.

　한수영, 「시의 청각적 요소와 리듬의 상관성」, 『비평문학』44집, 한국비평문학회, 2012.6.

　한예찬, 「백석의 시 의식 연구─소재와 주제 의식을 중심으로」, 『인문연구』58권, 영남대학교 인문과학연구소, 2010.6.

　한예찬, 「백석 시의 시어 연구」, 『인문과학연구』28권, 강원대학교 인문과학연구소, 2011.3.

　한예찬, 「백석 시에 나타난 동심과 설화성 연구」, 『동화와번역』21권, 건국대학교 동화와번역연구소, 2011.6.

　한이각, 「백석 시에 나타난 민속과 무속의 세계」, 『태릉어문연구』5·6권, 서울여자대학교 인문과학대학 국어국문학과, 1995.2.

　허만욱, 「백석의 시세계와 이미지 고찰」, 『어문논집』 29권, 중앙어문학회, 2001.12.

　홍인숙, 「백석 시에 나타난 숭고의 양상」, 『비평문학』 45집, 한국비평문학회, 2012.9.

고형진

고려대 국어교육과와 같은 대학원 국문과를 졸업했다. UC 버클리 객원교수를 지냈고, 현재 고려대 국어교육과 교수로 재직중이며, 한국시학회 회장을 맡고 있다. 지은 책으로 『시인의 샘』『현대시의 서사지향성과 미적 구조』『또하나의 실재』『백석 시 바로 읽기』 등이 있고, 엮은 책으로 『정본 백석 시집』이 있다. 2001년 김달진문학상을 수상했다.

백석 시를 읽는다는 것
ⓒ 고형진 2013

1판 1쇄 2013년 12월 20일
1판 3쇄 2016년 3월 31일

지은이 고형진
펴낸이 염현숙
책임편집 김필균
편집 김민정 강윤정 김형균 유성원 | 디자인 고은이 | 본문 디자인 이미연
마케팅 정민호 나해진 박보람 이동엽 | 홍보 김희숙 김상만 이천희
제작 강신은 김동욱 임현식 | 제작처 영신사

펴낸곳 (주)문학동네
출판등록 1993년 10월 22일 제406-2003-000045호
주소 10881 경기도 파주시 회동길 210
전자우편 editor@munhak.com | 대표전화 031) 955-8888 | 팩스 031) 955-8855
문의전화 031) 955-3576(마케팅) 031) 955-2679(편집)
문학동네카페 http://cafe.naver.com/mhdn

ISBN 978-89-546-2352-0 03800
* 이 책의 판권은 지은이와 문학동네에 있습니다.
  이 책 내용의 전부 또는 일부를 재사용하려면 반드시 양측의 서면 동의를 받아야 합니다.
* 이 도서의 국립중앙도서관 출판예정도서목록(CIP)은 서지정보유통지원시스템 홈페이지
  (http://seoji.nl.go.kr)와 국가자료공동목록시스템(http://www.nl.go.kr/kolisnet)에서
  이용하실 수 있습니다(CIP 제어번호 : CIP2013025879)

www.munhak.com